Angela Kirchner
Love On Repeat

Angela Kirchner

LOVE ON REPEAT

Du und andere unvorhergesehene Ereignisse

Roman

Lübbe

NACHHALTIG PRODUZIERT

Die Bastei Lübbe AG verfolgt eine nachhaltige Buchproduktion. Wir verwenden Papiere aus nachhaltiger Forstwirtschaft und verzichten darauf, Bücher einzeln in Folie zu verpacken. Wir stellen unsere Bücher in Deutschland und Europa (EU) her und arbeiten mit den Druckereien kontinuierlich an einer positiven Ökobilanz.

FSC www.fsc.org
MIX
Papier | Fördert gute Waldnutzung
FSC® C014496

Originalausgabe

Bei Fragen zur Produktsicherheit wenden Sie sich bitte an:
produktsicherheit@bastei-luebbe.de

Textredaktion: Anna Hahn, Trier
Umschlaggestaltung: Kristin Pang, München
Einband-/Umschlagmotiv: © YagudinaTatyana/shutterstock.com
Satz: GGP Media GmbH, Pößneck
Gesetzt aus der Adobe Caslon
Druck und Verarbeitung: GGP Media GmbH, Pößneck

Printed in Germany
ISBN 978-3-404-19470-4

2 4 5 3 1

Sie finden uns im Internet unter luebbe.de
Bitte beachten Sie auch: lesejury.de

Alle Wege führen nach Rom!
Aber dort will ich gar nicht hin.
Also erschaffe ich einen neuen Weg mit einem anderen Ziel.

1.

Montag

Ich bin zu spät. Selbst wenn ich diesen einen Tag dazuzähle, an dem eine Herde Schafe sich dazu entschied, eine Pause auf den Gleisen einzulegen und damit meinen Zug zum Stillstand brachte, kann ich meine bisherigen Verspätungen an einer Hand abzählen. Genauer gesagt an einem einzigen Finger.

Ab heute brauche ich zwei.

Grund dafür ist eine Verkettung von Ereignissen, die bereits jedes für sich genommen einen Nervenzusammenbruch auslösen könnten. Zu meinem Unglück sind sie allerdings eine teuflische Verbindung eingegangen, um mich noch ein bisschen schneller in den Wahnsinn zu treiben. Alles begann mit einem kaputten Kaffeevollautomaten. Am Display klebte heute Morgen ein Zettel in der Handschrift meiner Mitbewohnerin Nalini: *Hinüber. Sorry, Süße, ich kümmere mich später darum! xxx, N. (Ach, und Kaffeefilter und Pulver für die andere Maschine sind auch aus …)* Dann folgte die Sache mit der Straßenbahn, die einfach nicht kam, weil die komplette Linie den ganzen Tag ausfällt. Und zu guter Letzt war da noch dieses Kind, das mir gefühlt einen Liter Multivitaminsaft über die Schuhe geschüttet hat, als ich gerade zum Bus rennen wollte.

Was für ein Start in den viertletzten Montag meines einjährigen Sabbaticals.

Sabbatical – wie das klingt. Groß und bedeutend, nach Erholung, Abenteuer, Selbstfindung und so. Nach weit entfernten Ländern, spontanen Entscheidungen und Freiheit. Danach, das

Leben zu feiern. Kurz gesagt: Es klingt nach all dem, was ich in den letzten achtundvierzig Wochen *nicht* getan habe. Ich habe mich weder lasziv an einem Strand gerekelt und dabei Mandalas ausgemalt noch habe ich fremde Kulturen für mich entdeckt oder Schildkröten beim Schlüpfen zugesehen. Und am allerwenigsten habe ich neue Pfade in dichtes Dschungelunterholz getreten. Das einzige Unterholz, dem ich in all der Zeit nahe gekommen bin, war die Lorbeerhecke am Rande des Gartens, den meine Eltern ihr Eigen nennen. Und Erleuchtung habe ich dort keine gefunden.

Aber zugegeben, ich habe auch nie vorgehabt, mein Jahr Auszeit mit Sonnencreme und Meeressand paniert irgendwo im Ausland zu verbringen. Mal ganz abgesehen davon, dass ich mir solch einen Luxus für maximal drei Tage hätte leisten können, war der ursprüngliche Plan ein vollkommen anderer – nur leider hängt der inzwischen nicht mal mehr an einem seidenen Faden, nein, er hängt an etwas, das der Erinnerung an einen seidenen Faden gleicht. An einem Phantomfaden. Und das wiederum liegt daran, dass meine selbst gesetzte Deadline – exakt zweiundfünfzig Wochen – mit jedem Tag, jeder Stunde, jeder verdammten Sekunde näher rückt. Ich kann es hören, das unaufhaltsame Ticken der Uhr …

Tick	Tack	Tick	Tack	Tick	Tack
Dieses	Jahr	war	für	den	Arsch

Frustrierend. Dabei habe ich mich so gut vorbereitet!

Am ersten Tag meiner Auszeit habe ich einen akribisch genauen Stundenplan erstellt, der dafür sorgen sollte, dass ich mein Ziel auch tatsächlich erreiche: Um sieben Uhr aufstehen, eine Stunde joggen, Rad fahren oder Yoga, danach duschen, frühstücken und anschließend mindestens vier Stunden schreiben. Nach dem Mittagessen kurz frische Luft schnappen im Park um die Ecke, bevor Schreibsprint Nummer zwei eingeläutet wird. Dienstag und Donnerstag habe ich außerdem meine Schichten im Buchhandlungscafé eingeplant, und dann natürlich noch die zweiwöchentlichen Besuche bei meinen Eltern, die regelmäßigen Einkaufsgänge für unsere Vermieter Willi und Kurt, die 61er-Abende, bei denen unser gesamtes Haus zusammenkommt, die Kaffee- und Pinkelpausen dazwischen – es war perfekt! Mein Plan war – *ist*! – perfekt.

Und trotzdem hat er bisher nicht funktioniert. Mittlerweile frage ich mich, ob er das jemals tun wird.

Mit der Gewissheit im Hinterkopf, die zweite Verspätung auf der Haben-Seite meines vierundzwanzigjährigen Lebens verbuchen zu müssen, und dem dumpfen Gefühl in der Magengegend, achtundvierzig Wochen desselben Lebens sinnlos vergeudet zu haben, hetze ich die Stufen zur Unibibliothek hinauf, schlüpfe durch die Tür – und halte überrascht inne. Malte ist nicht da. Komisch, normalerweise ist er doch immer da, sitzt hinter dem Empfangstresen und wartet darauf, die Taschen der Besucherinnen und Besucher durchwühlen zu können. Wobei durchwühlen in meinem Fall eher für »kurz mal einen Blick reinwerfen und mich dann mit einem charmanten Grinsen weiterwinken« steht. Ich mag Malte. Aber – und das wirft mich mehr aus der Bahn, als ich je gedacht hätte – er ist tatsächlich nicht da.

»Hallo?«, sage ich an den Pförtner gewandt, der stattdessen heute seinen Platz eingenommen hat: ein gewaltiger Hüne, dessen Aussehen an das von Obelix erinnert – kugelförmig, nur mit Shirt und ohne Haare.

»Hallo«, gibt der Riese zurück, während ich ihn wie gebannt anglotze. Er sieht noch irgendjemand anderem ähnlich, aber mir will einfach nicht einfal… HOMER SIMPSON! Und bevor sich jemand wundert: Ja, mein guilty pleasure sind Cartoons.

Mit einem Räuspern holt mich der Homer-Simpson-Verschnitt aus meinen Gedanken zurück. »Der Rucksack«, brummt er und winkt mich mit zwei Fingern zu sich.

Ich deute nach hinten, dahin, wo Rucksäcke üblicherweise hängen. »Der hier?«, frage ich.

»Ja.«

»Ach, da ist nichts weiter drin. Bloß meine Jacke, Geldbeutel, ein paar Hefter und so.«

»Aha.« BAMM – BAMM – BAMM. Der Riese ist aufgestanden, und jetzt, drei Schritte später, versperrt er mir den Weg. »Ich muss den trotzdem kontrollieren.«

Ich weiß, dass er meinen Rucksack kontrollieren muss. Ich will nur nicht, dass er es tut, weil er dann das Essen finden wird, das ich auf dem Weg hierher eingekauft und ganz unten im Rucksack versteckt habe. Essen, das ich natürlich nicht mit in die Bibliothek nehmen darf.

»Ich möchte nur kurz ein Buch abholen«, entgegne ich schwach, doch der Pförtner lächelt mit dem Charme einer rostigen Käsereibe und streckt auffordernd seine Pranke aus.

Innerhalb von zehn Sekunden hat er das Gros meiner Verpflegung für den Tag und meine Wasserflasche aus dem Rucksack gefischt und auf den Tresen gestellt, direkt neben das Schild mit der Aufschrift *Essen und Trinken verboten. Auch die Mitnahme von Lebensmitteln in die Bibliothek ist nicht gestattet!*

»Sie dürfen das da nich mit reinnehmen«, poltert er. »Steht auf dem Schild.«

»Ich weiß, tut mir leid. Ich wollte nur schnell …«

»Nee, nee, wir fangen jetzt hier nich das Diskutieren an. Damit kommen se bei mir nich weiter, Frollein.«

Diskutieren? Frollein?!

Ich will Malte zurück. Jetzt sofort.

»Alles klaaar«, murmele ich augenrollend, und als der Hüne daraufhin die Stirn runzelt, sage ich: »Können Sie es dann wenigstens irgendwo hinstellen, wo die Sonne nicht direkt draufknallt?« Wehmütig betrachte ich meine beiden belegten Käsebrötchen und die Packung Tomaten, die unter dem Schraubstockgriff des Riesen bereits ordentlich gelitten hat. Über sieben Euro hat mich der Spaß gekostet. Sieben Euro, die ich kein zweites Mal ausgeben will.

»Nee«, brummt der Reallife-Homer bloß.

»Bitte, Sie müssen es doch nur …«

»Wissen se was, Frollein? Ich kann das Zeuch auch einfach hier in' Müll schmeißen, da is keine Sonne. Sehen se?« Er schiebt meine Sachen ein gutes Stück Richtung Abfalleimer, woraufhin ich mir jeden weiteren Kommentar verkneife und mit einem »Schon gut« zum Aufzug hinübereile.

Exakt dreiundvierzig Sekunden später gebe ich die Warterei auf und renne – ja, renne – weiter zur Treppe.

Das Buch, das ich brauche, steht laut Online-Katalog der Bib im dritten Stock bei den medizinischen Lehrbüchern, und je schneller ich es in der Hand habe, desto früher bin ich hier wieder raus. Hoffentlich mitsamt Käsebrötchen und Tomaten.

Irgendwo zwischen dem ersten und zweiten Stock klingelt mein Handy, und weil ich bereits mächtig genervt bin vom Treppensteigen und dem ganzen Rest des verkorksten Morgens, nehme ich das Gespräch an, ohne einen Blick auf das Display zu werfen, und fauche: »WAS DENN?!«

»Oh, Entschuldigung. Ich fürchte, ich habe mich verwählt«, sagt mein Vermieter Kurt nach ein paar Sekunden Stille, und mir rutscht das Herz in die Hose.

»Hast du nicht, Kurt, alles gut! Ich bin's, Lara.«

»Lara?«, wiederholt er, während ich weiterlaufe. »Ist alles in Ordnung?«

»Ja. Oder nein. Ich bin spät dran.«

Er lacht, weil er mich gut genug kennt, um zu wissen, dass das unmöglich ist. Doch als ich nicht in sein Lachen mit einfalle, räuspert er sich verlegen. »Tut mir leid, ich dachte, das wäre ein Witz.«

»Leider nicht. Was gibt's?«

Schweigen. Dann: »Ich wollte dich um einen Gefallen bitten.« Seine Stimme zittert leicht bei diesen Worten, und ich kann förmlich sehen, wie bedröppelt er dabei aus der Wäsche guckt. »Es ist mir furchtbar unangenehm, dass ich dich damit belästige. Du hast so viel zu tun und …«

»Kurt, also wirklich. Schieß einfach los.«

»Na gut … Moment.« Ich höre, wie er im Hintergrund mit irgendetwas Blechernem herumwerkelt, warte geduldig darauf, dass er fortfährt – und zucke zusammen, als plötzlich ein ohrenbetäubendes Dröhnen meine Trommelfelle malträtiert. Vor Schreck fällt mir beinahe das Smartphone aus der Hand.

»Kurt?«, rufe ich. »Hallo? Was ist da los?«

Unverständliches Gemurmel am anderen Ende der Leitung.

»Was? Du musst lauter reden!«

»Das ist die Küchenmaschine, die Willi von seiner Schwester bekommen hat!«, brüllt Kurt zurück. Ich weiß nicht, was mir mehr in den Ohren wehtut, sein Geschrei oder der Lärm dieses monströsen Blechkastens.

»Warum hast du …? Schalte sie aus, Kurt! Oder geh woandershin, ich kann dich kaum verstehen.«

Wieder prasselt eine Flut aus unzusammenhängenden Wortfetzen auf mich ein. Nur den Namen Willi kann ich ein paarmal heraushören.

»Stimmt was nicht mit Willi?«, frage ich, und weil Kurt nicht gleich antwortet, wiederhole ich die Frage sehr, sehr laut. Geradezu unanständig laut.

Inzwischen bin ich im dritten Stock angekommen, und obwohl ich nach wie vor im Treppenhaus stehe, sträubt sich alles in mir dagegen, hier so herumschreien zu müssen. Wenn ich bloß an diese eine Bibliothekarin mit dem äußerst passenden Namen Frau Rüge denke, die mich schon böse anfunkelt, wenn ich die Tür zum Lesesaal aus Versehen ins Schloss fallen lasse … Wahrscheinlich ist sie mir bereits auf den Fersen, die Ohren gespitzt und die Nase in die Luft gereckt wie ein englischer Bluthund. Bluthündin Rüge …

Am anderen Ende der Leitung poltert die Küchenmaschine weiter vor sich hin.

»Kurt?«, hake ich nach. »Ist was mit Willi?«

»Er. Darf. Nicht. Wissen. Dass. Ich. Dich. Anrufe«, erwidert er endlich.

»Wenn du so weiterschreist, weiß es aber bald das gesamte Haus«, gebe ich zurück. Und die gesamte Bib, füge ich in Gedanken hinzu. Zum Glück hört der Krach in der Leitung wenig später auf. Also gehe ich das Wagnis ein, die heilige Halle namens Lesesaal drei mit Handy am Ohr zu betreten. Ich weiß genau, wo ich hinmuss.

»Entschuldige«, sagt Kurt. »Du weißt ja, manchmal muss man erst den falschen Weg gehen, um den richtigen zu finden.«

Ich grinse. Mein Lebensweisheiten-Kurt.

»Schließ dich doch im Badezimmer ein, wenn Willi dich nicht hören darf«, schlage ich flüsternd vor. Dann fällt mir etwas ein, und ich frage: »Wieso darf er dich eigentlich nicht hören?«

»Wir haben bald Hochzeitstag, weißt du«, erklärt Kurt leise.

»Natürlich weiß ich das.«

»Natürlich weißt du das.« Das breite Lächeln in seiner Stimme ist deutlich zu vernehmen, und obwohl er es nicht sehen kann, lächle ich ebenso breit zurück, während ich mich durch die vollgestopften Regale schlängele.

»Jedenfalls wollte ich ihm dieses Jahr etwas ganz Besonderes schenken.«

»Awww. Was denn?«

»Etwas, das er sich nie und nimmer selbst kaufen würde, das er aber wirklich verdient hat. Und dafür bräuchte ich – wenn möglich – deine Hilfe.«

O Himmel … Falls ich jemals jemanden finden sollte, mit dem ich den Rest meines komplizierten Lebens verbringen will, lass es bitte so zwischen uns sein wie zwischen Willi und Kurt. Ganz genau so!

»Kurt, du bist unglaublich süß!«, platze ich heraus, bevor ich mich daran erinnern kann, dass ich ja leise sein wollte, und im nächsten Moment materialisiert sich Frau Rüge wie aus dem Nichts vor mir.

»Frau Winterstein«, knurrt die Bibliothekarin mit schmalen Lippen und schafft es, auf mich herabzuschauen, obwohl ich einige Zentimeter größer bin als sie. Die Tatsache, dass sie mich von Tag zwei an mit meinem Namen anspricht, macht die Sache nur noch schlimmer.

»Guten Morgen, Frau Rüge«, sage ich und zwinge mich zu einem entschuldigenden Lächeln. »Tut mir leid, ich wollte nicht stören. Das ist ein sehr wichtiges Gespräch …«

»… bei dem Sie jemandem lautstark mitteilen müssen, wie süß er ist?«

»… das ich jetzt weiter hinten im Saal weiterführen werde«, beende ich meinen Satz zähneknirschend. »In angemessener Lautstärke natürlich.«

»Ich bezweifle sehr, dass Ihnen das gelingt.«

Giftnatter, denke ich, hüte mich aber davor, sie auch nur komisch anzugucken, sondern gehe einfach weiter. Immerhin habe ich eine Mission. Ich muss ein Buch fertigschreiben. Ein Buch, für das ich nur noch vier Wochen Zeit habe. Genauer gesagt drei Wochen und sechseinhalb Tage.

Und ich habe meinen Vermieter am Telefon. »Tut mir leid, Kurt«, flüstere ich. »Was wolltest du sagen?«

Ehe er es schafft, mir zu erklären, weshalb er denn nun eigentlich anruft, dringt ein lautes Klopfen durch den Hörer an meine Ohren und gleich danach Willis Stimme: »Kurt von Cappeln, was hast du jetzt schon wieder angestellt?«

»Nichts! Ich … ich bin … ich bin im Bad, Willi!«, ruft Kurt, und während ich weiterlaufe, diskutieren die beiden darüber, seit wann man denn im Hause Cappeln/Freimark die Badezimmertür abschließt. Mit einem Ohr höre ich ihnen zu, betrachte derweil die Beschriftungen an den Regalen und arbeite mich immer weiter zum Standort des Buches vor, das ich suche.

Die beiden debattieren immer noch, als ich endlich im richtigen Gang angekommen bin, mit den Fingern über die Buchrücken fahre bis zum »Praxishandbuch Forensi…«

Weg.

Gerade war das Buch noch da, jetzt ist es plötzlich verschwunden. Von einer Hand aus dem Regal gezogen, die nicht meine war. Eine Hand, die zu einem Körper gehört, der anders als meiner in beigen Chinohosen und einem blauen Poloshirt steckt. Einem Körper, der sich von mir entfernt.

Das ist ein Witz. Das muss ein Witz sein.

»Äh, hallo?«, sage ich, und der Körper, der nicht mir gehört, dreht sich zu dem Körper, der mir gehört, um.

Gewitterhimmelgraue Augen, unter denen tiefe Schatten in ganz ähnlicher Farbe liegen, mustern mich ausdruckslos.

»Das Buch«, sage ich, noch immer mit dem Handy am Ohr.

»Was ist damit?«

Der Typ, der mir nun gegenübersteht – und mein Buch in der Hand hält –, sieht auf widersprüchliche Weise gut aus. Er ist etwas zu schlaksig für seine Größe, hat etwas zu unordentliche kurze Locken für eine gestylte Out-of-Bed-Frisur, etwas zu dunkle Augenringe, um nur als müde durchzugehen, etwas zu stoppelige Barthaare, etwas zu stark hervorstechende Wangenknochen, eine etwas zu schmale Nase mit einem etwas zu breiten Mund darunter …

»Sprichst du mit mir?« Er legt den Kopf schief, zieht seine etwas zu perfekt geschwungenen Augenbrauen hoch. »Oder telefonierst du?«

Und eine schöne Stimme hat er auch, denke ich, irgendwie rauchig und weich – und wundere mich im selben Moment darüber. Wieso fällt mir das alles auf? Dieser Typ hat mir mein Buch vor der Nase weggeschnappt, *das* sollte mich beschäftigen!

»Ich ... ich ...« Und offenbar hat er sich auch gleich meine Fähigkeit, zusammenhängende Sätze zu bilden, unter den Nagel gerissen. Mit jeder Sekunde, die er mich anschaut, scheinen mir mehr Buchstaben abhandenzukommen, und das ist ein wirklich, *wirklich* eigenartiges Gefühl.

Verunsichert reiße ich meinen Blick von dem Etwas-zu-alles-Kerl los, nuschle ins Handy, dass ich später zurückrufe, dann lege ich auf. Armer Kurt. Da hat er sich einmal durchgerungen, mich anzurufen, und ich würge ihn einfach ab!

»Das Buch«, wiederhole ich, als all meine Buchstaben endlich wieder dort sind, wo sie hingehören, und deute auf den Wälzer in der Hand meines Gegenübers. Seine Finger sind lang und schmal, die Fingernägel gepflegt. »Das ist das ›Praxishandbuch Forensische Psychiatrie‹«, füge ich hinzu.

»Sehr gut, damit hast du die Ein-Euro-Frage nach dem Titel des Buchs schon mal korrekt beantwortet«, erwidert der Typ und grinst. »Die etwas schwerere Zwei-Euro-Frage lautet: Kann ich dir irgendwie helfen?«

»Ja. Ich wollte mir dieses Buch gerade ausleihen, und du ... du hast es mir quasi weggenommen.«

»Wie bitte?«

»Na ja, ich stand hier und hatte meine Hand schon ... Egal. Jedenfalls brauche ich dieses Buch. Dringend.« Ohne darüber nachzudenken, mache ich einen Schritt auf den Bücherdieb zu, und jetzt kann ich ihn nicht mehr nur sehen, sondern auch riechen. Er riecht nach einer Mischung aus Minze, Meer und ... Ist das etwa Bier? Hoffentlich nur ein Überbleibsel von einer Feier gestern Abend.

»Keine Sorge«, sagt er, während er das Buch ein wenig fester packt. »Nächste Woche gehört es ganz dir.« Und weil ich nichts darauf entgegne, sondern ihn bloß anstarre, beugt er sich vor und flüstert: »Ist sonst noch was?«

»Das sind zehntausendachtzig Minuten«, murmele ich.

Mister Etwas-zu-alles runzelt die Stirn, guckt auf seine Uhr hinunter – eine Uhr mit Invader-Zim-Armband, stelle ich verwundert fest – und räuspert sich. »Ich versteh nicht …«

»Bis nächste Woche. Zehntausendachtzig Minuten.«

»Ah. Ach so. Danke für die Info.«

Invader Zim … Ich kenne kaum jemanden, der von dieser Zeichentrick-Serie je gehört hat, geschweige denn sie mag. Nalini und ihr bester Freund Pedro haben sich letzten Winter erbarmt, einige Folgen mit mir gemeinsam anzuschauen – und mich nach der dritten Folge angefleht, sich lieber die Augen auskratzen zu dürfen.

Apropos Augen, die von diesem Kerl sind echt …

Hör gefälligst auf, ihn so anzuglotzen!, mahnt der Teil von mir, der sich dunkel daran erinnert, warum ich hergekommen bin. Du bist viel zu spät dran und dieser Typ schnappt dir gerade dein Buch vor der Nase weg!

»Ich brauche das Buch heute. Sofort«, sage ich und straffe meine Schultern. »Ich bin extra deswegen vom anderen Ende der Stadt hergekommen, also …«

»Also was?«

»Na ja. Ich bin hergekommen, um das ›Praxishandbuch Forensische Psychiatrie – Grundlagen, Begutachtung, Interventionen im Erwachsenen-, Jugendlichen- und Kindesalter‹, 3. aktualisierte und erweiterte Auflage von Frank Häßler, Norbert Nedopil und Manuela Dudeck auszuleihen. Und du hast es mir weggenommen. Also gib es mir bitte zurück.«

Mister Etwas-zu-alles reißt die Augen auf. Er dreht den Wälzer in seinen Händen, wirft einen langen Blick auf das Cover, bestimmt, um nachzulesen, ob ich tatsächlich gerade in einem Anflug von Sprechdurchfall den kompletten Titel mit allem Drum und Dran heruntergebetet habe, und pfeift dann anerkennend durch die Zähne.

»Wow. Ich bin beeindruckt.« Er wendet das Buch noch ein paarmal hin und her, ehe er es in seine Armbeuge klemmt. »Aber ich kann es dir leider nicht geben.«

Was? Doch! Natürlich kann er! Wie soll ich denn sonst …?

»Ich brauch es auch gar nicht lange, zwei, drei Tage höchstens«, fährt er fort und mustert mich dabei, als würde er sich meinen Ausdruck nach diesem verbalen Dolchstoß genau einprägen wollen. »Deadline, verstehst du?«

Ach?, würde ich am liebsten erwidern. Schreibst du etwa auch gerade einen Thriller über einen psychisch kranken Serienmörder, der nur mithilfe einer forensischen Psychiaterin überführt werden kann, die jedoch dummerweise als Nächste auf der Opferliste steht? Und hast du dir etwa auch felsenfest vorgenommen, innerhalb der nächsten SIEBENUNDZWANZIG TAGE damit fertig zu werden?

»Also dann«, sagt der Kerl nun, und eine Welle aus Unruhe schwappt über mir zusammen, weil er sich erneut zum Gehen wendet. Mit einem Mal wird mir seltsam kalt. All das hier … das ist nicht richtig. Das war so nicht geplant. Und ausgerechnet jetzt fehlt es meinem Hirn an Rechenleistung, um schnell genug einen Ausweg aus der Situation zu finden. Doch irgendetwas *muss* ich tun! Einfach nach Hause gehen und eine weitere Woche vergeuden … allein die Vorstellung bereitet mir Kopfschmerzen.

»Warte kurz«, bitte ich, und der Typ hält tatsächlich inne, schaut mich fragend an.

Weiter, Lara, sprich weiter.

»Tut mir leid, wenn ich gerade unfreundlich war. Aber mein Morgen war bisher nicht unbedingt der beste, und ich« – ein Lachen platzt über meine Lippen – »ich fürchte, die Sache mit dem Buch war der berühmte letzte Tropfen. Fass übergelaufen und so, du kennst das Sprichwort sicherlich.«

Er blinzelt. »Ja, kenne ich.«

»Gut. Jedenfalls wollte ich schon früher hier sein – vor über einer Stunde, genauer gesagt. Nur leider ist mir ordentlich was dazwischengekommen, und deshalb …«

»Deshalb?«

»… deshalb hast *du* jetzt dieses Buch, und nicht *ich*. Was mich ehrlicherweise ziemlich in die Bredouille bringt.«

Mister Minze-Meer-Bier oder Etwas-zu-alles oder wie auch immer sein richtiger Name lauten mag lehnt sich mit dem Rücken gegen eins der Regale und nickt verständnisvoll. »Bestimmt nicht gerade schön da.«

»Hä?«, mache ich.

»Na, in der Bredouille.«

Wow, was für ein Brüller, denke ich, und Wut blubbert in mir nach oben, während ich mich mit beiden Füßen fest im Boden verwurzele. Bloß nicht aufregen, bloß nicht aufregen. Sei ein Berg, Lara, sei ein unerschütterlicher Berg.

»Nein, es ist nicht schön in der Bredouille«, wiederhole ich und lächle mein Gegenüber hoffentlich ausgesprochen mitleiderregend an. »Aber glücklicherweise kannst du mir ja hier raushelfen. Du musst mir nur dieses Buch geben.«

»Verstehe.« Der Kerl verlagert sein Gewicht ein wenig und dreht sich zur Seite, bis er nur noch mit der Schulter am Regal lehnt. Stoisch. Gelassen. Einzig der Bizeps des Armes, mit dem er das Buch – *mein Buch*! – festhält, steht unter Spannung. Was ich selbstverständlich nur ganz am Rande bemerke. Und es interessiert mich auch überhaupt nicht, wie das aussieht.

»Das Buch ist dir wohl wirklich wichtig, was?«, fügt er hinzu, und schlagartig rückt mein Ziel in greifbare Nähe.

»Ja, ist es.«

Mister Etwas-zu-alles seufzt. »Und wenn du nur ein paar Minuten früher hier gewesen wärst, wäre ich jetzt an deiner Stelle und müsste dich darum anbetteln, es mir zu überlassen.«

»Ja, müsstest du.«

»Würdest du es hergeben?«

»Ich …« Moment mal. Was soll das denn jetzt werden, umgekehrte Psychologie oder so ein Blödsinn? »Ich versteh nicht …«

»Das ist eine simple Ja-Nein-Frage, nicht mal fünfzig Cent wert. Ich bin sicher, damit kannst du umgehen. Würdest du mir das Buch geben, wenn ich zu spät gekommen wäre?«

Scheiße, nein, natürlich würde ich das nicht tun! Und so, wie der Typ mich angrinst – eine Augenbraue abwartend nach oben gezogen, die Lippen leicht geöffnet –, weiß er das auch ganz genau.

Hektisch weiche ich seinem Blick aus und überfliege die Buchtitel im Regal neben mir – jede Menge dicke Lehrwerke über Sucht, von denen ich ein paar sogar schon mal zu Recherchezwecken ausgeliehen habe. Aber keins davon konnte verhindern, dass ich mich nun durch diesen übel verkorksten Plot-Schlamassel kämpfen muss, ohne …

»Dachte ich mir«, sagt der Kerl, und ich drehe den Kopf, um ihn ein weiteres Mal anzusehen. Gott, bei diesen tiefdunklen Augenringen muss er doch seit seiner letzten Vorlesung am Freitag durchgefeiert haben. Seit seiner letzten … Vorlesung …

»Was willst du überhaupt mit dem Buch?«, frage ich und gehe einen Schritt auf ihn zu. »Das ist Fachliteratur.«

»Ja, und?«

»Seit Freitag sind Semesterferien. Niemand leiht sich jetzt noch solche Bücher aus.« Ich verenge die Augen zu kleinen Schlitzen. »Außer vielleicht, man hat eine Hausarbeit versemmelt und muss während der Ferien nachbessern. Oder man muss eine verpatzte Prüfung wiederholen. Weil man die Nächte lieber durchfeiert, anstatt zu lernen. Und da macht es ja wohl keinen Unterschied, ob man eine Woche früher oder später damit anfängt, den Stoff nachzuholen.«

»Reden wir gerade über dich oder über mich?«, hakt mein Gegenüber nach, und ich ziehe scharf die Luft ein. Glaubt er wirklich, dass *ich* durch eine Prüfung gefallen bin? Das ist … *unerhört*! Wahrscheinlich kreischt meine Masterurkunde, Abschlussnote *Sehr gut*, zu Hause gerade gepeinigt auf.

»Ich bin hier nicht diejenige, die so riecht, als hätte ich mich einmal quer durch das ›Haus der tausend Biere‹ gerollt, anstatt mich aufs Studium zu konzentrieren«, fahre ich den Typen an und gehe einen weiteren Schritt auf ihn zu.

»Ich studiere gar nicht mehr.«

»Okay. Dann brauchst du das Buch ja auch nicht.«

Mit einem letzten Schritt bin ich bei ihm und strecke die Hände aus, um das Praxishandbuch aus seinem Klammergriff zu befreien, doch er weicht geschickt aus und dreht sich von mir weg, am Regal entlang einmal um die eigene Achse.

»Woah!«, sagt er, als ich ihn einkessele und versuche, um ihn herumzufassen. »Langsam, langsam! Du musst doch nicht gleich handgreiflich werden.«

Kaum hat er die letzte Silbe ausgesprochen, materialisiert sich Albtraumbibliothekarin Frau Rüge neben mir – diesmal wortwörtlich. Wie ein unheilvoller Geist aus der Flasche taucht sie auf und fixiert mich mit loderndem Blick und wehendem Haar.

»FRAU WINTERSTEIN!«, donnert sie, sodass ich erschrocken zusammenzucke. »Jetzt habe ich aber die Nase endgültig voll! Lassen Sie den jungen Mann zufrieden, sonst werde ich dafür sorgen, dass unser neuer Sicherheitsbeauftragter Sie auf der Stelle aus der Bibliothek entfernt.« Dann wendet sie sich an meinen Widersacher – ja, Widersacher! Er könnte mir das blöde Buch doch einfach überlassen, oder nicht?! –, legt eine Hand auf seinen Arm und flüstert mit besorgter Miene: »Alles in Ordnung, Leo?«

»Sicher doch. Alles halb so schlimm, Mareile«, sagt er und tätschelt ihre dürren Spinnenfinger.

Leo? Mareile? Ich glaub, es hackt!

Während Etwas-zu-alles-Leo mit rauchig weicher Stimme auf seine Furienfreundin Mareile einredet, weiche ich zurück. Weg von dem einzigen Exemplar eines zweihundert Euro teuren Lehrwerks über forensische Psychiatrie in der gesamten Unibibliothek. Weg von achthundertsiebenundvierzig Seiten Wissen, die mir helfen sollten, meinen Thriller zu beenden. Weg von meinem Plan für diesen Tag, ja, für diese Woche.

Ich könnte heulen. Vermutlich werde ich heulen.

Als ein leises Wimmern über meine Lippen schlüpft, hebt der Typ, Leo, seinen Blick und sieht mich an. Er öffnet den Mund, als wolle er etwas sagen, doch bevor er dazu kommt, taucht eine weitere Frau hinter ihm auf, diesmal allerdings keine Gift und Galle spuckende Bibliothekarin, sondern eine blond gelockte Schönheit in eng anliegenden Jeans, weitem Hoodie und Ankle Boots. Sie sieht aus wie eine Göttin, die zufällig in eine deutsche Kleinstadt gespült wurde – im Gegensatz zu mir. Ich bin klein, schmächtig und mit meinen rötlich braunen Haaren das gefundene Fressen für jeden Sonnenstrahl, der vom Himmel fällt.

»Ah, gut, du hast es«, sagt sie, während sie Etwas-zu-alles-Leo das Buch aus den Händen nimmt, dann wendet sie sich an Frau Rüge. »Mareile. Schön, Sie zu sehen!«

Ich drehe mich wortlos um und stakse mit geballten Fäusten an den Regalen vorbei in Richtung Ausgang. Dieser Tag ist jetzt schon der schlimmstmögliche viertletzte Montag meines Sabbaticals, den ich mir vorstellen kann. Und es ist gerade mal halb elf.

*

»Was soll das heißen, du wärst heute fast aus der Bib rausgeflogen?«

Nalini sitzt mir gegenüber an unserem runden, mit Fliesen aus aller Welt beklebten Tisch in unserer kleinen, mit Möbeln aus aller Welt ausgestatteten Küche, die Knie bis zum Kinn gezogen und die Hände um eine dampfende Tasse Tee gelegt. Dabei mag sie gar keinen Tee. Aber unsere Kaffeemaschine ist immer noch kaputt, und wie ich Nalini kenne, wird das auch noch eine ganze Weile so bleiben. Vielleicht sollte ich mich gleich selbst darum kümmern. Die Alternative wäre, jedes Mal zu Willi und Kurt oder unserer Nachbarin Isabel zu rennen, wenn ich Kaffee haben will. Deren Wohnungen liegen zwar jeweils nur eine Treppe von unserer WG entfernt, und die drei sind die nettesten Menschen, die man sich vorstellen kann. Aber sie sind auch allesamt schon berentet und haben Zeit. Sehr viel Zeit. Im Gegensatz zu mir.

»Na ja, die Rüge hat gedroht, mich vom Sicherheitspersonal entfernen zu lassen«, erwidere ich brummig. »Aber die hatte mich ja von Anfang an auf dem Kieker.«

»Stimmt.« Nalini nickt wissend. »Wollte sie dich nicht bei deinem ersten Besuch damals rauswerfen lassen, weil du zu laut geniest hast?«

»Ja. Aber die ist trotzdem nur halb so schlimm wie dieser *Leo*, der größte Vollidiot, der unter dem sechstausend Grad heißen Gasball namens Sonne herummäandert.« Mein Puls schnellt noch immer in die Höhe, wenn ich nur an den Kerl denke …

»Okay, du weißt, es beeindruckt mich, wie mühelos du unnützes Wissen in deine Sätze mit einflechtest …«

»Unnützes Wissen?«, hake ich nach.

»Ja, Süße, man muss nicht unbedingt wissen, wie heiß die Sonne ist. Aber davon mal abgesehen, brauche ich mehr Informationen zu *Leo*, um ihn auch als Vollidioten betiteln zu können.« Nalini nimmt einen Schluck von ihrem Tee und verzieht angeekelt das Gesicht. »Uäh, der schmeckt ja widerlich. Also, mehr Infos, bitte. Es sei denn, du willst, dass ich einfach nur über ihn ablästere, ohne die ganze Geschichte zu kennen.«

»Ja!«, rufe ich, doch ehe Nalini mit ihrer Schimpftirade loslegen kann, schubse ich ein »Nein, warte!« hinterher. »Ich will, dass du über seine Gräueltaten Bescheid weißt.« Und nach einer bedeutungsschwangeren künstlerischen Pause schließe ich mit: »Er hat mir das ›Praxishandbuch Forensische Psychiatrie‹ direkt vor der Nase weggeschnappt.«

Mit perfekt dosiertem Entsetzen reißt Nalini ihre Augen auf. »Nein!«

»Doch!«

»Oh. Das ist ja *unerhört*!«

Ich liebe sie abgöttisch dafür, dass sie das Verhalten von Leo mit exakt demselben Wort beschreibt wie ich. Außer uns beiden und unserer Nachbarin Isabel benutzt wahrscheinlich niemand mehr die Bezeichnung »unerhört« – und Isabel ist achtundsiebzig.

»Unerhört und echt arschig«, füge ich hinzu. »Oh, ich könnte ausrasten, wenn ich darüber nachdenke, dass dieser Typ mir die ganze Woche versaut hat!«

Halb hinter ihrer Tasse versteckt, versucht Nalini, sich ein Grinsen zu verkneifen, und als ich sie dabei erwische, täuscht sie einen Hustenanfall vor. Niemand ist so grottenschlecht im Vertuschen wie Nalini.

»Warum grinst du?«, frage ich und kneife die Augen zusammen.

»Deinetwegen.«

»Was ist mit mir?«

»Er hat dir gefallen, nicht wahr?«

»Spinnst du? Wie kommst du denn darauf?!«

»Weil du im Studium ständig mit Kerlen zu tun hattest, die dir irgendwas weggenommen oder dich kacke behandelt haben. Aber über die hast du dich lange nicht so aufgeregt – oder dir ihre Namen gemerkt.«

»Das stimmt doch überhaupt nicht!«, sage ich und werfe eine leere Müsliriegelpackung nach ihr, die auf dem Tisch liegt. »Dieser eine Typ aus dem Labor, der mit den roten Haaren, weißt du noch?«

»Ja.«

»Der hieß … der hieß …« Verdammt! Ich erinnere mich nicht an seinen Namen. Nalini hat recht. »Ach, ist auch egal. Ich bin nur deshalb so sauer, weil ich dieses blöde Buch brauche!«

»Oh nein. Was du brauchst – gebraucht *hättest*! –, ist Erholung.« Mit streng zusammengezogenen Augenbrauen fuchtelt Nalini vor meinem Gesicht herum. »Ein echtes Sabbatical, kein bis auf die letzte Sekunde durchgetaktetes, bei dem jede Planänderung zu einer Kernschmelze führt.«

»Ach, Ni. Das hatten wir doch alles schon«, erwidere ich seufzend.

In regelmäßigen Abständen nimmt mich jemand aus meinem engsten Kreis beiseite, um ein ernstes Wörtchen mit mir zu reden, und jedes Mal lautet die Quintessenz: *Du machst dir zu viel Stress, Lara – So wird das nichts, Lara – Warum nimmst du dir nicht einfach mehr Zeit für dieses Buch, Lara?* Und wenn ich antworte, dass ich mich nicht gestresst fühle – höchstens manchmal – und dieses Buch ja innerhalb der Deadline fertigstellen *muss*, weil ich als Bionikerin in einem neuen Job andere Sachen zu tun haben werde, verdreht mein Gegenüber die Augen. Zum Glück besteht mein engster Kreis aus gerade mal sechs Personen. Eigentlich besteht mein gesamter Kreis aus nur sechs Personen …

»Ich weiß, ich weiß«, sagt Nalini. »Du kannst dir gar kein richtiges Sabbatical leisten, außerdem entspannst du beim Schreiben am besten …«

»Und das ist ja immerhin das Ziel dieser Übung!«, platze ich dazwischen.

Nalini lächelt nachsichtig. »Das hier ist keiner deiner Laborversuche aus dem Bionik-Studium, bei denen du immer wieder auf Anfang zurückspulen kannst, sondern dein Leben.« Sie hebt einen Zeigefinger, als ich den Mund öffne, um etwas zu entgegnen, und bringt mich allein mit dieser Geste dazu, meinen Mund wieder zu schließen. Wenn Nalini Forster eins kann, dann andere Leute trotz ihrer elfengleichen Figur und ihrer Körpergröße von einem Meter sechzig mit einem Fingerzeig und einem durchdringenden Blick zum Schweigen zu bringen. Als Justizvollzugsbeamtin muss sie das auch können, schätze ich.

»Lass mich ausreden«, verlangt sie, und ich nicke gehorsam. »Du hast recht, Entspannung ist das Ziel. Oder sollte es zumindest sein. Dummerweise wirkst du weder auf mich noch auf Pedro noch auf irgendjemand anderen in diesem Haus sonderlich entspannt. Selbst nach … Wann hast du mit dem Buch angefangen?«

»Vor dreihundertsechsunddreißig Tagen.«

»Siehst du? Das ist nicht entspannt, sondern krankhaft. Und beängstigend.« Sie fixiert mich über ihren dampfenden Teebecher hinweg, und ich lasse meine Stirn auf die Tischplatte sinken.

Die Fliesen fühlen sich kühl auf meiner Haut an, was die sengende Julihitze, die durch das Fenster hereinströmt, ein wenig abmildert. Seit Tagen knallt die Sonne vom Himmel, sodass das Thermometer auch nachts kaum mehr unter fünfundzwanzig Grad fällt.

»Sei nicht so hart zu dir«, sagt Nalini nun und tätschelt mir liebevoll die Schulter. »Du hast selbst gesagt, dass du dringend eine Pause brauchst. Also nimm sie dir endlich.«

»Ich hab doch Pause«, murmele ich gegen die kalten Fliesen. »Ich gehe nicht zur Uni, ich hab keinen Job …«

»Natürlich hast du einen Job!«

Ja, okay, das ist richtig. Seit dem ersten Semester arbeite ich zwei- bis dreimal die Woche in einem Buchhandlungscafé, um die Miete für das WG-Zimmer bezahlen und mir ab und zu auch mal was anderes als trockenes Toastbrot kaufen zu können.

»Und für ein paar Tage Arbeit verdienst du gar nicht so schlecht«, fügt Nalini hinzu, während sie fleißig weitertätschelt.

»Wenn ich nach der Uni am FIT angefangen hätte oder bei Fresenius, würde ich jetzt mehr Geld verdienen. Viel mehr.«

»Nein, dann würdest du jetzt mit einem ausgewachsenen Burn-out im Bett liegen und gar nichts verdienen.« Nalini trinkt schlürfend einen Schluck Tee, ehe sie fortfährt. »Keine Sorge, um in irgendeinem hippen Bionik-Institut zu landen, bleibt dir noch genug Zeit. Und wie ich Felicia kenne, wird sie dir einen Platz ganz oben freihalten.«

»Ich fürchte auch.«

Felicia ist meine personifizierte Erinnerung daran, dass das alles hier nur eine Momentaufnahme ist. Zweimal die Woche taucht sie unangemeldet auf, ruft an oder kriegt mich sonst wie zu fassen und arbeitet an ihrem Ziel, mich unter die Job-Haube zu bringen. Was wiederum *ihr* Job ist. Felicia ist Headhunterin, und wenn ich behaupten würde, sie wäre hartnäckig, wäre das weit untertrieben. Seit beinahe einem Jahr klebt sie an mir wie Harz am Handballen. Und obwohl es unglaublich anstrengend ist, sie jedes Mal aufs Neue vertrösten zu müssen, bin ich ihr mit Leib und Seele verfallen. Ich mochte sie vom ersten Moment an.

»Aber jetzt solltest du endlich einen Gang runterschalten«, fährt Nalini fort, »oder auch zwei, oder drei. Hör endlich auf, dir selbst so viel Druck zu machen, und …«

Ihre Stimme hat nun diesen typischen Singsang-Sound angenommen, den Nalini immer aktiviert, wenn sie jemanden beruhigen will. Sie klingt dann tiefer und leiser, als hätte sie einen Relax-Filter eingeschaltet. Dabei will ich mich gar nicht beruhigen. Ich will eine Lösung für das Problem finden, das Leo mir eingebrockt hat. Am besten eine, bei der ich keine Woche warten muss und die mich bei meinem Thriller ein gutes Stück … Ruckartig richte ich mich auf. »Ich lasse ihn sterben!«

»Entschuldige bitte?!« Mit der Hand in der Luft starrt Nalini mich an.

»Leo!«, sage ich. »Ich glaube, ich weiß, warum das Buch bisher nicht funktioniert hat: Die Verbindung vom ersten Opfer zur Ermittlerin fehlt! Es gibt noch keinen Grund dafür, warum sie sich so persönlich involviert fühlt! Und es gibt auch noch keinen triftigen Grund, warum der Täter es jetzt ausgerechnet auf sie abgesehen hat. Aber wenn ich diesen Leo in meinem Thriller verwurste und ihm eine richtig knackige gemeinsame Backstory mit der Ermittlerin verpasse …«

»Ich versteh kein Wort.«

»Ich mach es zu was Persönlichem!«

»Okay. Aha. Hm. Und was meinst du mit verwur… Nein, warte, ich will es gar nicht wissen.« Entschieden schüttelt Nalini den Kopf. »Aber freut mich, dass dir die Begegnung mit *Leo* dabei hilft, mit der Story weiterzukommen. Dann hatte es ja doch was Gutes.«

»Hör auf, seinen Namen so komisch auszusprechen.«

»Mach ich überhaupt nicht.«

»Machst du wohl.« Ich werfe ihr einen vielsagenden Blick zu, den sie mit einem Schulterzucken erwidert. »Jetzt muss ich mir nur noch überlegen, wie ich ihn am besten erledige. Vielleicht könnte ich …«

Nalinis Gesichtsausdruck wechselt nun sekündlich zwischen Schock und Belustigung hin und her, deshalb schiebe ich schnell ein »Alles nur auf dem Papier, versteht sich!« dazwischen, ehe sie irgendeinen fiesen Wärterinnengriff an mir ausprobieren kann, um auszuschließen, dass ich Leo nicht auch im wahren Leben an die Gurgel gehe.

Wirklich zu beruhigen scheint sie das allerdings nicht, denn sie guckt mich weiter schräg an und murmelt: »Erklär mir doch noch mal ganz genau, warum es sinnvoller ist, blutige Thriller zu schreiben, anstatt dich zu erholen.«

»Blutige Thriller mit Anspruch! Keinen seelenlosen Splatter, aus dem die Suppe trieft, wenn man ihn anhebt«, verbessere ich sie.

»Das ist *keine* Erklärung.«

»Ni.«

»Ja, schon gut«, sagt sie und winkt seufzend ab. »Da fällt mir ein: Einer meiner Kollegen hat mir heute von einem Podcast erzählt – ich hab den Titel vergessen, irgendwas mit Killing Sex oder so. Da geht's um abstruse Sexualverbrechen und …«

»Oh, cool.« Mit neuem Elan springe ich auf und drücke Nalini einen Kuss auf die Wange. »Nicht, dass ich die Zeit hätte, mir Podcasts anzuhören, aber erzähl mir doch später davon!«

»Ja, ja, verstehe. Im Stundenplan gibt es keinen Eintrag für Podcasts.«

»Exakt.« Nach einem letzten Winken verlasse ich die Küche. Eigentlich müsste ich schon seit über drei Stunden am Schreibtisch sitzen, höchste Zeit also, dass ich endlich loslege.

»Ach, und dieses Buch …«, ruft Nalini mir hinterher. »Dieses Praxisdings, das du haben wolltest …«

»Ja?«, rufe ich zurück.

»Ich leih dir das Geld. Dann kannst du es kaufen. So teuer wird es ja nicht sein.«

Zweihundert Euro, denke ich. Davon könnten meine Eltern zwei Wochen lang gut leben. Und ich mindestens drei.

»Oder ich schiebe einfach eine Nachtschicht ein und googele alles, was ich wissen muss«, gebe ich zurück. »Ich hatte sowieso vor, heute etwas länger zu machen.«

»Lara Winterstein, wir haben doch eben darüber gesprochen, dass …«

Den Rest des Satzes höre ich nicht mehr, weil ich die Tür zu meinem Zimmer leise hinter mir zugezogen habe. Ich weiß, dass es Nalini nichts ausmachen würde, mir das Geld zu leihen.

Aber mir macht es etwas aus.

Samstag

Leo zum Opfer zu machen, hat auch nicht funktioniert.

Zugegeben, es hat erstaunlich viel Spaß gemacht, ihn als Figur auszuarbeiten, mir einen Berg voller Schwächen und viel weniger Stärken für ihn auszudenken. Einen ganzen Tag habe ich damit zugebracht und mich schließlich dazu zwingen müssen, den Charakterbogen zur Seite zu legen, um an der Geschichte weiterzuschreiben … Aber abgesehen davon, dass die Morde in meinem Thriller durch Leos Beispiel nun viel persönlicher motiviert sind und die Opferauswahl des Mörders nicht mehr so willkürlich daherkommt, hat sich nicht viel geändert. Schlussendlich habe ich die Fäden der Geschichte wieder nicht zusammengebracht, warum auch immer.

Was ich stattdessen im Laufe der Woche ausgebrütet habe, ist ein großer, teigig-zäher Klumpen aus schlechter Laune, der sich bereits fest in meiner Körpermitte verankert hat, als ich am Samstagabend Tomaten und Mozzarella in Scheiben schneide und immer abwechselnd auf einen Porzellanteller klatsche.

Durch das Fenster neben mir dringen Italo-Pop und Gelächter in die Küche, und ich versuche seit einer Stunde, mich von der guten Stimmung anstecken zu lassen. Immerhin ist die Party da draußen für mich. Die bunten Lampions, die Wimpel, das mit Eiswürfeln befüllte Planschbecken zum Abkühlen, die Eisbombe und sogar die Citronellakerzen zur Mückenabwehr – alles, damit ich endlich eine »echte« Auszeit und Ablenkung bekomme. Und für Ablenkung sorgen unsere Gartenpartys immer.

Die legendären 61er-Abende – benannt nach unserer Hausnummer – sind sogar über die Lindenallee hinaus berüchtigt und ein richtiger Publikumsmagnet. Unsere drei Institutionen, wie sich Willi, Kurt und Isabel gern kichernd selbst nennen, wählen jedes Mal andere Gäste aus, und jedes Mal gibt es ein Motto, das strengstens eingehalten werden muss. Wer sich weigert, fliegt – es sei denn, es handelt sich bei dem Abtrünnigen um Willi. Allein der Gedanke, ihn in etwas anderem als Hemd und Stoffhose gekleidet zu sehen, entlockt mir ein ungläubiges Schnauben. Letztes Jahr hat ihm Isabel beim Thema Varieté eine schwarze Federboa um den Hals gehängt, und sie dort für zehn Minuten zu belassen, war das allerhöchste der Gefühle für Wilhelm Freimark.

Heute lautet das Motto Italienische Nacht. Ich durfte es festlegen – wie gesagt, die Party soll vor allem *mich* aufmuntern –, und offiziell habe ich mich dafür entschieden, weil ich irgendwann in meinem Leben mal Florenz und Genua sehen möchte. Der tatsächliche Grund lautet aber, dass Willi und Kurt während ihrer Flitterwochen damals in Verona waren und sie übermorgen Hochzeitstag haben. Die beiden haben meinen Wunsch schweigend und mit leicht verträumten, glückseligen Blicken hingenommen. Ob sie mir jetzt, da Pedro aus vollem Hals »O sole mio« durch den Garten schreit, immer noch dankbar sind, wage ich allerdings zu bezweifeln.

»Sag mal, musst du die Tomaten erst noch aufziehen, die du schneiden wolltest?«, fragt Nalini plötzlich hinter mir, und ich zucke erschrocken zusammen.

»Woah, Ni! Du kannst doch nicht einfach so hier reinplatzen«, ächze ich. »Stell dir vor, ich hätte mich gerade am Hintern gekratzt oder wilden Sex mit einem Fremden auf dem Küchentisch gehabt oder so.«

»Deine Hintern-Kratz-Zeit ist doch morgens zwischen sieben und fünf nach sieben«, sagt sie. »Und Sex steht bestimmt überhaupt nicht auf deinem Stundenplan. Also entspann dich, Bellissima.«

»Das mit dem Sex musst du gerade sagen!«, erwidere ich und fuchtele mit einer Mozzarellascheibe vor ihrem Gesicht herum.

»Obwohl ich dir auf Anhieb eine ganze Liste mit Kandidaten zusammenstellen könnte, die zu Testzwecken bereitstehen würden. Angefangen bei …«

»Mach ruhig. Solange sie ordentlich strammstehen …«, fällt Nalini mir ins Wort und grinst dabei so anzüglich, dass ich nicht anders kann, ich muss einfach lachen.

Sie weiß sehr genau, wen ich an allererster Stelle ihrer Verehrerliste sehe, tut aber alles dafür, dass ich seinen Namen nicht ausspreche, um »diesen Furcht einflößenden Stein gar nicht erst ins Rollen zu bringen«, wie sie es ausdrückt. Dabei ist mehr als offensichtlich, wie sehr Pedro darauf hofft, die Friendzone irgendwann verlassen zu können. Vor allem jetzt, da er kurz vor Abschluss seines Studiums steht und seine ehemals vierköpfige WG innerhalb weniger Wochen auf zwei Leute zusammengeschrumpft ist: Pedro und ein Typ, dessen Namen ich mir nicht merken kann.

»Ich bin schon still«, sage ich also, und Nalini schenkt mir ein dankbares Lächeln.

Während der nächsten zehn Minuten drapieren wir gemeinsam Tomaten, Käse und Basilikumblätter auf dem Teller, schneiden frisch aufgebackene Kräuterbaguettes in handliche Stücke, trinken jede ein großes Glas Wein auf ex und unterhalten uns über belangloses Zeug. Weil wir uns ein paar Tage kaum gesehen haben – Nalini hatte seit Dienstag Spätschicht und ich genug damit zu tun, all die Infos zu googeln, die ich dank Leos Bücherdiebstahl nicht mal eben in einem Fachbuch nachlesen konnte –, gibt es einiges nachzuholen.

Als wir schließlich in den Garten zurückkehren, tanzt Pedro gerade mit einer Frau, die ich noch nie zuvor gesehen habe, zu »Cosas De La Vida«, während eine Handvoll anderer Gäste Boule spielt und Willi, Kurt und Isabel sich angeregt mit jemandem unterhalten, den ich ebenfalls nicht kenne. Eine Weile drücke ich mich mit Ni und ein paar Leuten aus der Nachbarschaft am Buffet herum, probiere mich durch Antipasti, Salate und eine riesige Anzahl an pappsüßen Nachspeisen, dann schlendere ich weiter.

Die Stimmung ist gut – zu gut eigentlich, um sie mit Grübeleien über Deadlines und hakende Plots zu verpesten. Das warme Abendlicht, das durch die Bäume am Ende des Gartens dringt, fühlt sich wie eine fluffige Decke für überreizte Gedanken an, und die vielen bunten Lichter entlang der etwas erhöht liegenden Veranda tun ihr Übriges. Direkt dahinter ragt das Wohnhaus auf, eine dreistöckige Stadtvilla aus dem späten neunzehnten Jahrhundert, die Kurt von seinen Eltern geerbt und in ein Heim für drei Parteien umfunktioniert hat. Als einziges Gebäude der gesamten Lindenallee besitzt es einen Garten, der diese Bezeichnung auch tatsächlich verdient, und wenn ich darüber nachdenke, wie wenig Miete Nalini und ich für unsere Wohnung im ersten Stock bezahlen, schnürt sich mir die Kehle zusammen. Aber Kurt will es so. Er weiß, dass er locker das Dreifache verlangen könnte. Nur müssten Ni und ich dann ausziehen, und das kommt für ihn überhaupt nicht infrage …

»Wir spielen jetzt Boule, keine Widerrede!«, grölt mir Pedro auf einmal viel zu laut ins Ohr, und ich fahre erschrocken herum. »Du hast dich schon viel zu lange dagegen gewehrt.«

»Ja, Pedro, weil das wirklich keine gute …«

»Bella ciao, ciao, ciao!«, jault er zur Musik, während er nach meiner Hand greift, mich erst ein paarmal um die eigene Achse wirbelt und anschließend zur improvisierten Boulebahn zerrt.

»Keine Widerrede, hab ich gesagt!«

Ich will trotz seiner Ansage erneut anfangen zu protestieren, da befreit mich Willi schon aus Pedros Fängen und zieht mich in eine andere Richtung, weg von den Boulespielenden und hin zur Veranda. Mit Leidensmiene schaut uns Pedro hinterher, bringt aber nicht den Mut auf, etwas gegen meine Entführung zu unternehmen. Kein Wunder, immerhin sieht Wilhelm Freimark nicht nur aus wie ein silberhaariger Drill-Instructor, er war sogar mal einer. Na ja, wenn man es ganz genau nimmt, hat er als Oberstleutnant in einer Lehreinrichtung gedient und seinen Schülerinnen und Schülern alles Mögliche über Physik beigebracht. Eigentlich ziemlich cool. Trotzdem haben sich schon damals die Leute aus Angst beinahe in die Hose gemacht, wenn sie ihm gegenübertreten mussten, und die meisten tun es noch heute.

»Danke!«, flüstere ich. »Mal wieder.«

Willi verdreht die Augen. »Dass der Junge aber auch nicht müde wird zu behaupten, du müsstest dich bloß trauen.«

»Na ja, er hat mich eben noch nie irgendwas werfen sehen.«

»Der Glückliche.«

»He!« Ich knuffe ihm in den Arm, doch Willi zuckt nur mit den Schultern. Zugegeben, er hat ja recht. Ich bin in sämtlichen Sportarten, bei denen Kugeln oder Bälle involviert sind, eine totale Null. Nalini behauptet sogar, das Wort talentfrei wäre erfunden worden, als mir jemand beim Volleyball zugesehen hat …

Glücklicherweise wechselt Willi schnell das Thema. »Felix will uns übrigens gerade etwas über einen Podcast erzählen, bei dem es um Sexualverbrechen geht. Hast du Lust, uns Gesellschaft zu leisten?«

»Wer ist denn Felix?«

»Nalinis Arbeitskollege. Netter junger Mann.« Willi wirft mir einen Blick von der Seite zu, dann deutet er mit einem Nicken zur Lounge auf der Veranda, wo Kurt, Isabel und besagter Arbeitskollege es sich gemütlich gemacht haben. »Er sieht auch ganz gut aus, glaube ich.«

Dass jemand gut aussieht, bedeutet nicht automatisch, dass er sich nicht als Arschkeks entpuppen und dir ein wichtiges Arbeitsmittel vor der Nase wegschnappen kann, denke ich und kippe den Rest meines Weins hinunter. Hui, das war bereits mein zweites Glas. Ich vertrage ungefähr so gut Alkohol, wie ich

Boule spiele, also sollte ich wohl mal ein bisschen langsamer machen, wenn ich nicht den Rest des Abends über der Kloschüssel verbringen will.

»Also schön, lass uns über Podcasts sprechen.« Entschlossen ziehe ich Willi die fünf kleinen Stufen hinauf und weiter zur Sitzgruppe. »Hi, zusammen.«

»Lara!« Isabels Miene hellt sich auf. »Wir haben gerade über dein Sabbatical-Projekt gesprochen.« Sie klopft auf den freien Platz neben sich, und ich lasse mich bereitwillig in die wattigen Polster des Gartensofas sinken. Um mich hier wieder wegzubringen, bräuchte Pedro einen Kran.

»Und über was genau?«, frage ich. Mein Blick landet wie von selbst auf Felix, als ob ich die aufgestellte Hypothese, der Kerl würde gut aussehen, sofort auf den Prüfstand stellen müsse. Okay, ja. Er ist tatsächlich ganz niedlich. Vor allem das Grübchen am Kinn, wenn er grinst. Was er ununterbrochen tut. Aber Welpen sind auch niedlich, trotzdem schaffe ich mir nicht gleich einen an.

»Der junge Mann hat uns von einem Podcast vorgeschwärmt, den du ausgezeichnet zur Recherche für deinen Thriller nutzen könntest«, erklärt Isabel. »Oder als Inspiration. Die Realität übertrifft die Vorstellungskraft ja bisweilen an Grausamkeit.«

»Geht es um diesen True-Crime-Podcast, den Nalini schon mal erwähnt hat?«, hake ich nach.

»Ja, genau! Das ist einer der meistgehörten True-Crime-Podcasts in Deutschland, und die zwei Hosts sind der absolute Banger!«, sprudelt Felix los. »Die schauen sich sogar die Straßenkarten der Tatortstädte an.«

»Nun, Recherche und korrekte Faktenlage sind unabdingbar, wenn man verhindern will, dass die Zuhörenden falsche Schlüsse ziehen können«, sagt Isabel streng. »Nicht auszudenken, wenn aufgrund von Falschaussagen oder irgendwelchen plötzlich aufgetauchten Beweisen ein Fall neu aufgerollt werden müsste.«

Felix blinzelt überrascht.

»Wow, das … das hört sich an, als wüssten Sie, wovon Sie sprechen«, sagt er. »Kennen Sie sich im Bereich Verbrechensbekämpfung aus?«

»Sie war Rechtsanwältin«, antwortet Kurt an Isabels Stelle und wirft ihr einen Blick zu, aus dem man unschwer seine Bewunderung ablesen kann. »Die beste weit und breit. Ihr Motto lautete: *Wer sich den Gesetzen nicht fügen will, muss den Ort verlassen, an dem sie gelten.*«

Isabel lächelt amüsiert. »Der Spruch stammt ganz sicher nicht von mir, mein Lieber.« Mit großer Geste pflückt sie einen langen, schwarz gefärbten Zigarettenhalter vom Tisch, wie man ihn aus alten 20er-Jahre-Filmen kennt, und klemmt ihn sich zwischen Zeige- und Mittelfinger. Obwohl sie vor über vierzig Jahren mit dem Rauchen aufgehört hat, ist der Zigarettenhalter geblieben. Weil er so ein »verrucht mondänes Accessoire« ist, wie Isabel es ausdrückt. Und weil sie ihn im Zweifel dazu nutzen kann, um jemandem damit auf die Finger zu klopfen – exakt das, was sie tut, als Felix sie ein wenig zu lange mit großen Augen anglotzt.

»Heben Sie sich Ihre Begeisterung für das junge Volk auf, Sie Charmeur! Meine Zeiten sind vorbei«, mahnt sie. »Erzählen Sie lieber noch etwas über diesen Podcast.«

»Ach so, ja. Ähm …« Felix kratzt sich nachdenklich an der Schläfe. »Na ja, das meiste hab ich schon erwähnt. Die machen Interviews mit den Hinterbliebenen, den Ermittelnden und so. Und manchmal spielen sie die Fälle auch nach …«

»Bitte was?«, fragt Willi.

»Die spielen das nach. So ähnlich wie bei … Krimihörspielen. Mit Musik im Hintergrund. Kennt ihr dieses Geigenquietschen bei Psycho?« Zustimmendes Gemurmel von allen Seiten, während Felix sich Wein nachschenkt und auch mein Glas unaufgefordert auffüllt. »Total creepy. Manchmal schreit sogar jemand, oder man hört, wie Blut an die Wand spritzt.«

Willi hebt eine Augenbraue, und ich weiß genau, welche Gedanken in seinem Kopf herumschwirren. Mit Sicherheit dieselben wie in meinem.

»Also, wenn das einer von diesen reißerischen Bauernfänger-Podcasts ist, bin ich raus«, sage ich und nehme einen kleinen Schluck von meinem Wein. »Dieser billige Thrill ist echt nichts für mich.«

»Aber genau darum geht's doch bei so was, oder nicht? Dass man die Leute mit Aufregern bei der Stange hält«, erwidert Felix.

»Das sind keine Aufreger, das ist plumper Voyeurismus. Und es hilft kein bisschen dabei, Wissen zu vermitteln.«

»Möglicherweise steht das hierbei auch gar nicht im Vordergrund«, schaltet Kurt sich nun ein und rückt seine Brille zurecht, ein Modell mit runden Gläsern und knallrotem Gestell. »Ist das nicht vielmehr eine Art von Schauspiel? Ich meine, Filme und Serien über Mörder tun doch letztlich nichts anderes. Und wenn du mich fragst, hört es sich eher aufregend an.«

»Als ob gerade *du* im Moment noch mehr Aufregung bräuchtest …« Willi hat sich auf seinem Stuhl zurückgelehnt und mustert Kurt durchdringend, doch der reckt bloß stur seine Nase in die Luft.

»Eine kleine Aufregung zwischendurch macht den grauen Alltag bunt. Das weiß auch Thomas Holtbernd«, erwidert er. »Und der ist ein bekannter Psychologe.«

»Aber sicherlich nicht herzkrank«, knurrt Willi.

»Ich fürchte, er hat trotzdem recht«, springt Isabel Kurt bei, und er nickt zufrieden. »Wir sind alle zumindest ein kleines bisschen voyeuristisch veranlagt. Die Menschen kaufen sich einen Thriller ja auch nicht aus dem Grund, weil er ein schönes Cover hat …«

Ich weiß nicht genau, wie viel Zeit wir mit der Diskussion darüber verbringen, ob ein True-Crime-Podcast reißerisch sein darf – oder muss – und ob mein Thriller wohl dieselbe Klientel ansprechen würde wie dieses True-Crime-Hörspiel – hoffentlich nicht! Aber als auch mein drittes Glas Wein leer ist und Felix mir erneut nachschenken will, wird mir auf einmal ganz schön weich ums Hirn. Und urplötzlich muss ich aufs Klo. Dringend. Quasi jetzt sofort.

»Du meine Güte!«, ruft Kurt, weil ich beim Aufspringen über seinen Fuß stolpere und fast auf seinem Schoß lande. Er versucht mich zu stützen, aber Willi kommt ihm zuvor, schiebt seine zitternden Hände sacht beiseite.

Seit wann zittern denn Kurts Hände so sehr?

»Kurt von Cappeln, du bewegst dich nicht von der Stelle!«, befiehlt Willi, während er mich wie vorhin schon am Ellbogen packt und ums Sofa herumführt. »Das fehlte gerade noch, dass ihr beide auf die Nase fallt.«

Wieso wir beide? Geht es Kurt nicht gut?, denke ich, und dann fällt mir auf, dass das eine Frage ist, die es verdient hat, laut ausgesprochen zu werden. Also frage ich: »Wieso wir beide? Ist Kurt okay?«, und nuschle dabei auch höchstens ein klitzekleines bisschen.

Willi schüttelt unwirsch den Kopf. »Darüber reden wir besser ein andermal.«

»O… okay.« Holla, der Boden schwankt auf einmal ganz gewaltig. Ich beuge mich zu Willi hinüber und flüstere: »Könnte sein, dass ich ein My zu viel getrunken habe.«

»Was du nicht sagst.« Ein Lächeln erscheint auf seinen Lippen. »Hauptsache, das ewige Gedankenkarussell hatte mal einen Abend lang Pause.«

Hatte es das? Ich bin mir nicht ganz sicher …

Pedro tanzt an mir vorbei, umarmt mich kurz und droht, dass er mich irgendwann schon noch zum Boulespielen bringen wird, dann ist er auch schon wieder weg, irgendwohin verschwunden, wo er lauthals »L'italiano« grölt. Witziger Kerl. Ich mag ihn. So wie ich Malte mag. Aber Malte ist nicht mehr da. Dafür gibt es nun einen Typen, der aussieht wie Homer Simpson und mein Essen zermatscht.

Mann, ey.

Aber Nalini ist noch da. Meine Nalini. Sie hält mich fest und verspricht mir, mich zum Klo zu bringen. Zum Glück hab ich sie. Und zum Glück hab ich all die anderen, die mir jetzt grinsend hinterhergucken. Ich grinse breit zurück und zeige das Peace-Zeichen. Vielleicht ist es auch der Vulkaniergruß, keine Ahnung.

»Komm«, sagt Ni. »Komm mit, Lara.«

Der Rest des Abends ist ein wenig verschwommen. Nalini bringt mich ins Bad, lässt mich pinkeln, hilft mir beim Umziehen und Zähneputzen und lässt mich zum Abschluss noch mal pinkeln. Wie viel Wein hab ich denn getrunken, ein paar Liter?

»Drei Gläser«, sagt Ni, als sie mit mir in mein Zimmer torkelt. Offenbar hab ich die Frage nicht bloß gedacht …

»Wow, Lara Winterstein hat einen sitzen«, sagt sie und legt mich vorsichtig ins Bett. »Das ist das erste Mal, dass ich dich so richtig betrunken erlebe.«

Und es wird das letzte Mal sein, schwöre ich mir im Stillen. Es fühlt sich seltsam an, so als ob mein Hirn und mein Körper plötzlich nicht mehr dieselbe Sprache sprechen würden, und das gefällt mir nicht. Ich will das nicht. Eigentlich will ich das alles hier nicht mehr, diesen Stress mit dem Buch und das ständige Hoffen, jetzt endlich auf dem richtigen Weg zu sein, nur um eine Woche später zu merken, dass es wieder der falsche war.

»Ni?«, murmele ich.

»Hm?«

»Ich hör auf. Ich ruf Felicia an und … und … und ich mach's.« Fresenius, FIT, was immer sie für mich hat, ich werd's machen. Da hab ich auch Stress, aber dann weiß ich wenigstens genau, woher er kommt. Und den Rest, die Sache mit dem Sabbatical, dem Entspannen und was weiß ich – das geb ich auf.

Vielleicht verschieb ich es auf später. Oder auf nie.

»Das war ehrlich gesagt nicht der Sinn dieser Party«, setzt Nalini an, doch ich fuchtele ihren Einwand entschieden beiseite.

»Ist ganz genau richtig so. Wenn die alle nur billigen … nur billige schnelle Kicks wollen … das kann ich nicht. Das … Ich kann nicht …«

»… billig. Schon klar.« Nalini lächelt und breitet das dünne Laken über mir aus, das ich momentan anstatt einer Decke nutze. »Jetzt schlaf erst mal, und morgen sehen wir weiter.«

»Gar nichts sehen wir.«

»Okay.«

»Scheiß auf das Praxisdingsbuch und überhaupt.« Meine Augen fallen zu, ohne dass ich was dagegen tun kann. »Ich brauch das alles nicht, um … um …«

2.

Montag

Es ist erstaunlich, wie schnell die entspannende Wirkung von Alkohol in eine betäubende umschlägt, oder was für seltsame Reaktionen und Gedanken Alkohol auslösen kann. Als Zellgift beeinflusst er ab dem ersten Schluck jede einzelne Faser im Körper, jeden noch so kleinen Baustein. Einige unserer Organe leiden dabei mehr als andere. Das Gehirn ist – wer hätte das gedacht – am empfindlichsten. Ausnahmslos jeder Alkoholkonsum zerstört Hirnzellen. Und der Konsum von drei Gläsern Wein offenbar besonders viele, denn warum sonst habe ich im Delirium behauptet, ich würde mit dem Schreiben aufhören und Felicia anrufen? Ich habe gesagt, ich würde aufgeben. Dabei ist das Wort »aufgeben« eher passiver Wortschatz statt aktiver.

Zugegeben, am Sonntagmorgen war ich immer noch gefährlich nahe am Ich-will-das-alles-nicht-mehr-Abgrund, was ich der Tatsache zuschreibe, dass ein biologisch weiblicher Körper nur 0,1 Promille Alkohol pro Stunde abbauen kann. Und ich hatte wohl ein kleines bisschen mehr als 0,1 Promille im Blut, sprich, am Sonntag um neun zirkulierte immer noch genügend Gift durch meine Adern, um mein Hirn zu vernebeln. Erst gegen Mittag lichtete sich der Doomsday-Vorhang allmählich, und das schlechte Gewissen machte sich breit, weil ich den ganzen Morgen jammernd rumgelegen hatte. Also beschloss ich, etwas zu unternehmen.

Ich ging joggen, duschte, aß etwas, googelte noch ein paar Seiten über forensische Psychiatrie, Serienmorde und allerlei

Täterprofile und erstellte einen komplett neuen Plan für die kommende Woche, der mir dabei helfen sollte, die verlorene letzte Woche wieder aufzuholen. Es war ein aufschlussreicher, inspirierender und kraftfreisetzender Nachmittag.

Dummerweise kann ich diesen neuen Plan, der mich von jetzt an in der richtigen Spur halten soll, gerade nicht finden, nur der von letzter Woche liegt noch in meinem Zimmer auf dem Schreibtisch. Und das passt mir ehrlich gesagt überhaupt nicht, denn inzwischen ist es Montagmorgen und die Zeit drängt. Ich muss zur Bib, mir endlich das »Praxishandbuch Forensische Psychiatrie« ausleihen, das mir Leo letztes Mal so schamlos geklaut hat. Er hat gesagt, er braucht das Buch höchstens eine Woche, und das wiederum bedeutet …

WO IST DER VERFLUCHTE PLAN?!

Mittlerweile habe ich mein gesamtes Zimmer auf den Kopf gestellt, ich muss das blöde Ding also irgendwo anders abgelegt haben. In der Küche vielleicht? Mit einem angstvollen Blick auf meine Uhr hetze ich über den Gang, suche den Tisch ab, das Fensterbrett, die Arbeitsfläche – und halte bei der Kaffeemaschine inne.

Hinüber. Sorry, Süße, ich kümmere mich später darum! xxx, N. (Ach, und Kaffeefilter und Pulver für die andere Maschine sind auch aus …) steht da auf einem kleinen Zettel, und dieser Zettel klebt an exakt derselben Stelle wie der, den Nalini letzte Woche hingehängt hat. Soll das heißen, sie hat die Maschine schon wieder kaputt gemacht? Ich hab das Ding doch gerade erst repariert! Was zum Geier macht sie bloß damit? Nägel zu Pulver mahlen? Säure aufschäumen?

Ist ja nicht so, dass unsere Kaffeemaschine das einzige Opfer von Nalinis destructive sparkling fingers ist. Ebenfalls auf der Liste: unser Fernseher, den sie durch bloße Berührung ins Jenseits befördert hat, unsere Haustür, die Wohnungstür, diverse Rollläden, unzählige Teller, Pedros Autoradio, ein Drittel der

Parfumflacon-Sammlung von Nalinis Mutter und noch viele, viele andere Dinge. Wahrscheinlich ist Nalini Forster zu einem Großteil an den hohen Versicherungskosten schuld, über die sich immer alle beschweren, und ich bin es gewohnt, dass ihr Weg mit kaputten Dingen gepflastert ist. Aber das jetzt … das regt mich wirklich tierisch auf. Ich brauche meinen Kaffee!

»Ni?«, rufe ich durch den Gang zu ihrem Zimmer, doch sie antwortet nicht. »Nalini! Diesmal kümmerst du dich um die Reparatur der Kaffeemaschine, ja? Ich hab absolut keine Zeit dafür und …« Ich klopfe an ihre Tür, sie schwingt auf, doch Nalini ist nicht da. Komisch. Hat sie nicht gesagt, sie hätte ab heute Nachtschicht? Ja. Ja, ganz sicher. Warum ist sie dann schon unterwegs?

Apropos unterwegs: Ich muss jetzt wirklich los! Nicht, dass ich gleich die nächste Verspätung kassiere.

Während ich die Treppe hinunterpoltere und Kurt im Vorbeirasen noch zuwinke, verflüchtigt sich meine Angst vorm nächsten Zuspätkommen – nur um kurz darauf schlagartig wieder aufzutauchen, als in der Straßenbahn durchgesagt wird, dass die Fahrt aufgrund eines Defekts leider nicht fortgesetzt werden könne.

Kein Problem, ich kann auch laufen, denke ich und steige aus. Ganz so weit ist es nicht mehr bis zur Unibibliothek. Nur die Straße runter, um die Ecke, dann – *Aufgrund der Reparatur mehrerer Wasserrohrbrüche ist das Passieren der Goethestraße bis auf Weiteres nicht möglich.* Der Zettel grinst mir geradezu höhnisch ins Gesicht. Ein bisschen wundere ich mich darüber, dass man keinen Mittelfinger danebengemalt hat.

Okay, also zurück. Oder nein, lieber weiter zur nächsten Straße. Eine Fußgängerampel steht dort, weil die Straße wirklich viel befahren ist, aber egal, wie lange ich auch warte und wie oft ich auf den blöden Signalknopf haue, sie schaltet nicht um. Rot, rot, rot.

»Die funktioniert nicht!«, ruft eine ältere Dame aus einem Fenster schräg über mir. »Gehen Sie einfach drüber, wenn frei ist.«

Leichter gesagt als getan. Sobald sich endlich eine Lücke auftut, gehe ich nicht über die Straße, ich renne, und auf der anderen Seite renne ich weiter – bis mir ein ausparkendes Auto den Vorrang nimmt und mich beinahe über den Haufen fährt. Der Streit mit dem Fahrer des Wagens – »Ja, sehen Sie denn nicht, dass ich hier rausfahren will?! Beim nächsten Mal warten Sie gefälligst!« – kostet mich weitere Minuten, und die Dame, die beim Bäcker den kompletten Inhalt ihres Geldbeutels auf der Theke ausleert, um sechzehn Euro vierundneunzig mit Kleingeld zu bezahlen, noch viel, viel mehr …

Als ich schließlich eine gute Stunde nach meiner geplanten Ankunftszeit die Stufen der Bib hinaufgehe, hat sich eine Vermutung darüber, dass ich diesen verkorksten Montagmorgen mit meinen Grübeleien über noch mehr verkorkste Montagmorgen heraufbeschworen habe, fest in meinem Hirn verankert. Selbsterfüllende Prophezeiung nennt sich das, ein Phänomen, das in der Wissenschaft durchaus bekannt ist. Man handelt so, dass der vorhergesagte Ausgang unvermeidbar ist.

Oder aber ein relativ großer Teil meiner körperbildenden Elemente war früher einmal im Leib eines äußerst bösartigen Lebewesens vereint, und ich muss jetzt dafür büßen, was dieses Wesen damals so alles angestellt hat.

Obwohl sich die zweite Theorie erschreckend weit weg von allen wissenschaftlichen Erklärungsversuchen bewegt – und damit weit weg von allem, was ich glaube –, fühlt sie sich erstaunlich wahr an. Irgendwie greifbarer. Erst recht, als ich die Tür zum Vorraum aufdrücke und in das alles andere als strahlende Gesicht von Homer Simpson 2.0 schaue.

Auch das noch.

Ich weiß nicht, was mit Malte los ist, aber ich will, dass er sofort zurückkommt, mich angrinst und weiterwinkt!

»Hallo«, sage ich zu Maltes hünenhaftem Ersatz, weil der nichts sagt, sondern nur böse guckt. Bestimmt erinnert er sich gerade daran, wie ich letzte Woche versucht habe, Essen mit in die Bibliothek zu schmuggeln. »Wo ist Malte?«

»Krank«, erwidert der Homer-Verschnitt brummig.

»Ach, so lange? Hoffentlich nichts Schlimmes.«

Ein undeutbares Grummeln ist alles, was er zustande bringt.

»Wissen Sie was«, sage ich seufzend. »Mein Montagmorgen ist genauso furchtbar wie der letzte Woche und offenbar ähnlich furchtbar wie Ihrer. Deshalb lasse ich Sie heute auch gleich meinen Rucksack durchwühlen. Oder, nein, wissen Sie was? Ich gebe Ihnen meine Butterbrezel einfach. Und die zwei Äpfel. Und mein Wasser. Dann müssen Sie nicht erst danach suchen.«

Homer 2.0 blinzelt träge, als ich ihm mein Frühstück in die Hand drücke.

»Ich wäre Ihnen sehr dankbar, wenn Sie die Äpfel nicht genauso zermatschen würden wie die Tomaten letztens.«

»Hä?«, macht er. »Ich hab nich …«

»Ja, schon klar. Sie waren das nicht mit den Tomaten. Die haben vorher schon so ausgesehen.«

»Also, Frollein, ich glaub, sie bringn da'n bisschen was durchnander. Schauense ma …« Er deutet auf den Kalender, der neben ihm an der Wand hängt, aber ich winke ab.

»Keine Zeit.« Damit eile ich weiter zum Aufzug – der wieder viel zu lange braucht. Diesmal gebe ich ihm sogar fünfzig Sekunden, dann nehme ich die Treppe.

Ich weiß nicht, ob ich überrascht bin, als mein Handy zwischen dem ersten und zweiten Stock zu klingeln beginnt und der Name Kurt von Cappeln auf dem Display aufleuchtet. Doch, tief im Inneren schon. Aber mein Hirn ist noch dabei, all die anderen Stolperfallen zu verarbeiten, die sich bis zu diesem Moment aneinandergereiht haben, sodass es wohl eine ganze Weile dauern wird, bis es wieder im Jetzt ankommt.

»Kurt«, sage ich. Meine Stimme klingt irgendwie seltsam. Krächzend. Belegt.

»Lara?«, fragt Kurt. »Ist alles in Ordnung? Du klingst … anders.«

Ein Lachen platzt über meine Lippen, gefolgt von einem »Alles gut. Ich bin nur schon wieder zu spät und … ach, der Tag ist … ich weiß nicht. Bizarr?«.

»Was heißt denn da schon wieder zu spät?«, will Kurt erstaunt wissen. »Du bist nie zu spät. Wenn Pünktlichkeit einen Namen hätte, würde er Lara lauten.«

»Scheinbar ändert sich das gerade.« Ich seufze schwer, dann setze ich ein Lächeln auf, weil ich Kurt nicht mit dem Thema selbsterfüllende Prophezeiung belasten will, und frage: »Was gibt's denn? Brauchst du noch was für euren Hochzeitstag?« Apropos … »Und wenn wir schon dabei sind: Alles, alles Gute euch beiden großartigen Männern! Ich hoffe, es kommen noch mindestens zwanzig Jahre Liebesglück obendrauf!«

Einen Moment lang herrscht Stille am anderen Ende der Leitung, ehe sich Kurt verlegen räuspert. »Danke, Liebes. Ich weiß, der frühe Vogel fängt den Wurm. Aber eine Woche zu früh ist dann doch zu früh«, sagt er, und als ich nachhake, was er damit meint, fügt er hinzu: »Unser Hochzeitstag ist erst nächste Woche.«

Was? Nein. Irritiert runzele ich die Stirn. Gestern hab ich mich doch mit Nalini darüber unterhalten, dass wir einen Kuchen backen und sie noch eine Karte besorgt, sobald sie mittags aus dem Bett gefallen ist. Und ich bin mir ziemlich sicher, dass heute ein dickes Herz mit den Buchstaben K + W im Kalender steht. Also …

»Du hast allerdings ganz recht, ich bräuchte tatsächlich noch etwas. Und du könntest mir eventuell dabei helfen. Natürlich nur, wenn du Zeit hast und …«

»Kurt!«, falle ich ihm ins Wort. »Das hatten wir doch letzte Woche schon. Sag mir einfach, was du brauchst, okay?«

»Oh, das … das weiß ich gar nicht mehr, entschuldige bitte.«

Beunruhigt grabe ich noch mehr Furchen in meine Stirn. Kann es sein, dass Kurt sich im Tag geirrt hat? Oder gar in der Woche? Zuletzt hat er des Öfteren ein wenig durcheinander, ja, manchmal fast schon aufgelöst gewirkt. Auf einmal fällt mir Willis Kommentar vom Wochenende wieder ein: »Darüber reden wir besser ein andermal.« Am Samstag hab ich es nicht mehr geschafft nachzufragen, und gestern …

Diesmal lasse ich das Handy wirklich fallen, als Kurt die Küchenmaschine aus der Hölle aktiviert, aber glücklicherweise landet es erst auf meinem Fuß und anschließend mit einem unspektakulären PLONK auf dem Boden. Panisch drehe ich es in alle Richtungen, untersuche es auf Beschädigungen, doch es scheint alles heil geblieben zu sein.

»Kurt, bitte! Mach das Ding aus!«, brülle ich ins Handy.

»Was?«

»Mach die Küchenmaschine aus! Ich kann dich nicht hören!«

»Warte kurz, Lara, ich muss …«

»MACH DIESE TEUFLISCHE KÜCHENMASCHINE AUS! JETZT SOFORT!«

Allmählich geht mir die Geduld mit diesem Vormittag aus. Und mit allen, die daran beteiligt sind. Wenn nun auch noch die Rüge auftaucht, werde ich …

»Frau Winterstein.«

Ich. Drehe. Durch.

Gleich hier.

»Man kann Sie im gesamten Gebäude hören, und ich bin es wirklich leid, Sie immer wieder aufs Neue darauf hinweisen zu müssen, dass Sie doch bitte Ihren Lautstärkepegel der Umgebung anpassen sollen. Das hier ist eine Bibliothek.«

»Ja. Das ist mir klar.«

Kurt hat inzwischen die Höllenmaschine ausgestellt, also kann ich ihm in normalem Tonfall erklären, dass ich in zehn Minuten zurückrufen werde. Dann stecke ich das Handy weg, zische im Eiltempo an meiner Nemesis Frau Rüge vorbei in den Lesesaal hinein und zu dem Regal, in dem das »Praxishandbuch Forensische Psychiatrie« auf mich warten sollte – und auch tatsächlich wartet. Wenigstens ein Zufall, der mir …

Ich sehe ihn aus dem Augenwinkel. Blaues Poloshirt, beige Chinohose. Ich sehe, wie er in den Gang einbiegt und …

»Ist das jetzt dein Ernst?«

Leo bleibt wie angewurzelt stehen, eine Hand nach dem Buch ausgestreckt, das er mir letzte Woche schon vor der Nase weggeschnappt hat. Wie damals auch ist er etwas zu alles.

»Äh …«, stammelt er und wirft einen kurzen Blick über seine Schulter, wahrscheinlich, um sich zu vergewissern, dass ich wirklich mit ihm rede. »Meinst du mich?«

»Allerdings. Du hast letzte Woche gesagt, du brauchst das Buch nicht lange. Du hast gesagt, ich kann es spätestens heute haben. Und jetzt stehst du wieder hier?«

»Tut mir leid, ich …«

»Hast du extra auf mich gewartet?«

»Ich … Was?«

»Ach komm, lass den Mist. Es gibt auch andere Leute mit dringenden Deadlines.« Genervt gehe ich auf Leo zu, der nun mit großen Augen zurückweicht. Aber bloß ein paar Schritte, denn hinter ihm taucht – wer hätte das für möglich gehalten?! – Frau Rüge auf.

Das Universum gerät aus den Fugen, anders kann ich mir diese Häufung an Doppelungen nicht erklären.

»Was ist denn hier los?«, blafft die Rüge. »Ich bin es wirklich leid, Sie …«

Ich ignoriere sie und rede einfach weiter auf Leo ein. »Du kannst aufhören, mich für dumm zu verkaufen, okay? Ich hab keine Lust auf diese Spielchen.« Inzwischen bin ich ihm so nahe gekommen, dass ich ihn riechen kann. Wie vergangenen Montag riecht er nach Minze und Meer. Und nach Bier. Widerlich. Und er tut noch immer so, als wüsste er nicht, wovon ich rede.

Na gut, dann eben auf die harte Tour. »Letzte Woche habe ich ihm das ›Praxishandbuch Forensische Psychiatrie‹ überlassen, weil Sie gedroht haben, mich sonst rausschmeißen zu lassen«, sage ich an Frau Rüge gewandt. »Und das, obwohl er es mir quasi gestohlen hat. Aber diesmal nicht, hört ihr? Heute bin ich dran!«

Leo und Frau Rüge wechseln einen Blick, zucken mit den Schultern, sagen nichts. Also gehe ich langsam rückwärts bis zu der Stelle, an der mein Buch auf mich wartet. Ich lasse die beiden, vor allem Leo, nicht aus den Augen – und dann sagt die Rüge doch etwas.

»Junge Dame, ich fürchte, Sie sind über die Maßen verwirrt. Oder Sie haben Halluzinationen, die Sie dringend abklären lassen sollten.« Sie zupft ihren Pullover zurecht. »Was Sie erzählen, ist … nicht … passiert.«

»Ja, klar. Und dass ihr beide genau jetzt hier steht und mir diesen Unsinn weismachen wollt, ist auch nur nett gemeint«, ätze ich. »Wahrscheinlich ruft ihr gleich jemanden an, der sich meine *Verwirrung*« – ich hebe beide Hände und male Gänsefüßchen in die Luft – »mal genauer anschauen soll.«

»Wouh, immer langsam.« Ein überraschtes Lachen platzt über Leos Lippen. »Hier ruft niemand irgendwen an. Was Marei… Was Frau Rüge im Grunde bloß sagen wollte, ist: Wir haben leider keine Ahnung, wovon du sprichst.«

»Aha, du behauptest also allen Ernstes, wir haben nicht letzten Montag in diesem Gang gestanden und …«

»Ich war letzten Montag überhaupt nicht in der Bibliothek«, fällt mir Leo ins Wort. »Ich war nicht mal in der Stadt. Und ich habe ganz bestimmt niemandem ein Buch geklaut.«

»Wie bitte?«

Er hebt wortlos die Schultern.

»Und ich hatte letzten Montag frei«, sagt die Rüge neben ihm. »Immer im Wechsel, einmal montags, einmal freitags. Diese Woche ist der Freitag …«

»Was?«

»Okay, lass uns mal nachdenken.« Leo reibt sich den Nacken. »Könnte es sein, dass du das geträumt hast? Oder verwechselst du uns? Vielleicht hat dir jemand, der ein bisschen aussieht wie ich, das Buch weggenommen. Und Frau Rüge … ähm.«

Ich würde gern noch mal »Was?« fragen, aber meine Stimme versagt. Die wollen mir wirklich erzählen, dass … dass ich … Mein Herz stolpert. Nichts funktioniert mehr. Meine Stimme nicht, mein gesamter Körper nicht, der Montag nicht, das Universum nicht …

Neben mir taucht die wunderschöne blond gelockte Göttin auf, die auch letzte Woche schon … auch letzte Woche … Wow. Sie trägt exakt dieselben Klamotten. Genau wie Leo, die Rüge und sogar Homer 2.0, fällt mir gerade auf.

Was geschieht hier?

»Geht's dir nicht gut? Du siehst auf einmal ziemlich blass aus«, sagt Leo. Er kommt näher, die Hände leicht erhoben, als wolle er mir beweisen, dass sie leer sind. Dass er mir nichts tun wird. Sein Invader-Zim-Uhrenband ist noch da.

»Hey, ganz ruhig.« Er senkt einen Arm, den mit der Uhr am Handgelenk, und berührt mich leicht am Ellbogen. »Vielleicht solltest du dich besser setzen.«

Ich nicke, taumele ein bisschen, doch er hält mich.

»Ruhig«, murmelt er noch mal. »Du musst langsamer atmen, sonst …«

Das Display seiner Smartwatch flammt auf, als er sich bewegt. Ich kann die Uhrzeit sehen. Und das Datum.

Dasselbe Datum.

Wie letzten Montag.

Heilige *Scheiße*.

*

Das ist überhaupt nicht möglich. Vom wissenschaftlichen Standpunkt aus gesehen, meine ich. Es kann überhaupt nicht sein, dass ich in der Zeit zurückgereist bin und denselben Tag noch einmal erlebe. Es kann nicht sein. Und doch … sitze ich wie letzten Montag an unserem runden, mit Fliesen aus aller Welt beklebten Tisch in unserer kleinen, mit Möbeln aus aller Welt ausgestatteten Küche und unterhalte mich mit Nalini. Nalini, die heute eigentlich freihaben sollte, aber vorhin erst von der Arbeit nach Hause gekommen ist. Genau wie letzten Montag.

Ich rutsche ein wenig tiefer auf meinem Stuhl und sehe zu, wie Nalini unruhig hin und her läuft. Sie murmelt irgendwas vor sich hin, aber meine Gedanken schweifen ständig ab, kreisen um die Frage, was mit mir nicht in Ordnung sein könnte. Womöglich hat die Rüge ja recht, und ich muss wirklich zum Psychiater. Vielleicht hab ich auch einen Schlaganfall.

»Was?!«, ächzt Nalini und lässt beinahe ihre Teetasse fallen, die sie gerade zum Tisch herübertragen wollte. Es ist dieselbe wie letzten Montag. Und genau wie letzten Montag fließt hinter mir die Julihitze durch das geöffnete Fenster herein, zäher als Honig.

»Hm?«, frage ich.

»Du hast irgendwas von Schlaganfall gesagt. Glaubst du, du hast einen? Lächle mal.« Als ich nicht sofort gehorche, stellt Nalini ihre Tasse ab und zieht meine Mundwinkel auseinander. »Du sollst lächeln, Sweetheart. Ungefähr so. Los.«

»Lass das, ich hab keinen Schlaganfall.«

»Bist du sicher? Wie lautet dein Name? Und deine Adresse? Telefonnummer, Geburtsdatum …«

»Ich bin sicher, Ni. Okay?« So sicher, wie man sich nach einer Stunde Symptome googeln und weiteren dreißig Minuten voller Selbsttests sein kann.

»Mir wäre es trotzdem lieber, du würdest dich von einem Arzt durchchecken lassen«, fährt Nalini unbeirrt fort, während sie sich auf dem Stuhl mir gegenüber niederlässt und ihre Knie an den Körper zieht. Genau wie letzte Woche. »Das gefällt mir nicht.«

Verständlich. Mir gefällt es auch nicht, scheinbar als Einzige aus der Zeit gefallen zu sein. Das ist nämlich noch immer absolut unmöglich! Die Zeit fließt nur in eine Richtung. Es sei denn, sie existiert gar nicht wirklich und ist nur eine Illusion, wie Einstein am Ende seines Lebens glaubte. Dann wäre das Universum ein …

»Vielleicht war es ein Déjà-vu«, sagt Nalini und mustert mich, als warte sie nur darauf, dass ich jeden Moment in Tränen ausbreche. Oder ausraste.

Mit einem Seufzen schüttele ich den Kopf. »Nein, kein Déjà-vu.« Das habe ich als Allerallererstes gegoogelt, sobald ich aus der Bibliothek draußen war, und mittlerweile weiß ich so gut wie alles über diese sekundenkurzen Schon-mal-erlebt-Momente. Unter anderem, dass sie bei häufigem Auftreten auf eine Angststörung oder irgendein neurologisches Problem hindeuten können. Nachdem ich das in Erfahrung gebracht hatte, war ich kurz davor, meine Hausärztin anzurufen – und dann fiel mein Blick auf den Automaten mit Tageszeitungen, der an der Bushaltestelle stand. *Montag, 15. Juli 2024* stand in fett gedruckten Buchstaben über dem Zeitungsnamen. Und dasselbe Datum stand auch auf allen anderen Zeitungen, die ich mir anschließend angeschaut habe. Es waren viele, sehr viele Zeitungen, denn ich war in vielen, sehr vielen Läden, um einen Irrtum auszuschließen.

»Also wenn es kein Schlaganfall ist und kein Déjà-vu, muss es der Stress sein«, sinniert Nalini jetzt. »Ich hab es dir schon immer gesagt, du brauchst ein echtes Sabbatical, kein bis auf die letzte Sekunde durchgetaktetes, bei dem …«

»… jede Planänderung zu einer Kernschmelze führt, ich weiß«, vollende ich ihren Satz und seufze noch mal.

Nalinis Augen weiten sich. »Genau das wollte ich gerade sagen«, haucht sie und guckt mich an wie einen Alien. Dann strafft sie die Schultern und sagt: »Okay, ich liebe dich. Aber falls du neuerdings unter die Superheldinnen gegangen bist, verlange ich, dass du mir das auf der Stelle mitteilst. Keine Sorge, ich steck das weg.«

»Unter die was?«, frage ich.

»Na ja, so wie dieser Typ, der von einer radioaktiven Kakerlake gebissen wurde. Der ist doch danach … Zu wem ist der geworden? Ant-Man?«

Superkräfte? Allein der Gedanke ist abstrus! Ich meine, in den letzten Stunden sind mir wirklich einige total verrückte Ideen gekommen, aber das … »Du vergleichst mich allen Ernstes mit Spiderman?«

»Was soll ich denn sonst machen?«, ruft Nalini und wirft die Arme in die Luft. »Du kommst hier rein und sagst, du bist in der Zeit zurückgereist! Aber angeblich hast du das weder geträumt noch hast du einen Schlaganfall oder ein Déjà-vu. Und Stress schon gar nicht, eh klar. Also was soll ich bitte deiner Meinung nach tun? Die Ghostbusters rufen?!«

Ich weiß es doch auch nicht! Vor allem, weil mir immer wieder Zweifel kommen, ob ich überhaupt recht habe. Der Tag verläuft ja nicht exakt so wie letzte Woche, es gibt ständig kleine Änderungen. Zum Beispiel trage ich nicht dieselbe Kleidung. Außerdem bin ich auf einem komplett anderen Weg zur Bib gekommen, habe mir was anderes zu essen gekauft, führe andere Gespräche … Die Übereinstimmung beträgt aktuell um die achtzig Prozent, schätze ich. Doch am Ende des Tages wird das Ergebnis wohl dasselbe bleiben: Ich habe kein Fachbuch, um an meinem Thriller weiterzuschreiben. Nur ist diesmal nicht Leo schuld daran, sondern ich selbst, weil ich einfach abgehauen bin …

»Denkst du immer noch nach?«, fragt Nalini, setzt ihre Tasse an und zieht scharf die Luft durch die Zähne, als sie sich die Zunge an dem viel zu heißen Tee verbrüht. Mit angewiderter Miene schiebt sie die Tasse zur Seite. »Bah! Keine Ahnung, wie jemand dieses ekelhafte Zeug freiwillig trinken kann.«

»Dann lass es doch.«

»Aber die Kaffeemaschine ist kaputt.«

»Stimmt. Glücklicherweise gibt es dafür eine ganz einfache Lösung: Reparier sie.«

»Oh, wow. Danke. Hast du mir diesen hilfreichen Tipp letzte Woche auch schon gegeben?«

»Nein, hab ich nicht«, murmele ich. »Und genau darüber denke ich gerade nach. Es läuft nicht alles gleich ab, müsste es allerdings, wenn es tatsächlich derselbe Montag ist. Das ist … das passt nicht. Es ist falsch. Alles ist falsch.« Ich zucke mit den Schultern. »Und eine Superheldin bin ich auch nicht. Jedenfalls nicht, dass ich wüsste.«

Nalini nickt und tätschelt mir verständnisvoll die Hand, dabei weiß ich nur zu gut, dass sie mich lieber packen und zum Arzt oder am besten gleich in die Uniklinik schleifen würde. Aber es geht mir gut – abgesehen davon natürlich, dass ich befürchte, verrückt zu werden.

»Was hast du nun vor?«, fragt sie, nachdem sie mich eine Weile schweigend angestarrt hat. Eine tiefe Falte erscheint zwischen ihren Augenbrauen. »Was es auch ist, ich bin dabei. Ich werde Pedro schreiben, dass er heute lieber allein zum …«

»Das wirst du ganz sicher nicht tun!«, sage ich und hebe drohend einen Zeigefinger. Nur weil mein Leben offenbar gerade ein bisschen aus den Fugen gerät, muss das nicht gleich für alle gelten. Ich will das nicht. »Du gehst zum Sport und bringst mir danach eine Tonne Popcorn aus dem Central mit, verstanden? Das brauch ich jetzt.«

»Jetzt sofort? In Ord…«

»Nein! Später. Nachher.« Ich schließe die Augen und lege meine Stirn auf der Tischplatte ab. Wie letzte Woche auch fühlt sie sich kühl an, irgendwie beruhigend und erdend. Aber weil ich Nalinis Blick auf mir spüre, widerstehe ich dem Drang, einfach so liegen zu bleiben. Stattdessen richte ich mich wieder auf und platziere ein möglichst überzeugendes Lächeln auf meinen Lippen. Wenn das, was ich jetzt vorhabe, klappen soll, muss ich all mein schauspielerisches Können auspacken. Und das ist nicht gerade viel.

»Vielleicht …«, setze ich an und gähne betont lange.

»… ist es ein Hirntumor?«, vollendet Nalini den Satz, und für einen Moment bleibt mir die Luft im Hals stecken, weil die Angst noch lauert, dass doch etwas mit meinem Kopf nicht in Ordnung sein könnte.

»Ein Bekannter von mir arbeitet in der Uniklinik«, fügt Ni hinzu. »Ich könnte ihn fragen, ob …«

»Eigentlich wollte ich sagen: Vielleicht hast du recht, und es ist tatsächlich der Stress.«

»Oh«, sagt Nalini und blinzelt überrascht. »Ach so.«

»Ja, ich meine, ich hab das Sabbatical ja nicht umsonst gewollt, es war wirklich viel die letzten Jahre …«

»Eine Klasse im Gymnasium zu überspringen und den Master in Bionik in weniger als der Regelstudienzeit runterzureißen, könnte man durchaus als *viel* bezeichnen«, stimmt Nalini angestrengt lächelnd zu.

»Eben«, sage ich. »Und diese Aktion mit dem geklauten Buch

und der Rüge heute … Das hat mir irgendwie den Rest gegeben …« Um meine Behauptung zu untermauern, schicke ich noch ein Gähnen hinterher.

Mit einer undefinierbaren Miene öffnet Nalini den Mund, schließt ihn wieder, und einen schrecklichen Augenblick lang fürchte ich, dass sie es mir nicht abkauft. Doch dann verschwindet der Ausdruck von ihrem Gesicht und macht etwas anderem Platz. Einer seltsamen … Ruhe?

»Und das sagst du jetzt nicht nur, damit ich die Klappe halte?«, will sie wissen.

»Zehn Prozent Klappe halten, neunzig Prozent Überzeugung.«

Sie runzelt die Stirn.

»Jetzt schau nicht so. Was anderes kann es ja gar nicht sein. Ich meine, Zeitreisen?!« Ich schnaube durch die Nase. »Wir wissen beide, dass das Blödsinn ist.«

»Wissen wir das?«

»Allerdings.«

Eine Weile beißt sie nachdenklich auf der Innenseite ihrer Wange herum, ehe sie mich schließlich schwer seufzend erneut anschaut. »Es könnte trotzdem noch was Schlimmes sein. Irgendwas in deinem Kopf.«

Himmel, warum hab ich dieses Thema überhaupt angeschnitten?! Ich hätte doch damit rechnen müssen, dass sie sich noch viel mehr Sorgen machen wird als ich!

»Ich lasse das abklären, versprochen. Ich google gleich eine Liste von neurologischen Praxen.« Ich will aufstehen, um mein Handy zu holen, doch Nalini hält mich zurück.

»Lass mich das machen«, sagt sie und tätschelt noch mal meine Hand. »Ich druck sie dir aus, damit du später alle abtelefonieren kannst, und spreche mit meinem Bekannten. Und du ruhst dich währenddessen ein bisschen aus. Das kann auf keinen Fall schaden.«

Ich nicke dankbar. »Wenn ich ehrlich bin, würde ich mich echt gern ein wenig hinlegen.«

»Was immer dir jetzt hilft, Liebes.«

Dienstag

Natürlich habe ich mich nicht ausgeruht. Ich habe es mir auf meinem Bett bequem gemacht und eine Stunde lang gegoogelt, ob Hirntumore das Gefühl von Zeitreisen verursachen können. Das Ergebnis: Persönlichkeitsstörungen und Psychosen können eine Folge sein, ja, aber über Zeitreisen habe ich rein gar nichts gefunden. Also habe ich von der Medizin zur Physik gewechselt und gefühlt einhundert Seiten nach Hinweisen zu meiner Situation durchstöbert.

Immer wieder landete ich bei der These, dass das Vergehen der Zeit tatsächlich nur eine Illusion sein könnte, weil sie untrennbar mit dem Raum verbunden ist. Ich las unzählige Forschungsberichte von Physikerinnen und Physikern, in denen beschrieben wurde, dass die Zeit bei der Annäherung an ein schwarzes Loch immer langsamer vergeht und irgendwann stehen bleibt, dass ein Mann auf der Erde schneller altert als sein Zwillingsbruder, der im All unterwegs ist, dass man bei einer Reise mit Lichtgeschwindigkeit überhaupt nicht altert und, und, und. Aber natürlich gab es in keiner dieser Publikationen einen Beweis dafür, dass Menschen in der Zeit zurückgereist sind.

Nirgends.

Wie auch? Die einzige Möglichkeit dafür ist offenbar der Fall durch ein Wurmloch – unter der Voraussetzung, dass Wurmlöcher überhaupt existieren. Aber wenn ich auch nur in die Nähe eines solch hypothetisch existierenden Lochs gekommen wäre, hätte ich keine Zeitreise erlebt, ich wäre Matsch. Ein Strudel aus Teilchen, der irgendwo durchs All wabert. So einfach ist das.

Und trotzdem erlebte die Welt zum zweiten Mal einen Montag, den 15. Juli 2024. Oder vielmehr erlebte ich ihn, denn alle anderen wussten ja nichts davon.

Also suchte ich weiter, während ich mein Abendessen – Toast mit Spiegelei – herunterschlang, suchte weiter, während ich die Tonne Popcorn in mich reinstopfte, die Nalini vor meiner Zimmertür abgestellt hatte, und suchte immer noch weiter, als Nalini schon lange ins Bett gegangen war. Gegen ein Uhr nachts öffnete ich schließlich den Blog eines Mannes, der behauptete, von Aliens entführt und danach in der falschen Zeit wieder ausgesetzt worden zu sein. Bis halb drei amüsierte ich mich darüber, dann kam mir plötzlich der völlig wahnhafte Gedanke, ob es bei mir nicht vielleicht doch irgendwie ähnlich sein könnte, weil sonst ja nur noch die Krankheit als Erklärung übrig blieb … Mit einem hysterischen Lachen klappte ich daraufhin den Laptop zu. Meine Augen tränten ohnehin schon, und mein Kopf wummerte. Das Tränen hat nach vier Stunden Schlaf wieder aufgehört, das Wummern nicht. Und nach einem Blick auf mein Handy heute Morgen wurde es sogar noch stärker: *Dienstag, 16. Juli 2024* stand auf dem Sperrbildschirm.

Scheiß verfluchte Mistscheiße! Ein kleiner Teil von mir hat gehofft, dass die Wiederholung nur einen Tag betreffen würde. Und ein deutlich größerer Teil fragt sich seitdem andauernd, warum das hier überhaupt passiert. Warum ausgerechnet diese Woche? Es muss doch einen Grund dafür geben! In der Wissenschaft – und in meinem Leben! – gibt es immer einen Grund, ich muss ihn nur finden.

Daher beschließe ich, diesen zweiten Tag ganz analytisch anzugehen. Ich werde erledigen, was ich auch letzten Dienstag zu erledigen hatte: Kurts Hochzeitsgeschenk für Willi abholen.

Aber ich werde versuchen, die zeitlichen Abläufe zu ändern – selbst wenn mir beim Gedanken daran, meinen sorgsam ausgearbeiteten Wochenplan dafür über den Haufen zu werfen, ganz und gar nicht wohl ist. Ich will wissen, was passiert, wenn ich nicht alles genau gleich mache. Was sich dadurch verändert. Außerdem will ich meine nächste Begegnung mit Nalini so lange wie möglich hinauszögern. Was soll ich denn sagen, wenn sie mich fragt, ob ich immer noch in einer Zeitschleife festhänge? Soll ich sie anlügen? Will ich sie anlügen?

Auf dieser Frage kaue ich herum, als ich die Wohnungstür leise hinter mir zuziehe und die Treppe nach unten laufe. Kurt wartet bereits auf mich, als hätte er Angst, mich sonst zu verpassen. Hat er letzte Woche etwa auch schon morgens hier gestanden? Seltsame Vorstellung …

»Hi«, sage ich und schenke ihm ein Lächeln, doch Kurt schüttelt den Kopf und tippt ein paarmal mit dem Zeigefinger gegen seine Lippen.

»Willi denkt, ich gebe dir nur schnell den Einkaufszettel für den Supermarkt«, flüstert er. »Und schlafende Hunde soll man bekanntlich nicht wecken.« Mit zittrigen Händen reicht er mir eine knallrote Stofftasche, in der eine zweite knallrote Stofftasche liegt, außerdem ein handgeschriebener Zettel sowie ein pinkfarbener Umschlag, den Kurt nun herausfischt. Allein der Anblick dieses Umschlags setzt meine Nervenenden schon in Brand, denn ich weiß genau, was drin ist.

»Hier ist das Geld«, sagt er, dann greift er nach dem Zettel. »Und hier auf der Rückseite steht die Adresse von Bodos Ge…«

Weiter kommt er nicht, denn wie letzte Woche wird plötzlich die Wohnungstür hinter ihm aufgerissen, und Willi erscheint im Durchgang. »Kurt von Cappeln, wo stecks…?«, setzt er an, doch als er uns entdeckt, bricht er ab, und ein sanfter Ausdruck erscheint auf seinem Gesicht.

»Hey, Willi«, sage ich und grinse ihn an. Ganz kurz spiele ich mit dem Gedanken, mich für meinen alkoholbedingten Aussetzer am Samstag zu entschuldigen, aber gerade rechtzeitig fällt mir wieder ein, dass die beiden den Tag im Grunde noch gar nicht erlebt haben. Oder vielleicht doch? Wäre es möglich, dass es bei ihnen anders ist und sie sich erinnern? Mich juckt es in den Fingern, die Antwort auf diese Frage herauszufinden, andererseits will ich nicht, dass sie mich genauso ratlos und verwirrt anschauen wie Nalini gestern. Und sich Sorgen machen. Also vertiefe ich mein Grinsen und frage genau wie letzte Woche: »Heute schon die neue Nachbarsfamilie mit einem bösen Blick erschreckt?«

»Erstaunlicherweise verpasse ich sie seit Tagen«, erwidert Willi knurrig, und mein Hoffnungsschimmer erlischt. Genau das hat er auch letzte Woche gesagt, und ich weiß, welche Worte noch folgen werden. »Jedes Mal, wenn diese Leute kommen oder gehen, muss ich gerade dringend etwas für Kurt erledigen«, fährt er fort. »Und jetzt, da ich darüber nachdenke, fällt mir auf, dass das schon lange kein Zufall mehr sein kann.«

Als Kurt bloß achselzuckend seine Brille zurechtrückt, seufzt Willi schwer.

»Schon gut, ich verstehe. Was macht ihr zwei eigentlich hier draußen?«, will er wissen. »Wolltest du« – er mustert mich misstrauisch – »nicht eigentlich ein Buch schreiben, und du« – nun landet sein Blick prüfend auf Kurt – »diese neue Dokuserie anschauen, die Nalini dir empfohlen hat?«

»Ach, die hatte ich schon wieder vergessen!«, ruft Kurt und schlägt sich gegen die Stirn. »Um was ging es da noch gleich? Irgendetwas mit Fortpflanzung im …«

»Alles klar, ich bin dann weg«, sage ich lachend. »Und vergesst diesmal nicht, beim Fernsehen die Fenster zuzumachen. Nicht, dass ich nachher wieder kichernde Jungs vor der Haustür finde.«

Ich bemerke meinen Fehler erst, als Kurt und Willi verwundert die Stirn runzeln.

»Wovon sprichst du?«, fragt Willi.

»Schon gut, war nur ein Scherz!« Hastig werfe ich den beiden Handküsse zu und stürme aus dem Haus.

Super, Lara. Das hat ja hervorragend geklappt.

*

Beim ersten Mal musste ich noch im Internet nach dem Weg suchen, mittlerweile weiß ich, wo sich das Fotogeschäft befindet, zu dem Kurt mich geschickt hat. Und ich weiß, was ich dort abholen muss. Allein beim Gedanken daran verstärkt sich das Wummern in meinem Kopf, aber wenigstens habe ich diesmal nicht den Fehler gemacht, erst hierherzukommen und danach zum Supermarkt zu radeln. Wobei das Wissen, mit einem pinkfarbenen Umschlag voller grüner Scheine durch die Gegend zu fahren, auch nicht gerade spaßig ist …

Als ich an einem Bäcker vorbeistrampele, der mir letzte Woche gar nicht aufgefallen ist, schwappt eine Welle aus frischem Brötchenduft über mich hinweg, und mein Magen beginnt laut zu knurren. Ich hätte vielleicht doch zu Hause noch was essen sollen, mit leerem Magen einkaufen zu gehen, ist nicht unbedingt die beste Idee bei meinem momentanen Kontostand. Mit leerem Magen irgendwas zu machen, ist total bescheuert. Aber Kurts dankbarer Blick nachher wird es wert sein.

Als ich ihn vor knapp sechs Jahren das erste Mal getroffen habe, stand er gerade im Supermarkt vor mir an der Kasse und mühte sich mit der kontaktlosen EC-Zahlung ab. Das Ganze stresste ihn so sehr, dass er sich danach erst mal auf die Bank neben dem Leergutautomaten setzen und durchatmen musste. Und weil mich sein Anblick so rührte, spendierte ich ihm einen Kaffee vom Supermarktbäcker, damit er sich erholen konnte, dann brachte ich ihn und seine Einkäufe nach Hause – wo er mich Willi vorstellte. Zum Dank luden die beiden mich zu einem – im wahrsten Sinne des Wortes! – lebensverändernden Stück Bienenstich ein. Im Kuchenrausch erzählte ich ihnen nämlich, dass mein Bionik-Studium in wenigen Wochen beginnen würde und ich seit einer gefühlten Ewigkeit auf der Suche nach einer bezahlbaren Wohnung war.

»Ah«, erwiderte Kurt nur, wechselte einen bedeutungsvollen Blick mit Willi und zog ihn für ein Gespräch unter vier Augen beiseite, während ich ein zweites Stück Bienenstich wegatmete. Zwei Stunden später hatte ich dank meiner zukünftigen Nachbarin Isabel Lacroix einen Entwurf für einen Mietvertrag vor mir liegen, und am Ende des Monats bezog ich mein neues Zuhause in der Lindenallee 61. Es war umwerfend, beängstigend und wie der Bienenstich lebensverändernd. Die drei Institutionen nahmen mich ohne mit der Wimper zu zucken in ihrer eingeschworenen Gruppe auf und verhinderten mit allerlei zauberhaften Tricks, dass so etwas wie Heimweh in mir wachsen konnte.

Aber weil die Wohnung für mich allein zu groß war, pinnte ich wenige Wochen darauf in der Uni einen Zettel ans schwarze Brett, auf dem ich ein geräumiges WG-Zimmer anbot und alle Voraussetzungen auflistete, die eine geeignete Mitbewohnerin erfüllen sollte. Nalini meldete sich noch am selben Tag, stellte sich erst bei mir und anschließend bei Kurt, Willi und Isabel vor, und der Rest …

Mein Handy klingelt und reißt mich aus meinen Erinnerungen zurück in die Wittelsbacherstraße, die ich mich gerade mit dem Rad hinaufquäle. Mitten am Berg anzuhalten, ist so ziemlich das Dümmste, das man machen kann, aber ich tue es trotzdem, weil mein Handy letzte Woche nicht geklingelt hat – und fluche laut, als ich den Namen auf dem Display sehe. Das war's dann wohl mit dem Hinauszögern.

»Nalini, deinetwegen muss ich jetzt den restlichen Berg schieben!«, blaffe ich ins Telefon, sobald ich das Gespräch angenommen habe.

Am anderen Ende der Leitung grunzt Ni amüsiert. »Dann geh doch in Zukunft einfach nicht dran, wenn deine Kondition zu schlecht ist, um beim Radeln zu telefonieren.«

»Also hör mal, die ist nicht schlecht! Ich mache mehrmals die Woche Sport.«

»Der scheint aber nicht so wirklich gut zu helfen.«

Weil ich vor lauter Empörung den Mund aufreiße, segelt eine winzige Fliege herein, und ich huste bellend, um sie wieder nach draußen zu befördern. Nalini antwortet mit einem viel zu fröhlichen Lachen.

»Schon gut, atme erst mal durch. Nicht, dass du mir mitten auf der Straße umkippst. Ich habe weder Lust noch Zeit, mir eine neue Mitbewohnerin zu suchen.«

»Ich wüsste jemanden, der sofort einziehen würde«, sage ich und fange mir dafür ein strenges »PSSCHT! Ganz falsches Thema gerade!« ein. Meine Güte, wie sehr ich diese Terrorelfe liebe. Und wie viel Angst ich davor habe, dass sie mich für durchgeknallt hält …

»Warum rufst du an?«, frage ich deshalb vorsichtig, während ich das Rad weiterschiebe. Es sind ohnehin nur noch ein paar Meter, dann bin ich da.

»Ich hab diesen einen Handtuchhaken im Bad abgerissen. Du weißt schon, den, der gewackelt hat«, erwidert Nalini, als würde sie mir erzählen, dass die Sonne scheint. »Außerdem hast du nicht mal einen Zettel dagelassen, wo du hin bist.«

»Mach ich doch sonst auch nie.«

»Aber sonst gibst du auch nie zu, dass du vor lauter Stress Halluzinationen entwickelst. Und bevor du dich aufregst: Ich hab's gegoogelt, es *müssen* Halluzinationen sein! Was anderes kommt überhaupt nicht infrage, weil ich erstens nicht akzeptiere, dass es ein Tumor ist, und es zweitens dafür auch gar keine Anhaltspunkte gibt. Stress kann aber sehr wohl die wildesten Halluzinationen auslösen. Es gibt sogar einen Typen in Amerika, der über Jahre hinweg dachte, er wäre die Reinkarnation von Elvis.«

Ich halte an, denke kurz nach und stelle mit einiger Überraschung fest, dass mir das Universum hier offenbar einen Knochen vor die Füße geworfen hat. Nicht, dass ich Knochen besonders mögen würde, aber wenn sie in Form einer Möglichkeit daherkommen, meinen Fehler – den Fehler, dass ich Nalini von meinem Problem erzählt habe – wieder auszubügeln, werde ich einen Teufel tun und den Knochen unangerührt liegen lassen.

»Okay«, sage ich also und gehe weiter.

»Okay?«, echot Ni nach einem Moment des Schweigens. »Einfach so? Soll das heißen, ich hab diese beknackte Liste mit Argumenten, die dafürsprechen, ganz umsonst geschrieben?«

»Ich fürchte schon. Ich bin nämlich zu exakt demselben Ergebnis gekommen: Es waren Halluzinationen«, sage ich – lüge ich! – und ziehe eine Grimasse. So viel zu der Frage, was ich tun werde, wenn Ni mich auf die Zeitschleife anspricht. Ich werde lügen.

»Ohne Mist?«, hakt sie ungläubig nach.

Ich schiebe mein Rad zwischen zwei Gebäuden hindurch in den dahinterliegenden Hof und stelle es an der Hauswand ab. Über der Eingangstür ein paar Meter weiter hängt ein Schild mit der Aufschrift *Foto Weber*, und das Schaufenster daneben ist mit Kameras, Objektiven, Stativen und anderem Zeugs vollgestopft bis obenhin. Anders als beim letzten Mal lasse ich heute meinen Blick langsam über die Preisschilder gleiten und – holla die Waldfee! – jetzt wundere ich mich über gar nichts mehr. Alles hier ist irrsinnig teuer! Mit manchen dieser Gerätschaften könnte ich ein paar Monate meine Miete bezahlen!

»Hallo? Bist du noch dran?«

»Was? Ja, sorry. Ich war kurz abgelenkt.«

»Ich glaube eher, der Sauerstoffmangel vom Radeln beeinträchtigt dein Denkvermögen.«

»Wohl kaum.« Ich schnaube durch die Nase. »Und selbst wenn, wusstest du, dass Sauerstoffmangel durch körperlich und geistig anstrengende Arbeit in manchen Hirnregionen zur Bildung neuer Nervenzellen führen kann?«

»Nein, das wusste ich nicht«, brummt Nalini. »Wieso weißt *du* so was?«

»Aus demselben Grund, aus dem ich weiß, dass das Innenleben von Fahrradhelmen bald aussieht wie der Fruchtschalenschaum von Pomelos. Ich hab Bionik studiert, erinnerst du dich?«

»Ähm …«

»Hör auf, mich zu ähmen! Wissenschaft ist spannend«, sage ich und laufe langsam am Schaufenster entlang, meine Augen dabei fest auf die Auslage gerichtet. »Die Sache mit dem Nervenzellenwachstum ganz besonders. Es zahlt sich also bestimmt irgendwann aus, dass ich beim Joggen immer Formeln auswendig gelernt habe und …«

»… dabei regelmäßig in Leute reingerannt bist?«, fragt jemand neben mir, und ich bleibe wie ausgeknipst stehen – nur etwa zehn Zentimeter von einem grasgrünen Poloshirt entfernt. Der Geruch nach Minze und Meer und das knallbunte Uhrenarmband mit einem hysterisch lachenden Cartoon-Alien darauf ebnen der Erkenntnis den Weg, wer da vor mir stehen könnte. Und als ich den Kopf hebe, um nachzusehen, folgt Gewissheit.

Na, bravo. Ich habe den Kerl gestern aus dem Nichts heraus beschuldigt, ein Lügner und Dieb zu sein, weil er angeblich etwas getan hat, woran er sich nicht erinnert – woran er sich gar nicht erinnern *kann.* Aber während ich die ganze Nacht versucht habe herauszufinden, was mit mir nicht stimmt, habe ich keine Sekunde daran gedacht, wie es wäre, ihm noch einmal zu begegnen. Weil es letzte Woche ja auch nicht passiert ist. Anders als letzte Woche bin ich heute allerdings schon morgens hier, und da steht er nun …

»Leo.«

»Was?«, fragen Nalini am Telefon und Leo mir gegenüber unisono, und ich kann nichts dagegen tun, ich muss lachen. Genauso hysterisch wie Invader Zim.

Leo runzelt misstrauisch die Stirn. »Woher weißt du, wie ich heiße?«

»Ich … ich … Ähm.« Verflixtes Broca-Areal! Natürlich lässt es mich gerade jetzt im Stich, wo ich es dringend in Bestform brauche. »Von Frau Rüge!«, presse ich schließlich hervor.

»Sie hat dir einfach so meinen Namen genannt?«

»Mit wem redest du da?«, grätscht Nalini dazwischen, aber ich ignoriere sie. Mit bloßer Willenskraft versuche ich meine Wangen daran zu hindern, so rot anzulaufen wie Kurts Stoffbeutel – und versage kläglich.

»Nein«, murmele ich. »Ich bin irgendwann mal an euch vorbeigelaufen, als ihr euch unterhalten habt, und … na ja.«

»Aha.« Leo nickt steif, während ich hilflos mit den Schultern zucke. Er fixiert mich mit lauernder Miene, und ich kann es ihm nicht mal verdenken. Mir würde es genauso gehen, wenn jemand Wildfremdes mich plötzlich mit meinem Namen anspricht. »Sieht jedenfalls so aus, als würde es dir besser gehen«, stellt er schließlich fest. »Schön für dich.«

»Was hat er gesagt? Wer ist das? Ist das der Typ aus der Bibliothek?«

»Ni, ich rufe dich nachher zurück, okay? Bye.«

»Nein, warte! Ich …«

Ohne auf ihren Einwand zu reagieren, lege ich auf, dann straffe ich die Schultern und schiebe mein Kinn nach vorne. Welch blöder Zufall auch immer hierfür verantwortlich ist, ich werde damit zurechtkommen. Ich werde Leo sagen, dass ich nicht verrückt bin. Und ich werde nicht darauf achten, dass sein Etwas-zu-alles im Sonnenlicht sogar noch intensiver wirkt – obwohl ihm dringend mal jemand mitteilen sollte, dass es Hosen auch in seiner Größe gibt. Diese hier sitzt nämlich recht tief auf seiner Hüfte, um nicht zu sagen sehr tief.

»Suchst du was Bestimmtes?«, fragt er, und mein Blick zuckt zurück nach oben.

»Ich? Nein!« Warum ist meine Stimme auf einmal so hoch? »Ich wollte mich nur dafür entschuldigen, dass ich gestern dermaßen durch den Wind war. Das ist … So bin ich normalerweise nicht. Ich stand unter Stress und habe da irgendwas vermischt. Aber das ist vorbei. Unter Kontrolle. Alles ist unter Kontrolle und besser jetzt.« Super, Lara, das ist ein weiteres exzellentes Beispiel dafür, was Menschen als Sprechdurchfall bezeichnen.

Doch anstatt sich darüber lustig zu machen, lässt Leo seinen Blick langsam über mein Gesicht wandern. Er wirkt eigenartig konzentriert dabei, als würde er nach etwas suchen, von dem ich nicht weiß, ob er es finden sollte. Das abwartende Lauern ist verschwunden, nur Neugier liegt jetzt in seinen Augen. Grau, seine Augen sind gewitterhimmelgrau. Das hatte ich ganz vergessen.

»Schon gut«, sagt er dann. »Wäre zwar nett gewesen, wenn du keinen ganz so dramatischen Abgang hingelegt hättest und nicht einfach wortlos verschwunden wärst, aber hey, was soll's.«

»Ich hab mich doch gerade entschuldigt.«

»Ja. Sollte auch bloß ein Tipp sein fürs nächste Mal, damit sich andere Leute keine Sorgen machen müssen.« Mit einem Nicken deutet er auf die Eingangstür hinter mir. »Darf ich? Ich hab gleich einen Termin.«

Ich bin kurz davor, ihn durchzulassen, aber gerade rechtzeitig fällt mir ein, dass ich dann die ganze Zeit hinter ihm stehen und warten müsste, bis er den Laden wieder verlässt. Und dass ich währenddessen bestimmt darüber nachdenken würde, was er damit gemeint hat, andere Leute hätten sich Sorgen gemacht. Oder darüber, wie er sich gestern um mich gekümmert hat, als ich wie ein Häufchen Elend am Regal lehnte …

Um den Gedanken daran wieder loszuwerden, drehe ich mich um und gehe als Erste durch die Tür. Das fehlt noch, dass ich wegen dieser blöden Zeitschleife damit anfange, Männern den Vortritt zu lassen! Drinnen quetsche ich mich durch den mit allerlei Foto-Equipment vollgestopften Gang bis zum Verkaufstresen nach vorne.

»Ah, Kundschaft! Vroni, wir haben Kundschaft!« Ein älterer Herr mit schütterem Haar – Bodo – sitzt hinter dem Tresen und mustert mich über seine winzige Brille hinweg. Wie letzte Woche trägt er ein Hemd mit rosa Flamingos und Hosenträger mit Bären drauf.

»Guten Morgen«, sage ich, und Bodo grinst fröhlich.

»Schönen guten Morgen, ihr zwei. Was kann ich für euch tun?« Sein Blick schweift zwischen Leo und mir hin und her, während ich in Kurts Stofftasche nach dem Zettel mit dem Kameranamen krame.

»Wir gehören nicht zusammen«, sage ich mit einem schmalen Lächeln. »Ich soll nur etwas abholen, eine … Moment, ich hab's gleich.«

»Keine Eile.« Bodo zwinkert mir zu, dann wendet er sich an Leo. »Und der junge Herr?«

»Oh, bei mir dauert's etwas länger. Aber wie Sie schon sagten: keine Eile.« Er steht direkt hinter mir und hüllt mich in eine Wolke aus Minze und Meer. Meeresminze. Gibt es so was? Keine Ahnung, ich werde das googeln.

»Nun, Vroni und ich können euch ja auch beide bedienen, gell? Kommst du mal, Vroni?«

Ich hole das Lächeln, das inzwischen von meinen Lippen gerutscht ist, wieder zurück und probiere es noch einmal. »Ich soll etwas abholen für Kurt von Cappeln, eine Kamera. Eine … eine …«

»Die Hasselblad 500 EL/M 20 Years in Space«, kommt mir Bodo zuvor und springt im selben Atemzug von seinem Stuhl auf. »Seit fünf Jahren suche ich jetzt schon eine für Kurt, und gestern habe ich endlich eine bekommen. Ein Schmuckstück, meine Liebe, ein *Schmuckstück*!« Er verschwindet durch einen Vorhang ins Hinterzimmer, aus dem kurz darauf eine Frau etwa im selben Alter tritt. Das muss dann wohl Vroni sein – bei meinem letzten Besuch hier habe ich sie nicht getroffen –, und Vroni sieht total abgefahren aus. Sie ist frisiert wie meine Oma in den Siebzigern, trägt giftgrüne Ohrringe und ein wild gemustertes Blumenwickelkleid.

»Wem kann ich helfen?«, fragt sie.

»Mir«, sagt Leo. »Ich möchte den Bildband über New Orleans abholen. Und ich bin wegen des Interviews hier, für …«

»Ah, ich weiß schon.« Vroni winkt ab. »Den Bildband hole ich dir schnell, ich hab ihn eben noch abgestaubt. Der stand seit Jahren im Regal.« Sie lacht glockenhell. »Und das Interview« – aus ihrem Mund klingt es wie Interfiu – »macht der Bodo dann, sobald er hier fertig ist, ja?«

»Super. Danke.« Leo tritt einen Schritt zurück und nimmt die minzige Meerwolke mit.

»Und du holst die Hasselblad ab?«, fragt Vroni nun an mich gewandt. »Außergewöhnliches Modell.«

»Ja, allerdings.« Letzte Woche hätte ich mich noch über die Aussage gewundert. Doch heute weiß ich, dass diese Kamera eine Sonderanfertigung ist, von der nur tausendfünfhundert Exemplare gebaut wurden. Allein beim Gedanken daran, dass ich dieses sauteure Ding noch nach Hause radeln muss, wird mir mulmig zumute.

Vroni nickt, geht wieder nach hinten, und auf einmal ist es ruhig im Laden. Zu ruhig. Ich frage mich, ob Leo überhaupt noch da ist, obwohl ich es doch bemerkt haben müsste, wenn er den Laden verlassen hätte. Oder? Aber wieso höre ich ihn dann nicht? Ist er noch weiter zurückgetreten?

Schließlich halte ich die Ungewissheit nicht mehr aus. Ich drehe mich um, und da steht er, guckt mich an. Seine Augen wirken trotz des Dämmerlichts im Laden plötzlich eigenartig hell, und ich wundere mich darüber, während ich hineinstarre, hineinstarre, hinein…

Leo legt den Kopf schief.

»Was ist?«, fragt er.

»Nichts«, antworte ich und blinzele die Starre beiseite. »*Du* schaust doch so.«

»Wie denn?«

»Keine Ahnung. Seltsam.«

Ganz langsam hebt Leo seine Augenbrauen, und ich fürchte schon, dass er gleich nachhaken wird, was ich damit meine. Doch ehe er den Mund öffnen kann, reißt Bodo schwungvoll den Vorhang zum Hinterzimmer beiseite und präsentiert einen Karton, als wäre er das Goldene Vlies.

»Und da ist sie auch schon, die Schöne«, flötet er. »Wenn du möchtest, packe ich sie noch mal aus und …«

»Nein, alles gut«, sage ich eilig, aber Bodo fummelt bereits die Verschlusslaschen auf.

»Keine falsche Scheu, Liebes. Wenn ich eine über vierzig Jahre alte Kamera für fünfeinhalbtausend Euro kaufen würde, wollte ich sie auch vorher zumindest …«

»Fünfeinhalbtausend?!«, wiederholt Leo und blickt mich fassungslos an. Ich kann es ihm nicht verdenken, bestimmt habe ich letzte Woche ganz ähnlich aus der Wäsche geguckt, als ich den Preis zum ersten Mal gehört und erst danach einen Blick in den pinkfarbenen Umschlag geworfen habe …

»Tja«, erwidert Bodo lachend. »Für Kurt, den alten Charmeur, spielt Geld eben keine Rolle, wenn es um die Liebe geht.«

»Oh. Ach so.« Leo nickt, und aus irgendeinem unerklärlichen Grund regt sich in mir der Wunsch, dieses Missverständnis aufzuklären, ihm zu sagen, dass diese Kamera kein Geschenk für mich ist, sondern für Willi, Kurts Mann. Aber ich tue es nicht. Warum auch, geht ihn ja überhaupt nichts an. Schweigend höre ich zu, während Bodo mir zum zweiten Mal alles Wissenswerte über die Hasselblad berichtet, und zähle anschließend schweigend und mit unruhigen Fingern fünfeinhalbtausend Euro auf den Tresen.

»Es war mir eine Ehre«, sagt Bodo zum Abschied, und: »Grüß den Kurt von uns, ja?«

Ich nicke und winke und drehe mich um. Ein halbes Lächeln liegt auf Leos Lippen, als ich mich in dem engen Gang an ihm vorbeiquetsche.

»Tschüss«, murmele ich.

»Mach's gut«, gibt er genauso leise zurück.

Noch eine Brise Meeresminze, dann bin ich draußen.

Als ich wenig später mein Fahrrad die Straße hinabschiebe, eine fünfeinhalbtausend Euro teure Kamera schützend gegen meine Brust gedrückt, rotiert ein gewaltiges Gedankenkarussell in meinem Hirn, und alles dreht sich um eine einzige Frage: Warum das alles? Warum diese Zeitschleife, warum auf einmal eine zweite Begegnung mit Leo? Und warum ist er dieses Mal so anders als bei unserem ersten Treffen? Oder bilde ich mir das bloß ein?

Nein, er war diese Woche definitiv netter!

Zu Hause angekommen, fehlt mir zwar immer noch eine Erklärung hierfür, aber irgendwo zwischen Haydn- und Händelstraße ist mir eingefallen, welchen Nutzen ich aus der ganzen Sache ziehen könnte: Wenn sich Leo dermaßen verändern kann, können es andere Personen und Dinge womöglich auch. Mein Buch zum Beispiel. Letzte Woche habe ich die Geschichte wieder nicht in den Griff bekommen – weshalb sollte ich das hier nicht als meine *zweite* letzte Chance ansehen? Und ich wäre doch schön blöd, wenn ich mir die entgehen lassen würde, oder nicht?

Also drücke ich Kurt die Kamera in die Hand, verziehe mich in mein Zimmer und klappe meinen Laptop auf, um mich an die Arbeit zu machen.

Drei Stunden später bin ich schon ein gutes Stück vorangekommen. Außerdem weiß ich inzwischen, dass die Wahrscheinlichkeit, in einer Stadt mit einer Bevölkerung von einhundertzwanzigtausend Menschen zweimal kurz nacheinander derselben Person zu begegnen, ganz grob bei 0,00000000007 Prozent liegt. Die Möglichkeit einer dritten zufälligen Begegnung ist dagegen so gering, dass die Nullen schon eine ganze Zeile ausfüllen würden. Und das ist selbst für eine Frau wie mich, die an Nanostrukturen geforscht hat, eine beruhigend kleine Zahl.

Sonntag

Fünf Tage später ist mir immer noch nicht klar, wozu die Wiederholung dieser komischen Woche gut sein soll, und dass ich sie nicht wirklich sinnvoll nutzen konnte, machte alles noch viel, viel schlimmer. Dabei verliefen die ersten Tage so gut! Ich habe meinen Wochenplan reaktiviert, habe jede freie Minute an meinem Buch gearbeitet, den Plot ein weiteres Mal umgestellt, ein besseres Motiv für den Täter gefunden, die Figurenkonstellation angepasst und seit Dienstag knapp achtzig (!) Seiten geschrieben. Ich hab sogar darauf geachtet, mich während der Gartenparty gestern nicht hemmungslos zu betrinken, damit ich nicht wieder den halben Sonntag leidend in meinem Zimmer verbringen muss. Aber aus irgendeinem blöden Grund hat es trotzdem nicht gereicht.

Die Geschichte funktioniert einfach nicht!

Wie bei all den anderen Versuchen zuvor zerfasert sie mir ab dem Midpoint, und ich finde weder heraus, weshalb es passiert, noch, was ich dagegen tun kann. Alles, was ich habe, ist ein Suppentopf voller Worte, und irgendwo in der Mitte schwimmt meine Idee. Oder doch eher ganz weit unten am Grund …? Es ist zum Verzweifeln!

Als Nalini mich genau wie letzten Sonntagabend fragt, ob ich mit ihr und Pedro »Emily in Paris« schauen möchte, lehne ich genau wie letzten Sonntagabend ab. Mir bleiben nur noch drei kurze Wochen, um dieses Suppenproblem zu lösen, ich muss Prioritäten setzen. Und Emily gehört ganz sicher nicht dazu.

3.

Montag

»Was zur Hölle?!«

Okay, das muss ein verdammt schlechter Scherz sein, denke ich, als ich in die Küche stolpere und diesen verflixten Zettel an der Kaffeemaschine entdecke, der dort schon die letzten beiden Wochen hing. Diesen Zettel, der mich jedes Mal völlig aus dem Konzept bringt, weil ich morgens ohne Kaffee nur halb so gut funktioniere. Je kürzer die Nacht, desto schlimmer der Effekt. Und die vergangene Nacht fühlt sich besonders kurz an, obwohl ich noch vor Mitternacht eingeschlafen bin.

Aus lauter Verzweiflung drücke ich ein paarmal auf den Knöpfen der Maschine herum, aber ich ahne bereits, dass es nichts bringt. Das Ding ist kaputt, genau wie letzten Montag, und ein Blick auf mein Handy bestätigt, was mir der Zettel schon durch die Blume angekündigt hat: *Montag, 15. Juli 2024.*

»Was zur HÖLLE?!«, fluche ich noch einmal.

Offensichtlich war das Universum – oder was oder wer auch immer für diesen Unsinn hier verantwortlich ist – noch immer nicht zufrieden mit dem Ablauf der letzten Woche. Noch immer nicht zufrieden mit mir. Denn spätestens, als ich ohne anzuklopfen in Nalinis Zimmer stürme und ihr leeres Bett vorfinde, wird mir klar, dass ich wohl wieder die Einzige bin, die in dieser Zeitschleife festhängt. Wie beim letzten Mal hat Nalini mir nämlich gesagt, sie hätte ab heute Nachtschicht, und wie beim letzten Mal ist sie nicht da.

Mit einem leisen Wimmern lehne ich mich gegen die Wand

im Flur und starre eine Weile ratlos vor mich hin. Was nun? Was muss ich anders machen, damit dieser Schluckauf im Raum-Zeit-Gefüge vorbeigeht? An welcher Stelle bin ich falsch abgebogen? Wo liegt der Fehler? Denn dass es einen geben muss, steht fest. Urplötzlich fühle ich mich ins Studium und an meinen Labortisch zurückversetzt, in die Zeit, als ich manches Experiment zig Mal wiederholen musste, bis ich ein Ergebnis hatte, mit dem ich weiterarbeiten konnte. An die Stunden, die ich damit verbracht habe, nach dem einen Haken zu suchen, an dem sich alles aufgehängt hat.

Doch so angestrengt ich auch nachdenke, ich lande immer beim selben Punkt: Das Einzige, was ich letzte Woche wieder nicht zu fassen bekommen habe, ist der Plot meines Thrillers. Dabei habe ich so viel Energie hineingesteckt, habe noch mehr Stunden im Internet verbracht, um die fehlenden Infos aufgrund des zurückgelassenen Praxishandbuchs irgendwo aufzutreiben – aber es war trotzdem nicht genug.

Warum nicht?

Ein Gedanke löst sich aus dem Knäuel der anderen, der Gedanke, dass es vielleicht irgendetwas mit diesem Montag selbst zu tun hat. Wieso sonst sollte ich immer wieder hier anfangen und nicht am Sonntag oder Dienstag oder irgendwann letzte Woche? Eine Weile kaue ich auf der Frage herum, was den Tag so besonders gemacht hat – und lande wieder bei Büchern. Denn der Sinn dieses Montags war ja ursprünglich, dass ich mir das Praxishandbuch ausleihe, um bei meinem Thriller weiterzukommen. Also *muss* die Zeitschleife doch damit zusammenhängen, oder nicht? Ja, ganz sicher. Und es gibt nur einen Weg, um das herauszufinden.

Mit zusammengepressten Zähnen stoße ich mich von der Wand im Flur ab und balle die Fäuste. Wie war das? Wer Powerposen macht, strahlt mehr Sicherheit und Selbstvertrauen aus und wird dadurch automatisch erfolgreicher? Genau das werde ich nämlich die nächste halbe Stunde auf dem Weg zur Bibliothek tun. Denn wenn ich eins während meines Studiums gelernt habe, dann, dass ich mich durchsetzen kann. Koste es, was es wolle.

*

Das Problem daran, Dinge nicht wahrhaben zu wollen, ist, dass es diesen Dingen herzlich egal ist, was du über sie denkst. Sie passieren trotzdem. Ich zum Beispiel habe die Tatsache verdrängt, dass ich es während der letzten beiden Montage nie pünktlich in die Bib geschafft habe, und bin deshalb fest davon ausgegangen, dass es mir heute gelingen wird. Stattdessen findet sich nun eine vierte Verspätung auf meiner Liste der Dinge, für die ich eigentlich nie eine Liste haben wollte, weil sie in meinem Leben überhaupt nicht vorkommen sollten. Nicht schlimm, sage ich mir immer wieder, obwohl es sich tief in mir drin sehr wohl schlimm anfühlt, und mache einfach weiter im Programm.

Anstatt erst lange mit Homer 2.0 über den Inhalt meines Rucksacks zu diskutieren oder ihn nach Malte zu fragen – der kommt bestimmt auch nicht zurück, bis ich diese verflixte Zeitschleife geknackt habe –, klatsche ich ihm meinen geöffneten, leeren Rucksack auf den Tisch, damit er mich durchlässt. Außerdem warte ich diesmal nicht auf den Aufzug, ich nehme gleich die Treppe und halte zwischen dem ersten und zweiten Stock, um auf Kurts Anruf zu warten. Ich weiß ja, um was es geht, also bringe ich das Gespräch schnellstmöglich auf den Punkt, damit ich wieder auflegen und weitereilen kann, hinein in den Lesesaal und hin zu dem Regal, in dem das Praxishandbuch auf mich wartet – oder vielmehr warten sollte, denn obwohl ich mich heute noch mehr abgehetzt habe als an den vergangenen beiden Montagen, ist Leo vor mir da.

Er hebt den Kopf, als ich um die Ecke biege, abrupt innehalte und ihn wortlos anstarre, weil ich urplötzlich an den Blick denken muss, den er mir letzten Dienstag in Bodos Laden zugeworfen hat. Letzten Dienstag, als wir …

»Hi«, sagt er. Es klingt unsicher, fast wie eine Frage.

»Hallo«, erwidere ich leise. Ich schiebe den Gedanken an den Foto-Weber-Moment beiseite und versuche mich wieder auf diesen hier zu konzentrieren. Auf meine Aufgabe, meinen Plan. Ein kurzer Kontrollblick verrät mir, dass die Rüge nicht direkt um die Ecke lauert, sondern ein ganzes Stück weiter vorne Bücher einsortiert. Selbst im Sprint würde sie ein paar Sekunden brauchen, bis sie bei uns wäre. Also setze ich mein schönstes Lächeln auf, drücke den Rücken durch und laufe entschlossen auf Leo zu.

Er weicht nicht zurück, steht nur da und schaut mir entgegen, mein Buch in der Hand. Selbst, als ich kaum einen Meter entfernt von ihm stehen bleibe, bewegt er sich nicht. Sein Geruch schwappt über mich hinweg wie eine Welle. Jetzt, da ich den Meerminze-Duft ohne Bier-Touch kenne, vermisse ich ihn regelrecht.

»Hi«, sagt er noch mal. »Kann ich dir helfen?«

Eine Sekunde überlege ich, ihm eine Chance zu geben und ihn darum zu bitten, mir das Buch zu überlassen. Aber dann fällt mir wieder ein, was das erste Mal passiert ist, als ich das getan habe: Er hat meine Bitte eiskalt abblitzen lassen. Und diesmal würde es wahrscheinlich ähnlich ablaufen.

»Hi«, antworte ich deshalb in meinem unverfänglichsten Tonfall. »Entschuldige, dass ich störe. Mein Name ist …«

Und dann nehme ich ihm das Buch weg. Ich reiße es ihm einfach aus den Händen.

Leo zuckt zusammen, reagiert aber nicht schnell genug, um etwas gegen meinen Diebstahl zu unternehmen. Und er folgt mir auch nicht, als ich mich umdrehe und wegrenne. Er tut gar nichts. Na ja, das entspricht nicht ganz der Wahrheit, denn als ich mich am Ende des Ganges umdrehe und nach hinten schaue, um herauszufinden, ob die Rüge sich wieder wie aus dem Nichts materialisiert hat und mir nun auf den Fersen ist, tut er doch was: Er hebt die Augenbrauen und … grinst. Er grinst! Leo findet es witzig, dass ich ihm das Buch geklaut habe, auf das er nicht eine einzige verfluchte Woche warten kann. Und jetzt hebt er auch noch die Hand, mit der er das Praxishandbuch festgehalten hat, und winkt.

Das darf doch wohl nicht wahr sein, dieser Typ schafft es wirklich immer wieder, mich zur Weißglut zu treiben!

Ich widerstehe dem Drang, ihm einen Vogel oder Schlimmeres zu zeigen, und eile weiter. Die Rüge fixiert mich zwar argwöhnisch, als ich an ihr vorbeikomme, doch weil sie noch nichts von meinem Verbrechen weiß, belässt sie es dabei. Und die blonde Göttin, der ich an der Tür zum Treppenhaus begegne, reagiert überhaupt nicht. Sie ist damit beschäftigt, auf ihrem Handy herumzuscrollen.

Mit klopfendem Herzen renne ich die Stufen hinunter, fummle unterwegs meinen Bibliotheksausweis aus der Tasche, checke das Buch unten aus … und dann bin ich tatsächlich draußen. Ich hab's geschafft! Und das, ohne lebenslanges Bibliotheksverbot zu kassieren oder einen Kleinkrieg in Gang zu setzen. Ha! Jetzt geht es meinem Thriller und damit auch dieser bescheuerten Zeitschleife endlich an den Kragen!

Donnerstag

Eine Sache, die ich während meines Studiums über mich gelernt habe und die sich in den letzten achtundvierzig Wochen – die doppelten zähle ich jetzt mal nicht dazu – bestätigt hat, ist das Wissen, dass ich morgens kurz nach dem Aufstehen am produktivsten bin. Genauer gesagt kurz nach dem ersten Kaffee, der möglichst zeitnah in meinem Magen landen sollte.

Ich habe zwar keine Ahnung, was genau diesen Morgen-Boost begründet, aber ich weiß sehr gut, dass ich diese frühen Stunden nutzen sollte, vor allem, wenn ich Zeitdruck habe. Und Zeitdruck habe ich gerade ganz enorm, immerhin will ich es unbedingt schaffen, den Thriller in den nächsten vierundzwanzig Tagen fertigzustellen.

Aus diesem Grund – und weil ich letzte Woche herausgefunden habe, dass ich Dinge verändern kann – habe ich nach meiner Caféschicht am Dienstag darum gebeten, mich ausnahmsweise am Donnerstag auch erst für den Nachmittag einzutragen, was zum Glück kein Problem war. Danach habe ich zum dritten Mal Kurts sauteure Kamera abgeholt, und zwar zur gleichen Zeit wie in der ersten Woche, um eine erneute Begegnung mit Leo zu vermeiden. Gestern habe ich beinahe den ganzen Tag geschrieben und heute Morgen auch. Aber als ich gegen Mittag zusammen mit Nalini zum Buchhandlungscafé radle, nagt das Gefühl an mir, schon wieder auf ein Ende in brockiger Wortsuppe hinzusteuern.

»Wie macht sich dieser Leo eigentlich als Serienkiller?«, fragt Ni in diesem Moment, und ich werfe ihr einen gequälten Blick von der Seite zu.

Ich habe noch etwas aus den Erlebnissen der letzten Woche gelernt: Erzähle nie jemandem, du hängst in einer Zeitschleife fest, wenn du nicht willst, dass die Person dich für den Rest der Woche ansieht, als hättest du einen ganzen Schraubensatz locker. Stattdessen habe ich Nalini – schon wieder! – belogen. Sie denkt, Leo sei ein Typ, den ich aus dem Studium kenne – ich musste irgendwie erklären, warum ich seinen Namen weiß –, und dass er mir um ein Haar das Praxishandbuch vor der Nase weggeschnappt hätte. Not macht eben doch erfinderisch.

»Ach, ich weiß auch nicht«, sage ich und biege in den Hinterhof der Buchhandlung ein, wo ich immer mein Fahrrad abstelle. »Anfangs lief es ganz gut« – den Gedanken kenne ich irgendwoher. »Aber mittlerweile fürchte ich, es war vielleicht doch nicht die beste Idee …« Den kenne ich auch.

Nalini parkt ihr Rad neben meinem und verzieht mitfühlend das Gesicht. »Du Arme. Hilft es dir, wenn ich gleich einen extragroßen Kokos-Pistazien-Latte to go bestelle?«

»Wieso sollte mir das helfen?«

»Weil du dann mindestens zehn Minuten beschäftigt bist und nicht über dein Buch nachdenken musst, Chica.«

Kopfschüttelnd stoße ich die Luft aus. »Manchmal glaube ich, dass wir Hilfe unterschiedlich definieren«, sage ich, dann nehme ich meine Tasche und mache mich auf den Weg zum Umkleideraum, während Nalini schon ins Café abbiegt.

Eine Viertelstunde später stehe ich hinter der Theke und schäume Nalinis Kokos-Sojamilch auf, während sie sich summend auf einem Barhocker um ihre eigene Achse dreht. Sie ist im Moment der einzige Gast, ein älteres Ehepaar, das jeden Tag hier zu Mittag isst, hat das Café gerade verlassen.

»Kannst du mir einen Becherhalter mitgeben?«, fragt Nalini und kreiselt weiter.

»Klar.«

»Aber keinen aus Plastik, ja? Den aus …« Auf einmal verstummt sie, und als sie auch nach mehreren Sekunden noch nicht weiterredet, drehe ich mich zu ihr um. Sie guckt zu einem der Tische hinüber, wo gerade ein junger Mann seine lederne Umhängetasche über die Stuhllehne hängt.

»Mein Gott, Ni, hör auf, so zu glotzen!«

»Was?« Sie blinzelt ein paarmal, dann schüttelt sie den Kopf. »Ach so, nee. Ich überlege nur, woher ich den Typen kenne …«

Ich werfe ihm einen weiteren Blick zu – graues Shirt, beige Chino, braune lockige Haare – und zucke mit den Schultern. »Keine Ahnung. Von der Arbeit?«

»Wenn der hinter Gittern gesessen hätte, würde ich mich definitiv daran erinnern«, sagt Ni und schnaubt durch die Nase.

»Nein. Vielleicht … könnte sein … Ich glaube, das ist der Host von Dings … *Deadly Sex*, oder so.«

»Was ist das nun schon wieder, irgendeine abgedrehte Sex-Doku, die du dir mit Pedro reinziehst?«

»Ja genau, und wir haben sie auf deinem Netflix-Profil gefunden.« Nalini reibt sich die Schläfen. »Verdammt, wie heißt das Ding denn, Felix hat mir doch gerade erst davon erzählt …«

Nun schließt sie die Augen, als ob das ihrem Hirn irgendwie helfen würde, schneller zu schalten, also greife ich nach dem Milchkännchen, um die restliche Milch aufzuschäumen, schaue dabei automatisch nach, ob auf dem Tisch des Ehepaars noch Geschirr steht, das abgeräumt werden muss – und erstarre mitten in der Bewegung.

»Was hast du gesagt, wie der Typ heißt?«, frage ich tonlos.

»Wer, Felix?« Nalini öffnet ihre Augen wieder, und als sie bemerkt, wen ich anstarre, schnurrt sie wie ein rolliges Kätzchen. »Der ist Sahne, oder? Diese wilden Haare … meine Güte. Stell dir mal vor, wie die sich zwischen deinen Fingern anfühlen würden, wenn er auf dir liegt und du …«

»Nalini!«

»Was denn?« Ich kann das Grinsen in ihrer Stimme hören. Sehen kann ich es nicht, weil ich meinen Blick nicht von dem Kerl losreißen kann, der sich inzwischen hingesetzt hat. Mit dem Gesicht in unsere Richtung. Er studiert die Karte, und gleich wird er herkommen und was bestellen.

»Wie heißt er, Ni?«

»Ich hab gar nichts gesagt. Aber wenn er das ist, heißt er Leopold … ähm … Haensler, wenn ich mich richtig erinnere. Wieso?«

Ich wirbele herum und räume sinnlos irgendwelche Sachen hin und her, damit es wirkt, als wäre ich beschäftigt. »Ich muss … ich muss kurz … Wo ist Sabina? Sie muss mich ablösen.«

»Die hat sich gerade in die Pause verabschiedet«, entgegnet Nalini. »Was ist denn los? Geht's dir nicht gut?«

Nein, mir geht es tatsächlich nicht gut, denn dort, gut fünf Meter von mir entfernt, sitzt Leo. Leopold Haensler ist Leo – *der* Leo! Mister Etwas-zu-alles mit den gewitterhimmelgrauen Augen und den hohen Wangen und der rauchweichen Stimme und dem Geruch nach Meeresminze. Und weil das Universum offenbar einen eigenartigen Sinn für Humor hat, sorgt es dafür, dass ich ihm auch diese Woche ein zweites Mal über den Weg laufe. Scheiße, warum hab ich bloß meine Schicht getauscht?! Der Dienstag letzte Woche hätte mir doch eine Lehre sein müssen. Jede krasse Änderung hat Konsequenzen, und die hängen in den meisten Fällen unmittelbar mit …

»Lara?«

»Nicht jetzt, Ni, bitte. Ich muss nachdenken.«

»Ja, okay. Vielleicht verschiebst du das lieber auf später. Da möchte jemand was bestellen.«

Verflucht, ich wusste es! Und ausgerechnet jetzt überfällt mich ein ausgewachsener Lame-brain-Moment. Ich kann mich kaum rühren, geschweige denn irgendwas sagen.

»Hi«, flötet Nalini nun, ganz sicher nicht in meine Richtung, und: »Kleinen Moment noch.« Kurz darauf taucht sie neben mir auf, obwohl sie weiß, dass sie hinter der Theke nichts zu suchen hat und einen Rauswurf riskiert, wenn Sabina sie hier erwischt. »Was ist los mit dir?«, presst sie zwischen ihren Zähnen hindurch.

»Das ist Leo«, zische ich kaum hörbar zurück, und im ersten Moment scheint Nalini nicht zu verstehen, was ich ihr damit sagen will. Dann reißt sie plötzlich die Augen auf, guckt Leo an, mich, Leo und schließlich wieder mich.

»Oh.«

Ja. Oh.

»Soll ich lieber später wiederkommen?«, fragt der Mann, dem ich vor drei Tagen heimtückisch ein Fachbuch aus den Händen gerissen habe, und jetzt bleibt mir keine andere Wahl mehr, ich muss mich ihm stellen.

Anders als Nalini starrt er mich allerdings nur schweigend an, als ich mich umdrehe. Vielleicht überlegt er, woher er mich kennt. Sehr wahrscheinlich sogar, denn das mit dem Starren macht er ziemlich lange. So lange, dass Nalini sich irgendwann lautstark räuspert.

»Ist irgendwas? Brauchst du mehr Privatsphäre zum Bestellen, oder so?«

»Nein«, erwidert Leo, lässt seinen Blick kurz zur Tafel hinter mir wandern und anschließend wieder zurück. »Ich hätte gern einen großen Americano und ein Panini Toskana, bitte.«

»Das Panini warm oder kalt?«

»Warm.«

Ich fasse es nicht, der Typ hat mich wirklich vergessen. Wahrscheinlich, weil er sonst nur mit solch perfekt aussehenden Frauen wie der blonden Göttin herumhängt, die mit ihm in der Bibliothek war. Wow.

Mit aller Kraft zwinge ich ein Lächeln auf meine Lippen und nicke, doch kaum habe ich das Panini aus der Kühlvitrine geholt, hebt Leo den Finger und fügt hinzu: »Ach, und dazu noch das ›Praxishandbuch Forensische Psychiatrie‹, das du mir am Montag aus den Händen gerissen hast.«

Ups.

Nalinis Gesicht wird zu einer dieser ganz und gar unlustigen Clownsmasken, als sie die Mundwinkel auseinanderzieht und »Ha!« macht. »Witzig, dass du das sagst. Dabei …«

Hastig packe ich ihren Ellbogen und ziehe sie hinter der Theke raus, weil ich wirklich nicht will, dass meine Chefin sie ein weiteres Mal hier erwischt. Was ich aber sehr wohl will: dass sie die Klappe hält und nicht aus Versehen meine Notlüge ausplaudert. Sobald sie aus der Gefahrenzone ist, wende ich mich wieder Leo zu.

»Ah, das Buch«, sage ich und zucke betont gelassen mit den Schultern. »Ich habe es leider sehr dringend gebraucht, sicherlich dringender als du. Bis Sonntag sollte ich allerdings die wichtigsten Passagen durchgearbeitet haben, das heißt, ab Montag gehört es ganz dir.«

»Okay, verstehe. Lass mich nur kurz darüber nachdenken, ob ich so lange warten kann …« Er legt einen Finger ans Kinn und nimmt ihn gleich wieder weg. »Nein, kann ich nicht.«

»Tja, durch einen glücklichen Zufall bist du direkt in einer Buchhandlung gelandet. Kauf dir das Buch, du siehst aus, als könntest du es dir leisten.«

Irritiert blickt Leo an sich herunter, und ich erwäge gerade, ihm zu erklären, dass sein Ralph-Lauren-Shirt wahrscheinlich genauso viel kostet wie mein Essen für eine Woche. Doch Nalini kommt mir zuvor.

»Wofür wolltest du es eigentlich haben, für eure nächste Folge?« Mittlerweile hat sie wieder ihren Platz auf dem Hocker vor der Theke eingenommen und schaut Leo neugierig an. Er reagiert nicht, also kneift sie fragend die Augen zusammen. »Du bist doch der Host von … Mensch, wie heißt der Podcast noch mal? *KILLSEX*? *Killing with* …? *SEX KILLZ*! Du bist Leopold Haensler, oder nicht?«

Innerhalb eines Wimpernschlags scheint sich jeder Muskel in seinem Körper anzuspannen, und beinahe im selben Moment wird mir bewusst, wovon Nalini die ganze Zeit gesprochen hat: SEX KILLZ, das ist dieser reißerische Podcast, den Felix so abfeiert! Mister Etwas-zu-alles verdient sein Geld mit billigem Thrill. Und er kann es offensichtlich absolut nicht ausstehen, wenn jemand seinen Namen kennt.

»Keine Sorge, ich bin kein verrücktes Groupie«, fügt Nalini lachend hinzu und berührt ihn leicht am Arm. »Ehrlich gesagt, habe ich diese Woche erst von dem Podcast erfahren, und ich hatte noch gar keine Zeit reinzuhören. Aber ich hab ihn gegoogelt, und da kam dein Bild.«

Nach kurzem Zögern nickt Leo, und ein kleines bisschen Anspannung fällt von ihm ab.

»Erzähl doch mal. Um was geht's in der nächsten Folge?«

»Ähm ...«

»Ich verrate auch niemandem was!«, haucht Nalini und zwinkert ihm verschwörerisch zu.

»Um eine Mordserie in New Orleans«, sagt Leo knapp.

»Ah. Und habt ihr schon mal einen der Täter live getroffen?«, hakt Nalini weiter nach. »Im Gefängnis oder so?«

»Nein.«

»Wenn du willst, kann ich das gerne mal arrangieren. Ich bin Justizvollzugsbeamtin und ...«

»Ni!«, platze ich heraus. »Das ist geschmacklos, jemandem dabei zu helfen, den gewaltsamen Tod irgendeines armen Menschen mit Geigenmusik im Hintergrund nachzuspielen.«

»Meine Güte, er ist doch ...« Sie stockt und dreht den Kopf in meine Richtung. »Warte mal. Woher weißt du überhaupt so viel darüber?«, fragt sie. »Vorhin hat dir noch nicht mal der Titel was gesagt.«

Verdammter Mist, ich hab schon wieder nicht aufgepasst! Dieses Vermischen der Wochen muss dringend aufhören, wenn ich nicht weiterhin jedes Fettnäpfchen mitnehmen will.

»Ich hab True-Crime-Podcasts recherchiert«, sage ich, und es ist nicht mal gelogen. Das hab ich tatsächlich irgendwann mal gemacht. »Außerdem hat Sabina mir davon erzählt.«

»Sabina?«, wiederholt Ni. »Deine Chefin Sabina? Die, die hier arbeitet, rosa Plüschfiguren aus Mangaserien sammelt und Angst vor Fliegen hat?«

»Vor Mücken. Genauer gesagt vor der Asiatischen Tigermücke. Und apropos Arbeit: Musst du nicht langsam los?«

Nach einem kurzen Blick auf ihre Uhr schüttelt Nalini den Kopf. »Nö, meine Schicht beginnt erst um halb drei. Außerdem warte ich immer noch auf meinen Kokos-Pistazien-Latte to go. Seit mehr als zehn Minuten übrigens.«

»Oh, Moment«, schaltet Leo sich nun wieder ein. »Wenn das hier so lange dauert, möchte ich meine Bestellung auch lieber zum Mitnehmen. Ich hab nur noch eine halbe Stunde Zeit.«

»Keine Sorge, gleich geht's weiter«, flötet Nalini, ehe ich auch nur die Chance habe, meinen Mund zu öffnen, und fügt kichernd hinzu: »Ich glaube, das liegt an uns. Wir lenken sie ab, du und ich.«

»Tut ihr nicht!«, erwidere ich entschlossen. »Also doch, schon irgendwie. Aber nicht … *so*.«

»Wie, so?«, fragt Leo.

»Nicht so, dass ich meine Arbeit nicht erledigen kann.«

»Zum Glück. Ich dachte schon, ich muss mehr Abstand halten. Oder mir woanders was zum Essen besorgen.«

»Nicht nötig. Ich kriege das hin.«

»Gut zu wissen.« Ein leichtes Grinsen erscheint auf seinem Gesicht, und während er mich dabei beobachtet, wie ich sein Panini in den Mini-Ofen schiebe, lehnt sich Nalini zur Seite – offenbar, um an ihm zu schnuppern. Wahrscheinlich will sie meine Behauptung überprüfen, dass er nach Minze, Meer und Bier riecht …

Leos Grinsen verliert ein paar Lux, und sobald Nalini wieder aufrecht sitzt, fragt er an mich gewandt: »Hat sie etwa gerade an mir gerochen?«

»Hat sie«, bestätigt Nalini. »Du riechst wie Kaugummi.«

»Was? Nein!« Zu schnell, diese beiden Worte sind mir viel zu schnell rausgerutscht. Nalini und Leo sehen mich überrascht an.

»Ach? Nach was riecht er denn sonst?«, fragt Ni mit schief gelegtem Kopf, und irgendwo in der Nähe meines Magens explodiert eine Magmakammer und entlässt einen Strom rot glühender Lava in meine Wangen.

Anstatt etwas zu antworten, schütte ich die halb aufgeschäumte Kokos-Sojamilch in einen Becher, gebe einen Espresso dazu und streue ein paar geröstete Pistazienstückchen obendrauf. Dann stelle ich das traurig aussehende Ergebnis auf die Theke und klatsche einen Deckel daneben.

»Bitte schön, macht fünf Euro vierzig.«

»Ich hab schon bezahlt.«

»Hast du?«

»Hab ich. Sogar mit Trinkgeld.«

»Das hoffe ich. Bis später dann.«

Aber Nalini denkt gar nicht daran, ihre blöde Latte zu nehmen und sich endlich auf den Weg zur Arbeit zu machen. Sie legt den Kopf auf die andere Seite, zieht einen Mundwinkel nach oben – und dreht sich zu Leo um.

»Sag mal, du und Juliana, ihr arbeitet ganz schön eng zusammen, oder?«

Vor lauter Verwirrung bleibt mir der Mund offen stehen. Wer ist denn Juliana? Weshalb fragt Nalini nach ihr? Und warum, warum, warum muss ausgerechnet jetzt dieser blöde Mini-Ofen klingeln? Ich ignoriere das Geräusch und halte still – nicht, dass ich es überhaupt fertigbringen würde, mich auch nur einen Zentimeter zu rühren, während Nalini plötzlich einen auf Agatha Christie macht.

»Na ja«, sagt Leo und guckt etwas irritiert. »Das ist wohl zwangsläufig so, wenn man im selben Team ist.«

»Und abgesehen davon …?«

»Und abgesehen davon was?«

»Verbringt ihr auch sonst viel Zeit miteinander?«

Großer Gott, was soll das nun wieder werden?

»Äh«, macht Leo und wirft mir einen schnellen Blick von der Seite zu. »Wieso?«

»Eine Frage beantwortet man niemals mit einer Gegenfrage«, sagt Nalini und verschränkt die Arme vor der Brust. »Ich geh mal stark davon aus, dass deine Mama dir das beigebracht hat.«

»Hat sie«, erwidert Leo. »Sie hat mir aber auch beigebracht, nicht mit Fremden zu reden.«

»Also bitte, wir unterhalten uns seit über fünf Minuten miteinander, ich bin schon lange keine Fremde mehr!« Nalini seufzt übertrieben, dann reicht sie Leo die Hand. »Aber fürs Protokoll: Hi, ich bin Nalini Forster, Justizvollzugsbeamtin, und das da ist Lara Winterstein, meine beste Freundin. Ihr kennt euch ja.«

»Flüchtig«, sagt er, und für meinen Geschmack hat er auf einmal etwas zu viel Spaß an dieser Sache hier, denn er grinst breit, als er mich ein weiteres Mal kurz anschaut. »Hi.«

»Hi«, krächze ich.

»Und jetzt, da wir diese nette Vorstellungsrunde hinter uns haben«, fährt Nalini fort, »noch mal meine Frage: Verbringt ihr auch sonst viel Zeit miteinander?«

»Kaum.«

»Okay.« Sie nickt zufrieden. »Und gibt es eine Person, mit der du so regelmäßig abhängst, dass man von einer Art Muster sprechen könnte? Also … jeden Tag oder so.«

»Ich werd das Gefühl nicht los, dass du mich eigentlich was ganz anderes fragen möchtest«, sagt Leo, und Nalini beugt sich mit verschwörerischer Miene ein Stückchen näher an ihn heran.

»Richtig. Hast du am Samstag schon was vor?«

Das Geräusch eines Presslufthammers in meinen Ohren. Was passiert hier gerade? Sie wird doch nicht … Hat sie etwa allen Ernstes vor, jemanden zu unserer Gartenparty einzuladen, der sein Geld damit verdient, möglichst effektvoll tatsächlich begangene Morde nachzuspielen? Will sie mich verarschen?! Was ist mit Felix? Sie wollte doch Felix einladen! Das hier passt so ganz und gar nicht zu den letzten Wochen.

»Der Ofen klingelt, Lara«, sagt Nalini, ohne ihren Blick von Leo abzuwenden. Und als er sie bloß schweigend ansieht, sagt sie: »Okay, ich lade dich hiermit offiziell zu unserer Gartenparty ein. Lindenallee einundsechzig, achtzehn Uhr. Zieh irgendwas an, das zum Motto Italienische Nacht passt.«

»Italienische Nacht.«

»Yep.«

»Also ein … Gondoliere-Kostüm?«

»Ich bin mir nicht sicher, ob die das auch nachts tragen, aber hey, Lara hat sich das Motto ausgesucht, das soll sie entscheiden.« Nalini deutet auf mich, Leo folgt ihrem Fingerzeig und mustert mich, bis ich hilflos mit den Schultern zucke. Ich bin vollkommen unfähig, irgendetwas anderes zu dieser Unterhaltung beizutragen.

»Schon gut, mein Capulet-Shirt tut's auch«, sagt Leo.

Das hier ist wie ein richtig schlimmer Fahrradunfall. Ich würde gern weggucken, doch es geht nicht. Ich würde auch gern schreiend wegrennen, doch das geht genauso wenig. Reglos stehe ich da und schaue zu, wie meine beste Freundin ausgerechnet Leopold Haensler zu der Party einlädt, die eigentlich meiner Entspannung dienen soll. Witzig ist was anderes …

»Lara! Der Ofen klingelt!«, sagt Nalini noch einmal und schnippt mit den Fingern vor meinem Gesicht. Dann greift sie nach ihrer Latte to go. »Ach, und wir verraten natürlich niemandem, dass du quasi berühmt bist, Leo. Keine Groupies, versprochen.« Sie winkt erst ihm und anschließend mir. »Bye, ihr Süßen!«

Hast du den Verstand verloren?!, frage ich stumm, doch sie zwinkert mir nur verschwörerisch zu, und wenige Sekunden später ist sie verschwunden. Zurück bleiben Leopold Haensler, berühmter Host eines Splatter-Podcasts, und ich.

Als Leo sich wieder zu mir umdreht, erinnere ich mich urplötzlich daran, dass ich hier ja einen Job zu erledigen habe. Ich schalte den Ofen aus, hole den viel zu heißen Teller mit dem etwas zu dunklen Panini heraus, lege Besteck und eine Serviette dazu und stelle alles vor Leo auf die Theke. Danach wende ich ihm den Rücken zu und kümmere mich um seinen Americano. Jeder Handgriff funktioniert automatisch, was meinem überhitzten Hirn viel zu viel Zeit gibt, mich mit der Frage zu quälen, was ich jetzt machen soll.

»Bitte schön. Das wären zwölf Euro achtzig«, murmele ich, nachdem ich seinen Kaffee neben das Panini gestellt habe, und lächle freundlich, als Leo mir mit einem »Danke, stimmt so« fünfzehn Euro auf die Theke legt. Er lächelt ebenfalls und zögert einen Moment, ehe er die Bestellung zu seinem Tisch trägt. Dort bleibt er für knapp zwanzig Minuten sitzen, isst, trinkt, arbeitet nebenher hektisch irgendwelche Zettel durch – und dann steht er auf. Er hängt sich seine Tasche um, trägt sein Geschirr zur Theke, lächelt noch mal, reibt sich den Nacken.

»Also …«

Sag es ihm! Sag ihm jetzt, dass er nicht kommen soll!

»… ich hab es leider etwas eilig«, fährt er mit Blick auf seine Invader-Zim-Uhr fort. »Aber ich schätze, man sieht sich.«

Ich glaube, mir wird schlecht.

Samstag

Es ist kurz vor sechs, und ich klammere mich krampfhaft an die Hoffnung, dass »Man sieht sich« nicht zwingend bedeutet, »Man sieht sich am Samstag bei der Party, zu der deine übergriffige Freundin mich eingeladen hat«. Außerdem muss dieselbe Woche ja zumindest zu einem gewissen Prozentsatz gleich ablaufen, sonst wäre es ja eine andere Woche, die nur dasselbe Datum besitzt. Quasi wie dieselbe Woche in einer Paralleldimension. Aber dann geht mir auf, was sich letzte Woche alles geändert hat – und mir wird wieder schlecht. Ehrlich gesagt ist mir seit Leos Verabschiedung am Donnerstag sogar durchgehend übel. Ich will diesem Typen nicht hier begegnen, wo ich so viel Zeit damit verbracht habe, einen anspruchsvollen, gut durchdachten Thriller zu schreiben. Keine Ahnung, vielleicht ist es eine Art Aberglaube oder so, die verrückte Vorstellung, dass er die Luft mit reißerischen Splatter-Vibes verpesten könnte. Ich kann es ja selbst nicht richtig in Worte fassen …

Während all diese Gedanken durch mein Hirn jagen, schneide ich wie schon die beiden Wochen zuvor Tomaten und Mozzarella in Scheiben und lege sie abwechselnd auf einen Teller. Wieder dringen Italo-Pop und Gelächter durchs geöffnete Küchenfenster herein, und wie an den letzten beiden Samstagen taucht Nalini irgendwann hinter mir auf.

»Kommst du?«, fragt sie, und ich wirbele herum.

»Ich kann immer noch nicht fassen, dass du mir das angetan hast!«, fauche ich. Dabei fuchtele ich ein bisschen mit dem Messer herum, um meinen Standpunkt klarzumachen – und Nalini lässt die Schüssel fallen, die sie in den Händen hatte. Unser Hausstand besteht nicht ohne Grund zu mehr als zwei Dritteln aus Plastikschüsseln, aber diese hier gehört offenbar jemand anderem, denn sie ist aus Keramik. Mit einem Klirren zerbricht sie in drei beinahe gleich große Teile. Noch etwas, das anders läuft als in den beiden Wochen zuvor.

»Huch«, sagt Nalini bloß, geht in die Hocke und sammelt die Scherben auf, als wären es Papierschnipsel. »Na ja, wenigstens kann ich jetzt mal mein Kintsugi-Kit ausprobieren.«

»Nach fünfundzwanzig Jahren Zerstörung kommst du auf die Idee, die zerbrochenen Dinge wieder zu kitten?«, hake ich nach. »Hätte dir das nicht einfallen können, nachdem du meine Phineas-und-Ferb-Tasse kaputt gemacht hast?«

»Beschwer dich bei Pedro, er hat mir das Zeug jetzt erst geschenkt.«

»Nein, ich bitte ihn lieber darum, dass er dir mehr Zurückhaltung schenkt. Sonst lädst du ab sofort noch regelmäßig Leute ein, die ich nicht leiden kann.«

Nalini schnaubt durch die Nase und legt die Schüsselstücke neben mir auf die Arbeitsfläche. »Als ob«, brummt sie, dann greift sie nach dem Olivenöl und träufelt es über den fertig belegten Teller mit Tomaten und Mozzarella.

Ich weiß genau, was sie mit ihrem »Als ob« meint, immerhin hat sie es in den vergangenen achtundvierzig Stunden oft genug wiederholt: Ihrer Meinung nach ist der Podcast definitiv kein Grund, um Leo nicht leiden zu können, vor allem, wenn ich bisher kaum mehr als fünf Sätze mit ihm gewechselt habe. Das mit dem Studium habe ich nämlich inzwischen aufgeklärt – beziehungsweise in eine andere Richtung gedreht. Nalini glaubt nun, Leo und ich wären uns während der ganzen Zeit nur ein paarmal in der Mensa über den Weg gelaufen, was ja auch durchaus passiert sein kann – gesetzt den Fall natürlich, er hat überhaupt dieselbe Uni besucht wie ich. Etwas, das ich eigentlich lieber nicht herausfinden möchte, weil ich mich sonst noch viel mehr in meinem Notlügengestrüpp verheddere.

»Du kannst immer noch diesen Felix einladen«, wage ich einen allerletzten Versuch, Nalini umzustimmen, doch sie winkt entschieden ab.

»Lass mal, der passt gar nicht so gut zu dir.«

»Das ist interessant. Bisher hast du doch behauptet …«

»Ja, ja. Versteh mich nicht falsch, Felix ist toll und sieht gut aus und alles.« Sie zuckt mit den Schultern. »Aber er ist einfach nicht der Richtige.«

»Aber wieso hast du ihn dann …« Falsche Woche, Lara! »Ich meine, wieso wolltest du ihn einladen?«

»Ich dachte, es reicht wenigstens für einen One-Night-Stand. Wie gesagt, er sieht gut aus und du musst dringend mal wieder abschalten.«

Ein One-Night-Stand mit Felix? Hm. Mein letzter liegt … ich glaube … O Gott, ich weiß nicht mal genau, wann ich das letzte Mal *überhaupt* Sex hatte!

Nalini mustert mich von der Seite und grinst. »Außerdem hatte ich da so ein Gefühl, als du dich mit Leo im Café unterhalten hast …«

»Ein Gefühl?!«

»Oh ja.«

»Na, da bin ja jetzt mal gespannt.«

»Keine Ahnung, da war irgendwas in der Luft. Er hat dich immer so angesehen, wenn du geredet hast …«

»Das nennt man aktives Zuhören, Nalini. Und wenn dich das schon beeindruckt, solltest du mal auf Pedro achten, wenn …«

»Hier geht's nicht um mich«, knurrt sie und wirft mir einen bösen Blick zu. »Hier geht's um dich und darum, dass Leo abgesehen von seiner Buch-Klau-Aktion doch ganz nett ist.«

Von *meiner* Buch-Klau-Aktion, korrigiere ich sie in Gedanken.

»Ich verstehe ehrlich gesagt gar nicht, weshalb du dich so aufregst«, fährt Nalini fort. »Selbst wenn er sich doch noch als Idiot herausstellen sollte, könnt ihr euch zumindest über die Arbeit unterhalten. Er macht einen Podcast über Morde, du schreibst über Morde … Ihr könnt stundenlang über Mordwaffen reden oder über die besondere Art und Weise, jemandem das Gehirn aus der Nase zu ziehen oder so was. Ich meine, er macht das seit drei Jahren, und zwar sehr erfolgreich! Wenn sich einer mit diesem Zeug auskennt, dann Leopold Haensler.«

Nachdem ich ihn über zwei Wochen lang bloß als Ex-Studenten gesehen habe, der wegen seiner teuren Klamotten wohl von Mummy und Daddy gesponsert wird, fällt es mir echt schwer, dieses Bild durch das eines ehrgeizigen Podcast-Machers zu ersetzen. Wahrscheinlich habe ich deshalb auch noch keine Sekunde daran gedacht, dass er mir bei meinem Buch helfen könnte. Dabei ist die Idee gar nicht mal so dumm. Und vielleicht liegt hier ja auch mein Zeitschleifenhund begraben. Ich hoffe zwar immer noch darauf, dass die Woche nicht wieder von vorne beginnt, weil ich diesmal das Praxishandbuch habe. Aber was, wenn das gar nicht das Problem war? Was, wenn ich mit Leo sprechen muss, um den Wackler in der Zeit zu beheben? Immerhin begegne ich ihm seither ständig …

»Du solltest ihm nur nicht verraten, dass er das Vorbild für deinen Serienkiller ist, das könnte sonst unschön enden«, fügt Nalini hinzu und streut mit großer Geste italienische Kräuter über die Tomaten und den Mozzarella. Sobald sie fertig ist, wendet sie sich mir zu, stemmt beide Hände in die Hüften und schaut mich herausfordernd an. »Nach zehn Semestern zwischen lauter aufgeblasenen Schwanzträgern solltest du das ja wohl locker hinbekommen, oder?«

»Ja, ich hab's kapiert«, entgegne ich. »Aber wenn er mir auf die Nerven geht, übernimmst du ihn! Sonst spiele ich mit ihm Boule, und das wollen wir alle nicht.«

Nalini lacht, reicht mir mein Weinglas, schenkt sich selbst ein und prostet mir zu. »Auf eine interessante italienische Nacht.«

Ich verrate ihr lieber nicht, dass sich das Wort interessant manchmal auch als die kleine Schwester von beschissen tarnt, sondern lächle tapfer. Dann nehme ich ihr den angerichteten Salatteller aus den Händen – man sollte das Schicksal nicht allzu oft herausfordern – und laufe hinter ihr die Treppe nach unten. Aber draußen angekommen, bin beinahe *ich* diejenige, die für Scherbensalat sorgt, denn während ich die Stufen von der Veranda zum Garten hinabgehe, lasse ich meinen Blick über die Gäste schweifen – und verpasse prompt die letzte Stufe. Mit einem Aufschrei stolpere ich nach vorne und schaffe es gerade so, den Salatteller in der Waagerechten zu halten.

Alle Augen wenden sich mir zu, auch die gewitterhimmelgrauen von Leopold Haensler, der tatsächlich gekommen ist. Seine Mundwinkel zucken sichtlich amüsiert. So viel zu: Der ist doch ganz nett. Nett am Arsch!

*

Zwei Stunden später fängt mich Nalini plötzlich auf dem Weg zum Buffet ab. Sie greift nach meiner Hand und zieht mich mit sich ins dämmrige Treppenhaus hinein. Und weil das Licht wegen des Bewegungsmelders sofort anspringt, zieht sie mich noch ein Stück weiter, um die Ecke herum, bis wir schließlich vom Garten und der Veranda aus nicht mehr zu sehen sind.

»Okay, was ist das Problem?«, fragt sie. »Warum gehst du ihm die ganze Zeit aus dem Weg?«

»Tue ich nicht!«, erwidere ich sofort – und stöhne im nächsten Moment innerlich auf. Verdammt! Vielleicht hätte ich lieber erst mal nachfragen sollen, von wem sie überhaupt redet. Allein die Tatsache, dass ich es sofort wusste, knipst in Nalini nämlich die Ich-hab-dich-durchschaut-Lampe an und bringt ihr Gesicht zum Strahlen.

»Ach nein? Du stehst also rein zufällig immer genau am entgegengesetzten Ende des Gartens wie Leopold Haensler?«, hakt sie nach und fuchtelt mit dem Finger vor meinem Gesicht herum. »Und ja, mir ist aufgefallen, wie oft du angeblich aufs Klo musstest.«

Dreimal bisher, denke ich.

»Dreimal bisher«, sagt sie und mustert mich durchdringend. »Geht's dir denn wirklich so sehr gegen den Strich, dass ich ihn eingeladen habe?«

»Na ja, eigentlich nicht ganz so sehr. Aber irgendwie auch schon. Ach, was weiß ich.« Seufzend lege ich den Kopf in den

Nacken. »Ich bin mir eben nicht sicher, ob ich mit ihm reden will.«

»Und warum nicht? Was ist an einem einfachen Gespräch so schlimm? Du tust ja gerade so, als müsstest du gleich mit ihm in die Kiste hüpfen.«

»Bei Felix war anscheinend genau das dein Plan. Und so, wie du vorhin das Wort Gefühl ausgesprochen hast, will ich gar nicht wissen, was du diesmal ausheckst.«

»Danke für die Erinnerung. Ich werde mich auf ewig dafür hassen, dass ich dir das mit Felix verraten habe.«

Sie guckt mich mit zusammengekniffenen Augen an, ich gucke mit zusammengekniffenen Augen zurück – und seufze dann erneut.

»Also gut, und was soll ich zu ihm sagen? Ich kann wohl kaum mit der Tür ins Haus fallen.«

»Hast du im letzten Jahr eigentlich noch irgendetwas anderes gemacht, als über Morde nachzudenken?«, stöhnt Nalini. »Rede meinetwegen übers Essen mit ihm, oder über Musik. Oder darüber, ob Limoncello mit Sahne besser schmeckt oder ohne.«

»Ohne«, sage ich.

»Natürlich ohne«, stimmt Nalini zu. »Aber selbst eine Diskussion darüber ist besser als das Philosophiezeugs, mit dem Pedro ihm gerade ein Ohr abkaut. Also beweg jetzt deinen süßen Hintern da raus.«

Ohne auf meine Antwort zu warten, greift sie erneut nach meiner Hand und zieht mich zurück nach draußen in den Garten, wo sich Pedro und Leo nahe der Veranda miteinander unterhalten. Sie tragen beide ein italienisches Fußballtrikot, allerdings scheint Pedro sich bei jemandem bedient zu haben, der um einiges größer und breiter ist als er selbst, denn sein Trikot sitzt viel zu locker. Als er seine nächsten Worte mit wildem Handgefuchtel unterstreicht, rutscht es fast über seine Schulter.

Bei Leo dagegen reiht sich das Trikot mühelos in die Etwas-zu-alles-Liste ein: Es ist etwas zu alt, um noch als retro durchzugehen, und etwas zu cool, um trotz der abgenutzten Stellen verschlissen zu wirken.

»Hi«, sagt Nalini und unterbricht Pedro mitten im Satz. »Über was redet ihr?«

»Über Moral«, antwortet er sofort. »Über die Erfindung von Gut und Böse, und dass …«

»Klingt äußerst spannend. Aber ich brauch dich kurz für eine … Sache. Drinnen.«

Es dauert einen Moment, bis Pedro aus dem Wissenschaftsmodus in den Freizeitmodus umschaltet, dann leuchten seine Augen plötzlich auf, und er nickt begierig. Armer Kerl. Ich weiß, worauf er hofft – und was er wahrscheinlich niemals bekommen wird. Mit einem schnellen »Merk dir, was du sagen wolltest!« verabschiedet er sich von Leo und folgt Nalini ins Haus. Im Hintergrund läuft »Sarà perché ti amo«, was die Situation wohl nicht besser …

»Gefällt dir deine Party?«, fragt Leo wie aus dem Nichts, und ich zucke zusammen.

»Was?«

»Nalini hat doch gesagt, die Party ist für dich, oder nicht?« Er nimmt einen Schluck von seinem Blaubeereistee und schickt mit der Bewegung eine Welle aus Meeresminze gemischt mit Blaubeeren zu mir herüber. Ich frag mich, ob das ein Parfum ist oder eine Kombination aus Shampoo, Seife und Waschmittel. Und ob ihm überhaupt bewusst ist, dass er so riecht. Ich meine, ich könnte nicht sagen, wonach ich rieche. Irgendwas mit Seidenblüte stand auf dem Deo, dabei gibt es die ja gar nicht.

Erst nach einigen Sekunden fällt mir auf, dass Leo mich noch immer fragend anschaut.

»Ach so, ja, die Party ist … toll. Das Essen ist gut, die Stimmung ist gut, die Musik ist … gut.«

Er nickt, zupft eine kleine italienische Papierfahne von der Palme neben uns und dreht sie zwischen seinen Fingern hin und her. »Italienische Nacht. Wie bist du auf das Thema gekommen?«

»Meine Vermieter«, erwidere ich achselzuckend. »Sie waren während ihrer Flitterwochen in Verona und haben am Montag Hochzeitstag, da dachte ich, das wäre doch eine schöne Idee.«

»Ist es.«

Ich beobachte, wie er seinen Blick gemächlich über die anderen Gäste schweifen lässt, bis er schlussendlich wieder bei mir landet. Weil wir so nah beieinanderstehen, muss er den Kopf ein wenig nach unten neigen, um mir ins Gesicht sehen zu können.

»Nettes Trikot übrigens«, sage ich, um die peinliche Stille zu überspielen.

»Danke, gehört meinem Vater. Er hat achtzehnhundertzweiundachtzig während der WM in Italien gelebt und sich gefühlt eine Lkw-Ladung voller Shirts gekauft.«

Wieder schweigen wir eine Weile, dann erinnere ich mich daran, warum Nalini und das Universum mich hierher geschubst haben. Möglicherweise ist das eine gute Chance, endlich diese verdammte Zeitschleife aufzulösen. Also springe ich über meinen gewaltigen Schatten, lächle Leo mit einiger Mühe von unten herauf an und sage: »Diese Sache, die du da machst, dieser … Podcast …«

Die abfällige Pause vor dem Wort Podcast war gar nicht geplant, und doch hat sie sich eingeschlichen, und jetzt thront sie dort wie ein fettes Ausrufezeichen. Ich weiß nicht, ob das der Grund dafür ist, dass Leo seinen Blick nun wieder ruckartig von mir abwendet.

»Was ist damit?«, fragt er.

»Ich dachte, wir könnten uns vielleicht kurz über ein paar Abläufe unterhalten. Zum Beispiel, wo du – oder ihr … Ihr seid zu zweit, nicht wahr? Wo ihr recherchiert, wie lange pro Fall, ob ihr auch mit Täterprofilen arbeitet und solche Dinge. Wie ihr vorgeht eben.«

Anstatt etwas zu antworten, setzt er erneut seine Flasche an, trinkt sie in einem Zug leer und fährt sich danach mit dem Handrücken über die Lippen. Die Bartstoppeln, die sich jeden Montag über seine Wangen ziehen, sind heute sehr viel kürzer, fast nur ein Schatten.

»Darüber sprichst du besser mit Juliana«, sagt er schließlich, ohne mich dabei anzusehen. »Sie kümmert sich um die gesamte Organisation, ich führe eigentlich nur Aufträge aus.«

»Juliana ist deine Kollegin?«, frage ich.

»Ja.«

»Okay, leider kenne ich sie nicht, deshalb …«

»Ich stell sie dir vor, wenn du willst.«

»Danke, das ist … toll. Ich würde allerdings lieber …«

»Bitte, klär das mit Juli.«

Oha, was ist denn jetzt passiert? Mit einem Mal klingt er, als wäre er in Gedanken Hunderte Kilometer weit entfernt. Und als würde er versuchen, mich abzuwimmeln, damit ich ihm auf keinen Fall dorthin folge.

»Aber du bist doch auch ein Host von diesem Podcast, oder nicht?«, hake ich verwundert nach. »Solltest du da nicht eure Arbeitsweise erklären können?«

»Dafür muss man nur ein bisschen Ahnung von Journalismus haben, das ist keine große Sache.«

»Gut, gehen wir mal davon aus, ich habe diese Ahnung nicht. Kannst du mir was darüber erzählen?«

Keine Reaktion, bloß wortloses Betrachten der Grashalme zu unseren Füßen, während ihm seine Locken langsam ins Gesicht rutschen. Und aus irgendeinem Grund nervt es mich, dass er nichts sagt. Es nervt mich, dass er die Zähne zusammenbeißt, bis seine Kiefermuskeln zucken. Warum will er denn nicht mit mir über seine Arbeit reden? Hat er etwa Angst, dass sein ach so kostbares Wissen bei mir in die falschen Hände gerät? Dass ich ihm auf irgendeine Weise Konkurrenz machen könnte? Oder hat er womöglich doch darauf gehofft, dass ich ihn für seinen Ruhm anhimmle?

»Weißt du was, Leopold …«, hebe ich an, doch er unterbricht mich sofort.

»Nur Leo. Ich hol mir noch was zu trinken.« Er wackelt kurz mit seiner leeren Flasche, dreht sich um und …

»Lara, meine Liebe. Wie lange müssen wir eigentlich noch warten, bis du uns endlich deinen Gast vorstellst?«

Isabel. Sie sitzt mit Kurt und Willi auf der Verandalounge und winkt mich mit ihrem Zigarettenhalter zu sich herüber. Genauer gesagt winkt sie *uns* herüber, denn Leo hat mitten in der Bewegung innegehalten und schaut nun neugierig zwischen Isabel und mir hin und her.

»Er ist nicht mein Gast«, sage ich schwach, doch Isabel verdreht die Augen.

»Papperlapapp. Du kennst ihn offenbar, und Willi liegt mir jetzt seit einer geschlagenen Stunde damit in den Ohren, dass *er* ihn nicht kennt. Also sei so gut und stell ihn uns vor.«

»Welcher von beiden ist Willi?«, fragt Leo plötzlich viel zu dicht an meinem Ohr, und ich fahre zu ihm herum.

»Der, der so grimmig guckt«, brumme ich.

Was soll das denn jetzt werden? Warum weicht er erst meinen Fragen aus, nur um keine zwei Minuten später wieder den nice guy zu spielen? Ich kapier das nicht, und ehrlich gesagt bin ich ziemlich stinkig, dass mich Nalini dazu gebracht hat, überhaupt mit dem Kerl zu reden.

Mit einem unangenehmen Ziehen in der Magengegend stapfe ich die Stufen zur Veranda hinauf und hoffe insgeheim, dass Leo in die entgegengesetzte Richtung verschwindet – was er selbstverständlich nicht tut. Im Gegenteil. Er folgt mir und bleibt direkt neben mir stehen, als ich sage: »Isabel, Kurt, Willi –

das ist Leopold Haensler.« Ich spreche extra seinen ganzen Namen aus, weil er mich deswegen gerade verbessert hat. Und gleich noch mal: »Leopold Haensler, das sind meine Nachbarin Isabel und meine Vermieter Kurt und Willi.«

So. Zumindest etwas Genugtuung, denke ich, aber der Kerl geht gar nicht darauf ein.

»Nur Leo«, sagt er mit einer Stimme, die butterweich und reibeisenrau zugleich ist – und mich noch mehr in Rage versetzt –, und Isabel hebt neugierig die Augenbrauen.

Sie mustert Leo eindringlich, während er zuerst ihr und danach Kurt und Willi die Hand reicht, mit einem flirrenden Etwas-zu-alles-Lächeln auf den Lippen, als wäre nichts gewesen. Gott, dieser Typ ist die Zwiespältigkeit in Person!

»Leo also«, wiederholt Isabel. »Setzen Sie sich, junger Mann. Unterhalten Sie uns ein bisschen.« Dabei deutet sie auf den freien Platz, wo letzte Woche noch Felix saß. »Was machen Sie, wenn Sie nicht gerade auf Partys Eistee trinken und junge Frauen betören?«

Leo reibt sich lachend den Nacken, dann lässt er sich auf das Polster sinken, stellt seine leere Flasche auf dem Tisch ab und sagt: »Ich bin freier Journalist für Print- und Onlinemedien. Nichts Aufregendes.«

Na klar, und gleich lässt er in einem Nebensatz fallen, dass er übrigens auch noch der Host eines zufällig saumäßig berühmten True-Crime-Podcasts ist …

»Worüber schreiben Sie?«, fragt Kurt.

Über verstümmelte Leichen!

»Am liebsten über Menschen und meine Begegnungen mit ihnen. Über die Privilegien und Aufgaben, die sich aus dem Menschsein ergeben. Und darüber, was uns zu der Person macht, die wir sind.«

Hahaha, ja genau. Grab doch mal aus, wer für dein bescheuert widersprüchliches Verhalten verantwortlich ist!

Leo wirft mir einen kurzen Blick zu, als ich belustigt durch die Nase schnaube, und auch Willi sieht zu mir herüber. Anders als Leo schaut er aber nicht gleich wieder weg. Ich lasse schnell den Kopf sinken, um der Frage in seinen Augen auszuweichen.

»Das klingt interessant. Vielleicht möchten Sie uns ein paar Ihrer Artikel zukommen lassen«, schlägt Isabel vor, und ich presse die Lippen aufeinander, um nicht gleich noch mal zu schnauben. »Die beiden Silberrücken hier und ich, wir langweilen uns bisweilen schrecklich, müssen Sie wissen. Und ich glaube, Ihre Texte könnten uns neuen Gesprächsstoff liefern.«

»Ja, natürlich«, erwidert Leo. »Wenn Sie wollen, bringe ich Ihnen gern Ausdrucke vorbei. Irgendwas Spezielles, oder soll ich selbst eine Auswahl treffen?«

»Das kommt darauf an. Sind auch Skripte aus deinem Podcast dabei?«, grätsche ich dazwischen und grinse Leo provozierend an, als sein Blick ein weiteres Mal auf mir landet. »Du weißt schon, der, bei dem du und deine Kollegin den Tod echter Menschen nachspielen. Dieses True-Crime-Format.«

»Ach?«, sagt Isabel. »So etwas machen Sie auch?«

»Das ist nur … das ist ein Nebenjob. Nicht der Rede wert.«

»Ich hoffe, Sie recherchieren dennoch ordentlich.«

»Selbstverständlich. Wir wollen ja nicht riskieren, dass einer der Fälle aufgrund falscher Behauptungen erneut aufgerollt wird.«

»Ausgezeichnet.«

»Sie haben Geigenmusik im Hintergrund, wie bei Psycho«, sage ich, und Kurt nickt anerkennend.

»Schön. Sorgt sicherlich für eine spannende Atmosphäre.«

Und das war's, mehr reden sie nicht darüber. Stattdessen bringt Isabel das Gespräch wieder auf die Artikel, die Leo schreibt, und darauf, wie er seine Themen auswählt. Ein paarmal versuche ich, irgendwie den Bogen zurückzufinden, aber weder die drei Institutionen noch Leo gehen darauf ein, und das macht mich geradezu wahnsinnig. So wahnsinnig, dass ich es schließlich nicht mehr aushalte und unbemerkt das Weite suche.

Ich versteh nicht, weshalb sie das alles nicht hinterfragen! Die letzten zwei Wochen hat sich zumindest Willi über diesen billigen Thrill echauffiert, aber ausgerechnet heute drücken sie alle ein Auge zu. Dabei hatte ich darauf gehofft, dass sie ihn ins Kreuzverhör nehmen und ihn wissen lassen, was wir hier in der Lindenallee von Voyeurismus halten. Oder vielmehr, was ich dachte, das wir von Voyeurismus halten …

Ich flüchte zu Nalini, erzähle, dass ihr Plan von wegen »Ihr könntet euch wenigstens über den Job unterhalten« so richtig nach hinten losgegangen ist und ich keinerlei Lust verspüre, auch nur eine Sekunde länger hier herumzuhängen. Dann schnappe ich mir den Rest vom Tomate-Mozzarella-Salat und zwei große Stückchen Baguette und verschanze mich allein in meinem Zimmer.

Eine Weile gucke ich dort stumm vor mich hin, bis der Salat alle ist und auf einmal wieder die Frage nach dem Warum in mir aufploppt. Warum wollte Leo nicht mit mir über seine Arbeit sprechen? Warum mag er es nicht, wenn man seinen vollen Namen ausspricht? Und warum bezeichnet er seinen erfolgreichen Podcast als »nicht der Rede wert«? Soll das etwa Understatement sein? Will er andere Leute damit erst recht dazu bringen, dass sie ihn darauf ansprechen? Oder verbirgt der Typ irgendwas?

Als die meisten Gäste gegangen sind und nur noch das leise Gemurmel von Nalini, Pedro und Isabel durchs Fenster zu mir nach oben dringt, entscheide ich, dass es mir egal sein kann. Dass Leo mir egal sein kann. Soll er doch machen, was er will. Ich werde einen Weg finden, um diese blöde Zeitschleife und den noch viel blöderen Thriller zu knacken, ich brauche Leopold Haensler nicht.

Sonntag

Ganz am Anfang meines Sabbaticals habe ich tatsächlich ein paar True-Crime-Podcasts recherchiert, weil ich dachte, dass ich das als Thrillerautorin tun *muss*. Herausfinden, was in den anderen Medienbereichen angesagt ist und so. Aber aus Zeitmangel hab ich nie was mit der Liste angefangen – bis heute Morgen. Ich habe sie aus den Tiefen meiner Schublade gekramt, überflogen, und tatsächlich stand *SEX KILLZ* als letzter Titel drauf. Vor mehr als elf Monaten hektisch auf den Seitenrand des Blockblatts gekritzelt.

Einen Moment lang habe ich die beiden Worte angestarrt und mich darüber gewundert, dass sie mir nicht im Gedächtnis geblieben sind, dann habe ich mir mein Handy geschnappt und mir den Podcast angehört. Zweieinhalb Stunden lang. Ich habe nachgelesen, dass er bereits seit über drei Jahren ausgestrahlt wird – eine Folge pro Woche, macht mehr als einhundertsechzig Folgen insgesamt –, dass die Hosts von Anfang an Juliana Olsen und Leopold Haensler waren, dass es wechselnde Gäste gibt – unter anderem Privatdetektive, Tatortreinigungskräfte und Angehörige von Opfern und Tätern – und dass in besonders spannenden Momenten tatsächlich Geigen im Hintergrund eingespielt werden. Ich habe dreiundfünfzig der mehr als siebenundzwanzigtausend Reviews auf ihrer Homepage durchgearbeitet – im Durchschnitt übrigens mit vier Komma acht Sternen bewertet – und dabei herausgefunden, dass *SEX KILLZ* seit Monaten die Chartliste der True-Crime-Podcasts anführt. Leo und Juliana sind Stars unter den Podcast-Hosts. Sie haben kurz nach meiner Recherche gleich in zwei Kategorien den Deutschen Podcast Preis gewonnen, und daraufhin hat ihnen irgendjemand die Namen *Master and Mistress of True Crime* verpasst. Und obwohl ich das nun alles weiß, verstehe ich noch immer nicht, was die Leute daran finden. Mir will einfach nicht in den Kopf, wie irgendjemand auf so etwas Billiges wie *SEX KILLZ* abfahren kann. Abgesehen davon, dass man bei Leos rauchig dahinschwebender Stimme bestimmt ganz fantastisch einschlafen kann, wenn man müde ist, tut dieser Podcast nur weh. Er ist genauso reißerisch und auf schnellen Thrill aus, wie ich es nach Felix' Beschreibung befürchtet habe. Grausam.

Nach diesem schmerzhaften Ausflug in die Voyeurismushölle habe ich ein paar Stunden an meinem Buch gearbeitet, was mir erstaunlich schwergefallen ist, weil das Crime-Publikum ja offenbar keine schlau konstruierten Geschichten sucht, sondern Splatter und Nervenkitzel – kurz: all das, was ich ihnen nicht bieten werde.

Gegen vier Uhr am Nachmittag bin ich schließlich aus der Schreibhemmungshölle aufgetaucht und direkt weiter in die Googlehölle gehüpft, wo ich dieselben komischen Seiten über Zeitsprünge angeklickt habe wie beim ersten Mal. Etwas Neues erfahren habe ich natürlich nicht, nur ein paar Tricks gefunden, wie man angeblich aus der Schleife ausbrechen kann. Tipp Nummer eins: den Moment des regelmäßigen Sprungs mit wachem Geist erleben.

Also habe ich irgendwann gegen sechs Uhr abends beschlossen, dass ich die ganze Nacht wach bleiben werde, um herauszufinden, ob das die Zeitschleife tatsächlich beeinflusst, und wenn ja, wie. Vielleicht kann ich sie damit ja wirklich durchbrechen – und allein der Gedanke daran, dass mir das nicht selbst eingefallen ist, wurmt mich. Aber gut, in etwas mehr als einer Stunde sollte ich zumindest dieses Rätsel gelöst haben.

Es ist 22.54 Uhr. Zeit für einen Rewatch von »Pinky and the Brain«.

4.

Montag

Keine Ahnung, wann ich eingeschlafen bin und vor allem, wie ich es in mein Bett geschafft habe, ohne mich daran zu erinnern. Aber genau dort liege ich, als mir der Wecker um Punkt sieben Uhr morgens mit seinem Gebrüll die Trommelfelle malträtiert und ich wimmernd in die Küche flüchte.

Das Erste, das ich mit wachen Augen wahrnehme, ist: Der Zettel mit Nalinis Nachricht hängt wieder da.

Okay.

Ich setze mich an den Küchentisch und starre ein paar Minuten vor mich hin. Jetzt habe ich also den Punkt erreicht, an dem es mich kaum noch wundert, dass das Datum wieder um eine Woche zurückgesprungen und die Kaffeemaschine zum vierten Mal in Folge kaputt ist. Ich ärgere mich darüber – besonders über Letzteres –, aber es wundert mich nicht, und ich mache mir auch gar nicht erst die Mühe nachzusehen, ob Nalini da ist. Ich stehe einfach irgendwann auf, drehe ihren Zettel um und bitte sie, sich um die Reparatur zu kümmern, weil ich sonst womöglich die Nerven verliere. Dann dusche ich, putze meine Zähne und gehe anschließend zu Isabel nach oben. Ich lasse mir einen köstlichen Café Crema von ihr spendieren und höre eine Weile zu, während sie über ihr aufregendes Berufsleben als Juristin spricht. Alle eventuell für die nächste Version meines Thrillers nützlichen Infos trage ich sofort in mein Recherchenotizbuch ein.

Als ich nach über einer Stunde immer noch bei ihr herumlungere, wirft Isabel einen Blick auf ihre Uhr und mustert mich anschließend kritisch von oben bis unten.

»Liebes, entschuldige, wenn ich das anspreche«, sagt sie. »Aber es ist Montagmorgen, und ich erinnere mich vage daran, dass du letzte Woche einen kleinen Nervenzusammenbruch hattest, weil du glaubst, dringend ein Buch fertig schreiben zu müssen. Hat sich irgendetwas an diesem Status quo geändert?«

Allerdings. Offenbar habe ich jetzt ewig dafür Zeit. Ich muss lächeln bei diesem Gedanken, doch bereits eine Millisekunde später bildet sich ein Kloß aus Unruhe und Anspannung in meinem Hals, gegen den ich kaum anschlucken kann.

Die Wahrheit ist, ich habe keinen blassen Schimmer, was ich mit dieser neuen alten Woche anfangen soll. In meinem Zimmer liegt ein vier Wochen alter Plan, der vollkommen für den Arsch ist, weil mir keiner der Punkte, die dort draufstehen, dabei helfen wird, aus der Zeitschleife herauszukommen. Und auch die Anpassungen, die ich bisher vorgenommen habe, waren sinnlos. Das Problem liegt weder beim Praxishandbuch noch darin, dass ich mit Leo sprechen muss. Also was ist es dann? Was muss ich tun, um die Schleife zu lösen?

Ich weiß es nicht, und das beunruhigt mich. Ich hab sonst immer irgendeine Linie, an der ich mich entlanghangeln kann. Doch jetzt …

Um mir dieses Angst einflößende Gefühl der Haltlosigkeit vor Isabel nicht anmerken zu lassen, tue ich so, als hätte ich vollkommen die Zeit vergessen – und das irritiert sie enorm. Sie weiß ziemlich genau, was ich von Unzuverlässigkeit halte und dass es schon Leute gab, die ihre Uhr nach mir stellen wollten.

»Um Himmels willen, bist du krank?«, fragt sie, und ihre sonst so harte, überkorrekte Schale dellt sich ein wenig ein.

Ich muss hier weg. Wenn sie nur noch ein winziges bisschen weiterbohrt, schießt die Wahrheit wie ein Geysir aus mir heraus – und Isabel Lacroix' Reaktion, wenn sie hört, dass ich in einer Zeitschleife feststecke, will ich lieber nicht miterleben.

Also verabschiede ich mich eilig. Zehn Minuten später steht Isabel allerdings in ihrem seidenen Morgenmantel vor unserer Wohnungstür, eine Hand in die Hüfte gestemmt.

»Ist wirklich alles in Ordnung, Lara? Ich mache mir ein bisschen Sorgen, muss ich zugeben.«

»Ja, ja. Ich muss nur dringend zur Bibliothek, das ›Praxishandbuch Forensische Psychiatrie‹ ausleihen.«

Instinktiv greife ich nach meinem Rucksack, der an einem Haken neben der Tür hängt, und dummerweise auch nach meiner Jacke – was Isabel sofort mit »Was willst du denn mit einer Jacke, dir einen Hitzschlag holen?!« kommentiert, also hänge ich sie zurück –, dann schlüpfe ich in meine Schuhe. Wenige Sekunden später bin ich an Isabel vorbei, flitze die Treppen nach unten und aus dem Haus.

»Ich behalte dich im Auge!«, ruft sie mir hinterher, und es klingt nicht nur wie eine Drohung, ich fürchte, es *ist* eine.

Draußen auf der Straße drehe ich mich ein paarmal ratlos um die eigene Achse. Wohin jetzt? Ich will nicht zur Bibliothek, obwohl ich das Praxishandbuch tatsächlich gut gebrauchen könnte, weil trotz Internetrecherche noch immer einige Fragen offen sind. Aber auf eine weitere Begegnung mit Leo kann ich wirklich verzichten. Hier herumzustehen bringt allerdings auch nichts, also laufe ich schließlich einfach los in Richtung Haltestelle.

Eine Stunde lang fahre ich kreuz und quer durch die Stadt, während ich erneut darüber nachdenke, was ich ändern könnte, um aus der Zeitschleife entlassen zu werden. Erst als ich es in der muffigen Straßenbahn kaum mehr aushalte, beschließe ich, dass meine unnütze Rundreise nun lange genug gedauert hat und ich nicht ewig weiter tatenlos hier herumsitzen kann. Ich muss etwas tun.

»Nächste Haltestelle: Marktplatz«, ertönt die Durchsage, und ich schließe seufzend die Augen. Meine Überraschung darüber, dass die Bib nur eine Straße entfernt liegt, hält sich in Grenzen. Und genauso wenig wundert es mich, dass mein Handy klingelt und ein Blick aufs Display verrät: Kurt ruft an. Um ehrlich zu sein, hatte ich mich schon gefragt, warum er heute wohl so spät dran ist. Ganz kurz überlege ich, einfach weiterzufahren, aber ich kann es absolut nicht leiden, wenn jemand in der Straßenbahn so laut telefoniert, dass der Rest der Fahrgäste alles mithören muss, und ich weiß ja, was passieren wird: Kurt wird die Küchenmaschine aus der Hölle anwerfen. Und das will ich mir und den anderen Leuten hier ersparen, also steige ich aus.

Ich bringe das »Würdest du Willis Geschenk morgen für mich im Fotogeschäft Weber abholen?«-Gespräch hinter mich, überlege, was ich als Nächstes machen soll, und mir fällt nur eine Möglichkeit ein, die zumindest den Anschein von Produktivität erweckt und mir zugleich Isabel vom Hals hält: Ich arbeite an meinem Buch weiter. Immerhin muss ich all die Änderungen, die ich während der letzten Wochen vorgenommen habe, wieder einpflegen. Durch die Zeitschleife sind sie nämlich dummerweise jedes Mal aufs Neue ausradiert worden. Inzwischen zum vierten Mal. Aber dafür brauche ich Ruhe und Konzentration – und idealerweise auch meinen Laptop. Der liegt allerdings zu Hause, und ich hab gerade wirklich keine Lust, noch mehr unnütz Zeit zu vergeuden. Bleibt also nur, alles händisch aufzuschreiben und später ins digitale Manuskript zu übertragen. Bei der Gelegenheit könnte ich auch gleich ein Merkblatt Zeitschleife erstellen, erster Punkt: Immer daran denken, dass sich niemand außer dir daran erinnert, was letzte Woche passiert ist. Zweiter Punkt: Bloß keine vollkommen neuen Verhaltensweisen etablieren, um die Leute um dich herum nicht in Alarmbereitschaft zu versetzen.

Das Blöde an der Sache: Zum Schreiben brauche ich ein halbwegs ruhiges Plätzchen, und am ruhigsten ist es in der …

Nein. Ich schüttle den Kopf. Die Bib werde ich heute mit absoluter Sicherheit nicht betreten, komme, was wolle. Lieber arbeite ich am Fluss oder auf einer Bank im Park – wo in spätestens einer Stunde fünfunddreißig Grad herrschen werden. Nicht die beste Voraussetzung, um eine Weile durchzuhalten.

Noch während ich nach einer Lösung für mein Dilemma suche, beginnen die Glocken des Doms gleich nebenan wie verrückt zu läuten. Zwölf Uhr. Hm. In den letzten Wochen bin ich Leo immer schon kurz nach zehn am Morgen begegnet, und er hatte es jedes Mal ziemlich eilig, wieder zu verschwinden. Die Chancen stehen also gar nicht so schlecht, dass er sich das Praxishandbuch unter den Nagel gerissen hat und schon längst wieder weg ist.

Oder?

Nein, endgültig NEIN! Keine Bib heute.

Vielleicht das Café direkt daneben? Dort ist es zwar längst nicht so leise wie im Lesesaal, aber es ist wenigstens keiner dieser Läden, in denen die Bedienung dich sofort aufscheucht, wenn du nicht alle zwanzig Minuten was bestellst. Sehr kontostandschonend, und das muss es auch sein.

Nach einem letzten Moment des Zögerns laufe ich schließlich los, die Straße entlang bis zur Kreuzung, dann nach rechts und weiter. Wenige Meter später erscheint das pompöse Bibliotheksgebäude in meinem Sichtfeld. Ich widerstehe dem Drang, auf der Stelle wieder umzukehren, sondern gehe schneller. Meinen Blick starr geradeaus gerichtet, renne ich förmlich an der Eingangstreppe der Bib vorbei, halte auf das Café zu …

Zwei Jungs stürmen an mir vorbei, und ich schaffe es gerade noch rechtzeitig anzuhalten, damit wir nicht zusammenstoßen. Hastig mache ich einen Schritt zurück und …

»Vorsicht!«

Mein Blut gefriert zu winzigen, stechenden Kristallnadeln. Nein. Bitte. Ich bin doch viel später dran als sonst, das kann überhaupt nicht sein! Aber als ich mich umdrehe und dem Kerl ins Gesicht schaue, den ich gerade angerempelt habe, sehe ich, dass es sehr wohl sein kann.

Leopold Haensler steht hinter mir, die Hand, mit der er mich abgefangen hat, noch halb erhoben. Die andere Hand presst das »Praxishandbuch Forensische Psychiatrie« an seine Brust.

Das ist doch wirklich nicht zu fassen! Wenn der Sinn dieser gottverdammten Zeitschleife ist, dass ich ab jetzt jeden Montag diesem Typen begegne, egal wann und wo, dann sollte ich … dann muss ich … Ja, was denn?! Was muss ich tun, um dieser Hölle wieder zu entkommen? Und warum bin ich überhaupt hier gelandet?

»Hi«, sagt Leo, und ich möchte ihm ins Gesicht schreien, dass er mich nicht ansprechen, mich nicht anlächeln und mich schon gar nicht so anschauen soll. Kann er sich nicht einfach verziehen und mich in Ruhe lassen? Ich wüsste da einen Berg im Himalaya, der ganz gut passen würde. Einen sehr hohen Berg.

»Stimmt was nicht?«, fragt er, als ich ihn nach ein paar Sekunden des Schweigens immer noch entsetzt anstarre, und lässt seine Hand sinken.

Du!, würde ich am liebsten schreien. Du stimmst nicht! Oder irgendwas mit dir.

»Déjà-vu«, presse ich stattdessen hervor und blinzele mich vom Mount Everest zurück ins Hier und Jetzt. »Das gerade fühlt sich an wie ein Déjà-vu.«

»Seltsam.« Leo runzelt die Stirn. »Mir kommt es auch so vor, als ob wir uns schon mal irgendwo begegnet wären.«

Ein Lachen platzt über meine Lippen, doch nur einen Moment später geht mir auf, dass das wirklich seltsam ist. Die letzten drei Wochen hat er so etwas nämlich nicht erwähnt. Was bedeutet das? Erinnert er sich womöglich auf einmal an Dinge, die in den Schleifen zuvor passiert sind? Dann wäre er bisher allerdings der Einzige, Nalini und Pedro schauen sich jeden Sonntag dieselbe Folge von »Emily in Paris« an und sind jedes Mal aufs Neue überrascht vom Ende.

»Warst du gerade in der Bib?«, fügt Leo hinzu, und ich schüttele den Kopf.

Wie abstrus kann das alles hier eigentlich noch werden? Und immer wieder die Frage: Was soll das alles? Gibt es einen Grund dafür? Oder bin ich einfach diejenige, die beim Zeitschleifenbingo Pech hatte und leider die Arschkarte gezogen hat?

»Nein, ich war nicht in der Bib«, sage ich. »Wir sind uns sehr wahrscheinlich auch noch nicht begegnet. Déjà-vus sind bloß eine Art qualitative Gedächtnisstörung, das heißt, dein Hirn gaukelt dir etwas vor, das nicht passiert ist.«

»Danke für diese ausführliche Erklärung.«

Hör auf, so doof zu lächeln, und geh einfach weiter!

»Leo, bitte!«, ertönt eine drängende Stimme hinter mir, die mir ebenfalls bekannt vorkommt. »Der Pressetyp meinte, er hat höchstens eine halbe Stunde Zeit.«

Ich werfe einen Blick über die Schulter, wo die blonde Schönheit steht, die wie jeden Montag mit Leo unterwegs ist und uns mit vor dem Körper verschränkten Armen ungeduldig anfunkelt. Google sei Dank weiß ich inzwischen, dass sie die zweite Moderatorin von *SEX KILLZ* ist, Juliana Olsen. Sie ist zweiundzwanzig und studiert hier an der Uni Mediendesign. Als die beiden den Podcast gestartet haben, war sie neunzehn, und jetzt, drei Jahre später, zählt sie wie Leo zu den absoluten Stars unter den Podcast-Hosts.

»Pressetyp, wow«, sage ich und mache demonstrativ einen großen Schritt zur Seite, um Leo dazu zu bringen, dass er weiterläuft. »Da will ich nicht länger stören, das klingt wichtig.«

»Ist es absolut nicht«, erwidert er ruhig. »Ich muss trotzdem los.«

Ja, bitte. Beende dieses Trauerspiel, und geh endlich! Tu wichtige Dinge in deinem wichtigen Leben, tatsächlich begangene Morde nachspielen zum Beispiel.

Macht er jedoch nicht. Er wartet, bis ich wieder zu ihm nach oben schaue, dann sagt er: »Vielleicht fällt mir noch ein, wo ich dich schon mal gesehen habe.«

»Ich hab dir doch gesagt …«

»Qualitative Gedächtnisstörung, schon klar. Die hören aber normalerweise nach ein paar Sekunden wieder auf, oder? Das Gefühl, dass wir uns schon mal irgendwo begegnet sind, ist allerdings noch da.«

Schön für dich …

»Okay, viel Erfolg beim Nachdenken.«

»Danke.« Jetzt packt er auch noch sein Etwas-zu-alles-Lächeln aus, und es kostet mich all meine Kraft, nicht frustriert die Augen zu verdrehen. Wieso?! Wieso muss ausgerechnet der so ein Lächeln haben?

»Leo!«, ruft Juliana.

»Ich komm doch schon!«, ruft er zurück und fügt an mich gewandt hinzu: »Vielleicht trifft man sich ja noch mal irgendwo anders.«

Ich fürchte es. Nein, ich *weiß* es.

Er verabschiedet sich, und ich kann nicht anders, ich glotze ihm hinterher, als wäre er der Verwalter meiner persönlichen Hölle. Einer Hölle, der ich wohl nie wieder entkommen kann.

An der nächsten Fußgängerampel bleiben Juliana und er stehen. Sie unterhalten sich, während sie auf Grün warten, Juliana gestikuliert, Leo schüttelt den Kopf – und dreht sich ein weiteres Mal zu mir um. Als er bemerkt, dass ich mich noch keinen Zentimeter von der Stelle gerührt habe, hebt er die Hand. Wie letzten Montag schon winkt er mir zu, ein bisschen zögerlich, bis ich schließlich lustlos zurückwinke und …

Ein Klicken. Urplötzlich greifen zwei Zahnräder in meinem Hirn ineinander und stoßen einen Gedanken an, der schon die ganze Zeit da war, sich bisher aber nie weit genug in den Vordergrund gedrängt hat: »Absolut nicht wichtig … keine große Sache … nicht der Rede wert.« Leo hostet einen deutschlandweit bekannten Podcast, will jedoch partout nicht darüber reden. Am liebsten möchte er sogar verhindern, dass irgendjemand davon erfährt. Ich dagegen hänge seit Wochen in einer Zeitschleife fest und begegne genau diesem Typen immer und immer und immer wieder. Vor allem dann, wenn ich etwas verändere.

Wenn ich jetzt mal den roten, den emotionalen Denkhut, der mir sowieso nicht gut passt, für einen Moment absetze und dafür den weißen nehme, den für analytisches Denken … den, der objektiv bleibt … den, mit dem ich besser zurechtkomme …

Ich schließe kurz die Augen, stelle es mir vor und …

Scheiße, das ist alles kein Zufall.

Es ist kein Zufall, dass ich Leo immer wieder über den Weg laufe, war es nie. Spätestens nach dem Treffen jetzt ist auch der letzte Zweifel diesbezüglich verschwunden. Und wenn es nicht zufällig passiert, ist es … was, Vorsehung? Ich mag dieses Wort nicht, es klingt abgehoben. Unmöglich. Irreal. Leider ist mein persönliches Verständnis von Realität seit meinem ersten Zeitsprung nicht mehr annähernd so gefestigt wie bisher und die Definition des Wortes viel mehr im Fluss. Wer kann schon sagen, was real ist? Ich weiß es an manchen Tagen auf jeden Fall nicht mehr.

Wenn mich also meine Zeitschleife immer wieder absichtlich mit Leo zusammenbringt, hat meine Aufgabe möglicherweise etwas mit ihm zu tun. Bleibt nur die Frage, was genau ich erledigen muss, um (hoffentlich bald) in meine ursprüngliche Realität zurückkehren zu können. Soll ich Mr. Etwas-zu-alles anhimmeln und bauchpinseln? Nein, dafür bin ich nach wie vor die Falsche. Herausfinden, warum er sich nicht für seinen Erfolg feiern lässt, sondern lieber über Zeitschriften und Webpages spricht, die niemand kennt? Hm, das wäre zumindest ein Rätsel, das sich zu lösen lohnt, selbst wenn es nicht der Haken ist, der mich hier festhält. Ich verstehe den Grund für dieses Verhalten nämlich nicht, und ich mag es nicht, wenn ich etwas nicht verstehe – Popcorn-Podcaster hin oder her.

Mit einem warmen Gefühl der Zufriedenheit in der Magengegend drehe ich mich um und laufe die Treppe zur Bibliothek hinauf. Jetzt hält mich nichts mehr davon ab, im ruhigen Lesesaal zu arbeiten, und Arbeit gibt es wirklich mehr als genug. Denn abgesehen davon, dass ich noch immer einen Roman fertigstellen muss, stehen die Chancen nicht schlecht, dass ich endlich einen – für mich zwar schwer nachvollziehbaren, aber vielleicht funktionierenden – Ansatzpunkt gefunden habe, um diese ständigen Zeitsprünge zu stoppen. Um diesen Ansatz weiterverfolgen zu können, muss ich allerdings erst einmal Ordnung in mein Hirn bringen. Und danach wartet der härtere Teil der Aufgabe: Wenn ich herausfinden will, was Leo mit meiner Zeitschleife zu tun hat, muss ich Zeit mit ihm verbringen. Und ich hab da schon so eine Idee, wie ich das hinbekommen könnte.

*

Listen und Pläne, ich liebe Listen und Pläne. Es treibt mich in den Wahnsinn, Vorgänge oder Menschen nicht zu verstehen, deshalb habe ich viele Listen und Pläne über Themen, die mich wahrscheinlich mehr beschäftigen, als gesund für mich ist. Und jetzt habe ich endlich auch eine Liste mit allen bisher mir bekannten Fakten über die Zeitschleife samt genauem Datum, Wochenzahl, Uhrzeit und Ort:

Zeitschleife

- umfasst sieben volle Tage
  - 15.07.2024 bis 21.07.2024
- Wetterverhältnisse bisher jede Woche identisch
- alles, was ich während dieser sieben Tage schreibe oder auf andere Art herstelle, verschwindet zu Beginn einer neuen Schleife
- Erinnerungen und Erfahrungen, die ich während der Woche gesammelt habe, bleiben bestehen
- Erinnerungen und Erfahrungen, die andere Menschen während der Woche gesammelt haben, verschwinden oder werden zumindest stark abgeschwächt
  - Recherche: Déjà-vu-Gefühl L. H. 2024_07_15/IV
- vermutlich kann ich den exakten Punkt des Schleifenbeginns nicht im wachen Zustand erleben
  - für endgültigen Beweis Wiederholung des Versuchs
- Fixpunkt 2024_07_15/I-IV: Begegnung mit L. H. und J. O.
  - I: Bibliothek innen, etwa 10.00 Uhr
  - II: Bibliothek innen, etwa 10.00 Uhr
  - III: Bibliothek innen, etwa 10.00 Uhr
  - IV: Bibliothek außen, etwa 12.00 Uhr
- Änderungen in meiner Kleidungswahl sind möglich
- Änderungen in der Kleidungswahl anderer Menschen sind nur möglich, wenn sie sich in einem anderen Umfeld bewegen
- Änderungen im zeitlichen Ablauf sind möglich
- von mir herbeigeführte Veränderungen im zeitlichen Ablauf der Woche bedingen offenbar, dass ich L. H. erneut begegne
  - 2024_07_16/II: Foto Weber, 8.30 Uhr
  - 2024_07_17/III: Café, 13.00 Uhr

– Dinge, die bisher nicht zum Auflösen der Zeitschleife beigetragen haben:
  • drei weitere Versuche, das Buch fertigzustellen
  • Besitz des Praxishandbuchs
  • Gespräch mit L. H. über Podcast/Buch (abgeblockt)

Als ich mir die Liste zum wiederholten Mal durchlese, fällt mir auf, dass ich schon eine ganze Menge über das Phänomen herausgefunden habe – nach bislang drei Wiederholungen aber auch noch eine ganze Menge Fragen offen sind. Sicher ist jedoch, dass die Liste nächste Woche – sollte mir eine weitere Runde auf dem Zeitschleifenkarussell bevorstehen – wieder verschwunden sein wird, also lerne ich sie auf dem Weg nach Hause lieber auswendig. Und weil für mich, wie eingangs erwähnt, zu Listen auch immer Pläne gehören, werde ich heute Abend einen Plan darüber erstellen, was ich noch herausfinden muss und wie ich vorgehen kann, damit mir das möglichst bald gelingt.

Nach zwei Wochen des bisweilen sehr kopflosen Herumstolperns in der Vergangenheit bin ich endlich zurück auf Kurs.

Mittwoch

Eigentlich wollte ich am Dienstag herausfinden, ob von mir herbeigeführte Änderungen im Wochenablauf wiederholbar sind, indem ich meinen Trip zu Bodos Fotogeschäft erneut auf morgens verlege. Doch eine vollkommen andere Erkenntnis hat mir einen Strich durch die Rechnung gemacht: Auch wenn ich in der Vergangenheit festhänge, beeinflusst das meinen Körper offenbar nicht. Ich erinnere mich an alles, was in den letzten Wochen passiert ist. Und mein Körper hat sich daran erinnert, dass vier Wochen seit meiner letzten Periode vergangen sind, und mir die schlimmsten Unterleibsschmerzen seit einer gefühlten Ewigkeit beschert. Danke, Körper.

Anstatt also Feldforschung zu betreiben, habe ich Nalini zum Fotogeschäft geschickt, einen Ersatz für meine Caféschicht am Nachmittag organisiert und den Tag mit Wärmflasche auf dem Bauch und der Mangaserie »Inuyasha« auf dem Laptop im Bett verbracht. Währenddessen habe ich mir weiter Gedanken darüber gemacht, wie ich die mir gestellte Aufgabe wohl lösen kann. Gegen 18.00 Uhr habe ich Hunger bekommen, und weil Nalini nicht da war, um mich mit irgendetwas Selbstgekochtem zu füttern, habe ich mir zum ersten Mal seit Ewigkeiten Pizza bestellt, eine große – und dabei das leise Jaulen meines Bankkontos ignoriert. Als der Pizzabote eine halbe Stunde später geklingelt hat, ist mir ganz kurz das Herz in die Hose gerutscht, weil ich dachte, Leo würde im Hintergrund vorbeiradeln. Aber dann ist der Moment verflogen, und mein Magen hat so laut geknurrt, dass ich mich nicht weiter um diese albtraumhafte optische Täuschung gekümmert, sondern dem Pizzaboten den Karton förmlich aus der Hand gerissen habe.

Seit heute Morgen geht es mir wieder besser, die Krämpfe sind überstanden, und mein Hirn ist nicht länger von Schmerzmitteln vernebelt. Deshalb halte ich es mittlerweile auch eher für einen Vorteil, dass ich dem »Vielleicht treffen wir uns ja mal irgendwo anders«-Typen nicht gleich am nächsten Tag erneut über den Weg laufen konnte. Wäre möglicherweise etwas seltsam rübergekommen. Dafür werde ich nun aber einen neuen Versuch wagen und herausfinden, ob denn wirklich jede von mir herbeigeführte Veränderung im Wochenablauf zu einem Treffen mit Leo führt. Oder zumindest jede, bei der ich das Haus verlasse.

Die letzten Wochen habe ich mittwochs fast nur in meinem Zimmer gesessen und geschrieben oder im Internet recherchiert. Außerdem habe ich mit Felicia telefoniert, meiner treusorgenden Headhunterin. Sie meldet sich jeden Mittwoch und Freitag, und nach fast einem Jahr habe ich mich so daran gewöhnt, dass ich den Telefonaten schon jetzt hinterhertrauere. Obwohl … womöglich bleibe ich ja auch für immer und ewig in der Zeitschleife hängen, werde als Kuriosum eingestuft, weil ich eines Tages von Sonntag auf Montag um zwanzig Jahre gealtert bin, und werde jede Woche aufs neue in ein Labor eingeliefert. Einem Labor, in dem Leos Podcast rauf und runter gespielt wird und wahrscheinlich seine Schwester arbeitet, die er regelmäßig besucht, um mich neugierig zu begaffen.

Yay.

Ich laufe schneller – als könnte ich meinen verrückten Gedanken so entfliehen. Mein Plan ist es, den gesamten Vormittag im Park zu sitzen und zu schreiben, denn heute ist der einzige Tag, an dem die Hitze nicht ganz so stark drückt wie den Rest der Woche. Außerdem ist der Park echt schön. Er liegt wie ein Halbmond mitten in der Stadt, bietet viele kleine und ein paar größere Lichtungen zum Spielen, Sporteln oder Sonnenbaden, aber vor allem ganz viel Schatten durch die unzähligen Bäume. An jedem Baum hängt ein Schild, auf dem erklärt wird, um was für eine Art es sich handelt, wie alt das Gewächs in etwa ist und ob die Früchte essbar sind. Auf manchen Schildern steht auch so was wie »Vorsicht! Wirft im Herbst mit großen Kastanien!« oder »Harz färbt ab!« oder »Bitte nicht klopfen, hier wohnt ein Eichhörnchen!«. Ein wenig zwischen den Bäumen versteckt liegen mehrere Springbrunnen und Teiche, es gibt einen Bereich, wo jedes Jahr im Frühling Tausende Blausterne wachsen, und überall wurden Steinskulpturen ansässiger Künstlerinnen und Künstler aufgestellt. Und das Wichtigste: Es gibt ausreichend Bänke zum Sitzen und Arbeiten.

Denn genau dafür bin ich hier, zum Arbeiten. Zumindest so lange, bis ich rausgefunden habe, ob mein Experiment geglückt ist. Ich habe meinen Laptop und mein Recherchenotizbuch dabei, außerdem natürlich mein Handy – das in diesem Moment zu klingeln beginnt.

Felicia. Verwundert ziehe ich die Stirn kraus. Sie ist über zwei Stunden früher dran als in den letzten Wochen. Ich glaube sogar, früher als jemals zuvor.

»Hast du dich in der Tageszeit vertan?«, frage ich, und am anderen Ende lacht Felicia amüsiert auf.

»Ich kämpfe mit harten Bandagen, das weißt du doch. Und da das hier mein fünfundsechzigster Versuch ist, dich telefonisch an den Haken zu bekommen, dachte ich, wir feiern diese große Zahl und ich rufe dich einfach mal zu einer anderen Zeit an als üblich. Möglicherweise bewirkt das ja irgendetwas.«

»So groß ist die Zahl nun auch wieder nicht«, sage ich und suche mir eine freie Bank, die im Schatten liegt. Als ich eine gefunden habe, laufe ich schnurstracks darauf zu, damit sie mir niemand wegschnappt.

»Ich bin Headhunterin, Lara, keine Vorwerkvertreterin.«

»Telefonieren Headhunterinnen denn normalerweise weniger?«

»Nein, aber sie telefonieren deutlich seltener mit derselben Person.«

»Okay, ich hab's verstanden. Ich bin eine Ausnahme.«

Ein lautes Seufzen dringt durch den Lautsprecher an mein Ohr, gefolgt von: »Du bist etwas Besonderes.« Und weil sie weiß, dass ich darauf nichts erwidern werde, spricht sie auch gleich weiter. »Genau aus diesem Grund rufe ich übrigens auch an.«

»Ich ahne es. Aber ich freu mich trotzdem.«

»Das erleichtert die Sache enorm.«

Ich kann das Grinsen in ihrer Stimme hören, und ich weiß genau, wie es aussieht. Schon bei unserer ersten Begegnung auf meiner Graduationsfeier vor gut einem Jahr hat Felicia breit gegrinst, während sie sich mir vorgestellt hat, und ich war augenblicklich von ihr eingenommen. Obwohl sie noch recht jung ist, wirkte sie sehr professionell – wie die Art Powerfrau, die ich immer werden wollte. Dieser Anblick war aufregend und einschüchternd zugleich.

»Also gut, lass uns kurz darüber sprechen, wo du kommenden Dienstagnachmittag gegen fünfzehn Uhr sein wirst.«

»Oh, ich weiß, wo ich sein werde. Ich werde Kaffee und Panini im Buchhandlungscafé servieren«, sage ich und lege meinen Rucksack auf der Bank ab.

»Oder« – Felicia zieht das O effektheischend in die Länge – »du steigst in einen Zug, fährst nach Freiburg und …«

»Noch nicht.«

»Das sagst du jedes Mal.«

»Und ich meine es jedes Mal.«

»Ach, komm schon, Lara! Nur ein Gespräch!« Ein flappendes Geräusch ertönt im Hintergrund, als hätte Felicia eine Mappe auf ihren Schreibtisch geworfen. »Du musst den Job ja nicht gleich annehmen – obwohl ich mir sicher bin, du wirst ihn haben wollen, wenn du erst einmal dort bist. *Ich* würde ihn haben wollen, wenn ich qualifiziert wäre!«

Genauso gut wie an Felicias Lächeln erinnere ich mich dran, was sie mir bei unserem ersten Gespräch überreichte: eine kleine Karte, auf der drei fett gedruckte Buchstaben standen, und rechts daneben prangten zwei Halbkreise aus jeweils unterschiedlich grünen und blauen in die Länge gezogenen Punkten. Die Karte stammte vom FIT, dem Freiburger Zentrum für interaktive Werkstoffe und bioinspirierte Technologien.

»Hallo, Frau Winterstein«, sagte Felicia und schüttelte meine Hand – die, die nicht das Kärtchen umklammert hielt. »Herzlichen Glückwunsch zu Ihrem Abschluss. Mein Name ist Felicia Berger, und wenn Sie einen Moment Zeit für mich haben, möchte ich Ihnen gern Ihren zukünftigen Arbeitgeber vorstellen.«

»Meinen … was?«, hakte ich ungläubig nach.

»Ihren zukünftigen Arbeitgeber. Denjenigen, der Ihnen in den nächsten Jahren jeden Monat Geld dafür zahlen möchte, dass Sie Ihre Kenntnisse und Fähigkeiten zu seinen Gunsten anwenden und noch erweitern.«

»Das hier ist meine Abschlussfeier«, stammelte ich. »Ich habe eben erst mein Studium beendet.«

»Ja, mit Bestnoten, ich weiß.« Felicia nickte energisch. Dann erlosch ihr Grinsen urplötzlich, und ihre Augen wurden riesengroß. »Oh, ich hoffe, ich komme nicht zu spät! Wurden Sie etwa schon von anderer Stelle angeworben?«

»Ich … äh … nein.«

»Gut, in dem Fall schicke ich meinen Auftraggeber sehr gern in die Arena.« Als ich sie daraufhin ein paar Sekunden lang bloß schweigend anstarrte, beugte sie sich vor und fügte flüsternd hinzu: »Ich habe auch noch zwei weitere Forschungseinrichtungen zur Auswahl, die zu Ihnen passen würden. Alle stehen ab sofort für Gespräche bereit, vor allem jedoch die Damen und Herren des Exzellenzclusters *liv*MatS.«

Das war der Moment, in dem sich ein Teil meines Körpers einfach aus der Situation ausklinkte.

Während meine Eltern sich vor Begeisterung und Stolz kaum mehr halten konnten, weil es ja immer mein Wunsch war, einmal Teil eines Exzellenzclusters sein zu dürfen, fuhr ein Sektor meines Hirns seine Aktivität auf ein Minimum herunter. Ich konnte keinen einzigen klaren Gedanken mehr fassen, mich nicht mehr bewegen, nicht mehr sprechen. Meine Lunge verlangte allerdings immer schneller und immer drängender nach Luft. Also atmete ich und atmete und atmete weiter, bis mir schwindelig wurde und ich Angstzustände bekam. Ein zufällig anwesender Krankenpfleger zwang mich schließlich dazu, in eine Plastiktüte zu keuchen, um den CO_2-Gehalt in meinem Blut wieder zu normalisieren, während jemand anderes den Notruf wählte.

In den darauffolgenden Tagen versuchte ich zu begreifen, was an diesem Abend passiert war, warum ich bis dahin noch keinen einzigen wirklich konkreten Gedanken an die Zeit nach dem Masterabschluss verschwendet hatte und wie es nun weitergehen sollte. Auf manchen dieser Fragen kaue ich nach wie vor herum.

»Hör mal, die von *liv*MatS warten inzwischen seit fast einem Jahr auf dich«, sagt Felicia nun und raschelt mit irgendwelchen Papieren. »Du weißt, dass die Förderung zweitausendfünfundzwanzig ausläuft, ja?«

»Ich bin sicher, dass sie verlängert wird«, erwidere ich. »Abgesehen davon ist mein Auszeitjahr bald vorbei und …«

»… und vorher solltest du dich endlich mal damit beschäftigen, wie es danach weitergeht«, fällt sie mir ins Wort. »Oder weißt du das inzwischen?«

Genauso wenig wie letzte Woche. Und die davor. Und die davor.

»Na ja, *liv*MatS klingt schon ganz gut.«

»Ganz gut?«, zischt Felicia. »Das wäre, als würdest du sagen, Ryan Reynolds sieht schon ganz gut aus.«

»Stehst du auf Ryan Reynolds?«

»Du etwa nicht?«

Das ist nun das vierte Mal, dass wir dieses Gespräch führen, aber zum ersten Mal denke ich darüber nach, welche Augenfarbe Ryan Reynolds wohl hat. Gewitterhimmelgrau vielleicht? Wie viele Menschen haben eigentlich graue Augen – und wie komme ich überhaupt darauf? Möglicherweise aus demselben Grund, aus dem ich aufmerksam meine Umgebung scanne …

»Keine Ahnung«, sage ich und blinzele den Gedanken an graue Augen beiseite. »Ich schätze, er sieht okay aus.«

»Meine Güte«, stöhnt Felicia. »Es wird wirklich allerhöchste Zeit, dass wir dich zumindest jobtechnisch unter die Haube bringen. Was deinen Männergeschmack angeht, bist du offenbar hoffnungslos verloren.«

Ich unterdrücke ein Lächeln, lasse meinen Blick in die andere Richtung schweifen – und halte inne. Auf einer Bank ein Stück weiter sitzt ein Kerl mit Jeans und dunklem Shirt und blättert in einem großen Buch. Hin und wieder macht er Notizen auf einem Block, der neben ihm liegt, dabei fallen ihm die dunklen Locken ins Gesicht. Aus der Entfernung kann ich nicht sicher sagen, ob er es ist, aber der Typ sieht …

»… nicht riskieren, dass sie irgendwann das Interesse verlieren und doch noch jemand anderen fest an Bord holen«, sagt Felicia in diesem Moment, und ich schäme mich ein wenig dafür, dass ich ihr kaum mehr richtig zuhöre.

»Felicia, ich muss auflegen, aber lass uns am Freitag noch mal reden, ja?«

»Wieso, was ist es denn diesmal?«, fragt sie seufzend. »Hat deine Mitbewohnerin wieder irgendwas kaputt gemacht?«

»Um ehrlich zu sein, hat sie gestern tatsächlich einen Handtuchhalter abgerissen. Das ist allerdings nicht der Grund.« Ich zögere kurz, dann füge ich hinzu: »Ich muss da dringend … einer Sache nachgehen.«

»Ach, daher die ungewohnten Geräusche im Hintergrund. Du bist draußen!«

»Ja.«

»Warte, ich verarbeite das mal eben.« Sie summt eine kurze Reihenfolge unterschiedlicher Töne. »Fertig. Es geht um einen Typen, richtig? Es geht immer um einen Typen. Wehe, er ist Headhunter oder bei irgendeinem Bionik-Institut angestellt. In dem Fall …«

»Nichts davon. Er ist Podcaster. Und Autor.«

»Oh.« Felicia schweigt einen Augenblick. »Gut, solange er dir keinen Job besorgt, dich nicht daran hindert, einen Job anzunehmen, den ich dir besorge, und nicht aussieht wie Ryan Reynolds, hast du meinen Segen.«

Jetzt kann ich mein Lächeln nicht länger unterdrücken.

»Entspann dich, es ist mehr ein … ein Feldversuch. Empirische Datenerhebung am lebenden Subjekt.«

»Ich verstehe kein Wort«, sagt Felicia. »Macht aber auch nichts, ich muss mich sowieso auf das x-te Telefonat mit dem Personaler vom FIT vorbereiten, bei dem ich deine Entscheidung für den nächsten Freitag ankündige. Ciao, ciao!«

Sie legt auf, und sofort huscht mein Blick wieder zu dem Kerl auf der Bank hinüber. Wenn das wirklich Leo ist, hat sich meine These endgültig bestätigt, dass jede von mir initiierte Änderung im Wochenablauf zu einer Begegnung mit ihm führt. Und dass er deshalb irgendwas mit der Auflösung dieser Zeitschleife zu tun haben muss – warum auch immer.

Entschlossen packe ich meine Sachen wieder zusammen und laufe den Weg entlang auf den Typen zu. Je näher ich ihm komme, desto sicherer bin ich mir, dass ich recht habe: Es ist Leo. Er trägt ein Bandshirt von »Florence and the Machine«, eine schmale, abgewetzte Jeans und schwarze Vans. Und als ich schließlich langsam an ihm vorbeigehe, sehe ich, dass er in einem Bildband blättert. Er hebt nicht einmal den Kopf, so konzentriert ist er.

An der nächsten Kreuzung bleibe ich stehen und überlege, was ich jetzt mit diesem Wissen anfangen soll. Eigentlich könnte ich ja auch gleich weitermachen, oder? Ich könnte versuchen herauszufinden, ob diese Podcast-Sache mein Zeitschleifenknackpunkt ist. Dafür muss ich nur mit Leo ins Gespräch kommen. Ungezwungen am besten, ganz locker rantasten an das Thema …

Ich drehe mich um, mache ein paar Schritte – und zögere. Komm schon, Lara, so wie in der ersten Woche, am allerersten Tag. Sei nett zu ihm, schmier ihm Honig um den Dreitagebart, du kannst das! Und du musst auch, wenn du hier jemals wieder rauskommen willst.

Nach einem tiefen Atemzug gebe ich mir einen Ruck, schlendere noch gemächlicher wieder zurück zu meiner Bank, doch Leo reagiert nicht. Seine Augen sind fest auf das Schwarz-Weiß-Foto einer Straßenecke gerichtet – oder auf den Text darunter. Als ich zum dritten Mal vorbeigehe und er zum dritten Mal keinerlei Anstalten macht, mich zu bemerken, verliere ich die Geduld und kicke ein kleines Steinchen in seine Richtung – das in hohem Bogen durch die Luft fliegt und ihn am Oberkörper trifft.

Ups.

Leo zuckt hoch und starrt mich einen Moment lang perplex an. Ganz langsam nur weicht die Verwirrung aus seinem Blick, bis sich schließlich ein Lächeln auf seinen Lippen breitmacht.

»Hi«, sagt er.

»Hi«, sage ich zurück und tippe auf meine Brust, dorthin, wo der Stein ihn erwischt hat. »Sorry hierfür, das war keine … ich wollte dich nicht treffen.«

»Nicht?«

»Nein.«

»Dafür war's aber ziemlich gut gezielt.«

»Oder ziemlich schlecht, je nachdem.«

»Ich bleib bei gut gezielt, ist einfacher.« Er grinst, und ich schaue auf das Buch in seinen Händen hinunter.

»Was machst du da?«, frage ich, um mich von dem Etwas-zu-alles in seinem Gesicht abzulenken.

»Ich lese«, sagt er, dann dreht er den Kopf erst nach links, anschließend nach rechts, als würde er etwas suchen. »Und was machst du?«

Diese Frage habe ich befürchtet, mir fehlt nämlich eine gute Antwort darauf. Und ich kann mir vorstellen, was er denken muss, nachdem er am Montag meinte, »Vielleicht trifft man sich ja noch mal irgendwo anders«. Es sieht aus, als wäre es Absicht, dass wir uns hier begegnen. Als hätte ich das irgendwie eingefädelt. Okay, ja, das hab ich im Grunde auch. Das muss er allerdings nicht wissen.

»Ich komme gerade vom Zahnarzt und wollte zur Abwechslung mal durch den Park nach Hause laufen, und da hatte ich offenbar schon wieder ein Déjà-vu.«

Sein Grinsen wird noch breiter als zuvor, und weil das irgendetwas Merkwürdiges mit meiner Konzentrationsfähigkeit anstellt, reiße ich meinen Blick erneut von ihm los und deute auf das Buch, das er festhält. »Ist das Arbeit? Störe ich?«

»Mehr so ein … Hobby. Und nein, du störst überhaupt nicht.« Er schlägt das Buch zu – es ist der Bildband über New Orleans, den Vroni für ihn abgestaubt hat –, legt es zur Seite und steht auf.

Lügner. Ich erinnere mich genau daran, wie er zu Nalini gesagt hat, dass die nächste Folge *SEX KILLZ* von einer Mordserie in New Orleans handelt. Aber das darf ich mir natürlich nicht anmerken lassen, schon gar nicht, wenn ich herausfinden will, warum er so ungern über seinen Podcast spricht. Wer hätte gedacht, dass ich durch die Zeitschleife noch zur 1A-Schauspielerin mutiere?

»Dein Hobby ist es, dir Bildbände über New Orleans anzuschauen?«, frage ich betont neugierig, um dadurch vielleicht irgendwie bei *SEX KILLZ* zu landen. »Willst du verreisen?«

»Nein. Ich bin gerade ganz gern hier.«

»Hier in Deutschland?«

»Hier in Deutschland, hier in dieser Stadt, hier im Park …« Er macht eine Geste, um zu zeigen, dass er alles um uns herum meint, dann blickt er mich aufmerksam an. »Du nicht?«

»Doch, schon. Ich würde nur manchmal gern wissen, wie es anderswo ist, weil ich nicht so oft …« Ich runzele die Stirn darüber, dass ich ihm viel mehr erzähle, als ich eigentlich wollte, dass ich überhaupt so viel erzähle und mich damit erneut ein ganzes Stück vom Thema Podcast entferne. Zurück, ich muss zurück. »Ich komme einfach nicht so oft aus der Stadt raus. New Orleans klingt da natürlich großartig.«

»Was denn, hast du keine wohlhabende Verwandtschaft an der Ostsee oder in den Bergen?«

Ich schnaube belustigt durch die Nase. »Du etwa?«

»Nein. Die meisten meiner Verwandten wohnen in Bredenborn.«

»Nie gehört.«

»Wundert mich nicht. Das liegt in der Nähe von einem anderen Nie-gehört und glücklicherweise weit genug weg von hier.« Er kneift kurz die Lider zusammen. »Aber wenigstens weiß ich jetzt, dass ich dich von dort ganz sicher nicht kenne.«

Ich hole tief Luft und stoße sie seufzend wieder aus. »Okay, noch ein letztes Mal fürs Protokoll: Déjà-vus sind keine echten Erinnerungen.«

»Fußnote: Ich hatte kein Déjà-vu. Das warst du.«

»Das hab ich doch nur gesagt, weil ich letzte Woche …« Oh, oh, gefährliches Terrain. Vielleicht sollte ich zusätzlich zur Was-ich-alles-schon-über-die-Zeitschleife-weiß-Liste auch noch eine mit Regeln erstellen, die ich dann auswendig lernen muss. Regel Nummer eins wird auf jeden Fall: Sprich mit niemandem über die Vergangenheit, außer sie liegt mehr als x (hier Anzahl der Zeitschleifen eintragen) Wochen zurück!

»Meine Eltern. Ich war ein paar Tage vorher mit meinen Eltern in der Bibliothek, und offensichtlich hat mein Hirn das falsch verschaltet«, sage ich.

Toll, jetzt sind wir noch weiter von New Orleans und dem Podcast entfernt als jemals zuvor …

»Sag mal, tust du mir einen Gefallen?«, fragt Leo plötzlich, und ich blinzele überrascht.

»Äh, ja. Sicher.«

»Das mit dem Steinchen, kannst du das beim nächsten Mal einfach früher machen? Ich muss nämlich gleich schon wieder weiter, dabei würde ich gern noch länger mit dir über Déjà-vus diskutieren.« Er hebt ruckartig eine Hand, ehe ich antworten kann. »Oder nein, warte. Lieber doch keine Steinchen mehr. Wer weiß, wohin du als Nächstes zielst – oder auch nicht. Pfeifen. Kannst du pfeifen?«

»Eher so mittelmäßig.«

»Vogelrufe nachahmen?«

»Noch weniger. Ich könnte laut Kopfrechnen, das große Einmaleins zum Beispiel. Oder ›Niemaaaaals!‹ kreischen wie Invader Zim.«

Er lacht und schaut kurz auf sein Handgelenk hinunter, an dem er das Cartoon-Alien-Armband trägt. »Du kennst Invader Zim? Alle anderen fragen immer, ob ich das als Kind selbst gezeichnet habe.«

»Ich an deiner Stelle würde mich geschmeichelt fühlen, wenn mir jemand so was zutraut. Aber gut, du hast auch noch keine meiner Zeichnungen gesehen.«

Ein weiteres rauweiches Lachen, und ich stelle verwundert fest, dass mir diese Schauspielerei viel leichter fällt als gedacht. Wieso bin ich nicht schon früher darauf gekommen, dass ich womöglich Leo bei der Lösung eines Problems helfen muss. Dann hätte ich es vielleicht schon in den Griff bekommen, dass er nicht ständig das Thema wechselt, und wäre womöglich schon lange wieder zurück in meiner Normalität. Ich könnte mich um drängendere Dinge kümmern. Um meinen Thriller zum Beispiel, der inzwischen vollkommen stagniert.

»Was ist denn so wichtig, dass du nicht länger über eine der am meisten unterschätzten Cartoonserien aller Zeiten sprechen kannst?«, frage ich, um vielleicht doch noch irgendwie den Bogen zum Podcast schlagen zu können, und er zuckt vage mit den Schultern.

»Ich muss ein Interview führen.«

Ein paar Sekunden lang hoffe ich darauf, dass er von sich aus weiterspricht, dass ich ihm nicht jede Info mühevoll aus der Nase ziehen muss, aber den Gefallen tut er mir nicht. Er steht bloß da und schaut mich an. »Ein Interview, wow«, sage ich deshalb. »Darfst du verraten, mit wem? Oder muss das ein Geheimnis bleiben, weil du sonst mich und alle Mitwissenden in einer dunklen Gasse töten müsstest?« Wie der Typ in Folge dreiundneunzig eurer hübschen Splatter-Show, würde ich gern hinzufügen und beiße mir auf die Unterlippe.

Leo schiebt die Hände in die Hosentaschen. »Ich schreibe einen Artikel über Menschen, die ausgewandert sind, um sich im Ausland ein neues Leben aufzubauen, Jahre später aufgrund irgendwelcher familiären Umstände allerdings zurück nach Deutschland kommen mussten und den Absprung kein zweites Mal geschafft haben. Eine Reportage über unfreiwillig Zurückgekehrte quasi.«

Ha, mit Geschichten über unfreiwillige Rückkehr könnte ich nach drei Wochen Zeitschleife eine mehrbändige Buchreihe füllen, denke ich und verziehe mitfühlend das Gesicht.

»Ich weiß, das klingt weniger spannend, wenn man …«

»Ehrlich gesagt finde ich, das klingt sogar sehr spannend«, falle ich ihm ins Wort. »Man hat als Mensch ja nicht nur Privilegien, sondern auch Aufgaben, und manchmal ist es schwer, sich denen zu beugen. Vor allem, wenn die Pläne für das eigene Leben im Grunde ganz anders aussehen.«

Mir war bisher gar nicht klar, dass sich diese Worte heimlich in einer Ecke meines Hirns eingebrannt haben, aber ich erinnere mich genau daran, wann es passiert sein muss. Sie stammen nämlich von Leo selbst, genauer gesagt vom trikottragenden Woche-drei-Leo. Und obwohl er sie in dieser Woche – zumindest in meinem Beisein – noch nicht benutzt hat, waren sie offenbar schon da, denn wie Nalini damals bei unserem Gespräch über Zeitschleifen und Déjà-vus reagiert auch er überrascht, als ich sie ausspreche.

»Ja. Das ist im Grunde genau das, worum es geht«, murmelt er mit einer seltsamen Mischung aus Argwohn und … Faszination?

»In deinem Artikel?«, hake ich nach.

»Nicht nur. Generell. Überall.« Er zieht die Stirn kraus. »Es dreht sich immer alles um die Frage nach dem eigenen Privileg, nach der Aufgabe und der richtigen Entscheidung.«

»Ah, ich glaube, jetzt hab ich es verstanden«, sage ich. »Wo macht man den Cut? Welche Privilegien gönnt man sich und welche opfert man für eine Aufgabe, die man möglicherweise gar nicht haben wollte?«

Leos Augen weiten sich, und erst jetzt wird mir bewusst, dass er irgendwann in den letzten Minuten einen Schritt oder auch zwei auf mich zu gemacht haben muss, weil er mir plötzlich so nah ist, dass er mich mit dem Geruch von Meeresminze einhüllt. Aber diesmal bin ich diejenige, die ihn suchend mustert, weil das Gefühl in mir wächst, gerade irgendwas geöffnet zu haben – irgendeine Tür, hinter der sich ein vollkommen neuer Raum verbirgt. Und wenn ich wissen will, welche Möbel drinstehen, muss ich den Lichtschalter finden.

Dummerweise klingelt genau in dem Moment, als ich den Mund öffne, um nach dem Schalter zu fragen, Leos Handy.

Er fummelt es aus seiner hinteren Hosentasche, nimmt das Gespräch an, ohne den Blick von mir zu lösen, und fragt schlicht: »Ja?«

Eine weibliche Stimme ertönt am anderen Ende – eine ziemlich aufgeregt klingende weibliche Stimme –, und Leo weicht von mir zurück. Seufzend lässt er den Kopf hängen.

»Juli, ich hab dir gesagt, dass ich vorher noch ein Interview führen muss«, sagt er leise, und dann, nachdem er eine Weile stumm zugehört hat: »Max-Planck-Straße hundertzwölf. Gib mir eine Stunde.«

Schon ist das Handy wieder weg – und die Tür, die ich gerade erst aufgestoßen habe, wieder zu. Ganz große Klasse. Ich bin mir gar nicht sicher, ob diese Tür etwas mit der Lösung meines Problems zu tun hat, aber wie soll ich das auch jemals rausfinden, wenn das Universum Leo und mich zwar ständig zusammenbringt, jedoch sofort dazwischenfunkt, sobald irgendetwas ins Rollen gerät?!

»Lass mich raten, du musst los«, sage ich, und er nickt knapp. Eilig rafft er sein Buch und seinen Notizblock zusammen, um beides in seine lederne Umhängetasche zu stopfen, die über der Lehne der Bank hängt und mir bis eben gar nicht aufgefallen ist.

»Ich würde mich echt gern noch weiter unterhalten, aber die Woche ist voll mit …«

»Morgen ab eins im Café der Buchhandlung beim Dom«, grätsche ich dazwischen, und er hält inne. Das war eine reine Panikreaktion. Wenn er jetzt verschwindet und ich keinen Anknüpfpunkt festlege, geht mir womöglich eine weitere Woche flöten, und das will ich um jeden Preis verhindern. Ich muss zu dieser Tür zurück, und ich muss wissen, was dahinter ist, um herauszufinden, ob es mir beim Auflösen der Zeitschleife hilft.

»Was?«, fragt Leo.

»In dem Café arbeite ich, und mich kann niemand zwischendurch anrufen und woanders hinschicken. Also frag einfach nach Lara.«

»Lara«, wiederholt er leise, ehe er mit dem Daumen auf sich zeigt. »Leo.«

Ich weiß.

Er zögert noch kurz, dann verabschiedet er sich mit einem Lächeln und joggt los.

Na also, die erste Hürde ist genommen: Nach dem Fiasko von letztem Samstag habe ich tatsächlich ein Gespräch mit Leo geführt, ohne ihm dabei wieder an die Gurgel gehen zu wollen.

Donnerstag

Ich weiß, dass Sabina mir am liebsten ins Gesicht springen würde, weil ich sie gestern Nachmittag so kurzfristig darum gebeten habe, die Schicht tauschen zu dürfen. Aber weil ich immer zuverlässig bin – hey, ich hab mich am Dienstag selbst um Ersatz für meinen Ausfall gekümmert! – und so gut wie nie Sonderwünsche bei den Arbeitsplänen habe, hat sie ein Auge zugedrückt und fleißig Schichten hin und her geschoben, damit ich heute um 13.00 Uhr anfangen kann. Schon wieder. Bisweilen hat es auch was Gutes, dass alle außer mir vergessen, was in der vorherigen Woche passiert ist.

Wie schon letzten Donnerstag begleitet mich Nalini zum Dienst, um sich vor ihrem eigenen Schichtbeginn noch einen Kaffee zu gönnen, und diesmal nutze ich die Gelegenheit, mit ihr über Pedro zu sprechen. Ich habe noch nicht herausgefunden, ob es diese Woche anders ist oder ob ich es in den letzten Wochen einfach nur nicht mitbekommen habe, weil ich zu sehr mit mir selbst beschäftigt war, aber zwischen den beiden brodelt es gewaltig. Und spätestens seit Nalinis bissigem »Soll er eben machen, was er will, dieser elende Sturkopf!« heute Morgen, ist mir klar, dass es keine ihrer üblichen kleinen Kabbeleien ist, sondern ernst. Und dass Nalini keinen Millimeter von ihrer Meinung abweichen wird.

»Aber du kannst ihm doch nicht einfach vorschreiben, in welche WG er ziehen soll«, sage ich, während ich mein Rad am Radständer festkette, und Nalini stöhnt auf.

»Hast du mir auch nur eine einzige Sekunde zugehört?«, mault sie. »Wenn Roland Ende des Monats weg ist …«

»Wer ist Roland?«

»Roland Meyer? Pedros Mitbewohner?«

»Oh. Der zieht jetzt auch aus?«

»Also sag mal!« Nalini stemmt ihre Fäuste in die Hüften und starrt mich vorwurfsvoll an. »Über was haben wir denn die ganze Zeit gesprochen?«

»Darüber, dass du eine WG für Pedro gesucht hast, in die er nicht einziehen will.«

»Was er allerdings dringend tun sollte, weil seine alte WG bald nicht mehr existiert und er dann alleine in einer runtergekommenen Fünf-Zimmer-Wohnung sitzt.«

Okay, das ist wohl der Beweis dafür, dass ich die letzten Wochen tatsächlich nicht richtig zugehört habe. Ich wusste zwar, dass zwei Leute kurzfristig ausgezogen sind, aber ich dachte, Pedro würde einfach nach Ersatz suchen. Himmel, was hab ich denn noch alles verpasst?

»Die beiden Zimmer kriegt er doch locker wieder vermietet, wenn er jetzt eine Anzeige schaltet«, sage ich. »Denk nur mal an all die Erstis, die in ein paar Monaten …«

»Lara! Die haben Schimmel in den Wänden! Überall! Mich wundert es, dass Pedro noch geradeaus laufen kann«, erwidert Nalini und schaut mich an, als hätte ich den Verstand verloren. »Was denkst du, warum Maren und Lilian so schnell aus der Bruchbude raus sind?«

Ich zucke hilflos mit den Schultern, und Nalini schmilzt seufzend dahin. »Du solltest wirklich weniger arbeiten und mehr Sabbatical machen, Herzi. Der Stress bringt deine Hirnzellen zum Platzen.«

»Hirnzellen platzen nicht, sie sterben ab«, verbessere ich sie, »und glaub mir, meine sind alle noch da.« Mit einem Zwinkern öffne ich die Tür zum Umkleideraum. »Wir sehen uns gleich oben, dann reden wir weiter.«

Aber kaum bin ich allein, drehen sich all meine Gedanken darum, wie ich der Lösung meines Zeitschleifenproblems heute wieder ein Stück näher kommen könnte. Vorausgesetzt natürlich, dass Leo überhaupt auftaucht. Wenn nicht … tja, mal sehen. Ans kurzfristige Umschmeißen von Plänen bin ich ja mittlerweile fast ein bisschen gewöhnt.

Ich zupfe meine Bistroschürze zurecht, hole noch einmal tief Luft und gehe nach oben ins Café. Sabina lächelt etwas dünnlippig, als sie mich sieht, zählt auf, welche neuen Kaffeespezialitäten ab Samstag auf der Getränkeliste stehen, und weil ich aufmerksam zuhöre, zeigt sie mir anschließend noch ihren neuesten Nemu-Neko-Anhänger – diesmal ist die Katze rot mit blauen Flecken –, bevor sie in die Pause verschwindet. Kurz darauf folgt ihr das ältere Pärchen, das jeden Tag hier ist, und Nalini und ich bleiben allein im Raum zurück. Eine seltsame Unruhe rumort durch meinen Körper, während ich zuschaue, wie sie ihre Runden auf dem Barhocker dreht.

»Kokos-Pistazien-Latte?«, frage ich, und Nalini stoppt ihre nächste Drehung abrupt.

»Wow, zum Hellsehen reichen die paar Hirnzellen offenbar, die noch funktionieren.«

»Ich hab gesagt, es geht mir gut!«

»Ja, ja, behauptest du immer, und dann muss ich mir doch wieder Sorgen machen, weil du panisch durch die Küche rennst und mir vorrechnest, wie viele Tage dir nur noch bleiben, bis dein Sabbatical vorbei ist.« Sie lässt die Theke los und kreiselt in die andere Richtung. »Ach, die Latte bitte to go. Und gibst du mir so einen Becherhalter aus Pappe mit?«

»Klar.« Während ich jeweils einen Becher und einen Halter aus dem Spender ziehe, lasse ich meinen Blick zum Eingang des Cafés wandern, aber nichts. Kein Leo. Also wende ich mich wieder Nalini zu.

»Schon irgendwelche neuen Ideen zu Pedro?«

»Frag mich was Leichteres«, sagt sie seufzend. »Ich will nicht, dass er weiter in dieser Ruine wohnt. Die andere WG ist so viel besser. Und seine Fakultät liegt quasi um die Ecke. Er müsste nur über den Geschwister-Scholl-Platz und …«

»Über den Geschwister-Scholl-Platz?«, wiederhole ich und schütte Sojamilch in den Aufschäumbehälter. »Das liegt ja am komplett anderen Ende der Stadt.«

»Ja. Na und?«

Ich werfe ihr einen vielsagenden Blick zu, ehe ich mich zur Kaffeemaschine umdrehe und ihre Milch aufschäume. »Kannst du dir nicht denken, warum er da nicht hinwill?«

»Weil er keine Lust hat, umzuziehen.«

»Das ist ganz sicher nicht das Problem, und das weißt du auch.«

»Natürlich! Er hat gesagt, das ist nicht die Veränderung, die er sich erhofft hat.«

»Und deine Schlussfolgerung ist, er will nicht umziehen?« Sie antwortet nicht, also nutze ich die Chance, um ihr ernsthaft ins Gewissen zu reden. »Manchmal glaube ich echt, du stellst dich absichtlich dumm, weil es leichter für dich ist, einfach nicht darüber nachzudenken. Vom Geschwister-Scholl-Platz aus bräuchte er locker eine Dreiviertelstunde bis zu uns, aktuell sind es gerade mal zehn Minuten. Und wenn man bedenkt, dass er fast jeden Tag …«

Ich drehe mich um, und da steht er. Leo. Die Unruhe in meinem Körper zerfällt. Selbst wenn es diese Woche nicht klappen sollte mit der Auflösung der Zeitschleife, weiß ich jetzt, dass nicht nur unsere Begegnung am Montag feststeht. Sobald ich etwas grundlegend verändere, landen wir auch an den anderen Tagen am selben Ort. Mein Weg zurück in die Normalität scheint allmählich immer greifbarer zu werden.

»Ich soll hier nach einer Lara fragen«, sagt Leo, und ein Lächeln umspielt seine Mundwinkel.

»Lara, Lara … Lara wie noch?«

»Hat sie mir leider nicht verraten.«

Ich lege kurz einen Finger an mein Kinn, dann zucke ich mit den Schultern. »Sorry, keine Ahnung.«

Leos Lächeln verwandelt sich in ein Grinsen, und während er sich kurz im Raum umblickt, dreht Nalini den Kopf und blickt mich verwundert an. Ich achte nicht darauf.

»Vielleicht hab ich dich ja hier schon mal gesehen«, sagt Leo schließlich, und ich hebe die Augenbrauen. Das ist jetzt das dritte Mal, dass er behauptet, mich von irgendwoher zu kennen. Entweder sind wir uns tatsächlich vorher schon begegnet oder die Zeitschleife hinterlässt mit der Zeit eine Art Abdruck in seinem Gehirn. Wäre spannend, das herauszufinden. Ich weiß nur nicht, wie ich das anstellen sollte. Und ganz objektiv gesehen …

»Falls du in den letzten sechs Jahren hier mal Kaffee getrunken hast, ist die Wahrscheinlichkeit recht groß, dass wir uns über den Weg gelaufen sind.«

»Nein, ich bin immer nur …« Er schaut zu Nalini, die mittlerweile zwischen uns hin und her guckt, als würden wir Pingpong spielen. »Oh, tut mir leid, ihr wart mitten in einem Gespräch.«

Nalini nickt, dann blinzelt sie, und erst in diesem Moment sickert der Gedanke zu mir durch, dass es vielleicht keine so schlaue Idee war, sie heute wieder mit herkommen zu lassen. Ich weiß noch zu gut, was letzte Woche passiert ist, als sie Leo zum ersten Mal gesehen hat. Und ich weiß genauso gut, dass Leo jedes Mal dichtmacht, sobald man direkt auf den Podcast zu sprechen kommt. Wenn ich also zurück zu dieser Tür will, die er versteckt und hinter der ich mit etwas Glück einen Hinweis zu meiner Zeitschleifenlösung finde, darf es heute nicht so laufen. Wenn ich zurückwill, muss ich ihn bei Laune halten.

»Ni, könntest du kurz …?« Ich rucke möglichst unauffällig mit dem Kopf nach rechts, um ihr klarzumachen, dass sie zu mir hinter die Theke kommen soll, doch sie hebt einen Finger, öffnet den Mund, zögert … und dann dreht sie sich wieder zu Leo um.

»Möglich, dass ich mich irre«, sagt sie. »Aber du siehst genauso aus wie dieser Podcast-Host, den ich neulich gegoogelt habe. Leopold Haensler.«

Hatte ich erwähnt, dass niemand so schlecht im Vertuschen von irgendwas ist wie Nalini? Scheiße.

Ich ziehe scharf die Luft durch die Zähne, und als mein Blick zu Leo hinüberschnellt, hat sich seine Stimmung schon um einhundertachtzig Grad gedreht. Seine bisherige Offenheit ist verpufft, das Grinsen von seinen Lippen verschwunden. Als hätte er in Sekundenschnelle eine Mauer hochgezogen, hinter der er sich nun verschanzt.

»Ist das so?«, frage ich mit viel zu hoher Stimme und hoffe, dass Leo gleich wieder den Kopf hebt und grinst. Doch er presst die Kiefer noch ein wenig fester aufeinander und knibbelt mit unruhigen Fingern an einer Kerbe in der Thekenumrandung herum, die Nalini dort irgendwann mal mit der Lehne des Barhockers hinterlassen hat.

»Das ist er, oder?«, hakt Nalini nach und wendet sich erneut an Leo. »Du bist es. Woher kennt ihr euch?«

Okay, ich muss irgendwas unternehmen. Ich muss den anderen Leopold Haensler zurückholen, denjenigen, der seinen Namen ganz freiwillig verrät und darauf besteht, Leo genannt zu werden – nur Leo! Denjenigen, der mich mit Fragen dazu gebracht hat, über ganz andere Dinge zu sprechen, als ich ursprünglich geplant hatte. Ganz andere Dinge …

»Kennen ist nicht unbedingt die richtige Bezeichnung, wir sind uns erst ein paarmal begegnet«, sage ich gedehnt und überlege, ob ich den Trumpf aus Woche drei ein weiteres Mal ausspielen kann. Ob er mir dabei hilft, genau wie Leo innerhalb von Sekunden das Thema zu wechseln. Einen Versuch ist es zumindest wert. »Leo ist Autor. Er schreibt gerade darüber, welche Privilegien und Aufgaben das Menschsein mit sich bringt.«

»Ohne Mist?« Nalini lacht amüsiert auf. »Oh wow, er ist eine Mischung aus dir und Pedro!«

»Das würde ich jetzt nicht unbedingt behaupten. Aber wo wir gerade bei Pedro sind«, nehme ich den Ball sofort auf und schaue Leo an. »Du kennst nicht zufällig jemanden, der ein WG-Zimmer in der Stadt vermietet?«

Er hebt den Kopf und runzelt die Stirn.

»Ich habe doch schon ein WG-Zimmer für ihn!«, fährt Nalini dazwischen, ehe er etwas sagen kann. »Der feine Herr müsste es sich nur mal anschauen, anstatt in seiner Schimmelbude stur Däumchen zu drehen.«

»Vergiss es, Ni, er wird da nicht einziehen.«

»Warum denn nicht?«

»Weil es zu weit weg von uns ist! Oder besser gesagt, zu weit weg von dir.«

»Lara, ey.« Nalini vergräbt stöhnend ihr Gesicht in den Händen, und aus Leos Stirnrunzeln wird ein überraschter »Oha, was ist denn jetzt passiert?«-Blick. Ich zucke wortlos mit den Schultern.

»Wann verstehst du endlich, dass du dieses Thema lassen sollst?«, fährt Nalini fort. »Das ist ein rotes Tuch, okay? Ein dunkelrotes und in Gift getränktes Tuch!« Sie fuchtelt wild mit der Hand durch die Luft, als könnte sie meine Worte damit verscheuchen. »Alle denken, mein bester Freund wäre in mich verschossen.«

»Er *ist* in dich verschossen.«

»Ist er nicht, halt den Mund! Mach lieber meinen Kaffee fertig, ich muss langsam los.«

»Wo liegt denn die WG, in die Pedro nicht einziehen möchte?«, fragt Leo in diesem Moment, und ich halte kurz die Luft an. Wenn es jetzt wieder schiefgeht – wenn sie ihn wieder in sein Schneckenhaus zurückjagt –, war's das wahrscheinlich. Dann kann ich den Tag abhaken und muss nächsten Montag in der Bibliothek wieder ganz von vorne beginnen.

»In der Nähe vom Geschwister-Scholl-Platz, verkehrsberuhigte Seitengasse«, murrt Nalini. Sie stützt ihr Kinn auf die Hand und schiebt die Unterlippe vor wie ein bockiges Kind.

»Ist doch eine schöne Gegend da.«

»Ja, oder? Und so praktisch gelegen. Bushaltestelle und Straßenbahn sind gleich um die Ecke, Einkaufsmöglichkeiten gibt es auch ohne Ende – und er hätte es gar nicht weit zur Uni! Fünf Minuten maximal.«

»Für mich wäre das damals definitiv ein Pluspunkt gewesen«, sagt Leo und lächelt vorsichtig. »Außerdem gibt es da einen Bäcker, der unfassbar gute Mandelbrezeln backt, und eine Karaokebar, in der man auch einzelne kleine Räume mieten kann. Falls man Karaoke mag.«

»Mögen?«, keucht Nalini. »Pedro liebt Karaoke! Er singt furchtbar, aber er liebt es.«

Leo legt neugierig den Kopf schief. »Das ist doch der Sinn hinter Karaoke, oder nicht?«

»Dass man furchtbar singt?«

»Dass man etwas tut, worin man nicht besonders gut ist, aber weil man es mag, macht man es trotzdem. Wenn wir mal ehrlich sind« – er schaut kurz zwischen Nalini und mir hin und her –, »singen die meisten Leute in Karaokebars vor allem laut statt gut. Und obwohl sie das wissen, machen sie weiter.«

»Weil sie Spaß daran haben«, sagt Nalini, nachdem sie einen Moment darüber nachgedacht hat.

»Genau.« Leo nickt. »Und weil sie in Karaokebars niemand dafür verurteilt, wie sie klingen. Überall sonst schon.«

»Ha«, macht Nalini. »So hab ich das noch nie gesehen.«

Ich auch nicht. Ich muss aber auch zugeben, dass ich noch nie länger als fünf Sekunden am Stück über Karaoke nachgedacht habe. Singen zählt so gar nicht zu den Freizeitaktivitäten, die mich interessieren, ganz im Gegenteil. Da finde ich es bei Weitem spannender, einem Gespräch wie diesem hier zu-

zuhören, und ich muss neidvoll anerkennen, dass Leo gut darin ist.

»Mann, das ist ja ganz schön krasser Deep Talk«, sagt Nalini nun und beugt sich über die zwei Barhocker, die sie von Leo trennen, um ihn an der Schulter anzuschubsen. »Du und Pedro, ihr würdet euch bestimmt gut verstehen. Wir sollten mal zusammen in diese Karaokebar gehen!«

»Solange niemand verlangt, dass ich mitsinge. Ich bin eher der Typ, der zuhört.«

»Ah, genau wie Lara. Wobei, die würde wahrscheinlich ihren Laptop mitnehmen und arbeiten.« Ich kneife die Lider zusammen, um Nalini zornig anzufunkeln, doch sie achtet gar nicht auf mich. Ihre ganze Aufmerksamkeit gilt Leo. »Danke jedenfalls für den Hinweis. Das werde ich Pedro noch mal unter die Nase reiben.«

»Viel Erfolg. Und vergiss die Mandelbrezeln nicht, die sind wirklich sensationell.«

Leos Blick huscht zu mir herüber, während Nalini sich die Namen der Bar und des Bäckers notiert, und weil ich nicht wegsehe, flammt ein Grinsen in seinem Mundwinkel auf, das ich wie automatisch erwidere. Gut, der abweisende Podcast-Leo ist wieder unter der Oberfläche verschwunden. Jetzt muss ich nur noch dafür sorgen, dass er auch bleibt, wohin er sich verzogen hat.

Ich stülpe einen Deckel über die fertig zubereitete Kokos-Pistazien-Latte und schiebe sie samt Becherhalter über die Theke zu Nalini hinüber.

»Geht aufs Haus«, sage ich. Wenn das die Chance erhöht, dass Nalini sich gleich auf den Weg zur Arbeit macht und die Podcast-Sache auf sich beruhen lässt, opfere ich gerne einen meiner Gutscheine für Gratiskaffee, die Sabina alle paar Monate für ihre Angestellten springen lässt.

»Wow, noch mehr Geschenke. Danke!« Nalini klatscht begeistert in die Hände. »Jetzt zahlen sich die sechs Jahre Trinkgeld endlich aus.« Sie wirft mir zwei Kusshände zu, dreht sich noch einmal zu Leo um, der sie abwartend mustert, und sagt: »Hey, verrückte Idee: Warum kommst du nicht am Samstag zu unserer Gartenparty und hilfst mir, Pedro zu überreden?«

Ich vergeude erst gar keinen Seufzer daran, ich wusste ja, dass so etwas passieren könnte. Ich wundere mich nur immer wieder darüber, wie unverhofft es geschieht. Und wie leicht es Nalini fällt.

Auch Leo braucht einen Moment, um sich zu sammeln, dann fragt er: »Was für eine Gartenparty?«

»Na ja, eigentlich ist die Party für Lara, damit sie sich endlich mal entspannt, weil sie tatsächlich überall und ständig arbeitet.« Sie beugt sich noch ein Stück weiter zu Leo hinüber. »Das mit dem Laptop in der Karaokebar war nämlich kein Scherz, sie hatte das Ding sogar mal im Kino dabei.«

»Weil ich den Film schon kannte!«, merke ich zu meiner Verteidigung an. »Und weil er über zwei Stunden gedauert hat.«

»Man geht nicht in einen Film mit Joaquin Phoenix, um zu arbeiten.«

»Sie hat recht, das tut man wirklich nicht«, stimmt Leo zu, und ich werfe ihm einen empörten Blick zu.

»Jedenfalls hat Lara sicher nichts dagegen, wenn du kommst und mir ein kleines bisschen unter die Arme greifst. Die Wohnung ist nämlich echt der Hammer, und ich will, dass Pedro sie sich wenigstens mal anschaut.« Nalini zieht die Schultern hoch und klimpert mit den Lidern, damit sie noch mehr aussieht wie eine harmlose Elfe. »Du hast doch nichts dagegen, oder?«, fragt sie mich.

»Weißt du, ich …«

»Na, also. Keine Einwände.« Nalini hüpft vom Hocker herunter und legt Leo kurz eine Hand auf den Unterarm. »Achtzehn Uhr, Lindenallee einundsechzig. Sei bitte, bitte pünktlich, und zieh irgendwas Italienisches an. Das Motto lautet nämlich

Italienische Nacht, und unsere Vermieter werfen dich hochkant raus, wenn du nicht passend angezogen bist. Dann war's das mit unserer Operation Pedro, und das wollen wir doch nicht riskieren, okay? Okay! Bis dahaaann.«

Sie tänzelt aus dem Café und hinterlässt diese typische Nalini-Leere, die es erst einmal wieder zu füllen gilt.

»Operation Pedro«, murmelt Leo irgendwann, und ich hebe abwartend die Augenbrauen. »Wow. Ist er wirklich in sie verknallt?«

Mit der Frage habe ich jetzt nicht unbedingt gerechnet, aber egal. Hauptsache, wir kommen auf irgendeinem Weg und vor dem Ende der Woche zu dieser Tür zurück.

»Hals über Kopf, und das seit Jahren«, sage ich. »Sie will es allerdings nicht wahrhaben, weil sie Angst hat, ihren besten Kumpel dadurch zu verlieren.«

»Fair enough.«

Einen Moment lang schweigen wir, dann stößt er sich von der Stelle an der Theke ab, wo er die ganze Zeit stand, und setzt sich auf den Hocker, auf dem Nalini saß.

»Übrigens, die Sache mit dem Podcast, den sie erwähnt hat …«, hebt er an, und ich warte geduldig, bis er weiterspricht. »Tut mir leid, dass ich da so blöd reagiert habe. Es ist nur … Ich will nicht unbedingt … Ich kann nicht …«

Er schließt den Mund, fixiert die Theke vor sich, und ich spüre förmlich, wie die Abwehr in ihm wächst. Wie er mir schon wieder entgleitet.

»Hör mal, was auch immer das Problem ist – wenn du nicht darüber reden möchtest, ist das für mich völlig in Ordnung«, sage ich, weil ich den anderen Leo brauche, den grinsenden. Falls er der Knackpunkt für meine Zeitschleife ist, wird er mir nämlich kaum was nützen, solange er den grumpy guy nach außen kehrt. »Ich erzähl dir ja auch nichts von meinem Leben als studierte Bionikerin.«

Nach einer Sekunde des Schweigens schaut mich Leo von unten herauf an. »Du bist Bionikerin?«

»Ja.«

»Was ist deiner Meinung nach das Beste, das mithilfe der Bionik je entwickelt wurde?«

»Oh, da gibt es eine ganze Menge«, sage ich. »Aber die Leichtbauweise nach Vorbild des Strahlentierchenskeletts ist schon ziemlich cool. Oder selbstreinigendes Geckotape.«

»Und an was forschst du gerade?«

»An gar nichts. Gerade arbeite ich in einem Buchhandlungscafé und bereite so außergewöhnliche Kaffeespezialitäten wie Kokos-Pistazien-Latte to go zu.«

Leo nickt, dann verzieht er angewidert das Gesicht. »Sorry, aber bei so was bin ich echt raus. Ich mag keine Nüsse in meinem Kaffee.«

»Pistazien und Kokosnüsse sind Steinfrüchte.«

»Früchte im Kaffee – das ist ja noch widerlicher!«

»Die Kaffeebohne ist auch eine Steinfrucht.«

Er reißt die Augen auf, als ich ein »Ich schwöre!« hinterherschicke, und reibt sich ächzend die Brust. »Oh nein, dieser plötzliche Schmerz genau hier …«

»Dann sollten wir wohl lieber nicht über Erdbeeren reden.«

»Wieso, was ist denn mit denen?«

»Erdbeeren sind Nüsse. Sammelnüsse, um genau zu sein.«

»Großartig, mein bisheriges Leben war eine einzige große Lüge.«

Ein Lachen bahnt sich seinen Weg meine Kehle hinauf, und für einen Moment staune ich darüber, dass ich es gar nicht mehr spielen muss. Es schlüpft einfach über meine Lippen und sorgt dafür, dass sich Leos Mundwinkel ebenfalls auseinanderziehen. Er beobachtet mich ein paar Sekunden lang, dann räuspert er sich und schaut zu der Tafel, die hinter mir an der Wand hängt.

»Okay, kurze Frage: Angenommen, ich käme gerade aus einem langweiligen Meeting, das ungefähr ein Jahrhundert gedauert hat und bei dem es nicht mal Kekse gab, und hätte deshalb jetzt Hunger wie ein Yeti nach dem Winterschlaf. Was würdest du mir empfehlen?«

»Weniger Verschwörungstheorien zu googeln. Yetis halten doch keinen Winterschlaf, also bitte!«, sage ich, und jetzt ist er es, der sein Lachen nicht zurückhalten kann.

»Ich verspreche, den echten Yeti zu googeln – gleich nach dem Essen. Sonst verende ich hier, und weil sonst niemand da ist, musst du alles wegräumen.«

Wie die Tatortreiniger in deinem Podcast?, will ich fragen. Aber ich beiße mir auf die Zunge und drehe mich um.

»Na gut, ich will mal nicht so sein.« Gespielt nachdenklich lasse ich meinen Blick über die Auswahl in der Kühltheke wandern. Ich weiß genau, worauf er Hunger hat – und es gibt keinen Grund, dieses Wissen nicht zu nutzen. Je schneller ich es schaffe, Leo besser kennenzulernen, desto schneller erzählt er mir hoffentlich, bei welchem Problem ich ihm helfen kann, welches Geheimnis ich lösen soll oder was auch immer ich tun muss, um mein Ticket stanzen zu lassen, das aus der Zeitschleife heraus und zurück in meine Normalität führt.

»Wie wär's mit einem Panini Toskana?«, frage ich. »Warm. Und dazu einen großen Americano?«

Samstag

Als ich diesmal mit dem Tomate-Mozzarella-Salat in der Hand die Stufen zum Garten hinunterlaufe, konzentriere ich mich lieber auf meine Füße, anstatt mich umzuschauen, wer schon alles da ist. Der Auftritt letzte Woche hat mir gereicht, außerdem muss ich meine gute Laune behalten, wenn ich heute noch ein wenig mehr über Leo herausfinden will.

Er war wieder pünktlich und unterhält sich gerade drüben bei der Boulebahn mit der jungen Frau, die am allerersten Italien-Abend mit Pedro getanzt hat. Vielleicht auch an den anderen Abenden, ich hab nicht aufgepasst. Sie ist hübsch, fällt mir auf, ihre Zähne sind strahlend weiß, und ich habe noch immer keine Ahnung, wie sie heißt. Aber ich hoffe für sie, sie spricht Leo nicht auf den Podcast an, sonst muss ich sie leider auf der Stelle rauswerfen. Genau wie alle anderen Leute hier, die das tun.

Nalini weiß inzwischen, dass dieses Thema bestenfalls mit Samthandschuhen angefasst werden darf – wenn überhaupt! Ich habe sie gestern und heute den ganzen Tag geimpft, dass sie sich zurückhalten soll, was das angeht, und dass sie erst darüber sprechen darf, wenn Leo von selbst damit anfängt. Sie hat zwar nicht verstanden, wieso, aber sie hat es akzeptiert – und das ist ein Grund mehr, sie zu lieben.

Ich drehe Leo und der Frau ohne Namen den Rücken zu und zünde noch ein paar mehr Citronellakerzen an, weil sich die Zahl der Mücken seit letzter Woche gefühlt verdoppelt hat und ich den frischen Geruch irgendwie mag. Dann hole ich mir ein Glas Wein und mische mich im Garten unter die anderen Gäste. Ich höre zu, ich rede, ich weigere mich, Boule zu spielen – die Frage kommt wie immer von Pedro –, und hin und wieder hole ich mir ein bisschen Fingerfood vom Buffet. Als gegen halb acht endlich die Lichterketten auf der Veranda angehen und einige Leute mit »Ah!« und »Oh!« reagieren, lasse ich meinen Blick über die Gäste schweifen – und bleibe zum zweiten Mal bei Leo hängen. Er hebt kurz die Hand, und als ich zurückwinke, sagt er etwas zu der jungen Frau, mit der er bis jetzt gesprochen hat, dann kommt er zu mir herüber.

»Du weißt schon, dass das nicht Pedro ist?«, frage ich, und er wirft mit gespielter Empörung die Arme in die Luft.

»Warum informiert mich denn niemand? Jetzt hab ich über eine Stunde lang umsonst versucht, eine Wohnung am Geschwister-Scholl-Platz zu bewerben!«

»Na ja, wenn sie einzieht, ist das Problem wenigstens erst mal vom Tisch«, sage ich und deute seufzend auf Pedro, der gerade in ein sehr körperspracheintensives Gespräch mit Nalini vertieft ist. »Das da drüben ist übrigens Pedro.«

»Ja, das dachte ich mir schon.« Leo beobachtet die beiden eine Weile schweigend, und als er sich schließlich wieder zu mir umwendet, liegt ein seltsamer Ausdruck in seinem Gesicht.

»Was ist los?«

»Diese Operation Pedro ...« Er rümpft kurz die Nase. »Scheint, als stecke da eine Menge Zündstoff drin.«

»Dass dir das aufgefallen ist«, sage ich tonlos, und er schmunzelt.

»Keine große Kunst. Sie streiten sich beinahe durchgängig, seit ich hier angekommen bin.«

Ach ja? Merkwürdig. Entweder bin ich es mittlerweile gewohnt oder ich habe noch einen Eintrag für meine Hab-ich-auch-nicht-mitbekommen-Liste. Allmählich wächst mir die Anzahl der Listen, die ich eigentlich nie haben wollte, über den Kopf.

»Wie lange sind die beiden denn schon so?«

»Dass er sie anhimmelt und sie es ignoriert, meinst du?«

Er nickt stumm.

»Seit ich sie kenne, und das sind nun fast sechs Jahre.«

Ein paar Meter weiter rauft Nalini sich gerade die Haare, während Pedro mit hilfloser Miene danebensteht. Im Hintergrund läuft »Bello e impossibile«, und mal wieder passt der Song wie die Faust aufs Auge. Wahrscheinlich kann man mit einer Handvoll Italopop-Klassikern eine ganze Palette an Soap-Opera-Abenden durchspielen, von der erfüllten oder unerfüllten Liebe über den hässlichen Ehestreit bis hin zur Versöhnung – oder Trennung. Das sollte ich mal googeln.

»Ist bestimmt keine einfache Situation für die beiden«, sagt Leo nun und zupft gedankenverloren am Etikett seines Blaubeereistees herum. Dann nimmt er einen Schluck und fixiert mich dabei über den Flaschenrand hinweg. »Was würdest du denn machen, wenn du an ihrer Stelle wärst?«, fragt er, sobald er die Flasche wieder abgesetzt hat.

»Wegen der Wohnung?«

»Wegen allem.«

»Hm, darüber hab ich noch nie nachgedacht. Aber wahrscheinlich würde ich einfach eine Pro-und-Contra-Liste erstellen. Und je nachdem, welche Seite am Ende mehr Einträge hat …«

»Dein Ernst?« Er lacht ungläubig. »Das klingt deprimierend pragmatisch.«

»Ich bin Bionikerin. Ich liebe Pragmatismus.«

»Auch in Bezug auf Beziehungen?«

Ich würde gern erwidern, dass das bisher ja ganz gut funktioniert hat, aber das wäre gelogen. Immerhin bin ich heute nicht in Begleitung eines heißen Typen hier, sondern allein. Auf meiner eigenen Party. Die dafür sorgen soll, dass ich endlich mal wieder entspanne.

»Vielleicht sollte ich das noch mal überdenken«, gebe ich zu, und Leo zuckt mit den Schultern.

»Ich weiß nicht, müsste man mal ausprobieren. Kann ja auch durchaus sein, dass es funktioniert. Pro: Ich mag ihren roten Pulli. Contra: Ihre Paella schmeckt zum Kotzen.«

»Doch nicht so!«, sage ich und stoße ihm lachend den Ellbogen in die Seite. »Man darf nur wichtige Punkte aufnehmen. So was wie Humor, gleiche und unterschiedliche Interessen, gegenseitige Unterstützung und so.«

»Ah, natürlich. Mein Fehler.« Er grinst breit, und weil das wie schon am Mittwoch im Park irgendeinen seltsamen Effekt auf mein Denkvermögen hat, schaue ich nach ein paar Sekunden weg. Mann, der Typ weiß echt, was er tut. Wahrscheinlich wickelt er mit diesem Grinsen all seine Fans um den kleinen Finger und sediert sie dann mit seiner weichen Rauchstimme und frischem Meeresminzegeruch. »Würde mich aber interessieren, ob es schon Beziehungen gab, die aufgrund einer Pro-und-Contra-Liste begonnen wurden – oder beendet«, fügt er hinzu.

»Letzteres auf jeden Fall«, sage ich, und weil ich seinen fragenden Blick förmlich auf mir brennen spüre, drehe ich den Kopf noch ein Stück weiter in die andere Richtung, nehme einen Schluck von meinem Wein und …

»Guten Abend. Wilhelm Freimark. Und Sie sind?«

Ich zucke herum. Willi ist wie aus dem Nichts neben Leo aufgetaucht und reicht ihm mit strenger Miene die Hand. Die beiden sind beinahe gleich groß, sehen aber aus, als kämen sie aus zwei völlig unterschiedlichen Sphären. Willi mit seinem akkurat geschnittenen silbernen Bürstenhaarschnitt, einem glatt gebügelten Hemd, das in einer langen Leinenhose steckt, und zusammengezogenen Augenbrauen – und ihm gegenüber Leo mit dunklen Locken, die in alle Richtungen abstehen, einem vintage Italientrikot, kurzen Chinos und einem zurückhaltenden Lächeln auf den Lippen.

»Leo. Hallo.«

»Leo, und wie weiter?«

»Leopold Haensler. Aber am besten nur Leo.«

Willi brummelt irgendetwas Unverständliches, dann wendet er sich an mich. »Kurt und Isabel lassen ausrichten, dass sie nicht verstehen, weshalb du ihnen deine Begleitung nicht vorstellst. Und dass sie das überhaupt nicht gutheißen.«

»Oh, Leo ist nicht mit mir hier.« Wie gesagt, meine Party, aber kein heißer Typ für mich. Nicht, dass Leo heiß wäre oder so was! Er sieht mit seinem Etwas-zu-alles gut aus, ja, verdammt gut sogar … Warte mal, warte. Wo kommt das denn auf einmal her?! Reiß dich zusammen, Lara! »Nalini hat ihn eingeladen«, füge ich mit trockener Kehle hinzu.

»Die versetzt mich allerdings gerade für Pedro, also bin ich jetzt wohl doch mit dir hier«, erwidert Leo, und Willi runzelt irritiert die Stirn.

»Ja, wie auch immer. Kommt einfach mit, bevor Kurt sich noch mehr aufregt und sein Blutdruck wieder in exorbitante Höhen schießt.« Ohne unsere Antwort abzuwarten, kehrt Willi auf die Veranda zurück, wo er sich neben Kurt auf die Polster sinken lässt. Er schüttelt den Kopf und sagt etwas, woraufhin sich Isabel zu uns umdreht und mit einem süffisanten Lächeln auf den Lippen ihren Zigarettenhalter zwischen den Fingern zwirbelt.

»Ich nehme an, das ist euer Vermieter?«, fragt Leo und beugt sich dabei ein Stück zu mir herüber. Und weil er sich ein Stück zu mir herüberbeugt, bekomme ich die volle Ladung Meeresminze ab. Das hilft zwar ein wenig gegen die trockene Kehle, aber anders, als ich gedacht hätte.

Ich räuspere mich leise.

»Er und Kurt, ja. Aber keine Angst, Willi sieht nur so böse aus, im Grunde ist er ganz harmlos.«

»Danke, das beruhigt mich.« Leo guckt ein wenig gequält, und ich unterdrücke den Drang, ihm die Schulter zu tätscheln, wie Nalini es bei mir immer macht, wenn sie mich trösten will. »Und die Frau? Isabella?«

»Isabel. Sie ist unsere Nachbarin aus dem zweiten Stock. Willi, Kurt und sie nennen sich die drei Institutionen, weil sie schon seit Anbeginn aller Zeit zusammenhängen. Wenn ich es nicht besser wüsste, würde ich sagen, sie sind ein einziger Organismus.«

»Isabel, Kurt und Wilhelm, zusammen ein Organismus. Vermerkt.« Er wiederholt die Namen noch ein paarmal, fast wie ein Mantra, dann legt sich plötzlich ein anderer Ausdruck über sein Gesicht. »Ich kann übrigens auch alleine rübergehen und mein

Italientrikot vorzeigen, falls du dich noch um jemand anderen kümmern musst.«

»Muss ich nicht. Meine einzigen Pflichten heute lauten: Mich entspannen und auf keinen Fall an die Arbeit denken.« Und möglichst viel Zeit mit dir verbringen, damit ich ganz nebenbei herausfinde, wie du mir bei meiner Zeitschleifenproblematik helfen kannst.

»Das bedingt sich doch gegenseitig, oder nicht?«, meint Leo. »Man kann gar nicht entspannt sein und gleichzeitig an die Arbeit denken.«

»Also ich definitiv nicht.«

Er schweigt, grübelt, und irgendwie spüre ich, dass ich abwarten sollte, bis er sich durch diesen Gedankengang hindurchgequält hat. »Vielleicht hängt das damit zusammen, ob man seine Arbeit mag oder sie für ausgewachsenen Bullshit hält«, murmelt er schließlich.

»Hm, ich weiß nicht. Ich mag meinen Job, aber irgendwie strengt es mich trotzdem an, immer daran zu denken.«

Ich hoffe, dass er nicht wieder sofort einen Rückzieher macht, jetzt, da wir über ein ernsteres Thema sprechen – doch Leo brummt bloß zustimmend und guckt zur Seite. Ich zerbreche mir also weiter den Kopf darüber, was sein Problem sein könnte. Wieso er die Wörter Arbeit und Bullshit im selben Satz benutzt. Hat er etwa *seine* Arbeit damit gemeint, den Podcast? Wohl kaum, immerhin hat ihn das Format zu einem waschechten Star in seiner Branche werden lassen. Er ist der Master of True Crime! Und trotzdem will er nicht darüber reden.

Ich trinke einen Schluck von meinem Wein, während ich Leo mustere, den Schwung seines Halses, die Kuhle unterhalb seines Ohrs, die Locken in seinem Nacken …

»Ich glaube, wir sollten Isabel nicht länger warten lassen«, sagt er plötzlich, und ich nicke ergeben. Eins nach dem anderen, eins nach dem anderen.

Obwohl ich das hier gern ein wenig beschleunigen würde, muss ich Geduld haben. Ich darf nicht wie im Studium einfach das Mikroskop übernehmen, wenn jemand eine Struktur nicht so beschreiben kann, wie ich es gerne hätte. Ich muss … Ich muss … Hmm. Eine Idee bahnt sich ihren Weg durch meine Gedanken. Vielleicht geht es ja bei dieser Zeitschleife um etwas völlig anderes. Vielleicht soll ich gar nicht Leo helfen, sondern Geduld lernen?

Ich schließe die Augen, um den Gedankengang zu unterbrechen. Dieses Herumstochern im Trüben bringt mich keinen Schritt weiter, und die Liste an empirischen Beobachtungen auf meinem Bett beweist ganz klar, dass Leo etwas mit dieser Schleife zu tun hat. Es gibt also keinen Grund, um …

»Und es ist wirklich okay für dich, wenn ich mich an deine Fersen hefte?«, fragt Leo in diesem Moment und reißt mich aus meinen Grübeleien zurück ins Hier und Jetzt.

»Ja, wie gesagt, ich habe …«

»Hier heftet sich niemand irgendwohin«, fährt Nalini dazwischen, und Leo weicht erschrocken zurück. »Nicht, bevor ihr mir geholfen habt, Pedro diese schimmlige Wohnung auszureden, in der er so unbedingt bleiben will.«

Ihre Wangen glühen bereits vor Aufregung, trotzdem schnappt sie sich mein Weinglas und kippt den Rest mit einem Schluck hinunter. Dann füllt sie an der Bar nebenan nach und kippt auch das weg wie nichts, ehe sie sich ein weiteres Mal einschenkt. Wow, keine besonders gute Basis für ein klärendes Gespräch, fürchte ich. Und Leo scheint genau derselben Meinung zu sein.

»Geht's dir gut?«, fragt er, und Nalini rollt ein paarmal ihre Schultern vor und zurück, als würde sie sich auf einen Kampf vorbereiten.

»Mir ging es nie besser, danke der Nachfrage«, sagt sie und packt ihn am Ellbogen, um ihn mit sich zu ziehen. »Los jetzt.«

»Warte mal, warte!« Leo hebt abwehrend beide Hände. »Können wir kurz …? Lass uns ganz kurz noch mal miteinander sprechen, okay?«

»Worüber denn?«

»Zum Beispiel darüber, was eigentlich das Problem ist. Warum bist du so wütend auf ihn?«

Gute Frage! Jetzt, da ich genauer darauf achte, finde ich es fast schon erschreckend, wie viel Wut Nalini in sich trägt. Genauso sehr erschreckt mich allerdings, dass ich es vier Wochen lang nicht mitbekommen habe …

»Weil er nicht einsieht, dass diese Bude tödlich für ihn ist!«, blafft Nalini und schwenkt das halbvolle Glas gefährlich hin und her. »Die haben Schimmel in allen Wänden, in allen Fugen, sogar in den Fensterrahmen. Aber Lara hatte recht. Er will nicht raus, weil er dann länger fahren müsste, bis er bei uns ist. Lieber bleibt er in einer Wohnung, die ihn ganz sicher krank machen wird.«

»Aha.«

»Selbst die Karaokebar, die Nähe zur Uni, die Bäckerei – das hat alles nicht gezogen.« Sie verdreht die Augen. »Ich soll dir übrigens danke sagen für den Tipp, er wird die Bar gleich morgen ausprobieren.« Als Nalini bemerkt, dass ich versuche, ein Grinsen vor ihr zu verbergen, schießt sie mir eine Ladung wütender Blickblitze entgegen. »Hör auf zu lachen, die Sache ist ernst!«

»Du machst dir Sorgen um ihn«, stellt Leo fest.

»Ja, natürlich! Aber er denkt, dass ich ihn bloß bevormunden will. Total bescheuert!«

»Hat er dir das so gesagt?«

»Nicht direkt«, gibt Nalini zu, wischt den Einwand jedoch gleich darauf beiseite. »Muss er auch gar nicht, ich kenne ihn schon lange genug, um zu wissen, was er denkt.«

Leo hebt eine Augenbraue, und auf einmal ist da dieser intensiv suchende Blick, den ich schon von ihm kenne. Als ob er eine Spur aufgenommen hätte, die er jetzt um jeden Preis verfolgen muss. »Was hat er denn gesagt?«

»Dass er da auf gar keinen Fall einziehen wird, und dass ich ihn nicht dazu zwingen kann. Und dass er schon schlimmere Dinge ertragen hat als ein bisschen Schimmel. Ein bisschen Schimmel! Der spinnt doch.«

»Verstehe.«

Ich schaue unaufhörlich zwischen Leo und Nalini hin und her, während sie miteinander sprechen, dann einmal kurz hoch auf die Veranda zu Isabel, die ungeduldig mit dem Fuß wippt, und anschließend wieder zurück. Obwohl ich die drei Institutionen nur ungern warten lasse, scheint mir das hier gerade wichtiger zu sein. Drängender. Zu sehen, welche Knöpfe Leo drückt und was er damit in Nalini auslöst …

»Ich kenne Pedro zwar noch nicht, deswegen kann es durchaus sein, dass ich falschliege«, sagt er nun und legt den Kopf schief. »Aber ich hab das dumpfe Gefühl, dass es nichts bringen wird, wenn ich mit ihm rede. Oder irgendjemand anders hier. Das ist Zeitverschwendung.«

Oha. Auf die Erklärung bin ich jetzt wirklich gespannt. Und ich bin nicht die Einzige.

»Was soll das bedeuten?«, knurrt Nalini, und aus meiner aufgeregt hitzköpfigen Elfenfreundin wird im Handumdrehen eine wutschäumende Terrorgnomin mit spitzen Zähnen. »Du hast doch selbst gesagt, dass es eine schöne Wohngegend ist.«

»Ist es auch, keine Frage. Und die Wohnung hört sich wirklich verdammt cool …«

»Dann hilf mir doch, ihn zu überreden!«

»Er will sie nicht. Und der Grund dafür bist du. Aber ausgerechnet du verlangst von ihm, dass er sie nimmt, obwohl sie womöglich dafür sorgt, dass ihr euch weniger seht.« Leo zieht langsam die Schultern hoch. »Versetz dich mal in seine Lage. Wie würdest du darauf reagieren?«

Nalini öffnet den Mund, schließt ihn gleich wieder, öffnet ihn erneut – und schließt ihn. Sie denkt einen Moment nach, während sie sich suchend umblickt und Pedro endlich drüben bei der Boulebahn entdeckt. »Wenn du das so formulierst, klingt es, als ob ich ihn loswerden wollte«, sagt sie, viel ruhiger jetzt.

Leo nickt. »Darauf wollte ich hinaus.«

»Das stimmt überhaupt nicht! Aus welchem Grund sollte ich ihn denn loswerden wollen?«

»Ich hab ja nicht behauptet, dass es so ist. Ich sage nur, dass es womöglich so wirken könnte.«

Das hat gesessen. Ich halte mich raus und höre bloß zu. Beobachte. Es ist ein wenig, als würde man zusehen, wie ein Mentalist Löffel verbiegt, obwohl man gar nicht an Telepathie glaubt. Ein wenig wie Magie.

»Nein, das ist doch beknackt!«, ruft Nalini plötzlich, als hätte sie meine Gedanken gehört. Sie nippt an ihrem – an *meinem* – Wein und zieht eine Grimasse. »Ich kann mir nicht vorstellen, dass Pedro so was denkt. Nee, bestimmt nicht.« Sie nippt ein zweites und drittes Mal, dann wendet sie sich an mich. »Oder denkt er das doch?«

Ich zucke mit den Schultern.

Nalini seufzt, schüttelt den Kopf, stöhnt und vergräbt das Gesicht in ihrer freien Hand. Jede einzelne Regung, die in ihr vorgeht, jeder Gedankengang ist an ihrer Mimik und Gestik abzulesen.

»Oh Kacke, was mach ich denn nun?«, jammert sie schließlich. »Ich will doch nur, dass er nicht länger Schimmelsporen beim Schlafen einatmet.«

»Sag ihm das. Und vielleicht kannst du danach mit ihm zusammen nach einer Lösung suchen, anstatt ihm ungefragt eine zu präsentieren«, schlägt Leo vor. »Ein WG-Zimmer in der Nähe zum Beispiel, oder …«

Wie auf Kommando prusten Nalini und ich gemeinsam los, und Leo blinzelt irritiert.

»Was ist daran so witzig?«, fragt er.

»Weißt du, was die Mieten in dem Viertel hier normalerweise kosten?« Ich hebe eine Hand. »Unbezahlbar.«

»Also du mit deinem Megastar-Gehalt könntest dir das bestimmt locker leisten«, fügt Nalini hinzu, und mir bleibt vor Schreck die Luft weg. »Aber bei uns beiden funktioniert das nur, weil meine All-in-Queen hier sich so rührend um den Rest der Lindenallee-einundsechzig-Bagage kümmert.«

»Nalini …«

»Sag nichts! Du bist ein Engel.« Sie gibt mir mein Glas zurück, drückt mir einen Kuss auf die Wange und klopft Leo auf die Schulter. »Und jetzt entschuldigt mich, ich muss einem Philosophen den Kopf waschen. Ganz sanft nur, versprochen.« Im nächsten Moment steuert sie schon zielstrebig auf Pedro zu.

Ich halte noch immer die Luft an, als ich zu Leo rüberschaue, aber er scheint Nalini die Anspielung auf den Podcast nicht übel genommen zu haben. Ganz im Gegenteil, er lächelt sogar.

»Das hatte ich mir schwieriger vorgestellt«, sagt er.

»Schwieriger?«, wiederhole ich argwöhnisch. »Sie hat sich mal drei Tage lang geweigert, ein neues Spülmittel zu verwenden, einfach aus Prinzip. Und du hast sie innerhalb von ein paar Minuten geknackt.« Ich blicke ihn mit großen Augen an. »Wenn du mich vorher gefragt hättest, hätte ich gesagt, das ist absolut unmöglich.«

»Und ich finde es unmöglich, dass ihr immer noch hier herumsteht«, knurrt Willi hinter mir, und ich zucke herum.

Wie oft soll das eigentlich noch passieren, dass wir immer wieder mitten im Gespräch unterbrochen werden?

»Wir kommen ja schon«, sage ich seufzend und winke Willi voran. Ich muss aufpassen, dass ich mir von diesen ständigen Unterbrechungen nicht die Laune vermiesen lasse. Aber als Leo ein strahlendes Etwas-zu-alles-Grinsen auflegt und mich an den Stufen der Veranda mit einem gemurmelten »Isabel, Kurt und Wilhelm. Isabel, Kurt und Wilhelm« vorlässt, beschleicht mich das Gefühl, dass es heute vielleicht gar nicht so weit kommen wird.

*

Als Leo sich Stunden später von der Lounge erhebt, um sich auf den Heimweg zu machen, ist es bereits kurz nach Mitternacht. Die meisten Partygäste sind schon gegangen, nur Isabel, Nalini, Pedro, Leo und ich sind noch übrig – und ich bin nicht einen Schritt weiter.

Ich weiß noch immer so gut wie nichts über Leo, dabei waren wir die meiste Zeit zusammen. Wir saßen auf derselben Couch, so nah beieinander, dass sich unsere Arme hin und wieder berührten und ich ständig von einer Wolke aus Meeresminze umgeben war, und haben im Grunde ununterbrochen geredet – nur dummerweise kaum miteinander. Ich weiß nun alles über die Artikel, die er für zwei Onlinemagazine schreibt. Ich weiß eine Menge über Isabels Weltreise, die sie mit zwanzig Jahren allein angetreten und zwei Jahre darauf mit ihrem späteren Verlobten Andrew beendet hat. Ich weiß, dass die Verlobung nicht lange gehalten hat, weil Isabel recht bald auffiel, dass die Ehe doch nicht ihr bevorzugter Lebensentwurf ist. Außerdem weiß ich, dass Nalinis Vater irgendwann wieder zurück nach Indien will, Nalini aber auf keinen Fall, dass Pedro liebend gern Klavier spielen lernen würde und dass Kurt geradezu süchtig ist nach English Toffee und »Tunnock's Teacakes« mit dunkler Schokolade.

Das Erstaunlichste an alldem ist jedoch, dass ich diese Dinge ohne Leo heute wohl eher nicht erfahren hätte, und es ist mir ein Rätsel, wie er es in der verhältnismäßig kurzen Zeit geschafft hat, sie im Morast des sonst üblichen Gartenparty-Small-Talks aufzuspüren und offenzulegen. Alle möglichen Informationen über Menschen, die ich seit Jahren kenne, er aber erst seit wenigen Stunden.

»Was denn, Leo, Sie gehen schon?«, fragt Isabel nun und schaut verwundert zu ihm nach oben. »Die Nacht ist noch so jung.«

»Für mich ist sie leider bald schon wieder vorbei, ich muss in ein paar Stunden zur Arbeit«, sagt er und reicht ihr die Hand. »Es war sehr schön, Sie kennenzulernen, Isabel.«

»Das Vergnügen liegt ganz auf meiner Seite, junger Mann.« Sie lehnt sich ein Stück vor. »Sorgen Sie doch bitte dafür, dass eine der beiden jungen Damen hier Sie auch künftig einlädt. Und falls das nicht klappen sollte, melden Sie sich. Auf meiner Gästeliste sind Sie herzlich willkommen.«

»Danke, das ist gut zu wissen.«

Nach einem letzten Lächeln in Isabels Richtung wendet sich Leo an Pedro. Die beiden drücken ihre Fäuste kurz aneinander und verabreden sich für den kommenden Dienstag in der Bibliothek, um irgendwas zu recherchieren. Was genau, weiß ich nicht, das ist offenbar an mir vorbeigegangen. Danach ist Nalini an der Reihe. Leo will ihr ebenfalls die Hand geben, aber sie guckt bloß empört und schenkt ihm eine herzliche Umarmung. Dabei flüstert sie ihm irgendetwas ins Ohr, das augenblicklich ein Lächeln auf sein Gesicht zaubert – und als sie sich von ihm löst, fegt sie mit einer eleganten Drehung ihr Weinglas vom Loungetisch. Es ist erstaunlicherweise das erste heute Abend.

»Ich bring dich raus«, sage ich zu Leo und stehe ebenfalls auf, während Pedro und Nalini sich um die Scherben kümmern. Wenn es heute Abend noch irgendwas zu erfahren gibt, das mich weiterbringt, ist das hier wohl die letzte Chance. »Ich muss sowieso ins Bett, war ein langer Tag.«

Ich verabschiede mich von den anderen, und wenige Sekunden später sind wir auf dem Weg durchs Treppenhaus. Leo läuft hinter mir, weil der Gang neben der Treppe zu eng ist, um ohne Berührung nebeneinanderzulaufen, und wartet, bis ich die Haustür geöffnet habe. Erst danach geht er an mir vorbei und bleibt ihm Türrahmen stehen. Gerade als ich den Mund aufmache, um doch noch das Thema Podcast anzuschneiden, dreht er sich zu mir um und sagt: »Danke übrigens.«

Ich stutze. »Wofür?«

»Dass wir tatsächlich den ganzen Abend nicht über Podcasts gesprochen haben.«

Oh, wow. Das war knapp.

Ich lächle und überlege, was ich darauf antworten könnte, um nicht zu gleichgültig, aber auch nicht zu wissbegierig zu klingen. ›Gern geschehen‹? Nein, das wäre gelogen, und ich sehe den Sinn dahinter nicht, ihn anzulügen. Mir wäre es schließlich lieber, wir hätten darüber geredet. ›Schon okay‹? Das passt ein bisschen besser – oder zumindest so gut, dass ich mich damit arrangieren kann. Also ziehe ich das Lächeln auf meinen Lippen noch ein wenig in die Breite und sage: »Schon okay.«

Beinahe zeitgleich flackert die Citronellafackel schräg hinter Leo ein letztes Mal auf und erlischt dann mit einem leisen Zischen. Was für eine Ironie. Als wollte mir das Universum damit zeigen, dass es mir die Reise auch weiterhin alles andere als leicht machen wird.

»Kennst du ihn?«, fragt Leo nun, und es dauert einen Moment, bis ich verstehe, dass er tatsächlich immer noch über den Podcast spricht. Den Podcast, der bisher keine Rolle spielen durfte.

Mein erster Impuls ist es, Nein zu sagen. Aber mir fällt wieder kein guter Grund ein, um zu lügen. Also lasse ich es.

»Ja. Ich habe ein paar Folgen gehört.«

»Okay.« Sein Blick verharrt noch kurz auf meinem Gesicht, ehe er zur Seite wandert und an irgendeinem Punkt in der Ferne hängen bleibt. »Und?«

»Na ja, ich … Also …«

So schnell, wie er gerade weggeschaut hat, so schnell dreht Leo seinen Kopf nun wieder in meine Richtung. Wie schon im Fotoladen erscheint seine Iris trotz der Dunkelheit um uns herum eigenartig hell, und ich frage mich, was der Grund dafür ist. Diese Helligkeit ist wie ein Fehler im Bild, ein scharfer Bruch mit der Erwartung. Und trotzdem …

»Er gefällt dir nicht«, stellt Leo fest. Seine Stimme ist irgendwie kühl, und als ich den Mund aufmache, um doch noch zu lügen, hebt er hektisch beide Hände. »Nein, mach das nicht!«

»Was?«

»Mach es nicht kaputt, bitte. Ich glaube, du bist die erste Person überhaupt, die mir sagt, dass sie ihn nicht mag, und ich würde … ich würde das gern so stehen lassen.«

Es dauert einen kurzen Moment, bis ich begreife, was das bedeutet.

»Dir gefällt er auch nicht«, sage ich leise. Er hat das mit dem Bullshit ernst gemeint, obwohl ihn dieses Splatter-Ding so weit gebracht hat. Obwohl es ihn zu einer Berühmtheit in seiner Branche hat werden lassen. Ist es das, was hinter dieser Tür lag? Ist es diese Aufgabe, die er nicht erledigen will?

»Ich find ihn zum Kotzen, wenn ich ehrlich bin«, sagt er ebenso leise. »Das ganze Konzept … nein, eigentlich alles daran. Mich mit diesen Leuten über den Tod unterhalten zu müssen und über … über …« Leo verzieht den Mund und reibt sich den Nacken. Diese Geste habe ich jetzt schon ein paarmal bei ihm beobachtet, und allmählich schwant mir, dass er das immer dann macht, wenn er unsicher ist oder nicht weiß, was er sagen soll. So wie in diesem Moment.

»Hey, das ist doch in Ordnung. Ich mag auch einige Dinge nicht, die ich gemacht habe«, versuche ich ihn zu beruhigen und zugleich dazu zu bringen, weiterzureden. »Du kannst ja einfach damit aufhören.«

Ein hartes Lachen springt über seine Lippen. »Einfach ist leider gar nichts an dieser ganzen Geschichte.«

»Oh, tut mir leid.«

»Aber, hey, das sind alles nur Luxusprobleme. Es ist …« Wieder dieses bitter klingende Lachen. »Es gibt Schlimmeres, als der Host eines erfolgreichen Podcasts zu sein. Oder?«

»Das kommt wohl auf die Art des Problems an.« Ich lehne mich mit der Schulter gegen die Tür und verschränke die Arme vor meinem Körper. »Ist es wegen Juliana?« Keine Ahnung, wann sich dieser Gedanke in mein Hirn geschlichen hat, aber da ist er, und nun steht er auch schon als ausgesprochene Frage zwischen uns und wartet darauf, beachtet zu werden. Eine Sekunde, zwei Sekunden, drei. Bin ich zu weit gegangen? »Du musst nicht antworten, wenn du nicht …«

»Gewissermaßen, ja«, sagt Leo. »Juliana ist … ein Teil meines Problems.«

Ein Blitz aus undefinierbarem Schmerz zuckt durch mich hindurch. Doch genauso schnell, wie er gekommen ist, verschwindet er auch wieder. »Kannst du nicht mit ihr darüber reden?«

»Das hab ich schon, aber …« Leo lächelt müde. Ganz kurz schließt er die Lider, und als er sie wieder öffnet, hat sich ein Schatten über seine helle Iris gelegt. »Ich muss jetzt los. Danke für die Einladung, es war wirklich schön, euch alle kennenzulernen.«

Was. Zur. *HÖLLE*?!

Ich weiß nicht, was mich mehr verwirrt, der Themenwechsel oder die Tatsache, dass er völlig aus dem Nichts kommt. Hab ich was Falsches gesagt? Zu viele Fragen gestellt? Zu persönliche

Fragen? Was auch immer der Grund ist, das Ergebnis fühlt sich … irgendwie scheiße an.

»Ähm, ja. Ich richte es Nalini aus«, murmele ich, um diesen bizarren Moment irgendwie zu überbrücken, und blicke über die Schulter nach hinten ins Treppenhaus. Als könnte ich auf magische Weise den gesamten zehn Meter langen Gang bis zum Garten hindurchschauen und Nalini ein Zeichen geben. Hey, Ni, Leo lässt danken!

»Okay.« Er wendet sich zum Gehen, dreht sich nach ein paar Schritten aber doch noch einmal zu mir um. »Ach, und danke, dass ich mich an deine Fersen heften durfte. Ich hoffe, es war nicht allzu nervig, den Neuen die ganze Zeit im Auge behalten zu müssen.«

»Oh, im Gegensatz zu dem Neuen von letzter Woche warst du *bedeutend* pflegeleichter.«

Ein halbes Lächeln schleicht sich auf seine Lippen. »Was dagegen, wenn ich das genau so in mein Tagebuch schreibe?«

»Solange die Quellenangabe korrekt ist.«

»Der Hang zum Pragmatismus, ich verstehe.« Das Lächeln ist nun breit genug für beide Mundwinkel, und ich wundere mich einmal mehr darüber, wie er es schafft, diese zwei so unterschiedlichen Leos in sich zu vereinen: den, der verschlossener wirkt als der Safe einer Bank auf den Cayman Islands, und den, der mit seinem Grinsen mühelos Austern knacken kann. »Darf ich dir noch eine Frage stellen?«

»Falls es um die Erdbeeren geht, die zählen wirklich zu den Nüssen.«

»Ich weiß, ich hab's gegoogelt.« Er streicht sich eine widerspenstige Locke hinters Ohr, die sich aber sofort wieder löst und in seine Stirn fällt – wo sie meiner Meinung nach sowieso viel besser hinpasst. Und dann wartet er. Genau wie im Park, als er mich um einen Gefallen gebeten hat, wartet er auf meine Erlaubnis.

»Schieß los.«

»Hattest du Spaß auf deiner Party?«

Schon wieder, er hat es schon wieder getan. Zum zweiten Mal innerhalb kurzer Zeit hat er so abrupt das Thema gewechselt, dass ich kaum hinterherkomme mit dem Denken. Schon gar nicht um diese Uhrzeit.

»Spaß?«, wiederhole ich gedehnt.

»Ja.«

»Hm.« Ich stoße mich von der Tür ab und lasse mir Zeit mit der Antwort. »Ich glaube, Spaß ist nicht das richtige Wort dafür.«

»Sondern?«

»Es war … schön?« Ja, es war tatsächlich schön. Auch wenn das Fragezeichen am Ende des Satzes noch Platz für Zweifel lassen könnte, war dieser Abend schön. Und damit habe ich vorher nicht gerechnet. Überhaupt nicht.

»Gut.« Leo nickt und wirkt irgendwie zufrieden. »Schlaf gut, Lara.«

Ganz kurz hebt er die Hand, dann geht er auf das Eisentor zu, das das Grundstück vom Gehweg trennt. Doch bevor er nach der Klinke greift, dreht er sich ein weiteres Mal um.

»Mir ist übrigens immer noch nicht eingefallen, wo ich dich vorher schon mal gesehen habe«, sagt er. »Aber ich werde das Gefühl nicht los, dass wir uns in Zukunft öfter über den Weg laufen werden.«

»Das Gefühl kenne ich«, murmele ich so leise, dass er es nicht hören kann, und lächle bloß, als er fragend die Stirn runzelt.

Wenige Sekunden später, als ich dastehe und zuschaue, wie Leo allmählich mit der Dunkelheit zwischen den Straßenlaternen verschmilzt, kehrt die Gewissheit zurück, dass es das noch nicht gewesen sein kann. Dass immer noch irgendetwas darauf wartet, gelöst zu werden. Etwas, das mit Leopold Haensler zu tun hat, dessen bin ich mir nun vollends sicher. Vielleicht ist es tatsächlich die Geschichte mit dem Podcast, vielleicht auch nicht. Vielleicht soll ich durch ihn lernen, geduldiger zu sein, vielleicht auch nicht. Aber egal, was es ist, ich werde es herausfinden. Und zum ersten Mal seit vier Wochen fühlt sich der Gedanke daran, Leo mit großer Wahrscheinlichkeit am Montagmorgen in der Unibibliothek anzutreffen, nicht wie eine Bestrafung an. Das Wissen, ihn bald wiederzusehen, fühlt sich an wie ein Anker, einer von vielen, an denen ich mich durch die nächste Version dieser verrückten Woche hangeln kann.

Sonntag

Ich habe einen Plan gemacht, für den Fall, dass die Zeitschleife tatsächlich noch existiert – natürlich habe ich einen Plan gemacht. Dummerweise habe ich dafür den Rest der Nacht wach gelegen, ihn nach dem Erstellen noch auswendig gelernt und bin deshalb nun so müde, dass ich es nicht mal schaffe, mich ein paar Minuten auf mein Buch zu konzentrieren. Andererseits … warum auch? Morgen ist wahrscheinlich sowieso alles wieder weg.

Dafür weiß ich nun, wie ich während der kommenden Schleife vorgehen werde. Der Grundgedanke bei meiner Planung war, wie ich es umgehen kann, dass ich Leopold Haensler zwar Woche für Woche aufs Neue begegne, er mich am Ende der Woche aber jedes Mal wieder vergisst, mich zu Beginn der nächsten Schleife für eine Fremde hält und ich den gesamten Kennenlernprozess von vorne durchlaufen muss. Wenn das so bleibt, komme ich nie mit meiner Agenda voran. Und die einzige Möglichkeit, dieses Problem zu lösen, scheint eine konsequente Erhöhung der Taktzahl zu sein.

Ich weiß, was ich tun muss, um Leo zu treffen. Ich habe es bereits an jedem Tag der Woche außer Freitag und Sonntag geschafft, und heute Nacht vor dem Haus hat er sich mir mehr geöffnet als je zuvor. Wenn ich also einen noch tieferen Einblick haben will, muss ich ihn noch besser und noch schneller kennenlernen. Ich muss aufs Ganze gehen.

Lange Rede, kurzer Sinn: Die kommende Woche wird eine Woche voller Leo.

Außerdem werde ich dann wenigstens für einen Tag einen Handtuchhalter im Bad haben. Und wieder keine Kaffeemaschine.

5.

Montag

15. Juli 2024. Überraschung.

Ich vergeude erst gar keine Zeit damit, nach unserer Kaffeemaschine zu schauen, sondern schnorre mir gleich bei Kurt und Willi eine ganze Kanne des flüssigen Goldes. Willi wirkt ein wenig nervös wegen eines anstehenden Arztbesuches mit Kurt, von dem ich bisher gar nicht wusste, dass er stattgefunden hat. Oder heute noch stattfinden wird, je nachdem, von welcher Woche aus man das Ganze betrachtet.

»Ist alles in Ordnung mit Kurt?«, frage ich, während ich auf den Kaffee warte. Ich habe völlig verdrängt, dass Willi sich in den letzten Wochen schon mehrfach besorgt über Kurts Gesundheitszustand geäußert hat.

»Ach, dieser Sturkopf will einfach nicht einsehen, dass er ein wenig kürzertreten muss«, brummt er unwillig. »Und dass die Medikamente, die der Arzt ihm verschrieben hat, keine freundschaftlich dargebrachte Option sind, sondern ein Muss.«

»Ich nehme sie doch!«, schimpft Kurt aus dem Wohnzimmer herüber.

»Aber nur, wenn ich dich dazu zwinge!«, zetert Willi zurück. »Dabei bist du alt genug, um zu verstehen, dass du sie brauchst.«

»Man ist nicht alt, solange der Strom des Lebens genügend Spannung bereithält. Das sagte schon Klaus Klages.«

»Wer ist das nun wieder?«

»Er war ein Abreißkalenderverleger.«

»Und du hörst lieber auf tote Verleger als auf mich?«

Die beiden piesacken sich weiter und diskutieren, wie viele vergessene Tabletteneinnahmen noch okay sind, bis sie schließlich zeitgleich mit mir die Wohnung verlassen. Kurt sieht tatsächlich ein wenig blass um die Nase aus, und seine Hände zittern heute ganz besonders, doch er lächelt mich zuversichtlich an, bevor die Haustür hinter ihm ins Schloss fällt.

Zurück in unserer Wohnung schnappe ich mir meinen Laptop, tippe die Liste mit Infos über die Zeitschleife, die ich letzte Woche erstellt habe, ein zweites Mal runter und ergänze sie um weitere Punkte. Aber als sie irgendwann die Drei-Seiten-Marke überschreitet, merke ich, dass das viel zu unübersichtlich ist. Mit wenigen Klicks mache ich zwei Listen daraus: *Harte Fakten über die Zeitschleife* und *Learnings, die mir das Leben in kommenden Schleifen erleichtern*. Sobald das erledigt ist, arbeite ich wie in den Wochen zuvor all die Änderungen ins Buch ein, die ich auch für die zukünftigen Versionen übernehmen möchte, aber allmählich geht mir der Elan dafür aus, das immer wieder zu tun. Das hier fühlt sich an, als würde ich versuchen, einen reißenden Strom hinaufzuschwimmen – mit gefesselten Armen und Beinen.

Ich schreibe trotzdem weiter, und währenddessen kämpfe ich die ganze Zeit gegen den Drang an, mich endlich auf den Weg zur Bibliothek zu machen. Der Punkt steht zwar genau wie an den vergangenen Montagen offiziell für halb neun auf dem Plan, aber ich weiß, wenn ich jetzt loslaufe, gibt es mit Sicherheit irgendwo einen Hausbrand, eine spontane Demo des städtischen Tierschutzvereins, oder es taucht sonst ein absonderliches Hindernis auf, das mir einen kilometerlangen Umweg bescheren und dafür sorgen würde, dass ich es nicht pünktlich ans Ziel schaffe. Also spiele ich mit und schiebe den Punkt Bibliothek in meinem Kopf einfach eineinhalb Stunden nach hinten. Für meine Nerven ist das definitiv die richtige Entscheidung, die haben sich nämlich noch immer nicht daran gewöhnt, dass Verspätungen und Planänderungen ab sofort offenbar zu meinem Alltag zählen.

Als der Zeitpunkt endlich näher rückt, an dem ich die ersten drei Montage meiner Zeitschleife die Bibliothek betreten habe, packe ich meine Sachen zusammen und gelange allen Ernstes ohne Unterbrechung bis zum Tresen von Homer 2.0, wo ich mit einem freundlichen Lächeln meinen Rucksack vorzeige. Bis auf einen Schreibblock, ein paar Stifte und mein Portemonnaie ist er leer, und Maltes Vertretung winkt mich brummend weiter. Gott, wie ich Malte vermisse.

Im Treppenhaus warte ich, bis Kurt anruft – er ist etwas kurzatmig, aber auf meine Frage hin, was denn beim Arzt herausgekommen ist, lacht er amüsiert.

»Na, was schon? Willi und der Doktor haben mich gelöchert, wie es mir geht, und mir mit bösen Blicken befohlen, meine Medikamente zu nehmen.«

»Du solltest auf sie hören«, sage ich, und er grunzt ergeben.

Sobald wir auch den Rest des obligatorischen Geschenkeabholen-Gesprächs hinter uns haben, laufe ich weiter zum Lesesaal drei, gehe zügig an der Rüge vorbei zu der Regalreihe nach hinten, in der ich Leo vermute – und werde einen Gang vorher beinahe von zwei Büchern erschlagen, die sich scheinbar aus eigenem Antrieb vom Regalbrett werfen und auf mich stürzen.

»Oh, verdammt! Ist dir was passiert?!«, ertönt Leos Stimme, und gleich darauf erscheint ein Teil seines Gesichts im Zwischenraum, den die gefallenen Bücher hinterlassen haben. »Tut mir leid, ich vergesse immer wieder, dass es in dem Gang hier keine Trennung mehr zwischen den Regalen gibt. War keine Absicht.«

Ich bin kurz davor, ihm einen rotzigen Spruch entgegenzuwerfen, aber gerade noch rechtzeitig fällt mir ein, dass wir uns ja gar nicht kennen – oder besser gesagt, dass unsere Bekanntschaft nur einseitig ist –, und mein Lächeln bekommt ordentlich Schlagseite. Scheiß Zeitschleife!

»Alles gut, niemand wurde verletzt«, sage ich bemüht locker und bücke mich nach den Büchern, um sie wieder zurück ins Regal zu stellen. »Obwohl, wenn ich mir den ›Klinikleitfaden Labordiagnostik‹ so anschaue … der bräuchte dringend Erste Hilfe.«

»In Erster Hilfe bin ich ganz gut«, erwidert Leo und kommt um das Regal herum. Er geht neben mir in die Hocke, aber als er das ramponierte Buch entdeckt, verzieht er das Gesicht. »Oh, so gut dann allerdings doch nicht. Das ist eindeutig ein Fall für den Bestatter.«

»Viel Erfolg, wenn du das Frau Rüge erklärst. Ich wette, sie hetzt dir den Sicherheitsbeauftragten auf den Hals.«

Ganz kurz zieht er die Augenbrauen zusammen, ehe sich ein verschmitztes Grinsen auf seinen Lippen ausbreitet, und nicht zum ersten Mal wird mir bewusst, dass er ziemlich gut aussieht mit seinen wirren kurzen Locken, den scharf hervorstechenden Wangenknochen und dem zu breiten Mund. Nicht perfekt, und gerade deshalb gut. Und wenn ich ehrlich bin, ändert sein etwas abgerocktes Auftreten auch nichts daran.

Wie jeden Montag trägt er sein blaues Poloshirt und sieht aus, als hätte er die ganze Nacht durchgefeiert. Ich bin allerdings nicht hier, um das zu kommentieren, ich bin hier, um das Rätsel Leopold Haensler zu lösen – was nebenbei bemerkt eine ganz gute Übung für die nächste Version meines Thrillers sein dürfte, in der Leo das Vorbild für einen mysteriösen, schweigsamen Zeugen ist. Als Opfer und Killer hat er ja nicht sonderlich gut getaugt.

»Ich weiß, sie kann echt fies sein«, sagt er jetzt leise, und es kostet mich einen Moment, um zu verstehen, dass er von der Rüge spricht. »Aber ich hab herausgefunden, wie man total gut mit ihr zurechtkommt.«

»Hast du nicht.«

»Doch. Pass auf: Wenn du ihr in mindestens fünf aufeinanderfolgenden Sätzen bei irgendetwas recht gibst – egal, ob du es ernst meinst oder nicht –, hast du eine Widerrede frei. Und die akzeptiert sie dann auch ohne Probleme.«

»Das ist ein Scherz, oder?«, frage ich entgeistert, doch Leo schüttelt den Kopf.

»Nein, es funktioniert.« Er hebt das beschädigte Buch auf und legt es auf den Wälzer, den er bereits in der Hand hält. Ich muss gar nicht genauer hingucken, um zu wissen, dass es das Praxishandbuch ist. »Und wenn du das oft genug wiederholst, landest du irgendwann auf ihrer Liste der erträglichen Menschen und kannst ganz normal mit ihr reden.«

»Sprechen wir von derselben Frau Rüge? Die, die hier arbeitet? Brille, verkniffenes Gesicht, strenge Frisur …«

Er nickt.

»Komm schon, das muss ein Scherz sein.«

»Es klappt, versprochen. Ich hab echt lange gebraucht, um das herauszufinden, aber seitdem kommen wir bestens miteinander aus.« Er zuckt mit den Schultern. »Es gibt nur ganz wenige Personen, die es nicht schaffen und …«

»Frau Winterstein. Lassen Sie mich raten: Das Geräusch fallender Bücher hatte natürlich etwas mit Ihnen zu tun«, faucht die Rüge hinter mir, und mit Engelsstimme fügt sie hinzu: »Leo, wie schön, hallo.«

Schwer seufzend schließe ich die Augen. Gleich darauf öffne ich sie wieder, beuge mich ein Stück zu Leo nach vorne und flüstere: »Ich schätze, ich bin eine dieser Personen, die es nie schaffen.« Dann stehe ich auf und drehe mich zur Rüge um. »Ja, Frau Rüge, ich wurde nämlich fast von ihnen erschlagen. Also … von den fallenden Büchern.«

»Und das war ganz allein meine Schuld«, ergänzt Leo, während er sich ebenfalls erhebt. »Tut mir unfassbar leid, Mareile, aber ich fürchte, der ›Klinikleitfaden Labordiagnostik‹ hat es nicht überstanden.« Er holt sein Handy hervor, macht ein Foto vom Barcode und steckt das Handy wieder weg. »Den Schaden ersetze ich der Bibliothek natürlich.«

»Oh, ach so.« Die Rüge kämpft sichtlich mit dieser ungewohnten Situation, doch schließlich siegt ihre Begeisterung für Leo und sie streckt eine Hand nach dem angeschlagenen Buch aus. »Ist schon gut, Unfälle passieren jedem. Ich werde sehen, was ich da machen kann.«

Ich fasse es nicht!

Mit einem Grinsen, für das er einen Waffenschein bräuchte, geht Leo an mir vorbei, reicht *Mareile* den Leitfaden und bedankt sich artig bei ihr, ehe sie sich wieder aus dem Staub macht. Anschließend dreht er sich erneut zu mir um.

»Problem Nummer eins gelöst«, sagt er.

»Was ist Problem Nummer zwei?«, hake ich nach, denn das andere Buch hat nicht mal einen Kratzer abbekommen.

»Herausfinden, ob ich dich wirklich nicht erwischt habe.« Er lässt seinen Blick prüfend über mein Gesicht gleiten, bis mir Hitze in die Wangen steigt und ich mich abwenden muss.

»Danke, es geht mir gut«, murmele ich verlegen, und als ich ihn nach ein paar Sekunden wieder anschaue, ist das Forschende aus seinem Blick verschwunden. Etwas Nachdenkliches liegt nun darin.

»Was ist?«, frage ich.

»Ach, nichts. Ich dachte nur gerade, dass ich dich … Nein, das ist bescheuert. Kann gar nicht sein.« Er schüttelt den Kopf und reibt sich den Nacken.

Ich würde zu gern weiter nachbohren, was ihn so beschäftigt. Vielleicht wieder das Gefühl, mir schon mal irgendwo begegnet zu sein? Hinterlässt die Zeitschleife tatsächlich einen Abdruck? Aber was auch immer es ist, ich kann jetzt nicht länger darüber nachgrübeln, denn wenn ich richtigliege, müsste Juliana jeden

Moment hier auftauchen. Mir bleiben also höchstens noch ein paar Minuten, und die muss ich nutzen. Ich muss das Gespräch am Laufen halten, ohne dass es weird wird.

»Sag mal« – ich deute auf den Wälzer in seiner Hand – »ist das das ›Praxishandbuch Forensische Psychiatrie‹?«

Leo blinzelt etwas irritiert, schließlich guckt er auf das Buch hinunter und dreht es so, dass ich den Titel lesen kann. »Ja. Wieso?«

»Ich bin eigentlich hergekommen, um es auszuleihen. Aber anscheinend bin ich zu spät dran.« Ich lege den Kopf schief. »Oder bringst du es gerade zurück?«

»Oh, nein. Ich … nein. Ich brauche es für …«

Für deinen Podcast, über den du nicht sprechen willst?, beende ich seinen Satz in Gedanken und schicke ein Lächeln auf meine Lippen. »Ist schon gut, ich wollte ohnehin nur ein paar Seiten rauskopieren. Dann warte ich eben, bis du es zurückgegeben hast.«

Er zögert kurz, schaut auf seine Uhr und anschließend über seine Schulter in den breiten Hauptgang, der alle Regalreihen miteinander verbindet.

»Wie viele Seiten brauchst du denn?«, fragt er. »Wenn es nicht zu lange dauert …«

In diesem Moment biegt Juliana um die Ecke, und heute nehme ich mir die Zeit, sie eingehender zu betrachten. Sie trägt dieselbe Kleidung wie die letzten Male – Ankle Boots, Skinny Jeans, Hoodie –, und ihre langen blonden Haare fallen offen über ihre schmalen Schultern. Ihre Nase und ihre Wangenknochen sind von unzähligen Sommersprossen übersät.

»Hast du das Buch? Können wir dann?«, fragt sie, und Leo dreht den Kopf in ihre Richtung.

»Gleich«, murrt er. Sein Tonfall verrät, dass es ihm lieber wäre, sie würde noch einmal kurz verschwinden, aber das tut sie nicht. Stattdessen bleibt sie neben ihm stehen und mustert mich neugierig. »Ich muss nur noch schnell was kopieren«, fügt Leo hinzu.

»Hi«, sagt Juliana an mich gerichtet, ohne auf Leos Einwand zu achten, und lächelt. Dabei offenbart sie eine kleine Lücke zwischen ihren oberen Schneidezähnen, die ihr Gesicht irgendwie interessant macht. Genau wie bei Leo die hellen Augen manchmal, wenn es um ihn herum dämmrig ist. »Ich wollte euch nicht unterbrechen.«

»Doch, wolltest du«, erwidert Leo.

»Stimmt, wollte ich. Wir müssen los. Jetzt.« Sie packt Leo am Ellbogen und zieht ihn mit sich. »Wenn wir zu spät kommen, ist der Typ schon weg, und wir haben ein Problem.«

Tja, so viel dazu, das Gespräch am Laufen zu halten …

»Warte nur ganz kurz, okay?« Leo befreit sich aus ihrem Griff und macht wieder einen Schritt auf mich zu. »Wegen der Seiten, die du brauchst … Ist es dringend?«

Was?

»Leo«, drängelt Juliana, aber nun ist er es, der nicht auf sie achtet, sondern weiter mit mir spricht.

»Ich könnte sie dir abfotografieren. Und dann schicke ich sie dir per Mail, oder so.«

»Mein Gott, jetzt mach's doch nicht so kompliziert!«, faucht Juliana. »Wenn du ihre Nummer willst, frag sie einfach, damit wir endlich loskönnen.«

Urplötzlich bekomme ich das Gefühl, weit außerhalb meines Körpers zu stehen und nur zuschauen und zuhören zu können. Ich sehe und höre, wie Leo sich zu Juliana umdreht und sie anpflaumt, dass es nur ein paar Minuten dauern wird und dass das hier ja wohl das Mindeste ist, was er als Entschuldigung tun kann, nachdem er mich fast erschlagen hätte. Ich sehe, wie Juliana die Augen verdreht, und höre ihr entnervtes Stöhnen.

Und dann sehe ich, wie Leo ein dünnes Buch aus dem Regal holt, die erste Seite herausreißt, einen Stift aus seiner hinteren Hosentasche zieht – wer hat denn bitte einen Stift in der Hosentasche stecken?! – und irgendetwas ganz unten auf die Seite kritzelt.

»Noch ein Fall für den Bestatter«, murmele ich mit Blick auf das zerstörte Buch, und er grinst schräg.

»Ja, aber ich kümmere mich darum. Hier.« Er reicht mir den Zettel. »Schreib mir einfach, was du brauchst, okay? Ich schick es dir.« Erst dann lässt er sich von Juliana weiterziehen.

Kurz bevor die beiden in den Hauptgang einbiegen, dreht sich Leo ein letztes Mal zu mir um, ruft: »Und sorry noch mal wegen vorhin!« – und einen Wimpernschlag später ist er weg.

*

Einer der Haken an meinem Plan für diese Woche war, dass ich es mittlerweile zwar nicht mehr für creepy halte, Leo an den unterschiedlichsten Orten zufällig – haha! – zu begegnen, er damit aber möglicherweise ein Problem haben könnte. Immerhin ist es für ihn – ich muss mich immer wieder daran erinnern – die erste Woche. Das erste Kennenlernen. Und deshalb könnte es für ihn durchaus befremdlich sein, wenn ich plötzlich überall dort auftauche, wo er auch ist.

Aber jetzt habe ich seine Mailadresse. Ich habe etwas, um aus dem angeblichen Zufall auch offiziell Absicht zu machen.

Lara Winterstein
An: Leopold Haensler
Betreff: Kopien Praxishandbuch
Hallo Leopold,
vielen Dank für dein Angebot, mir die Seiten, die ich brauche, per Mail zu schicken. Es sind auch wirklich nicht sooo viele, versprochen:
221–238, 315–326 und die dazugehörigen Quellenangaben am Schluss (die Seitenzahlen weiß ich leider nicht).

Es wäre großartig, wenn du es bis morgen früh um acht schaffst, da muss ich sowieso etwas bei Foto Weber abholen und könnte die Seiten gleich farbig ausdrucken lassen. Wenn nicht, ist es aber kein Beinbruch. 😊
Viele Grüße
Lara
P.S.: Ich hoffe, die Rüge hat dir nicht doch noch Hausverbot in der Bib erteilt.

Ich schicke die Mail ab und widme mich wieder meinem Buch, damit ich diesmal endlich vorankomme. Und erfreulicherweise läuft es auch ganz gut – bis nicht mal eine Stunde später ein kurzes PLING auf meinem Laptop eine eingehende Antwort ankündigt und meine Konzentration sich in Luft auflöst. Ich bin viel zu neugierig, ob mein Köder funktioniert hat, um nicht sofort nachzuschauen.

Leopold Haensler
An: Lara Winterstein
AW: Kopien Praxishandbuch
Hey Lara,
nur Leo bitte, bei Leopold kriege ich heftigen Ausschlag auf der Hirnhaut, und das ist wirklich unangenehm.
Die Seiten, die du wolltest, hab ich dir in den Anhang gepackt. Interessante Auswahl, muss ich sagen! Ich überlege noch, ob ich dich fragen soll, wozu du sie brauchst, oder ob ich es lieber verdränge. 😌
Foto Weber? Meinst du den in der Wittelsbacherstraße? Wahrscheinlich meinst du den, es sei denn, es gibt noch einen anderen in der Stadt, den man allerdings nicht im Internet findet.
Liebe Grüße
Leo

P.S.: Ich hab das Buch einfach ausgeliehen, neu bestellt und behaupte dann, der Barcode wäre abgefallen oder so. Lebensmüde bin ich in Bezug auf Mareile auch nicht. 😄
P.P.S.: Da stehen übrigens noch viel verstörendere Dinge drin als auf den Seiten, die du haben wolltest. Vielleicht brauchst du davon auch Kopien?

Ich nehme mir fest vor, mindestens zwei Stunden zu warten, bis ich eine Antwort verfasse. Aber nach einer halben Stunde öffne ich das Mailprogramm und schreibe zurück. Was weg ist, ist weg. Ich habe ja auch noch andere Dinge zu erledigen und kann es mir nicht leisten, dass ständig ein paar meiner Hirnzellen mit dieser Antwortmail beschäftigt sind.

Lara Winterstein
An: Leopold Haensler
AW: Kopien Praxishandbuch
Hey, nur Leo – wir wollen ja nicht, dass der Ausschlag zurückkommt!
DANKE! Alle Bilder sind gut angekommen und erfreuen sich bester Gesundheit. Sag mir gern Bescheid, wenn du dich entschieden hast, ob du mich dazu befragen willst. Ich überlege dann, ob ich antworte.
Ja, ich meine den Foto Weber in der Wittelsbacherstraße. Wieso?
Liebe Grüße
Lara
P.S.: Schlau! Manche Schlachten sind es nicht wert, gekämpft zu werden.
P.P.S.: Auf dem Blatt, das du rausgerissen hast, steht der Buchtitel. Ich hab ihn gegoogelt und die Leseprobe angeklickt. Danke für die Albträume in den nächsten fünfundvierzig Nächten.

Okay, jetzt kann ich mich wieder beruhigt meinem Buch widmen und … PLING.

Leopold Haensler
An: Lara Winterstein
AW: Kopien Praxishandbuch
Sorry, nicht viel Zeit.
Ich hab da morgen früh einen Termin – bei Foto Weber.
Vielleicht sehen wir uns!
LG
Leo
P.P.S.: Ich mach's wieder gut!

Dienstag

Wenn Leopold Haensler eins ist, dann auf jeden Fall pünktlich. Genau wie am zweiten Zeitschleifendienstag erscheint er kurz nach acht vor dem Fotogeschäft, den Blick auf ein paar Zettel in seiner Hand gesenkt, die er mit konzentrierter Miene durchblättert und dabei kaum auf seine Umgebung achtet. Von wegen, ich bin beim Joggen regelmäßig in Leute reingerannt! Wenn er bei unserer ersten Begegnung hier auch schon dermaßen vertieft in diese Blätter war, hätte *er* beinahe *mich* über den Haufen gerannt, nicht umgekehrt! Oh, wie gern ich ihm das jetzt unter die Nase reiben würde, aber das geht natürlich nicht. Er weiß es nicht, also muss ich es ebenfalls abhaken. Vor allem jedoch muss ich aufhören, ihn anzuglotzen, und so tun, als wäre ich auch gerade erst angekommen.

Mit großer Geste klappe ich den Radständer herunter, aber Leo reagiert nicht, er guckt weiter auf seine Blätter. Dann bleibt wohl nur der Frontalangriff.

»Ist es jetzt nicht ein bisschen zu spät, um für den Mathetest zu lernen?«, frage ich, und sein Kopf zuckt nach oben.

Innerhalb einer Sekunde weicht die angespannte Konzentration aus seinem Gesicht und macht einem Lächeln Platz – diesem typischen Leo-Lächeln, das ich inzwischen gut genug kennen sollte, um nicht immer wieder aufs Neue von seiner Intensität überrascht zu werden. Und dennoch …

»Ich fürchte, schon«, sagt er. »Aber wenn ich diese Probe wieder verhaue, muss ich nachsitzen.«

»Hoffentlich nicht auf einem dieser winzigen Stühle, von denen kein Mensch über einen Meter dreißig mehr elegant aufstehen kann.«

»Wohl eher in der Unibibliothek vorm PC und einem Haufen Fachbücher.« Er lacht und steckt die Zettel in seine hintere Hosentasche. Was zum Teufel trägt er denn noch alles in seinen Hosentaschen spazieren? »Es sei denn, du kannst mir was über die Entwicklung von Fotografien um neunzehnhundertfünfzehn erzählen?«

»Ich kann dir so gut wie gar nichts über Fotografie erzählen.«

»Und trotzdem stehst du hier, vor einem der besten Fotogeschäfte der Stadt.«

Und trage mehr als fünfeinhalbtausend Euro in einer Stofftasche mit mir herum, füge ich in Gedanken hinzu.

»Ich muss was für einen Freund abholen. Und Kopien ausdrucken lassen – danke übrigens noch mal fürs Zuschicken.« Ich hebe die Augenbrauen. »Was ist deine Entschuldigung, um an einem Dienstagmorgen hier herumzuhängen?«

»Ein Interview führen, um mehr über die Entwicklung von Fotografien um neunzehnhundertfünfzehn zu erfahren.«

Ah, da ist er ja, mein erster Angriffspunkt.

»Bist du Fotograf?«, hake ich nach. »Nach gestern in der Bibliothek dachte ich, du wärst Mediziner oder so etwas. Psychologe vielleicht.«

»Nichts davon.« Er schüttelt den Kopf, und siehe da, sein Lächeln flaut schon etwas ab. »Ich hab das Buch für denselben Job gebraucht, für den ich gleich dieses Interview führen werde.«

Es tut mir fast ein wenig leid, dass ich ihn immer und immer wieder damit nerven muss, aber es geht nicht anders. Ich muss den Ball zumindest anschubsen, wohin er rollt, wird sich dann erst zeigen. »Spannende Mischung, forensische Psychiatrie und Fotografie. Was ist das für ein Job, Privatdetektiv?«

Und ZACK schließt sich der Vorhang und hinterlässt grumpy Leopold Haensler, der am liebsten gar nicht mehr reden möchte. Das war abzusehen – und geplant.

»Oh, ist wohl ein schwieriges Thema.« Ich hebe beide Hände. »Tut mir leid, ich frag nicht mehr nach.« Mit einem entschuldigenden Lächeln drehe ich mich zur Eingangstür um, doch bevor ich nach der Klinke greifen kann, schließt Leo zu mir auf und berührt mich kurz am Arm.

»Warte, das war nicht so gemeint. Ich … ich wollte nicht so reagieren, sorry«, erwidert er, und als ich mich ihm wieder zuwende, reibt er sich den Nacken. »Es ist nur … Ich hab ein paar … Schwierigkeiten mit diesem Job, deshalb rede ich nicht besonders gern darüber.«

»Okay. Wir müssen ja auch nicht darüber reden.«

Er schaut mich unsicher an, doch weil ich seinem Blick abwartend standhalte, nickt er schließlich und versucht sich an einem neuen Lächeln. »Und was machst du so, wenn du nicht gerade mit komischen Typen vor Fotogeschäften abhängst?«

»Nichts. Das ist mein Tagesgeschäft, mit komischen Typen abzuhängen«, sage ich schulterzuckend.

»Klingt aufregend.«

»Ist es auch. Wir treffen uns in der Bibliothek, vor Geschäften, im Café der Buchhandlung am Dom – und manchmal auch im Labor. Ich bin Bionikerin.«

»Strahlentierchenskelett.« Das Wort kommt wie aus der Pistole geschossen über seine Lippen, und Leo scheint darüber ebenso überrascht zu sein wie ich. »Frag mich nicht, woher ich das weiß«, murmelt er. »Das hab ich wohl irgendwo schon mal gehört.«

Ja, von mir! Ich habe ihm letzte Woche im Café davon erzählt! Es fällt mir zwar schwer, das zu glauben, aber womöglich hinterlässt die Zeitschleife bei ihm – im Gegensatz zu all den anderen Personen, mit denen ich bisher zu tun hatte – wirklich eine Art diffusen Abdruck, etwas Bleibendes. Oder es ist ein weiterer Hinweis darauf, dass er etwas mit der Auflösung der Schleife zu tun hat.

Ich will gerade den Mund öffnen, um ihn zu fragen, welche Beispiele für Bionik er noch kennt, als sein Handy zu klingeln beginnt. Natürlich, wie konnte ich das bloß vergessen? Das Universum hat ja offenbar was dagegen, wenn wir der Lösung eines Problems zu schnell zu nahe kommen.

Leo hebt einen Zeigefinger, holt mit der anderen Hand sein Smartphone hervor und wirft einen Blick aufs Display. Ich rechne fest damit, dass es wieder Juliana ist und er ein weiteres geflüstertes Telefonat absolvieren wird, bevor er weiß Gott wohin verschwindet. Aber zu meiner Verwunderung hält Leo das Handy so, dass ich sehen kann, wer da anruft: Anonym.

»Wahrscheinlich gibt es nur noch eine einzige Person in dieser Stadt, die einen Anschluss ohne Rufnummernübertragung hat«, sagt er, und beinahe im selben Augenblick wird die Tür hinter mir einen Spaltbreit geöffnet. Ich drehe mich um. Es ist Vroni.

»Ach herrje, habt ihr mich erschreckt. Es ist offen, ihr könnt ruhig reinkommen, wenn ihr wollt«, sagt sie. »Wir warten nur auf einen jungen Mann, der ein Interview« – wieder das Interfiu – »mit dem Bodo machen will.«

»Das bin ich, hi«, entgegnet Leo sofort. »Tut mir leid für die Verspätung, ich habe …« – sein Blick landet auf mir – »… ich bin irgendwie …« – und der Satz endet im Nirgendwo.

»Das macht doch nichts.« Vroni dreht sich nach hinten um und ruft: »Du kannst auflegen, Bodo, der junge Mann ist da! Und ich glaube, er hat Verstärkung mitgebracht.« Dann öffnet sie die Tür, um uns reinzulassen. Und obwohl es mir auf der Zunge brennt zu erwidern, dass Leo und ich nicht zusammen hier sind, sage ich nichts. Genau wie er.

*

Leopold Haensler
An: Lara Winterstein
Betreff: TSCHÜSS
Hey Lara,
ich wollte mich vorhin eigentlich noch von dir verabschieden, aber als Vroni mich wieder aus der Dunkelkammer rausgelassen hat, warst du schon weg.
Deshalb nun per Mail: Tschüss.
Liebe Grüße
Leo
P.S.: Was machen eigentlich die Albträume?
P.P.S.: Hat mit den Ausdrucken alles funktioniert?

Ich sehe die Mail erst, als ich nach Ende meiner Caféschicht das Handy aus meinem Spind hole, und lese sie gleich zweimal nacheinander. Unfassbar, dieser Kerl kann nicht nur charmant grinsen, er kann auch charmante Mails schreiben! Ich rege mich etwa zehn Sekunden darüber auf, dann tippe ich eine Antwort.

Lara Winterstein
An: Leopold Haensler
AW: TSCHÜSS
Hi Leo,
ich hab mich schon gefragt, ob du nun für immer dortbleiben musst. Gut zu wissen, dass es nicht so ist und sie dich wieder an die frische Luft gelassen haben.
Und danke fürs Tschüss. Tschüss.
Liebe Grüße
Lara
P.S.: Wenn ich nicht schlafe, geht's eigentlich.
P.P.S.: Ich glaube, Bodo hat so oft auf den Knopf gedrückt, dass das Ding immer noch druckt. Aber ich habe alles, was ich brauche. 😊

PLING. Der Ton meines Handys, der den Eingang einer Mail anzeigt, ist beinahe derselbe wie der an meinem Laptop. Ich ignoriere ihn standhaft, fahre mit dem Rad nach Hause, esse etwas und zwinge mich, erst wieder aufs Display zu schauen, als ich die Spülmaschine ausgeräumt, eine Wäsche angestellt und zumindest ein paar der Seiten durchgelesen habe, die Bodo mir ausgedruckt hat.

Leopold Haensler
An: Lara Winterstein
AW: TSCHÜSS
…
P.S.: Kein Schlaf ist auch keine Lösung.
P.P.S.: Schade.

Schade?

Ich ziehe die Augenbrauen zusammen. Aus irgendeinem Grund hinterlässt das Wort ein komisch schwingendes Gefühl in mir. Eins, das viel zu viele Schichten hat, um es auf Anhieb zu verstehen. Und weil ich es auch nach zehn Minuten Nachdenken noch nicht verstehe, schreibe ich zurück.

Lara Winterstein
An: Leopold Haensler
AW: TSCHÜSS
… schade?

Keine neue Nachricht, auch nach dreißig Minuten nicht. Dreißig Minuten, die ich mit unruhigem Geist vor dem Laptop verbracht habe, während Nalini nebenan mit Pedro diskutiert hat. Und sie sind anscheinend noch lange nicht fertig. Es geht wieder um die Wohnung am Geschwister-Scholl-Platz, klar. Die Lösung für dieses Problem kenne ich inzwischen, Leo hat sie mir letzten Samstag auf dem Silbertablett serviert. Aber um mich auf die Durchführung konzentrieren zu können, brauche ich Ruhe und Geduld – beides habe ich gerade nicht. Ich will einfach nur wissen, was Leo mit »Schade« meint.

Eine gute Stunde später – inzwischen ist es fast elf Uhr abends, und ich habe es trotz aller inneren Unruhe geschafft, noch ein bisschen an meinem Buch zu schreiben – kündigt das PLING die nächste Mail an. Und diesmal öffne ich sie sofort.

Leopold Haensler
An: Lara Winterstein
AW: TSCHÜSS
Erinnerst du dich daran, dass ich meinte, ich mache das mit den Albträumen wieder gut? Das wäre jetzt mein erster Versuch gewesen. Ich brauche das Praxishandbuch nämlich nicht mehr lange und hätte angeboten, es dir zu geben. Quid pro quo, du verstehst? Morgen im Park zum Beispiel (ich arbeite da ganz gerne im Moment, vor allem früh,

wenn es noch nicht zu warm ist). Oder beim Kaffeetrinken.
Oder vor irgendeinem anderen Geschäft. Mir völlig egal.
Ich hätte sogar was von dem Kirschkuchen mitgebracht,
den ich heute im Zustand geistiger Umnachtung gekauft
habe. Nichts gegen Kirschkuchen – und schon gar nicht gegen
den! Aber ich hab drei Stück gekauft. Drei. Obwohl jedes
so groß ist wie meine Hand.
Na ja, und wenn es geklappt hätte – das mit dem Buch und
dem Kirschkuchen –, hätte ich dich gefragt, was forensische
Psychiatrie eigentlich mit Bionik zu tun hat.
Aber das wird wahrscheinlich jetzt alles nichts, weil du
das Buch ja sowieso nicht mehr brauchst und es außerdem
schon echt spät ist und ich gar nicht weiß, ob diese Mail
dich vor morgen früh erreicht. Könnte ja sein, dass du schon
längst schläfst.
Deshalb: … schade.
LG
Leo

Und hier, inmitten all dieser Worte, offenbart sich der zweite Angriffspunkt, um aus dem angeblichen Zufall Absicht zu machen. Um dafür zu sorgen, dass Leopold Haensler nicht wieder auf einer Parkbank sitzt und mich anschaut, als würde er sich fragen, ob ich ihm heimlich hinterherspioniere. Manchmal hat das Universum also auch gute Ideen.

Lächelnd tippe ich eine letzte Nachricht.

Lara Winterstein
An: Leopold Haensler
AW: TSCHÜSS
Wenn du es nicht mehr brauchst, nehme ich es gern!
Morgen im Park klingt gut. Ich bin gegen acht da –
irgendwo beim großen Brunnen, den mit den Nixen –

und werde nichts zum Tauschen dabeihaben, dafür aber Hunger auf Kirschkuchen und tiefe Augenringe wegen der nächsten schlaflosen Nacht.

PLING – keine zwei Minuten später.

Leopold Haensler
An: Lara Winterstein
AW: TSCHÜSS
Falls der Kirschkuchen nicht hilft, fällt mir was anderes ein wegen der schlaflosen Nächte.
Versprochen.

Mittwoch

Leo ist nicht nur pünktlich, er ist sogar überpünktlich, denn als ich kurz vor acht auf den Platz einbiege, in dessen Mitte der Nixenbrunnen errichtet wurde, ist er bereits da. Wie letzte Woche trägt er sein »Florence-and-the-Machine«-Shirt, abgewetzte Jeans und Vans, aber anders als letzte Woche lehnt er heute mit der Hüfte an der Brunnenumrandung und blättert mit gesenktem Kopf den New-Orleans-Bildband durch. Notizblock und Stift liegen auf dem Brunnensims, und seine lederne Umhängetasche liegt neben ihm auf dem Boden. Offenbar hat er versucht, das Praxishandbuch und eine Essensbox zusammen hineinzuquetschen, denn die Tasche steht halb offen.

Ich warte kurz, ob er mich bemerkt, aber weil er gerade hektisch etwas auf seinen Notizblock kritzelt, stelle ich mich an die gegenüberliegende Seite des Brunnens und sehe ihm eine Weile zu. Ich beobachte, wie er in unregelmäßigen Abständen Seiten umblättert und immer wieder etwas aufschreibt. Wie er manchmal den Kopf hebt und seinen Blick nach rechts und links schweifen lässt. Wie er sich mit der freien Hand durch die Locken fährt im Versuch, sie zu bändigen. Dabei entdecke ich ein Tattoo auf seinem Oberarm, das mir bisher noch gar nicht aufgefallen ist, weil man es nur sehen kann, wenn der Ärmel seines Shirts weit genug nach oben rutscht. Wegen der Entfernung kann ich es nicht genau erkennen, aber den größten Teil bildet ein schwarzes Oval, und in diesem Oval prangt etwas, das an eine zweigeteilte Tablettenkapsel erinnert …

Neugierig gehe ich ein Stück näher heran – und Leos Kopf zuckt zu mir herum.

»Woah.« Er fasst sich ans Herz. »Ich dachte schon, eine dieser Nixen geht mir an den Kragen. Warum hast du so einen creepy Brunnen ausgesucht?«

»Dir ist schon bewusst, dass das Statuen sind?«, frage ich spöttisch. Der Kerl spricht in seinem Podcast darüber, wie ein Mann seinen Opfern die Haut vom Körper zieht, und findet steinerne Nixen unheimlich?

»Natürlich. Aber die sehen alle total mordlüstern aus mit ihren irren Blicken und den Fischen, die sie wie Rachegöttinnen in ihren Händen zerquetschen.«

»Ich glaube, sie halten sie nur fest.«

»Am Hals?«

»Und ich glaube, Fische haben keinen Hals.«

»Was haben die denn sonst zwischen Körper und Kopf?« Er schaut mich herausfordernd an, doch bevor ich etwas erwidern kann, winkt er ab. »Ist auch egal, diese wahnsinnigen Nixen erwürgen sie auf jeden Fall. Und lächeln dabei!«

»Okay, du hast recht«, sage ich schulterzuckend und stelle mich neben ihn. »Jetzt hast du wenigstens auch was, von dem du nachts Albträume bekommen kannst.«

»Von dämonischen Nixen, super.« Leo wirft einen Blick

nach hinten auf die drei Steinfiguren und schüttelt sich vor Unbehagen.

»Wir könnten tauschen. Ich nehme die mordlüsternen Nixen, und du nimmst die Bilder aus diesem teuflischen Buch.«

»Oder wir versuchen, beides wieder loszuwerden, indem wir sie durch andere Bilder ersetzen.«

»Wehe, du googelst jetzt Hundewelpen!«

»Was? Nein!«, erwidert wer. »Ich dachte eher an so was wie Trashfilme, die leisten da ganz gute Arbeit. Außerdem drosseln sie die Hirnleistung.«

»Das ist überhaupt nicht wahr, ›SchleFaZ‹ habe ich immer beim Lernen geguckt! Auf mich hatten die eher die gegenteilige Wirkung.«

»Du magst auch Nixen.«

Ich lache, und weil er mich nur anschaut und sonst nichts mehr sagt, deute ich schließlich auf den Bildband in seinen Händen. »Heute ist also der Geografie-Test dran?«

»Wenn's nur das wäre«, brummt er mürrisch, dann klappt er den Bildband zu, legt ihn zur Seite und bückt sich nach seiner Tasche. Weil sein Shirtärmel durch die Bewegung nach oben rutscht, kann ich nun endlich das Tattoo auf seinem Oberarm erkennen. Es ist keine zweigeteilte Tablettenkapsel, sondern ein stilisiertes Vintage-Mikrofon mit Halterung, von dem rechts und links jeweils zwei dünne Schallwellen ausgehen. Wie war das, er ist eher der Typ, der in einer Karaokebar schweigend danebensitzt? Komisch, dass er sich da ausgerechnet so etwas tätowieren lässt.

»Hier, ich hab dir was mitgebracht, damit wir gemeinsam so tun können, als würden wir lernen.« Leo richtet sich wieder auf, und ich reiße meinen Blick von seinem Oberarm los und schaue auf das Praxishandbuch, das er zu mir herüberwuchtet. »Ich übergebe diesen kiloschweren Schatz jetzt vertrauensvoll in deine Hände. Gehe sorgsam damit um, sonst weckst du den Drachen in Mareile Rüge. Oder eine dämonische Nixe.«

»Unvorstellbar.« Ein Grinsen zieht meine Mundwinkel auseinander. »Aber keine Sorge, Mylord, ich werde gut darauf achtgeben.«

»Nur Leo, bitte. Ich versuche gerade hartnäckig, meinen Adelstitel wieder loszuwerden.«

Irgendetwas daran, wie er das sagt, lässt mich aufhorchen. Diese Bitterkeit in seiner Stimme bei dem Wörtchen Adelstitel … Meint er etwa den Titel Master of Crime, den ihm *SEX KILLZ* eingebracht hat? Obwohl ich liebend gern nachhaken würde, gehe ich nicht darauf ein.

Stattdessen kommen wir irgendwie auf die Rüge, und von der Rüge ist es nicht weit bis zu Malte, der für mich inzwischen seit fünf Wochen krank ist, für Leo allerdings erst eine. Wir reden darüber, dass Malte ausgerechnet von Homer 2.0 ersetzt werden musste, der mich »Frollein« nennt und Leo »Freundchen«. Wir unterhalten uns über Bionik, über die Bottom-up-Strategie und die Top-down-Strategie und welche wann sinnvoller ist. Anschließend reden wir eine Weile darüber, dass ich gerade eine etwa einjährige Pause einlege, um zu schreiben, und nicht genau weiß, was ich danach machen werde. Dann darüber, was ich schreibe und warum, und von dort aus landen wir direkt bei der Frage, was er schreibt und warum.

Weil Leo währenddessen immer wieder misstrauische Blicke zu den Nixen hinter uns wirft und verbissen behauptet, Nixen seien böse, Meerjungfrauen aber nicht, googele ich schließlich den Unterschied zwischen den beiden – und er hat tatsächlich recht, Nixen *sind* böse! Sie ziehen Seeleute mit sich in die Tiefe, während Meerjungfrauen gerettet werden müssen, damit sie unter den Menschen an Land leben können.

»Unfassbar«, murmele ich, während ich den Text auf dem Handy ein zweites Mal überfliege. »Und ich dachte immer, das sind nur Synonyme für ein und dasselbe Wesen.«

»Willkommen in unserem kleinen Teil der Menschheit, der

es besser weiß.« Mit selbstzufriedener Miene stößt sich Leo vom Brunnenrand ab. »Und jetzt, da wir das geklärt haben: Können wir bitte einfach woanders hingehen? Diese Figuren machen mich echt nervös. Außerdem habe ich überraschenderweise Kirschkuchen dabei.«

Ich kann nichts dagegen tun, ein mitfühlendes Lächeln schleicht sich auf mein Gesicht. »Das ist schon irgendwie süß, dass du Angst vor Nixen hast.«

»Keine Angst, Respekt!«, verbessert er mich und bückt sich, diesmal um seine Tasche aufzuheben. Er stopft den Bildband und seinen Notizblock hinein, und urplötzlich fühle ich mich in die letzte Woche zurückversetzt, als er das ebenfalls getan hat. An die Hektik, die sich in seinen Bewegungen abgezeichnet hat, und an den überhasteten Aufbruch gleich danach. Heute bleibt uns hoffentlich mehr Zeit, bevor er losmuss. Ich habe extra dafür gesorgt, dass wir uns früher treffen als letzte Woche, das Interview dürfte also …

Mein Handy klingelt, und alle Gedanken enden abrupt. Obwohl ich mittlerweile weiß, dass das Universum dazwischenfunken wird, bin ich jedes Mal aufs Neue überrascht davon. Und ich bin sauer. Sauer auf das Dazwischenfunken im Allgemeinen und auf Felicias ganz speziell, weil sie heute allen Ernstes noch früher anruft als letzte Woche.

»Du kannst ruhig rangehen«, sagt Leo, als ich das Gespräch auch nach mehreren Sekunden noch nicht angenommen habe, und deutet auf eine freie Bank in der Nähe. »Ich kann solange ja schon mal …«

»Ist nicht so wichtig.« Entschieden lehne ich den Anruf ab. Doch gleich darauf klingelt mein Handy zum zweiten Mal, also lehne ich zum zweiten Mal ab. Und als es Felicia nur einen Atemzug später zum dritten Mal versucht, hebt Leo vielsagend die Augenbrauen.

»Klingt aber ganz danach, als wäre es wichtig.«

Ich drücke den Anruf erneut weg und schicke Felicia eine Nachricht, dass ich sie später zurückrufen werde, weil ich gerade nicht ans Telefon kann, und natürlich zerschlägt sie meine Hoffnung darauf, jetzt wieder meine Ruhe zu haben, mit einer Antwort. Genauer gesagt mit drei.

8:49 Uhr:
Geht es um einen Typen?

8:49 Uhr:
Es geht immer um einen Typen.

8:50 Uhr:
Sieht er aus wie Ryan Reynolds?

Instinktiv zuckt mein Blick zu Leo hinüber. Er lächelt abwartend, also lächle ich zurück und hebe kurz die Hand. Dann tippe ich drei Wörter …

8:51 Uhr:
Ja. Okay. Nein.

… schicke sie ab, stelle das Handy auf lautlos und stecke es zurück in meine Tasche.

»Wie gesagt, nicht so wichtig.«

Den Weg zur Parkbank legen wir schweigend zurück, aber es fühlt sich nicht wie ein seltsames Schweigen an, sondern eher wie eine stille Übereinkunft, für einen Moment ruhig zu sein. Luft zu holen nach all den Sätzen, die wir gewechselt, und all den Fragen, die wir gestellt und beantwortet haben. Es fühlt sich richtig an, den Worten Zeit zum Ankommen zu geben, denn obwohl ich Leos Antworten allesamt schon kannte, nehmen sie jetzt viel mehr Raum ein als vorher. Es scheint, als wären sie bedeutender geworden, seit ich sie zuletzt gehört habe, als würden sie mehr Aufmerksamkeit einfordern.

Doch je länger wir schweigend nebeneinander herlaufen, desto mehr drängen sich zwei andere Gedanken in den Vordergrund: dass ich, ohne mit der Wimper zu zucken, mit Ja auf Felicias erste Frage geantwortet habe, und dass mir vorhin ernsthaft das Wort süß über die Lippen gerutscht ist. Süß!

Als wir die Bank erreichen, zieht Leo eine große Tupperbox aus seiner Tasche, stellt sie etwas abseits der Mitte auf die Sitzfläche und setzt sich daneben. Seine Tasche legt er auf dem Boden ab. Er lässt mir Platz, viel Platz.

»Was machst du heute noch?«, fragt er, während er die Box öffnet. »Musst du noch mit anderen komischen Typen irgendwo abhängen?«

»Nein, keine weiteren komischen Typen. Es sei denn, man zählt die in meinem Buch und die in dem hier« – ich deute auf das Praxishandbuch – »dazu.« Und Nalini und Pedro, denen ich dringend ausreden muss, sich wegen der blöden Wohnung am Geschwister-Scholl-Platz die Köpfe einzuschlagen.

»Und was liegt bei dir noch an?«, hake ich nach und setze mich neben ihn.

»Ich werde jetzt erst mal prophylaktisch diesen Kirschkuchen gegen Albträume essen. Hier.« Leo reicht mir die Box, damit ich mir ein Stück herausnehmen kann, dann greift er selbst zu. »Und später muss ich noch ein Interview für einen neuen Artikel führen – den ich übrigens heute Abend abgeben muss.«

»Straffer Zeitplan. Klingt aufregender als mein Tag.« Ich zupfe ein Stück vom Kuchen ab, stecke es mir in den Mund – und ächze begeistert auf. »Oh wow! Der schmeckt ja fantastisch!«

»Nicht wahr?« Leos Mundwinkel zucken amüsiert. »Das erklärt vielleicht, warum ich gleich drei Stück gekauft habe.«

»Nur drei! Ich hätte sie alle gekauft.« Ich beiße noch mal hinein und versuche gar nicht erst, mein Seufzen zu unterdrücken. Ich bin mir gar nicht sicher, ob ich jemals zuvor Kirschkuchen gegessen habe, aber ich weiß, dass ich nie wieder anderen essen will. »Wenn Kirschkuchenessen ein Job wäre, wüsste ich, was ich für den Rest meines Lebens machen würde.«

»Schöne Idee mit einem kleinen Haken.«

»Ich seh da keinen Haken.«

»Na ja, das würde dein Leben um Jahrzehnte verkürzen.« Er hebt eine Augenbraue, als wolle er sagen: Siehst du? Schlechte Idee.

»Und? So dringend gebraucht werde ich auch nicht. Ich bin ja keine Ärztin, die Leben rettet, oder so.«

»Das eine hat mit dem anderen so ungefähr überhaupt nichts zu tun.« Sein Blick verändert sich, bekommt weichere Kanten, und auf einmal fühlt es sich an, als würde der Raum zwischen uns – dieser halbe Meter Luft, lackierte Parkbank und Tupperbox – dünner werden, faseriger. Dabei haben wir uns keinen Millimeter bewegt.

Mit einem irritierten Blinzeln schiebe ich das Gefühl beiseite und räuspere mich. »Also, dieses Interview … Machst du das mit so einem stylischen Mikrofon wie dem auf deinem Arm?«

Leo zögert noch einen Moment, dann schaut er auf die Stelle hinunter, wo das Tattoo von seinem Shirtärmel verdeckt wird. »Ach, das«, sagt er, als hätte er sich eben erst daran erinnert, und schüttelt den Kopf. »Nein, leider nicht. Wäre zwar lässig, aber es … Das Bild steht für etwas anderes.«

»Ich ahne es, du bist Elvis-Presley-Double.«

Noch ein Kopfschütteln, diesmal begleitet von einem leichten Schmunzeln. »Sehe ich aus, als ob ich singen könnte?«

Du *klingst*, als ob du es könntest, denke ich – und beiße mir auf die Unterlippe, damit die Worte nicht aus Versehen nach draußen gelangen. Was zum Teufel ist denn heute los mit mir? Ich muss mich unbedingt besser konzentrieren, wenn ich in Sachen Zeitschleife noch irgendwie vorankommen will.

»Also keine ausufernden Serenaden vor dem Fenster deiner Angebeteten?«, witzele ich, und Leos Schmunzeln verstärkt sich. Doch ebenso schnell, wie es aufgeflammt ist, verebbt es auch wieder und macht einer nachdenklichen Miene Platz.

»Nein, ganz sicher nicht. Das Tattoo hat ehrlich gesagt auch gar nichts mit Musik zu tun«, gesteht er, während sein Blick von meinem Gesicht abrutscht und erneut auf seinem Oberarm landet. Er hebt die Hand, berührt die Stelle, wo das Tattoo sein muss. »Es ist ein Symbol für etwas, auf das ich gerne hinarbeiten würde.«

»Auf das du gerne hinarbeiten *würdest* oder gerade hinarbeitest?«

Ein bitteres Lachen kommt über seine Lippen, und er lässt die Hand sinken. »Definitiv nicht Letzteres.«

»Oh. Das ist … das ist schade.«

»Ja, irgendwie schon.«

Ein paar Sekunden herrscht wieder Stille, dann lehnt er sich nach vorne, stützt seine Ellbogen auf die Knie und verschränkt die Hände. »Hörst du Podcasts?«, fragt er plötzlich, noch immer, ohne mich anzusehen, und eine seltsame Anspannung erfasst mich. Ich will ihn nicht anlügen, aber vielleicht kann ich das Thema *SEX KILLZ* ja irgendwie umschiffen …

»Eher selten«, sage ich bedacht. »Und wenn, dann meistens nur Wissenschafts-Podcasts.« Das stimmt sogar. Ich habe genau zwei Sendungen, die ich regelmäßig höre – und mit regelmäßig meine ich etwa eine Folge alle zwei Wochen. Die vier Folgen *SEX KILLZ* am Sonntag in Woche drei dagegen waren ein Unfall. Eine aus der Wut auf Leo geborene Kurzschlussreaktion. »Wieso fragst du?«

»Ich mag Podcasts«, murmelt er, und in diesem Moment bin ich heilfroh, dass er mich nicht ansieht. Dass er nicht bemerkt, wie ich ihn mit offenem Mund anglotze. Was hat er da gerade gesagt?! Das kann doch nur ein Witz sein, oder? Ein Fehler in der Matrix. »Mir gefällt die Vorstellung, mit Leuten in einem Raum zu sitzen und mich stundenlang zu unterhalten.«

Aha, das hat sich letzten Samstag aber noch ganz anders angehört!

»Wenn ich ehrlich bin, würde ich gern selbst einen machen. Einen, bei dem es um Menschen geht. Nur um Menschen und ihre Geschichten.« Nun lässt er den Kopf hängen, betrachtet seine Schuhe. »Es müssten Geschichten sein, die vollkommen ehrlich sind. Und gut. Vor allem gut. Geschichten, die Hoffnung geben.«

Wow. Wow!

Es dauert mehrere Sekunden, bis ich all diese Informationen verarbeitet habe. Bis ich realisiere, dass Leopold Haensler mir gerade nicht nur eine weitere versteckte Tür in seinem Inneren gezeigt, sondern mich ohne Vorwarnung hindurchgeschubst hat. Und jetzt stehe ich hier in diesem neuen Raum und betrachte staunend – und zugegeben auch leicht überfordert – das Interieur.

Leo hat nichts gegen Podcasts im Allgemeinen, er hat was gegen *SEX KILLZ* – und nur gegen *SEX KILLZ*.

»Geschichten, die ehrlich sind. Und gut«, murmele ich gedankenverloren. Ich habe ihn letzte Woche erlebt, habe mitbekommen, wie er die Leute um sich herum mit ein paar einfachen Fragen dazu gebracht hat, die guten Geschichten zu erzählen. Wie furchtlos sie sich ihm geöffnet haben …

»Ja. Es gibt genügend Menschen, die Tragödien erzählen«, sagt Leo. »Und viel zu viele Leute, die sich das anhören, weil es offenbar aufregender ist, anderen beim Scheitern zuzusehen.« Er streicht sich durch die Haare. »Aber wo ist der Platz für die guten Geschichten? Nicht die, die sich jemand ausgedacht hat – die echten. Ich würde gern viel mehr von denen erzählen, um … ich weiß nicht …«

»… um zu zeigen, dass wir es besser können«, vollende ich seinen Satz, und er dreht den Kopf in meine Richtung.

Einen Atemzug lang schaut er mich nur an, dann nickt er und sagt: »Genau.«

»Das ist ein schöner Grund, um Geschichten zu erzählen.«

»Der beste, wenn du mich fragst.«

»Warum tust du es dann nicht?«

Er schließt kurz die Augen, lächelt müde. »So einfach ist das leider nicht.«

Warum nicht? Du hast schon einen Podcast, du kannst noch einen machen – einen sehr viel besseren!, würde ich am liebsten sagen, doch dann wüsste er, dass ich ihn bereits kenne. Deshalb entscheide ich mich lieber für: »Hör mal, wenn das dein Traum ist, solltest du …«

Ein Schatten huscht über sein Gesicht, und er wendet sich wieder ab. Zum x-ten Mal verliere ich ihn an den grumpy Leo, der nur vor sich hinstarrt und keinen mehr an sich heranlassen möchte. Verfluchter Mist! Warum blockt er denn diesmal ab, wir haben doch gerade gar nicht über *SEX KILLZ* gesprochen …

Oder?

Ein Gedanke bahnt sich seinen Weg durch meine Hirnwindungen, ganz langsam nur, trotzdem zielstrebig, und verknüpft dort einige lose Fäden miteinander. Ich kneife die Augen zusammen und fixiere Leo nachdenklich von der Seite. Ist dieses furchtbare True-Crime-Ding etwa der Grund dafür, warum er den anderen Podcast nicht machen kann? Mag er *SEX KILLZ* deswegen nicht? Abgesehen davon, dass das Ding voyeuristischer Abfall ist, wäre es ja möglich, dass ein ungeschriebenes Gesetz verbietet, das Genre zu wechseln, wenn du mal irgendwo gestrandet bist. Und nun sitzt er auf der Insel »Reißerische True-Crime-Scheiße« fest und kommt nicht mehr runter. Stellt sich nur noch die Frage, was das alles mit Juliana zu tun hat.

»Sorry, ich wollte die Laune nicht killen«, sagt Leo, dann richtet er sich wieder auf und schaut mich an. »Lass uns über was anderes reden.« Doch ehe er ein Thema vorschlagen kann, klingelt sein Handy, und im Gegensatz zu ihm weiß ich sofort, wer dran ist. Meine Zeit heute Morgen ist um.

Mit einem Seufzen lege ich den Kopf in den Nacken.

»Moment.« Leo lehnt sich zur Seite, um sein Smartphone aus der Hosentasche zu ziehen. Dabei berührt er mich nur ganz kurz mit dem Ellbogen am Arm, bloß ein flügelleichtes Streichen von Haut über Haut für einen winzigen Augenblick …

Eine Welle aus Meeresminze schwappt über mich hinweg, und mittlerweile fühlt es sich an, als würde ich eine alte Bekannte treffen, der ich im Vorbeigehen zuwinke. Hi … schön, dich zu sehen … ciao. Doch gleich darauf folgt eine weitere Welle, eine, auf die ich nicht vorbereitet bin. Ein reißender Brecher, der an genau der Stelle über mir zusammenschlägt, wo sein Arm meinen gestreift hat.

Als die Woge zurückweicht, hinterlässt sie Wärme. Milde Wärme, die sich tief unter der Haut festsetzt.

Verunsichert ziehe ich die Augenbrauen zusammen und schaue auf meinen Ellbogen hinunter wie Leo vorhin auf sein Tattoo. Okay, das ist … äußerst merkwürdig.

»Shit, da muss ich rangehen«, sagt Leo und deutet entschuldigend auf sein Handy.

Ich nicke teilnahmslos, beobachte, wie er aufsteht, sich ein paar Schritte entfernt und das Gespräch annimmt. Wie er mit Juliana diskutiert, die Augen verdreht … Ich lasse meinen Blick über sein Etwas-zu-alles-Gesicht schweifen, über seine schmalen Schultern, seine Brust, seine Arme – bis zu den schwarzen Vans und zurück. Erst, als ich wieder bei seinem Gesicht ankomme, bemerke ich, dass er inzwischen aufgelegt hat und mich ebenfalls anguckt.

»Ich muss leider los«, sagt er, und ich nicke noch einmal.

»Dachte ich mir schon.« Klingt meine Stimme komisch? Ja, definitiv. Und diese Wärme, die ist so …

»Tut mir leid.«

»Macht doch nichts. Ich hab ja jetzt eine Beschäftigung.« Ich klopfe auf das Praxishandbuch, schaffe es aber nicht, meinen Blick dabei von Leo zu lösen. Es geht nicht, obwohl es eigentlich leicht sein müsste. So leicht wie immer. Wie jeden einzelnen Tag zuvor. Aber jetzt … Das fühlt sich an, als würde ich ihn zum ersten Mal sehen und müsste mir jeden Millimeter und jede Sekunde Leo genau einprägen.

»Viel Spaß, und sag mir einfach Bescheid, wenn du durch bist. Dann bringe ich es zurück.« Leo greift nach seiner Tasche, hängt sie sich über die Schulter, achtlos. Eine automatisierte Bewegungsabfolge, begleitet von Warten. Warten auf meine Antwort.

Oh verdammt, ich muss antworten! Mein Hirn scheint von hundert auf null abgebremst zu haben.

»Ja, mache ich. Ich schreibe. Eine Mail, ich schreibe eine Mail.«

Er lächelt, und die Wärme fließt weiter, breitet sich immer mehr aus. Das kann doch unmöglich an diesem Lächeln liegen? Oder daran, wie er mich anschaut? Nein, bestimmt nicht. Juli, wir haben Juli. Hochsommer. Das hier ist ein Hochsommer-Upgrade nach viereinhalb Wochen …

… nach viereinhalb Wochen … Zeitschleife! Einer Zeitschleife, aus der ich endlich wieder rauswill!

Ich blinzele, blinzele noch einmal, und das ist wie ein Reboot für mein Hirn. Ein dringend benötigter Neustart, der mich daran erinnert, was ich hier eigentlich tue und dass ich eine Aufgabe zu erledigen habe. Eine Woche voller Leo sollte das werden! Ich muss also dafür sorgen, dass wir uns morgen sehen, dass wir morgen genau da weitermachen, wo wir gerade aufgehört haben.

»Also dann …«

»Hast du morgen schon was vor?«, frage ich eilig, und sobald die Worte ausgesprochen sind, strömt die ungewohnte Wärme in meine Wangen und färbt sie rot. Na klar, beim letzten Mal ist mir das noch ganz locker über die Lippen gekommen, und heute glüht mein Gesicht! »Ich muss zwar arbeiten, aber wenn du Zeit und Lust hast … Ich würde dir einen Kaffee ausgeben. Weil du mir das Buch gebracht hast. Als Ausgleich für die Wiedergutmachung, quasi.« Ich zucke mit den Schultern. »Oder als Entschuldigung für die Nixen.«

Leos Lächeln wird heller, strahlender, während er mich aufmerksam mustert.

»Ich glaube nicht, dass das mit dem Quid pro quo in Endlosschleife funktioniert«, sagt er schließlich, und als ich den Mund öffne, um etwas zu erwidern, fügt er hinzu: »Aber ich würde trotzdem gern einen Kaffee mit dir trinken.« Er läuft an mir vorbei, schiebt seine Hände in die Hosentaschen. »Schreib mir, wann und wo. Okay?«

»Okay.«

»Versprochen?«

»Versprochen.«

»Gut.«

Und dann ist er weg – nicht richtig, weil ich ihn noch eine Weile sehen kann und seine Berührung noch immer an meinem Ellbogen spüre. Und trotzdem ist er bereits weg und hinterlässt ein merkwürdiges Gefühl von Leere.

Ein letztes Mal wende ich den Kopf in die Richtung, in die er verschwunden ist, und als hätte Leo es gespürt, dreht er sich um. Er läuft ein Stück rückwärts, die Hände noch immer in den Hosentaschen vergraben. Obwohl, nein, jetzt nicht mehr. Er winkt, und irgendetwas in mir strauchelt bei diesem Anblick. Eine Überzeugung, die unzerstörbar schien, verliert den Halt und stürzt geräuschlos in einen Abgrund, von dem ich bis eben gar nicht wusste, dass es ihn überhaupt gibt. Zurück bleibt eine gewaltige Lücke. Raum für etwas, das anders sein wird, stärker und zugleich irgendwie feiner. Leichter.

Ich schaue wieder nach vorne und starre reglos vor mich hin. Versuche zu analysieren. Doch egal, wie ich es drehe und wende, ich lande stets beim selben Ergebnis: Ich bin wochenlang in die falsche Richtung gerannt. Was auch immer hier heute passiert ist, es hatte nichts, aber auch gar nichts mit diesem bescheuerten Podcast zu tun, sondern ganz allein mit Leo und mir.

Donnerstag

Nur mit allergrößter Not kann ich Nalini von ihrem Vorhaben abbringen, sich auf dem Weg zur Arbeit eine Kokos-Pistazien-Latte to go bei mir abzuholen, mir mächtig Trinkgeld zu geben und sich damit für meine Vermittlung à la Leopold Haensler im Streit zwischen ihr und Pedro gestern zu bedanken – eine Idee, die ich per se nicht schlecht finde, auf deren Durchführung ich aber in Anbetracht der Tatsache, dass das Geld vermutlich nächste Woche wieder weg sein wird, doch lieber verzichte. Außerdem komme ich so nicht in die Verlegenheit, mit Nalinis inexistenten Verheimlichungskünsten jonglieren zu müssen, wenn sie Leo das erste Mal diese Woche begegnet.

Stattdessen schicke ich sie zu *Doin' Donuts*, wo es ähnlich guten Kaffee gibt – und Donuts. Teuflisch gute Donuts sogar.

Zumindest ein Problem weniger, über das ich mir den Kopf zerbrechen muss, als ich wenig später mein Rad im Hof der Buchhandlung festkette. Mir bleiben nur noch vier Tage, dann ist die nächste Woche durch meine Finger geronnen.

Die Zeit drängt, und falls das Auflösen der Zeitschleife irgendwie damit zusammenhängt, was da gestern auf dieser Bank im Park passiert ist, dann … dann … Mit einem Seufzen reibe ich mir die Augen. Die halbe Nacht habe ich gegrübelt, was das zu bedeuten haben könnte. Was genau der Knackpunkt sein könnte. Doch wohl kaum die Tatsache, dass es Leopold Haensler inzwischen mit einer bloßen Berührung meines Ellbogens gelingt, einen Flächenbrand in mir auszulösen. So einfach kann es nicht sein, da *muss* es noch etwas anderes geben, und ich hoffe wirklich, dass ich es diesmal finde. Denn abgesehen davon, dass mir allmählich die Geduld ausgeht, verliere ich mit jeder neuen Runde auch immer mehr an Zuversicht. Ich kann Leo nicht mehr jeden Montag treffen und so tun, als wüsste ich nicht, wer er ist! Ich muss jetzt endlich Nägel mit Köpfen machen. Eine weitere Tür aufstoßen. Diesmal hoffentlich die letzte.

Nach einem Blick auf die Uhr schiebe ich den Gedanken beiseite und mache mich auf den Weg in die Umkleide.

In weiser Voraussicht habe ich diesmal schon am Montag mit Sabina gesprochen und die Schicht getauscht, deshalb ist sie heute auch erfreulich gut gelaunt und zeigt mir ihren neuen Katzenanhänger sofort, als ich das Café betrete. Danach zählt sie zum fünften Mal auf, welche Kaffeespezialitäten bald neu angeboten werden – ich versuche, geduldig zu sein, weil es für sie ja das erste Mal ist –, und schiebt dabei geschäftig Kuchenstücke in der Kühltheke herum, ehe sie sich endlich in die Pause verabschiedet. Himmel, wenn man dieselbe Situation immer und immer wieder erlebt, verliert sie tatsächlich irgendwann ihren Reiz. Außer vielleicht mit Leo, denn jede Begegnung mit ihm …

Ich schüttele den Kopf, um den Gedanken in seine Einzelteile zu zerlegen, bevor er sich überhaupt richtig bilden kann, und gehe hinüber, um den Tisch abzuwischen, an dem unser Stammgastpärchen bis vor ein paar Minuten noch saß. Als ich mich wieder umdrehe, kommt Leo gerade die Stufen zum Café heraufgelaufen. Sein Blick liegt auf mir, und ein Lächeln umspielt seine Lippen.

Die Wärme ist schlagartig wieder da, aber ich versuche, mich nicht so sehr davon beeindrucken zu lassen wie gestern, als sie mich ohne Vorwarnung überrollt hat. Dann ist Leo eben nett und schlau und – ja, ich geb's zu – nicht nur verdammt gut aussehend, sondern heiß, okay. Das hat Nalini allerdings auch schon alles festgestellt und konnte danach trotzdem noch geradeaus denken. Also sollte das bei mir doch genauso möglich sein …

Mach schon, Lara, du kannst das.

Ich atme einmal tief durch – und erwidere sein Lächeln.

Wie versprochen hab ich ihm gestern geschrieben, dass wir uns gegen 13.00 Uhr hier treffen – immerhin weiß ich, dass wir jetzt für gut eine halbe Stunde allein im Café sein werden. Nach nicht mal fünf Minuten hat er geantwortet, dass ihm das ganz hervorragend passt, weil die Zeit zwischen eins und zwei am Nachmittag tatsächlich der einzige freie Slot in seinem gesamten Tagesablauf ist. Den restlichen Tag über hat er offenbar tausend Aufgaben zu erledigen, die sich kaum oder gar nicht verschieben lassen. Mir bleibt also etwa eine Stunde Zeit, um was auch immer zu tun oder herauszufinden oder zu lernen. Eine Stunde, die ich nutzen werde.

»Hi.«

»Hallo.«

»Was machen die Nixen?«, frage ich, während ich um die Theke herumgehe und dabei penibel darauf achte, dass ich seiner Meeresminzewolke und damit auch ihm nicht zu nahe komme. Ich muss es ja nicht unbedingt darauf anlegen.

»Keine besonderen Vorkommnisse.« Leo setzt sich auf den Hocker, den Nalini sonst immer für sich beansprucht, und holt einmal tief Luft. »War aber auch eine kurze Nacht. Kaum Zeit für einen Angriff aus dem Hinterhalt.«

»Ein bisschen zu viel gefeiert?«

»Ein bisschen zu lange gearbeitet. Und ein bisschen zu viel nachgedacht«, entgegnet er und mustert mich dabei durchdringend.

Kann er das nicht einfach bleiben lassen? Oder könnte er nicht wenigstens durchfallbraune Augen haben, damit ich nicht ständig davon abgelenkt werde, welche Schattierung von Grau gerade heraussticht?

»Dann kommt ein Kaffee ja jetzt bestimmt genau richtig«, murmele ich und wende mich ab. Zu spät erinnere ich mich daran, dass ich ja eigentlich gar nicht wissen kann, was er bestellen möchte, und verziehe das Gesicht. Inzwischen fällt es mir zunehmend schwerer, die Wochen auseinanderzuhalten, und deshalb auch zunehmend schwerer, normal mit den Menschen um mich herum umzugehen. Gestern habe ich Kurt völlig verunsichert mit meiner Behauptung, wir hätten schon über diese neue Dokuserie gesprochen, die er gerade schaut. Dabei passiert das doch immer erst am Mittwochnachmittag. Es hilft nichts, ich muss endlich eine Lösung für die Zeitschleife finden! Aber das geht nur mit Leo, davon bin ich überzeugt.

Also drehe ich mich wieder zu ihm um, sehe ihn abwartend an und frage: »Was darf's sein?«

»Einen Americano, bitte«, sagt er.

»Groß oder klein?«

»Riesig.« Er gähnt und reibt sich die Augen.

Oha. Dass er *so* wenig geschlafen hat, ist mir in den letzten beiden Wochen gar nicht aufgefallen. Oder unterscheidet das den heutigen Donnerstag von den beiden vorhergehenden?

»Worüber hast du denn gegrübelt, dass du so müde bist?«, frage ich und drehe ihm erneut den Rücken zu, um zwei Espressi aus der Maschine zu lassen und die Tasse anschließend mit heißem Wasser aufzufüllen.

»Über eine ganze Menge Dinge«, sagt er vage. »Und über nicht annähernd so viele Leute.«

Eine ganze Menge Dinge, nicht annähernd so viele Leute. Nicht annähernd so viele Leute … Ich schlucke schwer und warte mit meiner Antwort, bis ich sicher bin, dass meine Stimme mir keinen Strich durch die Rechnung macht. Und ich mich dazu durchgerungen habe, das Wagnis einzugehen und ein weiteres Mal den anderen, den grumpy Leo zu wecken.

Sobald der Americano fertig ist, stelle ich ihn vor Leo auf den Tresen, stütze mich mit den Händen am Rand der Spüle ab und lege neugierig den Kopf schief.

»Dann lass uns mit der ganzen Menge Dinge anfangen, würde ich sagen, die Liste ist ja offensichtlich länger.« Ich lächle ihn aufmunternd an. »Ich hoffe, eins davon war der Podcast. Das wäre dann nämlich schon der dritte auf meiner Favoritenliste.«

»Nein«, murmelt er. »Wie gesagt, das mit dem Podcast ist kompliziert.«

»Komplizierter als bionische Rekonstruktion?«

»Was?« Er stößt ein überraschtes Lachen aus.

»Ist es komplizierter, als bionische Prothesen mit sensorischer Rückkoppelung zu entwerfen? Das war das Thema meiner Masterprüfung, und ich kann dir versprechen: Egal, was es ist, nach den ersten hundert Stunden wird es leichter.«

Leo formt ein stummes AH mit den Lippen, dann nippt er vorsichtig von seinem Kaffee und fragt: »Wieso hast du dich ausgerechnet dafür entschieden?«

»Darüber können wir gern sprechen, sobald ich weiß, ob du diesen Podcast machen wirst.«

»Nein, werde ich nicht. Weshalb hast du über bionische Rekonstruktion geschrieben?«

Dieser Typ bringt mich noch um den Verstand! Frustriert kneife ich die Augen zusammen und starre ihn an, bis er schließlich ein weiteres kurzes Lachen ausstößt und mich damit noch mehr auf die Palme bringt.

»Was soll das werden?«

»Na, was schon? Ich schaue dich böse an, weil du all meinen Fragen zu diesem Podcast ausweichst und ich das ziemlich arschig finde. Ich verstehe nämlich nicht, wieso.«

»Oh Mann.« Mit einem Seufzen streicht er sich durch die Haare. »Und ich dachte, wir unterhalten uns einfach ein bisschen und trinken Kaffee.«

»Wir unterhalten uns doch.«

»Ja, aber wieso reden wir über meinen Job? Ich dachte, es wäre okay für dich, dass wir das nicht tun?«, erwidert er, nimmt einen weiteren Schluck von seinem Kaffee und danach noch einen, während ich ihm schweigend dabei zusehe – und mir schlagartig aufgeht, in welcher Woche wir uns befinden. Offiziell weiß ich noch gar nichts über *SEX KILLZ* …

»Also *ich* rede ganz sicher nicht über deinen Job«, sage ich und schüttele den Kopf. »Ich weiß ja noch nicht mal genau, was du überhaupt machst, während du inzwischen sogar das Thema meiner Masterarbeit kennst!« Ohne darüber nachzudenken, hole ich das Panini Toskana aus der Kühltheke und stelle es in den Mini-Ofen direkt daneben. Bestimmt eine Art Übersprungshandlung wegen all der Schwindelei. »Ich meine diesen Podcast mit den ehrlichen Geschichten. Wenn ich mich nicht irre, kann man so was ohne Probleme in seiner Freizeit aufnehmen, machen sogar die meisten Hosts.«

»Ich weiß.«

»Na also. Was hindert dich dann daran? Genug Zeit, um diese Artikel zu schreiben, hast du ja auch. Oder ist *das* dein Job?«

»Nein. Ja, auch irgendwie, weil ich das nebenher machen darf. Bei einem weiteren Podcast sieht das Ganze allerdings anders aus.«

Ah, jetzt kommen wir der Sache näher.

»Einem weiteren Podcast?«, frage ich möglichst überrascht. »Das heißt, du machst schon einen?«

Er zieht eine Grimasse, und ich muss mich wirklich anstrengen, um das selbstgefällige Grinsen zurückzuhalten, das in mir aufblüht. Stattdessen schaue ich ihn mit großen Augen an, warte und beobachte dabei, wie er mit sich kämpft, kämpft, kämpft …

»Ja«, sagt er schließlich. »Und damit sind wir jetzt doch bei meinem Job, über den wir eigentlich nicht reden wollten. Wie sind wir vom Thema Nixen hier gelandet?«

Er lässt den Kopf sinken und schaut auf seine Finger hinunter, die nervös mit dem Henkel seiner Tasse spielen. Da ist es wieder, das Schuldgefühl, ihn so weit getrieben zu haben. Aber irgendwo in all diesem Wust aus Gedanken und Gefühlen liegt mein Ausweg aus der Zeitschleife, und ich will ihn finden. Ich brauche ihn, jetzt mehr denn je.

»Was ist so schlimm daran, dass du dich nicht darüber unterhalten willst?«

Leo hebt den Blick, schaut mir direkt in die Augen – und schweigt.

Ich fasse es nicht, dieser Kerl ist konzentrierte Sturheit! »Du machst es mir echt nicht leicht, dir zu helfen.«

»Wer behauptet denn, dass ich Hilfe brauche?«, erwidert er und schnaubt durch die Nase. »Ich hab mich selbst in die Sache reingeritten, also muss ich irgendwie selbst wieder rauskommen.«

»Dir ist hoffentlich bewusst, dass das kompletter Unsinn ist. Du würdest so was doch auch nicht zu jemandem sagen, der beim Angeln aus dem Boot gefallen ist, oder?«

»Nein. Ich bin aber auch nicht gefallen, ich bin ohne Schwimmweste gesprungen. Und das war so ziemlich das Dümmste, was ich hätte tun können.«

Ich hole tief Luft, schließe einmal kurz die Augen, um mich für das zu wappnen, was ich jetzt tun werde, dann öffne ich sie wieder. »Hör mal, ich weiß, wir kennen uns nicht besonders gut«, sage ich, und als er daraufhin die Stirn runzelt, beschleicht mich die Ahnung, dass ihm diese Aussage nicht gefällt. Vielleicht wird der Abdruck, den die Zeitschleife bei ihm hinterlässt, mit jeder Woche stärker, und der Eindruck, mich zu kennen, größer. »Aber du hast mir mit Frau Rüge und dem Praxishandbuch geholfen und diesen sensationellen Kirschkuchen mit mir geteilt …«

Jetzt erscheint der Anflug eines traurigen Lächelns auf seinen Lippen. »Ich sagte doch schon, du musst dich nicht revanchieren.«

»Will ich ja auch nicht. Ich will nur herausfinden, warum du so einen Unterschied machst zwischen dir und anderen Menschen.«

»Was meinst du damit?«

»Na ja, du scheinst ein echt netter Kerl zu sein, der anderen hilft. Hilfe annehmen willst du allerdings nicht. Warum?«

Weil er bloß schweigend die Kiefer aufeinanderbeißt, schlucke ich meinen Stolz hinunter und stelle die Frage, die schon länger in meinem Hinterkopf rumort: »Liegt es an mir?«

»Was? Nein!«, platzt er sofort heraus. »Wie kommst du denn darauf?« Er beugt sich ein wenig nach vorn, als wolle er seinen Worten dadurch mehr Nachdruck verleihen. »Das hat nichts … Das ist nicht … Shit. Nein, du hast nichts damit zu tun, im Gegenteil.«

»Warum dann?«

Jetzt öffnet er den Mund, um etwas zu sagen, doch offenbar findet er nicht die richtigen Worte. Schließlich holt er sein Handy aus der Hosentasche und legt es auf den Tresen. Er startet die App eines Musikstreamingdienstes, tippt zweimal aufs Display und schiebt mir das Handy herüber.

»Kennst du den?«, fragt er.

Es ist die Startseite von *SEX KILLZ*. Mir wird ein wenig mulmig zumute, weil ich mich nun entscheiden muss, ob ich weiter lügen oder lieber die Wahrheit gestehen soll, doch Leo redet glücklicherweise gleich weiter.

»Das ist der andere Podcast, den ich mache«, sagt er, zieht das Handy zurück und sperrt den Bildschirm mit einer ruckartigen Bewegung. Seine Miene ist jetzt hart. »Wenn du mich fragst, ist es voyeuristischer, misanthropischer Dreck, aber die Leute lieben es.«

»Klingender Name.« Ich nicke. »Und?«

»Und solange ich diesen Podcast mache – was wahrscheinlich für den Rest meines Lebens der Fall sein wird –, darf ich keinen anderen machen.« Mit einem Schulterzucken versucht er das Thema beiseitezuschieben. »So einfach ist das.«

»Ich versteh nicht … Weil das so in deinem Vertrag steht, oder wie?«

»Ja.«

»Dann steig doch aus.«

»Keine Chance«, sagt Leo und schüttelt den Kopf. »Im selben Vertrag steht auch, dass ich erst aufhören darf, wenn meine Co-Moderatorin Juliana, die Produktionsfirma und ich uns gemeinsam dazu entscheiden.«

Was mit zwei gewonnenen Podcastpreisen letztes Jahr wohl erst mal nicht zur Debatte stehen dürfte, füge ich in Gedanken hinzu.

»Juli ist davon weit entfernt, sie braucht die Kohle«, fährt Leo fort, wie um meine Befürchtungen zu bestätigen. »Und die Produzenten interessieren nur die gigantischen Klickzahlen. Die haben nichts als Dollarzeichen in den Augen.«

»Autsch. Das hört sich übel an.«

»Zumindest nicht nach Spaß ohne Ende.«

»Aber mal ehrlich, wieso hast du denn so was Bescheuertes bloß unterschrieben?«, frage ich – und möchte mich im selben Moment dafür ohrfeigen, weil er das in den falschen Hals bekommen könnte.

Doch Leo nimmt es mir nicht übel, er lacht sogar – wenn auch hart und humorlos. »Frag mich was Leichteres. Jetzt ist es dummerweise zu spät, mein Hirn einzuschalten und den Vertrag prüfen zu lassen, weil mich schon viel zu viele Menschen für diesen Scheiß kennen und feiern.« Während mein Hirn an einem seiner Sätze hängen bleibt, schaut Leo an mir vorbei nach hinten an die Wand, wo die Schiefertafeln mit der Speisekarte hängen und ein Kühlschrank für die Getränke steht. »Was klingelt denn da eigentlich die ganze Zeit? Ist das irgendwie wichtig?«

»Oh, Mist!«

Der Mini-Ofen! Den hab ich völlig überhört. Ich hole das inzwischen schon sehr kross gebackene Panini heraus und schiebe den Teller zu Leo hinüber.

»Für mich?«, fragt er.

»Offensichtlich. Aber wenn du es nicht willst, kannst du es auch gern in unser Lager bringen. Da steht der Pool mit den mordlüsternen Nixen«, sage ich und deute über meine Schulter nach hinten. »Die freuen sich immer sehr über Besuch.«

»Vielleicht lieber nächstes Mal. Bei dem Meeting, das ich gerade hatte, gab es nichts außer Wasser und ein bisschen verpestete Luft«, erwidert er ächzend. »Ich bin kurz vorm Verhungern. Also danke.«

»Gern geschehen. Essen und Kaffee gehen übrigens auf mich.«

»Wow. Noch mal danke.« Er lächelt, dann verdunkelt sich seine Miene urplötzlich und er fixiert mich aus schmalen Augen heraus. »Du willst dich doch revanchieren!«

»Überhaupt nicht! Im Grunde bezahlt das die Firma, weil ich Gutscheine dafür habe. Also halt die Klappe und iss, okay?«

»Ich kann nicht, ich hab kein Besteck.«

Mit einem unwirschen Brummeln lege ich ihm Messer und Gabel auf den Tresen, und während er das Panini in kleinere Stücke zerteilt, denke ich darüber nach, was er mir gerade erzählt hat. Und darüber, wie seine Kiefermuskeln vorhin gezuckt haben, als er vor Wut die Zähne zusammengebissen hat.

Über die steile Falte zwischen seinen Brauen. Darüber, ob diese Falte wohl verschwinden würde, wenn ich ganz sacht mit dem Finger …

Stopp.

Ich drehe mich ruckartig um.

»Alles okay? Hab ich mit offenem Mund gekaut?«, fragt Leo hinter mir, und ich schließe die Augen. Gottverdammt, das hier wird schwerer, als ich befürchtet habe.

»Nein, alles gut. Ich muss nur kurz …«

Eine Gruppe aus drei Frauen kommt die Treppe zum Café herauf. Sie grüßen freundlich und steuern einen Tisch ganz hinten in der Ecke an. Das machen die meisten Leute, wenn wenig los ist, sie setzen sich möglichst weit weg vom Tresen.

»… Speisekarten verteilen«, beende ich meinen Satz und schnappe mir drei der laminierten Kärtchen, um sie den Frauen zu bringen. »Ich muss Speisekarten verteilen.«

»Ach, es gibt Speisekarten?« Leo schiebt sich ein weiteres Stück Panini in den Mund. »Ich dachte, du suchst aus, was die Leute zu essen bekommen.«

»Das hab ich nur gemacht, weil ich weiß, was du willst.«

Hab ich das gerade wirklich gesagt? Und hab ich Leo dabei tatsächlich so fest in die Augen geblickt?

Ein Schauer rieselt über meinen Rücken, als er kurz im Kauen innehält und langsam eine Augenbraue hebt. Aber bevor er etwas erwidern kann, eile ich um die Theke herum zu den anderen Gästen hinüber. Zweimal verschreibe ich mich bei den Bestellungen, doch als ich fertig bin, hat sich mein erhitztes Blut wieder so weit abgekühlt, dass ich mich weiter darauf konzentrieren kann, einen Buchstaben an den nächsten zu hängen, ohne zu stocken. Leo hat vorhin doch irgendwas gesagt, das mich hat stutzen lassen, aber ich bekomme es irgendwie nicht gegriffen. Was war das bloß? »Also wegen dieser SEX-KILLZ-Sache«, hebe ich an – und stolpere auch nur ganz kurz beim Wort Sex.

»Können wir nicht über was anderes reden?«, fragt Leo. »Ich muss mich einfach damit abfinden. Irgendwann ist der Hype vorüber, vielleicht darf ich dann aufhören.«

»Irgendwann?« Ich hole Pfirsichsirup und Ingwerwasser aus dem Kühlschrank und außerdem zwei Gläser aus dem Regal, damit ich die bestellten Eistees zubereiten kann, und stelle alles neben der Spüle ab. »Einfach nur tatenlos darauf zu warten, ist eine beschissene Idee. Du brauchst einen Plan.«

»Was nützt mir ein Plan, wenn ich sowieso nicht aus dem Vertrag rauskomme?«, will er wissen. »Ich hab es doch schon versucht. Aber ständig Stress machen kann ich auch nicht, weil ich noch ein paar Jahre mit diesen Leuten arbeiten muss.« Er schaut auf seinen Teller hinunter. »Das Panini ist übrigens sehr gut.«

»Du lügst, es ist fast verbrannt.«

»Vielleicht mag ich es ja so.«

Er grinst schräg, und ich wende mich ab, mixe die Eistees, hole noch eine Flasche stilles Wasser aus dem Kühlschrank und trage alles zu den Frauen hinüber. Mit einem freundlichen Lächeln frage ich: »Darf es sonst noch was sein?«

»Zweimal Käsekuchen und ein Croque Monsieur, bitte«, antwortet eine der Frauen, während sie ihre gerade erst gekauften Bücher aus der Tasche zieht und auf den Tisch legt. Ich kann nicht anders, ich muss einen Blick auf die Titel werfen. »Das finstere Tal« von Thomas Willmann und »Unheimliche Geschichten« von Edgar Allan Poe, illustriert von Benjamin Lacombe. Ich lächle noch einmal und gehe zurück zum Tresen, wo Leo gerade das letzte Stück Panini isst.

Käsekuchen, Croque Monsieur.

Willmann, Poe, Lacombe.

Irgendetwas geistert am Rand meiner Gedanken umher. Es ist wie ein Wort, das einem auf der Zunge liegt, aber man kriegt es einfach nicht zu fassen.

Käse. Croque. Lacombe. Lacom…

Und auf einmal ist es da.

»Lacroix!«, rufe ich triumphierend.

Leo zuckt zusammen und dreht sich zu mir um. »Äh, Gesundheit?«

»Ich hab nicht geniest, ich hab eine Lösung für diese Podcast-Sache gefunden.«

»Das würde mich wundern.«

Diesmal mache ich mir nicht die Mühe, seiner Meeresminzewolke aus dem Weg zu gehen, sondern gebe mir die volle Dosis, indem ich mich auf den Stuhl neben ihn setze.

»Du hast gesagt, du hast den Vertrag nicht prüfen lassen, richtig?«

»Richtig. Dafür ist es aber wie gesagt zu spät. Ich hab unterschrieben. Vor über drei Jahren.«

»Ja, ja. Peanuts.« Ich wedele mit der Hand durch die Luft. »Was, wenn ich dir sage, dass ich die wahrscheinlich beste Rechtsanwältin des Landes persönlich kenne?«

»Ich würde die Augen aufreißen, etwa so« – er reißt die Augen auf – »und fragen: Du kennst eine Anwältin?«

»Eine pensionierte, um genau zu sein. Aber Isabel Lacroix ist eine Naturgewalt. Wenn dich jemand aus diesem Knebelvertrag herausholen kann, dann sie.«

»Ah, verstehe«, sagt er und reibt sich den Nacken. »Das ist wirklich nett, aber die Sache geht jetzt schon so lange. Ich glaube kaum, dass deine Bekannte da noch was reißen kann.«

»Sie hat damals als frischgebackene Anwältin einen Cold Case aufgerollt und innerhalb eines Jahres aufgeklärt.«

»Das klingt beeindruckend schnell.«

»Ist es auch, wenn man bedenkt, dass es locker sechs Monate dauern kann, bis die Hauptverhandlung überhaupt losgeht.«

»Oh.«

»Ganz genau.« Ich lächele breit. »Das ist wirklich eine Chance, die du nutzen solltest. Wenn Isabel irgendeinen Fehler in diesem Vertrag findet und dich rausboxt, könntest du schon bald mit dem anderen Podcast beginnen!« Vor lauter Begeisterung über meinen Einfall beuge ich mich ein Stück nach vorne, lege Leo meine Handflächen auf die Brust – und ziehe sie sofort wieder zurück.

Scheiße.

»Entschuldigung.«

Leo schaut auf die Stelle hinunter, wo ich ihn berührt habe. Verdutzt. Aber bevor er den Kopf wieder heben und mich anblicken kann, bin ich bereits von meinem Stuhl aufgesprungen und an ihm vorbeigerauscht.

»Ich muss kurz … Bin gleich wieder da«, murmele ich und hetze förmlich an der Theke vorbei nach hinten zum Lager. Ich reiße die Tür auf, werfe sie hinter mir ins Schloss und lehne mich heftig atmend mit dem Rücken dagegen.

Meine Handflächen glühen, als hätten sie Feuer gefangen, und ich wage nicht, etwas anzufassen, aus Angst davor, dass ich dann dieses ganze verfluchte Gebäude in Brand setze. Und über allem immer dieser Geruch nach Minze und Meer, Minze und Meer. Immer!

Wimmernd schließe ich die Augen. Wenn ich eine Sache ganz sicher nicht gebraucht habe kurz vor Ende meines Sabbaticals, dann ist es eine Zeitschleife, aus der ich nicht wieder herauskomme. Und wenn ich etwas noch viel weniger gebraucht habe, dann ist es eine emotionale Achterbahnfahrt inmitten dieser bescheuerten Zeitschleife.

Was ich hingegen wirklich dringend gebrauchen könnte, wäre ein Lotuseffekt auf lebenswichtigen Organen meines Körpers. Ein gut funktionierender Abperleffekt für Leopold Haenslers Etwas-zu-alles. Ein Antigen. Immunität. Warum lernt man im Bionikstudium nicht, wie man das alles herstellt?! Danke für nichts, du blöde Wissenschaft.

Oder anders ausgedrückt: Scheiße, Scheiße, *Scheiße*!

Freitag

»Wer ist der Typ und wie kannst du es wagen, mich seinetwegen seit Mittwoch auf heißen Kohlen sitzen zu lassen?! Seit Mittwoch!«, pflaumt Felicia mich am Telefon an, und alles, was mir dazu einfällt, ist: Heiß ist leider genau das richtige Wort.

Großartig. Ich bin so was von verloren, wenn ich mich nicht bald wieder unter Kontrolle bekomme!

Stumm vor mich hin leidend drehe ich mich auf den Bauch und vergrabe das Gesicht in meinem Kissen.

»Hallo?! Ich kann dich atmen hören, also tu bloß nicht so, als wäre irgendetwas mit der Leitung!«

»Käme mir nicht in den Sinn.«

»Ach nein? Was kommt dir denn dann in den Sinn? Deine überaus reizende Headhunterin offenbar auch nicht, weil du mich seit Mittwoch nicht zurückgerufen hast!« Die letzten Worte brüllt sie beinahe, sodass ich das Telefon lieber ein Stück von meinem Ohr weghalte.

»Ich hab mich doch schon dreimal entschuldigt, was soll ich denn noch tun?«

»Einem Vorstellungsgespräch am Dienstag in Freiburg zusagen«, erwidert Felicia, als hätte sie nur auf diese Frage gewartet – was ich ihr durchaus zutraue. Wenn ich von jemandem in Sachen Planung noch etwas lernen kann, dann von ihr. Dummerweise habe ich deshalb auch keine Ausrede parat.

»Ehrlich gesagt kommt das ein bisschen kurzfristig«, sage ich schwach, und Felicia stöhnt entnervt auf.

»Das ist jetzt nicht dein Ernst! Ich stelle dir seit knapp einem Jahr jede Woche dieselbe Frage zweimal, und du spielst die Das-kommt-jetzt-aber-überraschend-Karte?«

»Ich kann ja nichts dafür, Sabina ist diesbezüglich nur extrem unflexibel und …«

»Sabina, deine Chefin mit dem Kuscheltiertick?«

»Hmm.«

»Grundgütiger. Schick mir ihre Nummer, ich kläre das.«

Und wie sie das klären würde. Allein der Gedanke daran zaubert mir ein Grinsen auf die Lippen, und ganz kurz spiele ich mit dem Gedanken, es tatsächlich auszuprobieren. Aber falls ich es diese Woche endlich schaffen sollte, diese doofe Zeitschleife zu lösen, hätte ich nächste Woche ein Vorstellungsgespräch an der Backe, dem ich mich aktuell überhaupt nicht gewachsen fühle.

»Deute ich dein Schweigen richtig?«, fragt Felicia nach ein paar Sekunden der Stille. »Heißt das nein?«

»Ja. Also nein, es heißt nein.« Ich drehe mich wieder auf den Rücken und starre an die Decke. »Gib mir noch diese vier Wochen, bis das Jahr um ist«, füge ich hinzu. »Vier Wochen noch. Danach gehöre ich ganz dir.«

Ein Seufzen dringt an meine Ohren, gefolgt von raschelndem Papier. Ich kann förmlich vor mir sehen, wie Felicia in ihrem schicken Businessstuhl an einem Glastisch mit Chromgestell sitzt und meine Akte zuschlägt. »Das tust du doch ohnehin schon, oder nicht?«

»Mit Leib und Seele.«

»Alles andere wäre auch eine herbe Enttäuschung. Aber wo wir gerade von Leibern sprechen … Wer ist der Kerl?«

Und schon beginnen meine Hände von Neuem zu glühen.

Seit ich Leo gestern so unvermittelt berührt habe, genügt die kleinste Erinnerung daran, um die Hitze wieder zu entfachen, die danach eine gefühlte Ewigkeit durch meinen Körper gewandert ist. Und sein verunsichertes Lächeln, als ich aus dem Lager zurückgekommen bin, hat es nur noch schlimmer gemacht …

»Ist alles in Ordnung?«, hat er gefragt und mich mit seinem Blick geradezu durchleuchtet.

»Ja, ich war nur … ich dachte … Ich dachte, ich hätte was vergessen. Hab ich aber nicht.«

Und dann habe ich ihn ganz geschäftsmäßig für den nächsten Tag zu uns nach Hause eingeladen, damit er Isabel kennenlernt und wir die Podcast-Sache ins Rollen bringen können.

»Ich bin morgen gar nicht in der Stadt«, hat er mit Leidensmiene entgegnet. »Wie gesagt, die Woche quillt über vor Terminen, und ich kann kaum welche canceln. Können wir das vielleicht auf nächste Woche verschieben?«

»Nein.«

»Oh. Okay.«

»Wie sieht es Samstag aus?«, habe ich sofort hinterhergeschossen, ohne auf die deutlich sichtbare Irritation in seinem Blick zu achten. »Hast du am Samstag Zeit? Oder am Sonntag?«

»Samstagvormittag sind Aufnahmen, das kann bis zum Nachmittag dauern. Und Sonntag müssen wir uns um die Nachbearbeitung kümmern, weil die Folge am Montag online geht, also …«

Obwohl ich mich *wirklich* nach Kräften bemüht habe, einen anderen Weg zu finden, blieb mir im Endeffekt gar nichts anderes übrig, als Leopold Haensler zu unserer Gartenparty am Samstagabend einzuladen. Und seitdem ich das getan habe, drehen sich meine Gedanken nur noch darum.

»Er ist ein Bekannter, mehr nicht«, sage ich nun, und am anderen Ende lacht Felicia amüsiert auf.

»Ja, und ich bin im wahren Leben eine Fee, die Wünsche erfüllen kann.«

»Dann wünsche ich mir, dass wir nicht mehr über ihn sprechen.«

»Tja, schade. Ich hab gelogen.« Sie kichert leise. »Also, raus mit der Sprache. Wer ist er? Und wehe, er sieht doch aus wie Ryan Reynolds.«

»Was hast du nur immer mit Ryan Reynolds?«, frage ich – und wieder fällt mir viel zu spät ein, dass wir vor dieser Woche noch nie über den Typen gesprochen haben. Und diese Woche am Mittwoch ja auch nicht, weil ich ihren Anruf weggedrückt habe. Mist! Ich muss wirklich zusehen, dass die Zeitschleife endet, sonst komme ich noch in Teufels Küche!

»Immer?«, echauffiert sich Felicia auch sofort. »Meine Nichte hat mich am Sonntag gezwungen, mit ihr in diesen furchtbar emotionalen Kinderfilm ›If‹ zu gehen, bei dem er mitgespielt hat. Vorher war der überhaupt nicht auf meinem Radar!«

»Sorry, ich hab das wohl verwechselt.«

»Ja, natürlich. Und das war auch ganz sicher kein Versuch, vom Thema abzulenken. Aber ich verzeihe dir, denn ich habe zu tun. Ich will trotzdem, dass du auf dich aufpasst, okay?« Die letzten Worte klingen eindringlich, beinahe wie eine Warnung – was ziemlich verwunderlich ist, denn normalerweise plädiert Felicia dafür, alles auszuprobieren, damit man sich selbst ein Bild machen kann.

»O…kay?«, erwidere ich, und: »Das ist allerdings überhaupt nicht nötig, weil …«

»Doch, ist es. Glaub mir, manche Typen bedeuten nur Ärger. Vor allem die, die dich Termine vergessen lassen und all deine Zeit in Anspruch nehmen wie kleine blutsaugende Vampire.«

Oha, was ist denn jetzt kaputt? Das sind ja vollkommen neue Töne! Von Neugier gepackt richte ich mich auf meinem Bett auf, ziehe die Knie zu mir heran und stütze meine Unterarme darauf ab. »Kann gut sein. Ich wollte aber eigentlich sagen, dass ich nicht vorhabe, was mit ihm anzufangen.« Das Kribbeln in meinem gesamten Körper, wenn ich bloß daran denke, wie sich seine Hände wohl auf meiner Haut anfühlen würden, behauptet zwar etwas anderes, aber das ist ja nicht der Sinn dieser Übung hier. Der Sinn ist die Beendigung der Zeitschleife, damit ich nicht jeden Montag wieder vor den Trümmern der letzten

Woche stehe. Was danach kommt … daran sollte ich erst denken, wenn dieses Danach da ist.

»Ach so.« Felicia räuspert sich leise. »Dann nimm es eben als guten Rat für kommende Anlässe.«

»Hm, geht klar«, sage ich. »Gibt es da vielleicht irgendetwas, das du mir erzählen möchtest?«

»Ich? Nein.« Es knarzt in der Leitung, und gleich darauf ertönt das Geräusch von Schritten. »Ich werde jetzt in Freiburg anrufen und versuchen, sie um weitere vier Wochen zu vertrösten. Hoffentlich lassen sie das mit sich machen, sonst …«

»Felicia?«, falle ich ihr ins Wort, und für einen Moment herrscht Stille auf der anderen Seite.

»Ja?«, fragt sie schließlich.

»Danke.«

»Wofür?«

»Ich denke, du weißt, wofür.«

Sie holt tief Luft und pustet sie dann geräuschvoll wieder aus. »Das sollten wir bei Gelegenheit noch mal genauer besprechen. So viel aber schon mal im Voraus: Es wird dich mindestens zwei Einladungen zum Poké Bowl Essen kosten. Und eine Flasche richtig teuren Champagner.«

»Deal.«

Samstag

Im Gegensatz zu den Samstagen zuvor verbringe ich heute deutlich mehr Zeit vor meinem Kleiderschrank, weil ich mir zum ersten Mal in fünf Wochen unsicher bin, was ich anziehen soll. Bisher habe ich bei den italienischen Abenden immer eine kurze Hose und entweder ein Tourshirt von Gianna Nannini oder eins mit dem Schriftzug »Deliziosa« getragen und hatte eine Blütenkette in den Farben der italienischen Flagge um den Hals. Doch heute fühlt sich das alles irgendwie falsch an. Unpassend. Geschmacklos. Wie ein Notnagel, der gerade noch hält. Ich bin kurz vorm Verzweifeln, als mein Blick auf ein rotes Schnürkleid mit großen weißen Punkten fällt, das ganz weit hinten im Schrank hängt und das ich zuletzt vor … vor … Keine Ahnung, wann ich es das letzte Mal anhatte. Aber als ich es anprobiere, passt es wie angegossen. Außerdem sieht es auffallend aus, ohne aufreizend zu sein, und da dieser Abend ja besonders werden soll – vielleicht sogar das Ende meiner Zeitschleife nach fünf Wochen! –, darf es gerne etwas schicker sein.

Ich nicke das letzte Zögern meines Spiegelbildes entschieden beiseite, dann gehe ich nach unten, um den anderen bei den restlichen Vorbereitungen zu helfen. Den Tomate-Mozzarella-Salat habe ich heute an eine Bekannte von Isabel abgetreten, ich musste mich nur um das Schmieren und Aufbacken von Kräuterbaguettes kümmern, und das habe ich schon vor zwei Stunden erledigt. Deshalb kann ich nun in aller Ruhe mit Pedro die Lichterkette aufhängen, noch mehr Citronellakerzen und -fackeln als in den Wochen zuvor verteilen, Eiswürfel in Form des italienischen Stiefels in den Mini-Kühlschrank stellen, Gläser, Flaschen und Teller zur Seite rücken und dann wieder in die andere Richtung, weil es mir vorher doch besser gefallen hat.

Dabei versuche ich angestrengt, nicht auf die Uhr zu sehen, weil die Zeit dadurch ja auch kein bisschen schneller vergeht – im Gegenteil. Ein komisches Paradoxon, das mich schon immer gestört hat. Als es um fünf vor sechs schließlich an der Tür klingelt, bin ich die Erste, die »Ich mach schon auf!« ruft.

Obwohl Isabel bereits weiß, dass ich heute Abend ihre Hilfe benötigen werde, will ich Leo zunächst ein wenig Zeit zum Akklimatisieren gönnen. Und ich will verhindern, dass diese Frau von letzter Woche ihn wieder für eineinhalb Stunden in Beschlag nimmt.

Mit einem Lächeln auf den Lippen, das sich nicht an die Grenzen hält, die ich ihm mit aller Macht vorzugeben versuche, reiße ich die Tür auf – und erstarre.

Na, bravo.

Was – oder vielmehr *wen* – ich bei der Planung meiner Woche voller Leo bisher überhaupt nicht bedacht habe, ist Nalini. Nalini, die zwar mit dem Namen Leopold Haensler etwas anzufangen weiß, weil sie den Podcast kennt, die diese Woche aber nicht mit mir im Café war und Leo deshalb auch noch nicht getroffen und dementsprechend auch nicht zu unserer Party eingeladen hat. Stattdessen steht nun wieder ihr Arbeitskollege Felix ganz oben auf ihrer Liste. Der Felix, den sie mir als One-Night-Stand andrehen will, damit ich mal wieder abschalten kann.

Dummerweise habe ich bis eben nicht einen einzigen Gedanken an diesem Umstand verschwendet, und nun steht er da, der welpensüße Felix, und hält mir eine riesige Schüssel Nudelsalat entgegen. Mein Herz rauscht mir in die Kniekehlen.

»Hi«, flötet Felix und strahlt mich an. »Ich bin Felix, der Arbeitskollege von Nalini. Du bist bestimmt la bella Lara, oder?«

La bella Lara? Ich hatte vergessen, dass Welpen gerne mal distanzlose kleine Scheißerchen sind.

»Hallo, Felix«, sage ich steif und trete einen Schritt zurück. »Geh ruhig durch, ein paar Leute sind schon im Garten.«

»Cool.« Er läuft an mir vorbei, bleibt kurz darauf aber noch einmal stehen und dreht sich zu mir um. »Kommst du auch?« Und während ich noch nach einer Ausrede suche, macht er einen Schritt in meine – in die falsche! – Richtung und streckt die Hand nach mir aus. Keine Ahnung, ob er mich durchlassen will oder ob er denkt, dass ich mit ihm Händchen halte, aber ich schüttele heftig den Kopf.

»Nein. Ich muss erst noch was erledigen.«

Mit einem gezwungenen Lächeln winke ich ihn vorwärts und warte, bis er hinten im Gang verschwunden ist. Dann werfe ich die Tür ins Schloss und will eigentlich sofort nach oben in unsere Wohnung hetzen, um mit Nalini ein Wörtchen zu reden, doch im selben Moment poltert sie mir bereits entgegen. Genauer gesagt poltern mir drei Packungen Servietten entgegen, danach vier leere Brotkörbe, vier Packungen Grissini und ungefähr vierzig Metallstrohhalme. Währenddessen schlittert Nalini eine gute Handvoll Stufen auf dem Hintern herab, bis es ihr endlich gelingt, sich am Geländer abzubremsen.

»O Gott, Ni! Ist alles in Ordnung?«, rufe ich und renne zu ihr nach oben.

»Ja, denke schon. Ich bin auf dieser blöden Stufenkante abgerutscht.« Sie stöhnt und verzieht das Gesicht. »Hat Kurt das Holz bohnern lassen?«

»Niemand lässt mehr Holz bohnern.«

»Meine Awa schon.«

»Deine Awa ist auch gefühlt hundert Jahre alt und treibt mit solchen Sachen deine Mutter in den Wahnsinn.« Ich helfe Nalini behutsam auf die Beine, und weil gleich darauf erneut jemand klingelt, sorge ich dafür, dass sie sich am Geländer festhält, renne wieder nach unten, reiße die Tür auf – und diesmal ist es Leo.

Ich habe ganz vergessen, wie gut ihm das Vintage-Trikot steht. Vielleicht sollte ich ihn einfach zu Isabel bringen und danach allein irgendwo einen Film anschauen gehen, damit ich nicht den ganzen Abend damit verbringe, ihn anzustarren. Ich war seit Ewigkeiten nicht im Kino.

»Morgen ist bestimmt mein ganzer Arsch blitzeblau«, stöhnt Nalini in diesem Moment, wobei sie ebendiesen Arsch ausgiebig betastet, und langsam, ganz langsam wandert Leos Blick von mir weg und zu ihr nach oben. Nur eine Sekunde später bemerkt Nalini, wer da vor ihr steht, und ihre Augen weiten sich.

War ja klar.

»Ist das …? Bist du …?« Sie guckt mich fragend an, humpelt die letzte Stufe hinunter und flüstert mir viel zu laut ins Ohr: »Ist das etwa Leopold Haensler?«

»Nur Leo.« Ich schenke ihr ein möglichst unbeschwertes Lächeln, ehe ich mit der Hand zwischen ihr und Leo hin und her schwenke. »Leo, meine Mitbewohnerin Nalini.«

Die beiden beäugen sich schweigend, bis Leo schließlich nickt und Nalini die Geste zögernd erwidert.

»Hi«, sagt er. »Schön, dich kennenzulernen.«

»Hi«, antwortet sie. »Auch schön.«

Und weil ich das Gefühl habe, das mit dem blauen Arsch erklären zu müssen, deute ich die Stufen hinter Nalini nach oben und murmele etwas betreten: »Sie ist gerade die Treppe runtergefallen.«

»Oh«, macht Leo. »Oh, das klingt schmerzhaft! Alles okay?«

»Jetzt schon.« Nalini grinst schräg. »Ich wusste nicht, dass wir heute Abend einen …«

»Entschuldigst du uns kurz?«, frage ich an Leo gewandt, und als er erneut nickt, sehr viel zögernder diesmal: »Dauert auch nicht lange, versprochen. Bleib genau da stehen, okay? Rühr dich nicht vom Fleck.«

Vorsichtig schließe ich die Tür wieder, dann wirbele ich zu Nalini herum, packe sie an beiden Armen und flüstere: »Sprich ihn nicht auf diesen Podcast an, ja? Und sorg dafür, dass Felix es auch nicht tut. Bitte, Ni, bitte! Ich flehe dich an!«

»Du hast mich noch nie wegen irgendwas angefleht.« Sie blinzelt verwirrt, während mir durch den Kopf schießt, dass sie letzten Samstag beinahe dasselbe gesagt hat, als ich sie darum gebeten habe, die Worte *SEX KILLZ* nicht zu erwähnen. Aber davon weiß sie natürlich nichts, *ihr* letzter Samstag ist für mich fünf Wochen her.

»Nalini, bitte!«

»Ja, ja, schon gut! Beruhige dich. Aber ich will eine Erklärung dafür, was Leopold Haensler in unserem Haus zu suchen hat.«

»Die bekommst du. Später. Danke!« Ich drücke ihr einen dicken Kuss auf die Wange und will mich schon wieder umdrehen, doch sie hält mich zurück.

»Warte mal, nicht so schnell. Wieso weiß ich eigentlich noch nichts von diesem Typen?«

»Weil … weil wir uns gerade erst kennengelernt haben und …«

»Du bist in ihn verschossen!«, quietscht sie aufgeregt, und ich lege ihr blitzschnell einen Finger auf den Mund.

»NEIN! Schrei doch nicht so rum! Ich hab gesagt, ich erzähl es dir später. Alles. Wirklich.«

Mit einem unwirschen Grummeln stemmt sie ihre Fäuste in die Hüften. »Das erklärt zumindest, warum du ein Kleid trägst. Ich hab dich noch nie im Kleid gesehen.«

»An meiner Abschlussfeier?«

»Na gut, einmal. Ich hab dich *einmal* im Kleid gesehen.«

»Nalini. Ich werde jetzt diese Tür öffnen, okay? Also benimm dich«, mahne ich und deute über meine Schulter nach hinten. Obwohl es wahrscheinlich erst ein oder zwei Minuten sind, fühlt es sich schon wie eine Ewigkeit an, seit ich Leo ausgesperrt habe.

»Ja, ich hab's verstanden.«

Nach einem letzten drängenden Blick in ihre Richtung drehe ich mich um und reiße die Tür ein weiteres Mal auf.

»Sorry«, sage ich. »Das war …«

»… ganz allein meine Schuld«, fällt Nalini mir ins Wort und schiebt sich an mir vorbei, um die Tür mit der Hüfte noch ein Stück weiter aufzudrücken. »Wir mussten nur schnell die Arschsache klären. Aber kein Grund zur Beunruhigung, mein Hintern und ich sind in bester Verfassung.«

»In allerbester«, murmele ich und tätschele ihr den Arm, während ich Leo einen entschuldigenden Blick zuwerfe.

Doch er lacht und sagt: »Freut mich zu hören.«

Es ist immer wieder faszinierend zu beobachten, wie schnell Nalini mit fremden Menschen warm wird – selbst wenn sie das Gespräch mit einem blau geschlagenen Arsch beginnt. Oder vielleicht gerade deshalb, wer weiß. Man muss sie eben einfach lieben, diese kleine, gut gelaunte Terrorelfe.

»Hast du nicht noch was zu erledigen?«, frage ich sie bedeutungsschwer, und sie guckt, als hätte ich ihr eine besonders knifflige Matheaufgabe vorgesetzt. »Im Garten?«, füge ich hinzu. »Mit Felix?«

Einen Moment lang scheint der Name durch ihre Gehirnzellen zu wandern, dann endlich stößt er den Groschen über die Kante. »Ach, Felix!«, ruft Nalini. »Ja, klar.« Sie nickt wissend, doch plötzlich scheint ihr noch etwas anderes einzufallen, und die Erkenntnis in ihrem Gesicht weicht etwas, das ich nur mit Schockstarre beschreiben kann. Womöglich hat sie sich gerade daran erinnert, dass sie ihn ja heute mit mir verkuppeln wollte. »Felix! Oh Scheiße.« Sie dreht sich um und eilt humpelnd davon. Bis ich die Unordnung auf der Treppe aufgeräumt habe, hat sie das Problem hoffentlich gelöst.

»Warte, ich helfe dir«, sagt Leo, als ich in die Hocke gehe, um die Servietten, Brotkörbe und Metallstrohhalme aufzusammeln. Er kniet sich neben mich, so dicht, dass ich seine Wärme durch den Stoff meines Kleides spüren kann. Das wird ein interessanter Abend, wenn ich die ganze Zeit in seiner Nähe bleibe. Ich kann nur hoffen, dass irgendwann so was wie ein Gewöhnungseffekt …

»… heute besprechen?«, fragt Leo, und ich zwinge mich, ihn anzuschauen.

»Entschuldige, ich war grad mit meinen Gedanken woanders. Was hast du gesagt?«

»Ich wollte wissen, ob es wirklich okay ist, dass wir das heute besprechen. Das ist doch eine Party, oder? Ich fühl mich irgendwie nicht wohl dabei.«

»Ernsthaft? Ich könnte mich nicht besser fühlen.«

Er sieht mich von der Seite an, und erst jetzt wird mir bewusst, dass man das mit einem klitzekleinen bisschen Fantasie auch anders verstehen könnte. Augenblicklich schießt mir das Blut in die Wangen.

»Also in Bezug auf Isabel, meinte ich. Dass sie dein Problem löst – was das angeht, habe ich ein sehr gutes Gefühl. Das allerbeste Gefühl sogar. Ich hab ihr schon grob erzählt, worum es geht, und sie ist sofort darauf angesprungen und hat sich gestern wie eine Dampflok durch seitenweise Vertragsrecht gearbeitet. Am liebsten hätte sie sich deinen Vertrag …« Sprechdurchfallalarm, Lara! Ich atme einmal tief durch – fülle meinen Körper bis zum letzten Winkel mit dem Geruch nach Meeresminze –, entspanne meine Finger, die sich schmerzhaft um die Metallstrohhalme gekrallt haben, und sage: »Ich bin sicher, das wird sie dir alles gleich selbst erzählen.«

»Alles klar.« Leo nickt, aber anders als erwartet, ist es kein zuversichtliches Nicken. Er wirkt seltsam angespannt, ganz so, als hätte er vor irgendetwas Angst.

»Du machst dir doch keine Sorgen wegen Isabel, oder?«, frage ich, während wir gemeinsam das letzte bisschen von Nalinis Treppensturzfolgen beseitigen. »Sie kann zwar bissig sein, was die Arbeit angeht, aber im tiefsten Inneren ist sie ein Engel. Genau wie unser Vermieter Willi übrigens. Harte Schale, weicher Kern.«

»Ich mache mir keine Sorgen wegen der Leute. Wenn du sagst, sie sind in Ordnung, vertraue ich dir«, entgegnet Leo nachdenklich, und mein Herz setzt für einen winzigen Moment aus. Nicht nur die Tatsache, dass er so denkt, sondern auch, wie er es ausspricht … so selbstverständlich. Ohne eine einzige Sekunde zu zögern. »Ich frag mich bloß, was passiert, falls es nicht klappt.«

»Falls selbst Isabel deinen Vertrag nicht auflösen kann, meinst du?«

»Zum Beispiel. Oder wenn das Ganze in einer dreckigen Schlammschlacht endet, die wir ganz knapp verlieren, und ich danach Juliana wieder gegenübertreten muss. Jeden. Verdammten. Tag.« Die Vorstellung scheint ihm beinahe körperliche Schmerzen zu bereiten.

»Sie versteht nicht, warum du aufhören willst, oder?«, hake ich nach, und er schüttelt den Kopf.

»Ihrer Meinung nach wäre es beruflicher Selbstmord, jetzt was anderes zu machen. Sie sieht nur, wie lukrativ der Job ist. Dass wir unsere Seelen für diesen Mist verkauft haben, juckt sie nicht, solange der Cashflow stimmt.« Er seufzt. »Und dementsprechend sauer ist sie natürlich, dass ich alles sprengen will.«

»Du hast also schon mit ihr darüber gesprochen?«

»Ist schon etwas länger her.« Er verzieht das Gesicht. »Das letzte Mal vor etwa einem Jahr, um genau zu sein. War eine echt üble Geschichte, die ich nicht unbedingt noch mal durchspielen muss.«

Ich lasse seine Worte in mir nachhallen, und zum ersten Mal überhaupt wird mir bewusst, dass er in einer ganz ähnlichen Situation feststeckt wie der, die mir seit meinem Uniabschluss durchgehend Bauchschmerzen bereitet. Diese Angst, in einem Job zu landen, für den ich vielleicht perfekt geeignet sein mag, der mich aber möglicherweise nicht für den Rest meines Lebens zufriedenstellen wird. Die Angst, etwas viel Besseres zu verpassen. Die Angst vor einem Hamsterrad ohne Ausstieg. Immer nur Arbeit, Arbeit, Arbeit …

Für Leo ist all das bereits Realität.

Ich beobachte ihn gedankenverloren, während er einen der Strohhalme durch seine Finger wandern lässt, und am liebsten würde ich ihm Mut machen, ihm sagen, dass alles gut wird. Dass ich dafür sorgen werde. Aber ich weiß nicht, wie. Ich weiß nicht, ob Worte dafür ausreichen …

Als würde Leo mein Zögern bemerken, dreht er den Kopf, schaut mich an – und zuckt zurück, als die Türglocke läutet und ich geradezu fluchtartig aufspringe, um die nächsten Gäste reinzulassen. Aus den Augenwinkeln sehe ich, wie er aufsteht, ein paar Schritte zur Seite macht.

Die meisten Neuankömmlinge kenne ich von einer oder mehreren vorherigen Partys – Verwandte, Freunde und Freundinnen unserer drei Institutionen –, aber auch die junge Frau, mit der Leo sich letzte Woche so lange unterhalten hat, ist dabei. Während ich pflichtbewusst Höflichkeiten austausche, mich für mitgebrachtes Essen bedanke und Outfits kommentiere, steuert sie auf Leo zu, der in der offenen Tür zu Kurts und Willis Wohnung steht, um den Gang nicht zu blockieren.

Er hebt den Blick, als sie ihn anspricht – und antwortet. Sie unterhalten sich.

Unruhe breitet sich in mir aus. Ich weiß, dass Isabel bereits auf uns wartet, um Leos Problem möglichst schnell auf den Grund gehen zu können, und ich spüre jede Sekunde der Zeit, die vergeht, an mir ziehen. Aber ich will auch nicht wie eine eifersüchtig wachende Furie wirken, wenn ich jetzt sofort dazwischengrätsche und …

»Leute! Was steht ihr denn alle noch hier im Gang rum?«, ertönt auf einmal Nalinis Stimme, und genau wie der Rest der Gruppe – ich ausgenommen – dreht sich die Frau mit den strahlend weißen Zähnen in die Richtung, aus der der Ruf gekommen ist. »Los, ab in den Garten mit euch! Holt euch was zu trinken!«, fügt Nalini hinzu, und ich habe sie wahrscheinlich nie mehr vergöttert als in diesem Moment.

»Wir kommen schon, meine Liebe, wir kommen!«, flötet Isabels Schwester Gitta, während sie an mir vorbeischwebt und die wild durcheinanderplappernde Gruppe anführt.

Ein Koffer mit Boulekugeln trifft mich schmerzhaft am Knie, aber ich ignoriere es, weil ich viel zu sehr damit beschäftigt bin, nicht allzu auffällig zu Leo und der Strahlefrau hinüberzustarren. Sie drängt sich neben ihn in den Türrahmen, schaut ihn an, deutet den Gang entlang nach hinten und sagt irgendwas. Macht einen Schritt, wartet. Offenbar darauf, dass Leo ihr folgt. Aber er schüttelt den Kopf – und plötzlich landet sein Blick auf mir.

»Das ist nett, danke«, sagt er. »Aber ich bin mit Lara hier.«

Meine Knie werden weich, als er mich anlächelt. Ich drücke sie durch, damit ich nicht einknicke, und lächle automatisch zurück, wobei sich ein wohlig warmes Gefühl in meinem gesamten Körper ausbreitet. Nur ganz am Rande bekomme ich mit, dass die Strahlefrau mich mustert, ehe sie den anderen in den Garten folgt.

… ich bin mit Lara hier …

»Ab nach draußen!«, ruft Nalini. »Das gilt auch für euch, ihr zwei L-chen.«

… mit Lara …

»Elfchen?!«, frage ich, während ich mich langsam in Bewegung setze, an Leo vorbeilaufe und ihn nach hinten führe.

»L-chen! L, der Buchstabe L!«, erwidert Nalini und wirft die Arme in die Luft. »Für Lara und Leo? Schon gut, ich lass mir was anderes für euch einfallen.«

Es gibt kein uns, würde ich gern erwidern, aber ich schaffe nur ein »Aaaah ja« und »Verrat mir lieber, was wir mit dem ganzen Zeug hier machen sollen«. Ich hebe die Servietten und einen Teil der Strohhalme an, Leo trägt den Rest.

Leo …

Es fühlt sich furchtbar an, ihn hinter mir zu spüren – und *nicht* zu wissen, was er tut. Wo er hinsieht. Die ganze Zeit nagt das Gefühl an mir, dass mir ein struppiges Haarnest auf meinem Hinterkopf entgangen sein könnte oder ein riesiges Brandloch am Saum meines Kleides. Dass er genau das gerade anstarren könnte …

»Gebt her, ich kümmere mich darum«, sagt Nalini und nimmt uns die Sachen ab, um sie in Kurts und Willis Wohnung zu tragen. »Übrigens: Wenn mich nicht alles täuscht, sucht Isabel nach euch. Scheint dringend zu sein.«

»Ich weiß. Wir sind schon unterwegs.«

… ich bin mit Lara hier … bin mit Lara … mit …

»Ähm, eins noch«, sage ich, sobald Nalini durch die offene Tür in der Wohnung verschwunden ist, und drehe mich zu Leo um. »Dir ist klar, dass du das nicht den ganzen Abend tun musst, oder?«

»Was denn?«, fragt er mit hochgezogenen Augenbrauen.

»Mit mir abhängen. Wie du schon gesagt hast, das ist eine Party, und du darfst dich ruhig amüsieren.«

»Das tue ich doch.«

»Ja, sicher.« Ich nicke vielsagend. »Du bist gerade erst angekommen und musstest mir gleich mal beim Aufräumen helfen.«

»Ich erinnere mich nur daran, dass wir uns unterhalten haben.« Er beugt sich ein Stück zu mir herüber und fügt hinzu: »Viel zu viel über mich, für meinen Geschmack, aber glaub mir, ich amüsiere mich durchaus.«

»So, wie er dich die ganze Zeit anguckt, amüsiert er sich sogar prächtig!«, schallt Nalinis Stimme zu uns in den Gang hinaus, und ich weiß nicht, wer den größeren Schock erleidet, Leo oder ich.

Er reißt die Augen auf und wird knallrot, während ich in Sekundenschnelle zu einer Salzsäule erstarre. Ich schaffe es nicht mal mehr, meinen Blick von Leo abzuwenden. Wie er mich ansieht … seine feuerroten Wangen … Und wann hat mein Herz eigentlich angefangen, wie verrückt zu hämmern?

»Nalini!«, fauche ich.

»Was denn? Ich sag doch nur die Wahrheit.«

»Manchmal hält man besser die Klappe!«

»Aber sie hat recht«, murmelt Leo, als er sich wieder einigermaßen gefangen hat. »Dein Kleid sieht … *du* siehst umwerfend aus.«

Nein, nein, nein! Was tut er denn da?! Er darf mich nicht so ansehen, darf nicht solche Dinge sagen und damit alles nur noch mehr durcheinanderbringen – *mich* noch mehr durcheinanderbringen! Ich ertrag das nicht. Und trotzdem kann ich seinen Blick geradezu spüren, wie er über meinen Körper gleitet, ganz behutsam und achtsam, fast gemächlich …

»Fehlt nur noch ein bisschen Grün für die italienische Flagge«, sagt er.

»Wenn du dich da mal nicht täuschst.« Nalini streckt ihren Kopf auf den Gang hinaus und grinst so anzüglich, dass mir schwindelig wird. Bitte sei still!, flehe ich sie stumm an, doch sie stößt den Dolch sogar noch tiefer. »Das Grün ist bloß sehr gut versteckt, weißt du?«

»Ni!«

Wie konnte ich damals bloß erlauben, dass sie hier einzieht?! Und wieso hab ich nicht daran gedacht, einen blöden grünen Gürtel umzuschnallen oder die italienische Blumenkette, um genau so einer Blamage zu entgehen?

Leo runzelt fragend die Stirn, während er mich weiter mustert, nachdenkt, eins und eins zusammenzählt – und urplötzlich versteht.

»Hat sie etwa gerade über deine …?«

»Ja. Können wir es einfach dabei belassen, bitte?«

»Klar. Okay. Kein Problem.«

»Und hör auf, es dir vorzustellen!«, fahre ich ihn an, und er reißt seinen Blick von mir los. Die Röte, die sich gerade erst aus seinen Wangen zurückgezogen hat, kehrt nun mit doppelter Intensität wieder.

»Mach ich doch gar nicht«, krächzt er.

»Macht er wo-hol!«, flötet Nalini. »Es ist übrigens tannengrün.«

Ich bring sie um.

»Würdest du jetzt *bitte* die Klappe halten?!«

»Warum? Ist die perfekte Übung für dich, Dinge auch einfach mal zuzulassen.« Sie wirft mir eine Kusshand zu und verschwindet erneut in der Wohnung, diesmal offenbar endgültig, denn kurz darauf kann ich sie in der Küche mit den Metallstrohhalmen hantieren hören.

Ein paar Sekunden fixiere ich noch die Stelle, wo sie gestanden hat, und als ich mich endlich dazu bereit fühle, Leo erneut ins Gesicht zu schauen, hole ich tief Luft und wende den Kopf in seine Richtung.

»Tut mir leid, sie ist sonst nicht ganz so …«

»… direkt?«, hilft mir Leo auf die Sprünge, als ich stocke.

»Nervtötend und übergriffig, wollte ich eigentlich sagen, aber direkt passt auch, ja.« Ich seufze schwer. »Für die meisten Leute ist das am Anfang gewöhnungsbedürftig.«

»Ich finde es ehrlich gesagt ziemlich beneidenswert, einfach aussprechen zu können, was man denkt.« Er zuckt mit den Schultern. »Aber wenn du willst, versuche ich alles zu löschen, was ich gehört habe«, fügt er schmunzelnd hinzu.

»Nein, lass uns einfach nicht mehr darüber reden und Isabel suchen.«

»Und danach?«

»Danach ertränken wir Nalini in der Bowle«, gebe ich zurück, und Leo lacht auf.

Mit einer leichten Verbeugung lässt er mir den Vortritt, und ich wage schon zu hoffen, dass wir den Rest des Abends ohne weitere Gespräche über meine Unterwäsche hinter uns bringen. Doch gerade, als ich die Veranda betrete, beugt sich Leo nach vorne, ganz nah an mein Ohr heran, und flüstert: »Tannengrün steht dir bestimmt gut.«

Ich wirbele herum, starre ihn an, während mein Körper in Flammen aufgeht und das allerschlimmbeste Etwas-zu-alles-Grinsen auf Leos Lippen erscheint.

»Und weil du dieses Quid-pro-quo-Spiel so gern spielst: Meine ist übrigens türkis«, sagt er noch, dann fasst er mich sanft an den Schultern, dreht mich um und deutet an mir vorbei zur Lounge hinüber. »Ist das da drüben Isabel?«

*

Ich brenne. Seit er mich berührt hat, verschwindet der Nachhall seiner geflüsterten Worte nicht mehr, das Gefühl seiner Hände auf meiner Haut. Meine Schultern glühen, müssten eigentlich schon längst geschmolzen sein, sollten gar nicht mehr existieren – überhaupt nichts mehr sollte existieren, weil das alles hier so abgrundtief *falsch* ist! Ich hänge in einer verfluchten Zeitschleife fest und verknalle mich zum ersten Mal seit … seit … seit ewig! Und dann auch noch ausgerechnet in den Typen, dem ich jeden Tag über den Weg laufe und der mich jede verdammte Woche wieder vergisst. Was für eine Art von Scherz ist das?! Soll das witzig sein? Das ist nicht witzig, das ist fies! Richtig fies. Und ich darf mir nicht mal anmerken lassen, wie sehr es mich innerlich aufreibt, weil niemand außer mir versteht, wieso! Ich bin die Einzige mit vier Wochen zu viel auf dem Konto, und ich weiß weder, wie viele von diesen Wochen noch folgen werden, noch habe ich den Hauch einer Ahnung, wie ich diesen ganzen Mist beenden soll, damit ich endlich weitermachen kann. Weiter mit meinem Buch, mit meinem Leben, mit … ja, vielleicht mit Leo. Aber wie soll mir das gelingen, wenn ich immer nur wild herumstochere und Dinge ausprobiere, von denen ich mir ziemlich sicher bin, dass sie ohnehin nicht funktionieren werden? Dass sie eventuell sogar alles noch schlimmer machen.

Allein die Vorstellung, dass Leo mich am Montag wieder vergessen hat und nur noch das Gefühl an ihm nagt, mich von irgendwoher zu kennen … Am liebsten würde ich mich jetzt einfach in meinem Zimmer verkriechen und … ich weiß nicht … nichts tun. Alles ist besser als das hier, diese beschissene Angst vor dem Vielleicht.

Ich schließe die Augen, seufze tief, und als ich sie wieder öffne, hat Leo den Kopf in meine Richtung gedreht und schaut mich wachsam an. Die Frage in seinem Blick ist fast körperlich spürbar, obwohl ich extra darauf geachtet habe, mich diesmal nicht neben ihn auf die Couch zu setzen. Dank Isabels Einsatz haben wir die Lounge nämlich komplett für uns, sogar Willi und Kurt wurden für die Dauer der Befragung der Veranda verwiesen und haben es sich auf ein paar Gartenstühlen in der Nähe der improvisierten Boulebahn bequem gemacht.

»Wie sind Sie überhaupt zu diesem Podcast gekommen?«, fragt Isabel in diesem Moment, und nach kurzem Zögern wendet sich Leo wieder ihr zu.

Die beiden unterhalten sich jetzt seit gut einer halben Stunde, und es wäre gelogen, wenn ich behaupten würde, ich hätte mehr als die Hälfte davon mitgekriegt. Ich glaube, bisher ging es vor allem darum, aus welchem Grund er mit *SEX KILLZ* aufhören will und wer diesen furchtbaren Titel verbrochen hat.

»Ich fand das Medium Podcast schon immer spannend, also habe ich während des Studiums einen über Journalismus begonnen, der auch recht schnell gut gestreamt wurde«, sagt Leo. »Und als ich dann meine ersten tausend Subscriber auf SoundCloud hatte, hab ich den RSS-Feed auch auf …«

»Junger Mann, ich helfe Ihnen wirklich gern, aber nutzen Sie doch bitte Vokabular, das ich verstehe.«

»Oh, tut mir leid, natürlich.« Leo reibt sich den Nacken, und selbst das – diese kleine Bewegung – löst einen Tornado in mir aus. »SoundCloud ist eine Online-Plattform, auf der man Musik und Podcasts hochladen und auch abspielen kann. Und Stream bedeutet einfach nur die kontinuierliche Übertragung von Daten auf ein Endgerät.«

»Sehen Sie? Es geht doch.« Isabel wedelt kurz mit ihrem Zigarettenhalter, um ihm zu bedeuten, dass er weiterreden soll.

»Jedenfalls kam irgendwann dieser Typ – Tobias Lisstner – auf mich zu und meinte, er hätte gemeinsam mit einem anderen Typen ein Podcast-Format entwickelt, das todsicher funktionieren würde, und ob ich nicht Lust hätte, dabei zu sein. Ich müsste dafür bloß meine eigene Show pausieren und mich verpflichten, eine Weile nur diesen neuen Podcast zu machen.«

»Und Sie haben zugesagt.«

»Nicht sofort. Wir haben eine Probefolge gemacht, und die lief tatsächlich so gut, dass …«

Zum wiederholten Mal schweifen meine Gedanken ab, während mein Blick ebenfalls auf Wanderschaft geht. Hin zu Leos Oberarm, weiter zum Ellbogen und schließlich hinab bis zu seinen Händen, die er wie zum Gebet gefaltet hat. Er hat schöne Hände. Lange, schmale Finger – die vorhin auf meinen nackten Schultern lagen.

Ich kann das nicht. Ich kann nicht hier sitzen, ihn die ganze Zeit anstarren und mich noch länger von diesen endlosen Grübeleien innerlich zerfressen lassen.

»Lara, Liebes, bist du so lieb und holst Leo etwas zu trinken?«, fragt Isabel, als hätte sie mein Problem erkannt. »Das hier dauert sicherlich noch ein paar Minuten, und für die trockene Vertragsprüfung nachher wäre etwas Erfrischung ganz hilfreich.«

»Absolut.«

Wie von der Tarantel gestochen springe ich auf und flüchte in den Garten. Dabei spüre ich Leos Blick zwischen meinen Schulterblättern prickeln, aber ich ignoriere ihn. Irgendwie werde ich es schon schaffen, meine Gedanken wieder in andere Bahnen zu lenken. Fragt sich bloß, womit …

Während ich noch nach Ablenkung suche, reißt Pedro drüben bei der Boulebahn jubelnd die Arme nach oben, weil er gewonnen hat. Ein Stück daneben sitzen Willi und Kurt und unterhalten sich angeregt miteinander – oder vielmehr redet nur Willi. Kurt hat die Arme vor seiner Brust verschränkt und schüttelt bockig den Kopf.

Na also, da ist doch meine Ablenkung! Entschlossen stapfe ich zu den beiden hinüber.

»Das ist eine Party, kein Debattierklub«, sage ich und lasse mich vor ihnen auf dem Rasen nieder. Im Kleid ist das alles andere als einfach.

»Siehst du!«, ruft Kurt. »Lara ist ebenfalls der Meinung, du solltest aufhören, mit mir zu schimpfen.«

»Es sei denn, das Schimpfen ist berechtigt«, werfe ich ein. »Was hast du denn angestellt?«

»Ich hab nichts angestellt. Ich will Boule spielen.«

»Wie soll das funktionieren?«, knurrt Willi. »Du bist vorhin kaum allein vom Stuhl hochgekommen!«

»Oha.« Mit zusammengekniffenen Augen mustere ich Kurt von oben bis unten. »Warum das denn? Geht es dir nicht gut?«

»Nur ein kleines bisschen schwach auf den Beinen heute, mehr nicht«, erwidert er abwehrend.

»Ja. Und Blut ist auch nur ein kleines bisschen rot«, kontert Willi erneut.

Ein paar Sekunden lang duellieren sich die beiden mit Blicken, bis Kurt schließlich nachgibt und zu Boden schaut. Kommt es mir nur so vor oder ist er tatsächlich ein wenig schmaler geworden in den letzten fünf Wochen? Eigentlich sollte das doch gar nicht möglich sein, alle anderen haben sich ja auch nicht verändert. Soweit ich weiß, war niemand in der Zwischenzeit beim Friseur, niemand hat mehr Sonnenbräune abbekommen oder sich ein neues Auto gekauft. Nalini trägt sogar noch denselben Nagellack wie vor fünf Wochen, und am Daumen platzt jeden Sonntag ein winziges Stückchen ab.

Aber Kurt …

Mist, ich bin mir echt nicht sicher, was ihn angeht. Dabei hätte ich darauf achten müssen, nachdem Willi mir sogar mehrfach erzählt hat, dass er sich Sorgen um ihn macht. Spätestens allerdings, als mir aufgefallen ist, dass Leo sich an manche Dinge aus vorherigen Schleifen zu erinnern scheint – wenn auch unterbewusst. Ich hätte überprüfen müssen, ob das auch andere Menschen betrifft, ob es noch mehr Änderungen gibt. Stattdessen habe ich mich einfach darauf verlassen, dass Leo der Einzige ist, habe lieber ellenlange Listen geschrieben, um Bücher gekämpft und – na ja, verdammt viel Zeit mit Leo verbracht. Ich muss dringend daran arbeiten, in nächster Zeit wieder aufmerksamer für meine gesamte Umgebung zu sein, und nicht ständig nur … nur …

Instinktiv zuckt mein Blick hinüber auf die Veranda und bleibt an Leos Gesicht hängen. Er lacht. Ich könnte versinken in diesem Lachen.

»Weißt du, Kurt«, sage ich und drehe mich ein wenig zur Seite, damit ich nicht gleich wieder der Versuchung erliege, auf die Veranda zu schielen. »Vielleicht solltest du zur Abwechslung mal auf deinen treu sorgenden Mann hören und einen Gang runterschalten. Du siehst wirklich blass aus.«

Er guckt mich an, als hätte ich vor seinen Augen in seine Suppe gespuckt, dann wendet er sich an Willi. »Sag nicht, du hast die Kinder mit ins Boot geholt! Nalini hat mich vorhin schon so komisch angeschaut …«

»Stell dir vor, sie sind aus eigenem Antrieb reingesprungen, weil sie ganz genau wissen, wie stur du sein kannst«, brummt Willi. »Und wenn du dich weiter weigerst, besser auf dich achtzugeben, lasse ich Isabel von der Leine. Sie scharrt schon mit den Hufen.«

»Wilhelm Freimark, du bist ein Schinder.«

»Und aus exakt diesem Grund hast du mich geheiratet.« Willi greift nach Kurts Hand, führt sie zu seinem Mund und drückt einen sanften Kuss darauf.

Auch nach all den Jahren berührt es mich immer wieder zu sehen, dass dieser große, mürrisch wirkende Gorilla im Grunde die Liebenswürdigkeit in Person ist. Und dass er das Glück hatte, seinen perfekten Gegenpart zu finden, denn Kurt zerfließt sofort zu einer Pfütze aus Liebe. Jedes bisschen Sturheit erlischt. Und nicht zum ersten Mal wünsche ich mir, dass ich selbst jemandem begegne, mit dem ich so etwas erleben darf. Jemandem, der mir auch nach über fünfzig Jahren noch so in die Augen schaut. Der auch dann noch über meine Witze lacht und an der Tür auf mich wartet, wenn ich nach Hause komme. Jemandem, der mich mit Liebe, Liebe und immer wieder Liebe überhäuft.

»Du hast ja recht«, murmelt Kurt und schmiegt seine Wange an ihre verschränkten Hände.

»Ihr seid verboten süß, das ist ja schlimm mit euch!«, schimpfe ich und versuche, in meinem Kleid halbwegs elegant aufzustehen, um den beiden ihren Moment der Zweisamkeit zu lassen. Doch bevor ich ihnen davonlaufen kann, platzt Kurt mit einer Frage heraus.

»Apropos verboten süß: Dieser junge Mann, der da bei Isabel sitzt, Leo … Wieso erfahren wir erst jetzt von ihm?«

»Da gibt es nichts zu erfahren«, entgegne ich lachend. »Wir haben uns am Montag in der Bibliothek kennengelernt, und nun helfe ich ihm bei einem Problem. Mehr nicht.«

»Meine Argusaugen behaupten etwas anderes«, sagt Willi. »Ich beobachte euch schon eine Zeit lang, und ihr klebt aneinander wie zwei Seiten derselben Medaille.«

»Tun wir gar nicht, ich bin doch hier bei euch!«

»Bist du das?«, fragt Willi – und automatisch schaue ich zu Leo hinüber. Als hätte er die Bewegung trotz der Entfernung irgendwie wahrgenommen, dreht er sich nur eine Sekunde später ebenfalls um und findet mich sofort. Willi stößt ein amüsiertes Schnauben aus. »Quod erat demonstrandum.«

»Woah, Leute, könnt ihr mal mit diesen lateinischen Phrasen aufhören?«, brumme ich.

»Das war zwar meine erste heute«, erwidert Willi, »dir zuliebe verkneife ich mir allerdings jede weitere und sorge dafür, dass Kurt erst gar nicht damit anfängt.«

Er mustert mich, als könne er etwas aus meinen Augen herauslesen, das dort überhaupt nicht geschrieben stehen sollte, und ich schlage seufzend die Hände vors Gesicht.

»Tut mir leid, ich wollte nicht so rumzicken. Ich bin nur …« Ja, was? Müde? Aufgeregt? Wütend? »Weißt du, Leo ist echt nett und lieb und alles …«

»Aber?«

»Aber es ist kompliziert.«

»Inwiefern?«, schaltet sich nun auch Kurt wieder ein, und als ich bloß schweigend mit den Schultern zucke, greift er mit seiner freien Hand nach meiner. »Du bist noch jung, Lara. Irgendwann wirst du jedoch hoffentlich so alt sein wie wir jetzt und dich vielleicht an diesen Moment erinnern. Und es wäre wirklich jammerschade, wenn dir dann auffällt, dass es nicht mal annähernd so kompliziert war, wie du dachtest.«

»Du hast leicht reden …«

»Ich? Nein, das stammt von Heimito von Doderer. Der genaue Wortlaut war übrigens: ›Ganze Sachen sind immer einfach wie die Wahrheit selbst, nur halbe Sachen sind kompliziert.‹«

Ich schaue erneut zu Leo rüber, während ich die letzten Worte immer wieder in meinem Kopf kreisen lasse. Nur halbe Sachen sind kompliziert … Halbe Sachen. Was, wenn ich das alles hier tatsächlich komplizierter mache, als es ist, indem ich so tue, als wären diese Gefühle kein Teil von mir, als wären sie falsch? Vielleicht sind sie das gar nicht. Vielleicht gehören sie genauso dazu wie die Angst vor der nächsten Runde in der Schleife.

»Du musst dringend lernen, Dinge einfach mal zuzulassen«, hat Nalini gesagt …

»Selbst wenn es nichts wird, hast du es wenigstens versucht«, fährt Kurt fort, als ich mich wieder ihm und Willi zuwende. »Das Leben darf nicht nur aus verpassten Chancen bestehen, vor allem du solltest das wissen.«

»Und wenn die Aphorismenkeule nicht hilft, sieh es als empirische Datenerhebung«, fügt Willi hinzu, und ich kann mir ein Lachen nicht verkneifen.

Mit einem lauten Seufzen blicke ich zwischen den beiden hin und her. »Ihr zwei seid nicht nur verboten süß, ihr seid auch ganz schön schlau«, sage ich.

»Das wissen wir«, erwidert Willi selbstgefällig. »Obwohl Kurt es gern mit greisenhafter Tattrigkeit überspielt.«

Ich boxe ihm leicht in den Oberarm, dann hebe ich die verschränkten Hände der beiden an und küsse jede einmal.

»Wir sehen uns später, ihr tattrigen Greise. Ich sollte meinem *Begleiter* für heute Abend wohl mal etwas zu trinken bringen, damit ihm beim Gespräch mit Isabel nicht die Kehle austrocknet.«

»Ja, schnapp ihn dir!«, flüstert Kurt.

Grinsend verabschiede ich mich, aber sobald ich mit einer Flasche Blaubeereistee und zwei Gläsern Wein ausgerüstet die Veranda betrete, fühle ich mich wieder so unsicher wie zuvor. Was, wenn nichts von alldem hier die Zeitschleife löst und ich am Montag wieder von vorne beginnen muss? Was, wenn er mich dann wieder vergessen hat? Was, wenn … wenn … wenn …?

»Danke«, sagt Leo, als ich ihm den Eistee reiche, und streckt seine Hand nach der Flasche aus. Seine Finger streifen meine, verharren einen winzigen Augenblick länger dort als unbedingt nötig. Er lächelt zurückhaltend, beinahe scheu.

»Gern«, sage ich – und setze mich neben ihn auf die Couch.

*

Knapp zwei Stunden später haben Leo und Isabel den Vertrag komplett von vorne bis hinten durchgearbeitet, und Isabel hat tatsächlich eine Sache gefunden, die diesem Typen Tobias Lisstner zum Verhängnis wird. Nicht werden könnte, sondern wird – das betont sie mehrmals ausdrücklich, denn sie ist sich absolut sicher, dass beim fraglichen Punkt Gesetzeswidrigkeit vorliegt, weil etwas falsch formuliert wurde. Ein einziges fehlerhaftes Wort …

Damit ist Leopold Haensler aus dem Schneider. Er kann *SEX KILLZ* hinter sich lassen und einen neuen Podcast starten. Einen, bei dem zur Abwechslung mal lebende Menschen im Mittelpunkt stehen. Einen über gute Geschichten. Vielleicht erzählt er ja sogar irgendwann mal seine eigene.

Sobald ihm bewusst wird, dass es einen Ausweg gibt, strahlt er wie ein Honigkuchenpferd, und ich bin mir fast sicher, dass er diesen Erfolg jetzt feiern wird. Doch seltsamerweise rutscht er ganz langsam auf der Couch nach hinten, lässt seinen Kopf gegen die Rückenlehne sinken und atmet tief durch.

Während Isabel aufsteht, um Kurt und Willi Bescheid zu sagen, dass sie sich ihre angestammten Loungeplätze wieder zurückerobern dürfen, betrachte ich Leo eingehend. Seine geschlossenen Lider, die gerade Nase, die leicht geöffneten Lippen, seinen Adamsapfel, seine Brust, die sich schnell hebt und senkt …

»Ich weiß gar nicht, wie ich dir jemals dafür danken soll«, murmelt er und dreht den Kopf zur Seite, sodass er mich ansehen kann. Seine Augen leuchten so hell …

Im Hintergrund lacht jemand, und die Vorstellung, dass gleich unzählige Leute die Veranda stürmen werden, um herauszufinden, wer der geheimnisvolle Neue ist, kratzt unangenehm in meinen Hirnwindungen. Am liebsten würde ich …

»Gehst du mit mir spazieren?«, frage ich spontan.

»Jetzt?«, erwidert Leo überrascht.

»Wir müssen nicht, es war nur …«

»Ja.« Er steht auf, greift nach meiner Hand, um mich ebenfalls hochzuziehen, und führt mich, ohne auch nur einen Augenblick zu zögern, durchs Treppenhaus und auf den Gehweg hinaus. Erst dort bleibt er stehen.

»Wohin?«, fragt er.

»Ich weiß nicht …«

Er schaut nach rechts, nach links.

»Leo?«, sage ich, und sein Blick landet wieder auf mir. »Können wir einfach nur laufen? Nicht groß über irgendwas reden, nur eine Weile miteinander … laufen?«

Ein leises Lächeln zieht seine Mundwinkel nach oben. Er senkt den Kopf, betrachtet unsere Hände. Dann lockert er seinen Griff ein bisschen – gerade genug, dass ich nicht loslasse –, dreht die Handfläche so, dass er seine Finger mit meinen verschränken kann, und geht los.

Wir haben kein festes Ziel. Ich genieße einfach die Bewegung und das Gefühl von seiner Hand in meiner, das Gefühl seiner Wärme, seiner Nähe. Genieße es, bei jedem Schritt vom Geruch nach frischer Meeresminze umspült zu werden. Wie er mit seinem Daumen über meinen streift. Und vor allem genieße ich die Tatsache, dass ich mich gerade gegen nichts davon wehren muss.

Ab und zu stellt Leo eine kurze Frage, die ich mit einem Wort beantworten kann – »Rechts oder links?«, »Ist dir kalt?«, »Sollen wir umkehren?« –, doch die meiste Zeit schweigen wir. Und die Stille fühlt sich keine Sekunde lang unangenehm an, im Gegenteil. Sie fühlt sich an wie ein Hafen. Wie etwas, das von außen immer mehr nach innen wandert und dort Dinge zurechtrückt.

Als wir irgendwann – ich weiß nicht, wie lange wir unterwegs waren – wieder in der Lindenallee ankommen, bleibt Leo vor dem Eisentor mit unserer Hausnummer stehen. Er streckt seine freie Hand nach der Klinke aus, aber im letzten Moment zieht er sie zurück, zögert und lehnt sich schließlich mit dem Rücken gegen die Steinmauer, in die das Tor eingelassen ist.

»Ich muss mich schon wieder bedanken«, sagt er. »Das war genau das Richtige nach diesem Abend.«

»Und ich hatte schon Sorge, ich würde dich von einer triumphalen Ich-kann-endlich-einen-anderen-Podcast-machen-Siegesparty abhalten.«

Er schüttelt lachend den Kopf. »Nein, die Sache ist ja noch lange nicht durch. Außerdem bin ich gar nicht so der Partytyp, muss ich zugeben.«

»Tatsächlich?«

»Tatsächlich. Letzten Sonntag war ich seit Ewigkeiten mal wieder mit einem Freund aus dem Studium unterwegs, und Montag hatte ich Kopfschmerzen.«

»Und eine Bierfahne«, füge ich hinzu.

»Echt?« Er reibt sich mit der freien Hand den Nacken, und ich glaube, er wird sogar ein bisschen rot dabei. »Shit, das tut mir leid. Zuerst erschlage ich dich beinahe mit einem Buch, und danach auch noch so was …«

»Ist okay, ich habe beides ganz gut überstanden.«

Wieder dieses leise Lächeln, das mir inzwischen beinahe genauso gut gefällt wie das breite Etwas-zu-alles-Grinsen. Und das amüsierte kurze Auflachen. Oder das zurückhaltende Schmunzeln …

Plötzlich brandet Jubel in unserem Garten auf, gefolgt von einer Runde Beifall, und Leo schaut durch die Streben des

Eisengitters aufs Haus. Er wartet, bis das Klatschen aufgehört hat, dann senkt er den Kopf.

»Bist du böse, wenn ich dir sage, dass ich heute noch weniger Lust auf Party habe als sonst?«, fragt er, während er unsere verschränkten Finger betrachtet.

»Natürlich nicht«, antworte ich und gebe mir Mühe, meine Stimme möglichst unbeeindruckt klingen zu lassen. »Ruh dich aus. Morgen früh steht ja noch die Nachbearbeitung eurer nächsten Folge an, oder? Deiner letzten womöglich.«

»Ja.« Er runzelt kurz die Stirn. »Das ist aber gar nicht der Grund, wenn ich ehrlich bin.«

»Schon gut, du musst dich nicht rechtfertigen. Ich würde auch viel lieber was anderes machen«, gebe ich zu, und nun zuckt sein Blick zu meinem Gesicht nach oben.

»Was denn?«

»Ich … ich weiß nicht, vielleicht …« Gott, wie soll ich mich denn aufs Reden konzentrieren, wenn er so … wenn er … wenn er mich ansieht, als würde er versuchen, meine Gedanken zu lesen? Mein Mund fühlt sich auf einmal viel zu trocken an. Wie eine Steinwüste. Ich schlucke schwer.

»Vielleicht?«

»Vielleicht …«

Ich bemerke den kleinen Schritt erst, als ich ihn bereits gemacht habe.

Für den Bruchteil einer Sekunde schweift Leos Blick nach unten zu meinen Füßen, dann wieder hinauf in mein Gesicht. Er zuckt mit den Fingern – ein flüchtiges, ganz vorsichtiges Ziehen an meiner Hand, die in seiner liegt. Näher …? Ich gebe nach, gebe in allem nach, und komme ihm tatsächlich noch näher. Seine Pupillen weiten sich, verschlingen die eigenartige Helligkeit seiner Augen.

Wieder ein Schritt, den ich kaum bemerke. Jetzt stehe ich direkt vor ihm, nur unsere verschränkten Hände trennen unsere

Oberschenkel noch voneinander. Er bewegt seinen Zeigefinger, streift den Saum meines Kleides und dann ein Stück Haut. Ganz sanft, ganz weich.

Luft, viel zu viel Luft! Ich halte sie an, damit ich nicht an zu viel Luft untergehe, während Leo seine andere Hand hebt. Er streicht meinen Arm nach oben, über meine Schulter bis zu meinem Hals. Seine Augen folgen der Bewegung – oder leiten sie, ich weiß es nicht. Am Kiefer, sein Daumen an meinem Kiefer, die übrigen Finger in meinem Nacken.

Leo beugt sich ein Stück herunter, bis sein Mund an meinem Ohr ist. Schon wieder.

»Vielleicht?«, haucht er.

Ich neige den Kopf zur Seite, als ich seine Nasenspitze an der Stelle unter meinem Ohr spüre, seine Lippen …

Meine Lunge implodiert. Ich muss atmen, atmen, jetzt sofort! Hektisch sauge ich die Luft ein, und als Leo daraufhin zögert, halte ich ganz still, flehe stumm, dass er weitermacht, lehne mich zur Seite, gegen seine Hand – und er erlöst mich, fährt mit seinen Lippen meine Kieferlinie entlang nach vorne … Höher …

Seine Lippen schweben über meinem Mund, nur Millimeter entfernt, verharren dort, abwartend. Leos Blick ist unscharf, ohne Fokus, von seinen Wimpern fast völlig verdeckt. Er atmet zu schnell, genau wie ich. Krallt seine Finger noch fester um meine. Bebt fast.

Ich grinse.

Und dann schließe ich die Lücke.

Wenn ich dachte, mehr Hitze könnte er gar nicht in mir auslösen als durch seine Finger auf meiner Haut, lag ich meilenweit daneben. Seine Lippen brennen so sehr, dass ich das Gefühl habe, sie versengen meine Seele, versengen mein gesamtes Sein. Und als er mich mit einem leisen Keuchen an sich zieht, verglühen in diesem Geräusch Zeit und Raum.

Er löst seine Finger von meinen, löst die anderen von meinem Nacken, schlingt beide Arme um meine Taille und lässt seine Hände meinen Rücken hinaufwandern.

Ich weiß nicht, worauf ich mich konzentrieren soll, auf das Gefühl, das seine Haut auf meiner hinterlässt, auf das Drängen seines Mundes – seine Zunge! Seine Zunge, die meine Lippen öffnet und sich sacht vortastet, erkundet, lockt …

»Warte«, flüstere ich, und er weicht sofort zurück.

Seine Wangen glühen. Er schließt kurz die Augen, als müsse er erst zurück in seinen Körper finden, und als er mich wieder anschaut, greife ich nach seiner Hand. Ich ziehe ihn mit mir ins Haus, lasse die Haustür ganz vorsichtig ins Schloss fallen, damit uns niemand hört, und ziehe ihn weiter die Treppe hinauf zu unserer Wohnung. Sobald die Wohnungstür zu ist, dränge ich ihn mit dem Rücken dagegen und küsse ihn, berühre ihn, presse mich mit meinem gesamten brennend heißen Körper gegen ihn, bis er aufstöhnt.

»Langsam«, ächzt er. »Bitte.«

Aber ich will nicht langsam machen, ich will mehr davon, wollte es schon vor Tagen. Vielleicht sogar schon vor Wochen, keine Ahnung. Doch nun, da ich es bekomme, verstehe ich, wie sehr ich darauf gewartet habe. Wie sehr sich jede Faser meines Körpers danach sehnt. Und weil ich nicht weiß, wie viel Zeit uns noch bleibt, ob er mich schon bald wieder vergessen hat, will ich es jetzt sofort.

Mein Zimmer ist das erste auf der rechten Seite des Ganges, genau gegenüber der Küche. Ich packe Leo am Kragen seines Trikots, führe ihn durch die geöffnete Tür, ohne auch nur eine Sekunde meine Lippen von seinen zu nehmen, während er sich rückwärts vorantastet. Er bekommt meine Türklinke zu fassen, wirft die Tür zu, sobald wir durch sind – und endlich stößt er mit der Kniekehle gegen mein Bett. Ich lasse seinen Kragen los, lege meine Hände auf seine Brust, spüre, wie hart sein Herz trommelt, Saltos schlägt. Spüre seinen hektischen Atem. Ich helfe ein klein wenig nach – und mit einem überraschten Ton kippt er nach hinten.

Leopold Haensler sitzt auf meinem Bett und beobachtet schwer atmend, wie ich meine Sandalen von den Füßen kicke.

»Okay«, raunt er. »Das ist … wow.«

»Was genau?«, hauche ich in sein Ohr. »Dass du in meinem Zimmer bist, während alle anderen da unten sitzen und keinen blassen Schimmer haben, was wir hier machen?«

»Der Gedanke ist ziemlich heiß.«

»Allerdings.«

Seine Fingerspitzen finden meine Beine, streichen sanft die Außenseiten meiner Schenkel nach oben. »Das hier aber auch«, flüstert er mit rauer Stimme. Als er beim Saum meines Kleides ankommt, hält er wieder kurz inne, aber ich vergrabe eine Hand in seinen Locken, und er lässt seine Finger weiterwandern. Unter mein Kleid, immer höher. »Und das hier.« Er erreicht meine Hüften, den Rand meines Slips, fährt mit den Zeigefingern unter das Bündchen. Etwas tiefer. Dann legt er seine Hände auf meine Hüftknochen und zieht mich auf seinen Schoß. »Und das.«

Sein Mund prallt auf meinen, er saugt und knabbert und beißt, bis er wieder von mir ablassen muss, weil ich ihm das Trikot über den Kopf ziehe und achtlos in irgendeine Ecke feuere. Selbst im gedämpften Schein der Gartenbeleuchtung nehme ich wahr, wie gut er aussieht. Sein Oberkörper ist schmal, aber nicht schmächtig, seine Schultern sind sehnig, aber nicht dürr. Er ist drahtig, stark. Schön. Leo ist schön. Ich berühre ihn überall, lasse meine Finger seine nackte Haut erkunden, während ich mit geöffneten Lippen seinen Hals hinauffahre.

»Gott …« Er keucht, und seine Hände landen wieder auf meinen Hüften. Doch jetzt wird er mutiger, rafft mein Kleid erst langsam nach oben, dann schiebt er es über meine Taille, höher,

höher, immer weiter hoch. Er hebt meine Arme – und im nächsten Moment ist auch das Kleid nur noch ein vergessenes Stück Stoff, das irgendwo auf dem Boden liegt.

Einen Augenblick lang betrachtet er mich so intensiv, dass mir schwindelig wird. Aber nicht, weil ich mich unwohl fühle. Im Gegenteil, Leo schaut mich an, als wäre ich sein Hauptgewinn. Als könne er nicht glauben, was hier gerade passiert.

»Tannengrün steht dir noch besser, als ich dachte«, murmelt er mit belegter Stimme. Dann umfasst er meine Taille, hebt mich kurz hoch – und im nächsten Moment liege ich auf dem Rücken. Er stützt sich mit einer Hand neben mir ab, die andere wandert meinen Bauch hinauf …

Ich kralle meine Hände in seine Locken, ziehe seinen Kopf zu mir heran. Nicht genug, ich kann nicht genug bekommen von seinem Geruch, der sich irgendwie verändert hat, seit wir uns so nah sind. Da ist nicht länger nur frische Meeresminze, sondern auch etwas … Dunkleres.

Er schafft es, seine Schuhe auszuziehen, und endlich kann ich seine Hose öffnen, kann ihn dort berühren, wo …

»Lara, *bitte*«, stöhnt er und drückt sich mit beiden Händen nach oben. »Mach langsamer.«

»Im Allgemeinen? Oder damit?«, frage ich und streiche mit den Fingerspitzen von seinem Bauchnabel abwärts bis zum Bund seiner Boxershorts …

»Damit!« Er packt meine Hand, führt meinen Arm nach oben über meinen Kopf, danach macht er dasselbe mit dem anderen Arm. Er hält meine Handgelenke fest, legt sich auf mich, schwer und warm, und ich glaube, ich explodiere gleich. »Lass mich wenigstens eine Sache richtig machen, nachdem du meinen Plan für heute Abend schon komplett zerschossen hast.«

»Du hattest einen Plan?«, flüstere ich stockend, während er mit der Zunge von meinem Schlüsselbein bis zu meinem Ohr streift. Langsam. Genüsslich.

»Von Anfang an. Oder glaubst du wirklich, ich hab dir geschrieben, um Tschüss zu sagen?«, raunt er und beißt in mein Ohrläppchen.

»Nicht?«

»Nein. Ich wollte dich kennenlernen, Zeit mit dir verbringen. Damit ich irgendwann mal das hier …« Nun wandert seine Zunge in die andere Richtung, von meinem Ohr übers Schlüsselbein abwärts, über den Ansatz meiner Brust, zum Stoff meines BHs, schiebt sich unter die grüne Spitze, bis … Leo plötzlich wieder den Kopf hebt und mich ansieht. »Damit ich das hier machen kann. Und zwar nicht nur für eine Nacht.«

»Du meinst, du willst keinen One-Night-Stand?«

Er runzelt die Stirn. »Ich will *definitiv* keinen One-Night-Stand.«

»Gut. Ich auch nicht.«

Will ich wirklich nicht. Allein der Gedanke daran, dass es sich in zwei Tagen trotzdem so anfühlen könnte, als wäre das alles hier nur für eine Nacht gewesen, weil die Zeitschleife weitergelaufen ist, schnürt mir die Kehle zu.

»Und was war dein Plan für heute Abend?«, frage ich, um das Gefühl schnellstmöglich wieder zu vertreiben.

»Ich wollte dich nach deiner Telefonnummer fragen.«

»Oh. Extrem gewagt.«

Er grinst, und weil ich es nicht aushalte, dieses Grinsen, schlinge ich meine Beine um seine Hüften und recke ihm mein Gesicht entgegen, damit er mich küsst oder sonst was mit mir macht. Aber stattdessen stemmt er sich wieder ein Stück nach oben, mustert mich fasziniert, bis ich mich wimmernd unter ihm aufbäume, ihn anflehe …

»Bitte …«

… und er mit einem Ächzen die Augen schließt.

Im nächsten Moment sind meine Hände frei und seine überall. An meinen Rippen, meiner Hüfte, meinen Beinen. Er schiebt seine Oberschenkel unter meine, drängt sich gegen mich, bis ich genau spüre, wie sehr er mich will. Dann fährt er mit einer Hand unter meinen gewölbten Rücken, hinauf zu meinen Schulterblättern, presst meinen Körper gegen seinen und zieht mich mit nach oben, bis ich erneut auf seinem Schoß sitze.

Mit einer quälend langsamen Bewegung rollt er erst einen BH-Träger über meine Schulter, danach den anderen, streicht über meine Taille nach hinten, ganz federleicht weiter hoch, öffnet die Häkchen – und dann ist da kein bisschen tannengrüne Spitze mehr zwischen seinen Lippen und meiner glühend heißen Haut.

Und weil er immer so weitermacht, immer weniger Schichten zwischen uns duldet und all diese Dinge tut, die mich fast über die Kante stoßen, kann er mich nun nicht mehr daran hindern, dasselbe bei ihm zu tun. Seinen Körper zu erspüren, zu erforschen, während er immer wieder leise keucht, wenn ich zu schnell zu viel will.

Bis ich schließlich alles von ihm bekomme.

Sonntag

Ich hatte Sex mit Leopold Haensler. Guten Sex. So gut, dass wir gleich zweimal miteinander geschlafen haben, um das Gefühl auszukosten. Außerdem wären die zwei Kondome, die ich noch in einer uralten Packung in meinem Nachttisch gefunden habe, in zwei Monaten abgelaufen – in einem halben Monat, wenn man die fünf Wochen Zeitschleife abzieht. Was bei genauerer Betrachtung natürlich Blödsinn ist, Pedros Joghurt im Kühlschrank wird ja auch nicht schlecht …

Wieso denke ich über Pedros Joghurt nach, ich hatte zweimal Sex mit Leopold Haensler!

Und jetzt liege ich hier, starre an die Decke, erschöpft und wohlig warm, und lausche Leos Atem, der allmählich regelmäßiger wird – bis das Geräusch der zufallenden Wohnungstür ihn heftig zusammenzucken lässt.

»… ins Bett gegangen ist?« Pedros leise Stimme wabert wie ein Geist in mein Zimmer.

»Wo soll sie denn sonst sein, Pedro?«, zischt Nalini.

»Aber ohne sich zu verabschieden? Das hat sie noch nie gemacht. Und dieser Kerl, wie heißt der noch mal?«

»Leo.«

»Leo. Der ist auch weg, und niemand weiß, wohin. Vielleicht hat er sie entführt.«

»Ja, genau. Das wird's sein.«

Ich drehe den Kopf zur Seite und kann gerade noch so erkennen, wie sich ein Lächeln auf Leos Lippen stiehlt. Die Lichterketten im Garten sind inzwischen erloschen, die Gäste gegangen, das Zimmer liegt im Dunkeln. Nur das Leuchten meines Radioweckers bringt noch etwas Helligkeit. 1.13 Uhr zeigt er an.

»Musstest du mich gleich entführen?«, frage ich leise, und Leos Lächeln wird breiter.

»Wer's findet, darf's behalten«, murmelt er. »Abgesehen davon hast *du* ja wohl eher *mich* entführt.« Er liegt auf dem Bauch, die Hände wie ein Kissen unter seinem Kopf, die Augen geschlossen. Er sieht zufrieden aus. Entspannt.

Ich strecke eine Hand aus und streiche behutsam über das Tattoo, das zwischen seinen Schulterblättern beginnt und sich ein Stück seine Wirbelsäule hinabzieht. Es ist eine vertikale Tonspur, die oben und unten von gespiegelten Wassertropfenwellen begrenzt ist.

»… nur ganz kurz, bitte. Ich mach mir echt Sorgen.« Wieder Pedro.

»Glaub mir, wir müssen nicht …«

»Lara?«

Ein Klopfen an meiner Tür.

Leos Lider fliegen auf, und jetzt sieht er gar nicht mehr entspannt aus, sondern eher verwundert. Und als kurz darauf die Klinke herabgedrückt wird und ein Strahl Flurlicht ins Zimmer fällt – genau auf mein Bett, genau auf uns –, verwandelt sich die Verwunderung in Entsetzen.

»Lara? Ich wollte nur … Oh. Oh, das tut mir … O Gott.«

»Bereit, den besten Freund meiner Freundin kennenzulernen?«, flüstere ich an Leo gewandt und drücke ihm einen schnellen Kuss auf die Wange, als er mit schockgeweiteten Augen den Kopf leicht hin und her bewegt. Dann ziehe ich das dünne Laken, das über uns liegt, etwas höher, richte mich auf und lächle Pedro und Nalini fröhlich an.

»Hi. Was gibt's?«

»Was es gibt?!« Nalini reißt den Mund auf und guckt fassungslos zwischen Leo und mir hin und her, während Pedro wenigstens den Anstand besitzt, sich die Hände vors Gesicht zu schlagen und uns nur durch die schmalen Schlitze zwischen seinen Fingern anzustarren. »Du bist – nein, *ihr seid* vor mehr als drei Stunden einfach wortlos abgehauen, um das hier« – sie wedelt ein paarmal mit der Hand durch die Luft – »zu tun, und du fragst, was es gibt?«

»Na ja, das hier« – ich wedele genauso durch die Luft – »hat all meine Aufmerksamkeit gefordert. Also …«

»Warum hast du mir denn nicht Bescheid gesagt?«

»Dass ich womöglich gleich Sex haben werde?«

»Ja!«

»Ich fürchte, das hätte irgendwie den Moment ruiniert.«

Pedro wimmert, und auch Leo stöhnt gepeinigt auf.

»Gott sei Dank ist das alles überhaupt nicht peinlich«, ächzt er, schnappt sich mein Kissen und presst es sich auf die Ohren. Wie ein Kind, das die Außenwelt aussperren will.

»Peinlich?«, faucht Nalini. »Du versuchst dich zu verstecken, *das* ist peinlich. Wir sehen dich. Nackt. Im Bett unserer besten Freundin.«

»Oh, ich glaube, er ist nicht mehr …« Ich hebe kurz das Laken an, schaue drunter – und lasse es wieder sinken. »Okay, ja, er ist nackt.«

»Unerhört. Hat dieses Zimmer überhaupt schon mal einen nackten Mann gesehen?«

»Das ist deine Schuld, du hättest mir eben nichts von ihrer Unterwäsche erzählen sollen«, brummt Leo, das Gesicht halb in der Matratze vergraben. Dann stemmt er sich auf die Unterarme nach oben, dreht sich zu Nalini um – und grinst sie an. »Danke dafür, das war … spannend.«

Eine Sekunde lang hält Nalini noch an ihrer Terrorelfenmiene fest, ehe sie kichernd ihre Schultern nach oben zieht und die Handflächen auf ihre Wangen legt. »Total gern geschehen, ihr zwei Schnuckelchen!«, flötet sie, und: »Viel Spaß noch!« Damit zieht sie die Tür wieder ins Schloss, und es wird erneut dunkel im Zimmer.

»Gute Nacht!«, brüllt Pedro durch die geschlossene Tür, und gleich darauf jault er auf, wahrscheinlich, weil Nalini ihm den Ellbogen in die Seite gerammt und ihm befohlen hat, leiser zu sein, damit Willi, Kurt und Isabel nicht aufwachen. Oder sie hat ihn aus Versehen getreten.

»Die sind nett«, sagt Leo, sobald ich wieder neben ihm liege.

»Nein, sie sind nervig und anstrengend und distanzlos.«

»Aber du magst sie.«

»Ich liebe sie.«

Er dreht sich auf die Seite, stützt seinen Kopf in die Hand und schaut mich nachdenklich an. Seine Lider sind schwer, sie bewegen sich nur träge, wenn er blinzelt.

»Was ist?«, frage ich.

»Ich hab vorhin überlegt, ob ich zur Nachbearbeitung der Podcastfolge gehen soll.«

»Vorhin?«

»Ja. Das hat mich von dem hier« – er wedelt ebenfalls wie Nalini durch die Luft – »abgelenkt. Und vor allem von dem, was du mit deinen Zähnen gemacht hast.«

»Ah. Verstehe.« Gut, dass es so dunkel ist, sonst könnte er jetzt sehen, wie ich knallrot anlaufe. »Wann geht's denn los?«

»Um sieben. Wir liegen diesmal echt knapp in der Zeit.«

»Und zu welchem Schluss bist du gekommen?«

»Ich denke, ich sollte hingehen.« Seine freie Hand wandert unter das Laken und zu meinem Arm herüber. »Tobias, einer der Produzenten, wird auch da sein.«

»Okay.«

»Dann kann ich ihm gleich sagen, dass ich ab nächster Woche raus bin.« Seine Finger wandern weiter, von meinem Arm zu meiner Taille. »Oder nach der Kündigungsfrist, falls ich mich daran halten muss. Das wollte ich Isabel eigentlich noch fragen, bevor du mich entführt hast.«

»Sorry, ich dachte, ihr wart fertig, als sie aufgestanden ist, um Kurt und Willi zu holen.«

»Fast. Macht aber nichts, deine Entschuldigung war ziemlich gut.«

»Ziemlich gut?«, knurre ich. »Also bitte, ich …«

Er fährt mit den Fingerspitzen über meine Haut, umrundet meinen Bauchnabel, bis ein wohliger Schauer über meinen gesamten Körper rieselt, danach rutscht er ein kleines Stückchen höher, höher … Ich vergesse, was ich noch sagen wollte, und rekele mich genüsslich unter der Berührung.

Mit einem Stöhnen vergräbt Leo sein Gesicht in meiner Halsbeuge. »Shit, ich kann einfach nicht aufhören, dich anzufassen«, raunt er und küsst die Stelle über meinem Schlüsselbein.

Ich will auch gar nicht, dass er damit aufhört. Am liebsten würde ich ihn darum bitten, den Rest der Nacht genau so weiterzumachen. Und morgen auch. Und übermorgen. Aber vor ihm liegt ein Gespräch, das über einen beträchtlichen Teil seiner Zukunft entscheiden wird, und er könnte vorher sicherlich ein bisschen Ruhe gebrauchen. Zumindest ein paar Stunden. Also greife ich nach seiner Hand, ehe ich nicht mehr die Kraft aufbringe, ihn aufzuhalten, führe sie zu meinem Mund und küsse seinen Handrücken.

»Vielleicht solltest du ein wenig schlafen, bevor du mit Tobias sprichst.«

»Ja, mach ich. Später …«

»Nicht später, und nicht hier, Leo. Zu Hause. Wir wissen beide, dass du hier nicht viel Schlaf bekommen wirst.«

»Ich will nicht gehen«, antwortet er, während er seine Hand aus meiner zieht und wieder damit auf Wanderschaft geht. Meinen Hals hinab bis zu der Stelle zwischen meinen Brüsten …

»Aber …«

»Ich will wirklich nicht.«

»Hör zu, ich hätte auch gern, dass du hierbleibst.« Meine Stimme stockt, weil er vom Küssen meiner Schlüsselbeine ins sanfte Beißen übergeht, schon wieder. Weil seine Hand Dinge tut, die mich um den Verstand bringen. Schon wieder.

»Dann lass mich hierbleiben.«

»Leo.«

Er hebt den Kopf, zögert einen Moment, ehe er sich vorbeugt und einen hauchzarten Kuss auf meine Lippen drückt. Danach noch einen. Und noch einen. Beim vierten kann ich seine Zunge an meiner spüren, seine Zähne an …

»Stopp.«

Murrend weicht er zurück und dreht sich zur Seite, um meine Nachttischlampe anzuknipsen. »Darf ich dich wenigstens anrufen, sobald wir fertig sind?«

»Ich weiß nicht«, sage ich und wickele das Laken enger um meinen Körper. »Hast du denn meine Handynummer?«

»Nein.« Er lacht leise. »Aber wenn du mich schon rauswirfst, könntest du sie mir wenigstens aufschreiben, während ich mich anziehe.«

»Beim Anziehen schaue ich dir lieber noch zu, das kann ich dann den Rest der Nacht in meinem Kopf wie einen Film rückwärts ablaufen lassen«, gebe ich zurück, und jetzt lacht er ganz offen.

»Ich hab ja gesagt, ich finde eine Lösung für die Albträume.« Er steht auf, zieht seine Boxershorts an, danach seine Hose, sein Shirt, Socken, Schuhe. Als er fertig ist, greift er nach der leeren Kondompackung, holt einen Kuli aus dem Stiftehalter auf meinem Schreibtisch und wirft mir beides aufs Bett. »Hier, schreib sie da drauf, dann vergesse ich nicht, dass ich heute noch Nachschub besorgen muss.«

Heute noch …

Ich schlage die Hände vors Gesicht und verberge mein Lächeln dahinter. Was auch immer morgen passieren wird, uns bleibt auf jeden Fall noch heute.

*

Achtzehn Stunden später klingelt mein Handy.

Ich sitze gerade auf meinem Bett und versuche zum x-ten Mal, diesen einen blöden Wendepunkt in meinem Thriller zu schreiben, der sich einfach nicht schreiben lassen will – wer weiß, vielleicht ist der ja auch der Zeitschleifenlöser. Oder der Rechtschreibfehler auf der ersten Seite, den ich bisher immer übersehen habe, haha –, als der Klingelton das winzige bisschen Konzentration zersprengt, das ich mit Mühe und Not aufgebaut habe.

»Hi!«, rufe ich ins Handy, sobald es an meinem Ohr ist.

»Hi«, erwidert Leo leise.

Oha, das klingt nicht gut. Gar nicht gut.

»Was ist passiert?«

»Nichts«, sagt er. »Na ja, eine ganze Menge. Aber die Kurzform lautet: Tobias lässt das alles gerade von seinem Anwalt prüfen, und bis die Sache durch ist, muss ich ... Warte mal einen Moment.« Er hält das Telefon ein Stück von sich weg, und ich höre ihn gedämpft mit jemandem über einen Jingle sprechen, der diesmal irgendwie anders klingen muss. Nach einer gefühlten Ewigkeit ist das Gespräch beendet und nur noch Leos Atem rauscht durch die Leitung.

»Bist du noch da?«, fragt er.

»Ja.«

»Sorry, ich hab nicht viel Zeit. Irgendwas hat uns ausgerechnet heute Nachmittag die Technik zerschossen, und wir brauchen für alles locker dreimal so lange.«

Ich schaue auf die Uhr und verziehe das Gesicht. Kurz nach halb acht am Abend. Wenn ich Pech habe ...

»Hey«, sagt er sanft. »Tut mir echt leid. Normalerweise sind wir um diese Zeit längst fertig.«

Normalerweise hat das aber auch alles nichts mit mir zu tun. Mit einem Seufzen lasse ich die Stirn auf meine angezogenen Knie sinken und schließe die Augen. »Das muss dir nicht leidtun. Du kannst ja nichts dafür.«

Er stößt hart die Luft aus. »Tja, irgendwie schon. Aber ich mach es wieder gut.«

»Ja?«

»Ja. Wenn das hier vorbei ist, darfst du ein Jahr lang entscheiden, was wir abends machen. Versprochen.«

»Ein Jahr lang?«, frage ich lächelnd. »Was, wenn ich es gar kein Jahr mit dir aushalte?«

»Versprochen ist versprochen.« Ich kann sein Grinsen deutlich hören und würde in diesem Moment alles dafür geben, es auch sehen zu können. Doch ich sitze allein hier, während Nalini und Pedro im Wohnzimmer nebenan gerade »Emily in Paris« starten.

»Ich wär jetzt gern bei dir«, sagt er. »Ich ertrag das hier nicht mehr lange, die sind …« Er bricht ab, lauscht kurz, dann redet er wieder mit jemand anderem.

Ich straffe meine Schultern. »Hör mal, Leo, ruf einfach an, sobald du fertig bist. Okay?«

»Ja. Ja, mach ich. Bis später, ich muss los.«

Er legt auf.

6.

Montag

15. Juli 2024.

Ich weiß nicht, wie lange ich die Zahlen und Buchstaben auf meinem Handydisplay anstarre. Ich weiß nicht, wie lange ich anschließend in der Küche vor der kaputten Kaffeemaschine stehe, eine Hand an der Nachricht, die Nalini hinterlassen hat. Und ich weiß nicht, wie lange ich am Küchentisch sitze, planlos. Verloren. Verzweifelt.

Es hat wieder nicht geklappt. Ich habe Leo bei seinem Podcast-Problem geholfen, nur war das offenbar nicht der Haken, der mich in der Zeitschleife festgehalten hat. Ich habe mit ihm geschlafen, aber es ging wohl auch nicht darum, dass mein Körper nach einer langen Durststrecke mal wieder auf seine Kosten kommen sollte. Und mich Hals über Kopf in ihn zu verknallen, war auch nicht richtig.

Allmählich zweifle ich daran, dass es überhaupt ein Richtig gibt. Dass es irgendetwas gibt, das mir aus diesem elenden Kreislauf heraushelfen kann.

Zum ersten Mal seit fünf Wochen habe ich den Wunsch, mit meinen Eltern zu sprechen. Sie um Hilfe zu bitten oder einfach mal wieder ihre Stimmen zu hören. Also versuche ich mich an die Lara zurückzuerinnern, die ich vor sechs Wochen war, und greife zum Handy.

Meine Mutter hebt nach dem zweiten Klingeln ab. »Ist etwas passiert?«, fragt sie sofort, und ich schlucke meine erneut aufwallende Verzweiflung hinunter.

»Nein«, erwidere ich bemüht fröhlich. »Alles gut, ich wollte nur mal … Hallo sagen.«

»An einem Montagmorgen?«, hakt sie nach. Das Misstrauen in ihrer Stimme ist nicht zu überhören.

»Ja. Wieso?«

»Du rufst nie an einem Montagmorgen an. Außerdem haben wir uns gestern erst gesehen.« Sie stockt kurz. »Bist du sicher, dass alles in Ordnung ist?«

»Absolut sicher. Es ist bloß … Also ich …«

Ein Rascheln ertönt im Hintergrund und gleich darauf das Geräusch einer Schublade, die zugeschoben wird. »Ich hole deinen Vater, wir kommen zu dir.«

»Nein! Nein, es geht mir gut, Mama!«, rufe ich, um sie von der Idee abzubringen, sich eine Stunde in den Zug zu setzen, um mir das Händchen zu halten. »Ich hatte gestern nur einen echt blöden Abend, und … und … Ach, das fühlt sich eben scheiße an.«

»Oh Schatz, das tut mir leid. Willst du darüber reden?«

»Irgendwie schon, aber irgendwie auch nicht«, gebe ich zu und vergrabe mein Gesicht in der freien Hand. Am anderen Ende der Leitung wartet meine Mutter geduldig, bis ich endlich weiterspreche. »Weißt du, ich hab jemanden kennengelernt.«

»Tatsächlich? Das ist doch wundervoll!« Auf einmal klingt sie leiser, weiter entfernt. Als ob sie das Telefon irgendwo abgelegt und die Lautsprecherfunktion eingeschaltet hätte. Und das macht sie nur, wenn …

»Hallo, Papa«, sage ich lächelnd.

»Lara, hallo. War der Kerl etwa nicht nett zu dir?«

»Doch. Er war – er *ist* – sogar sehr nett.«

»Aber verheiratet? Lass dich ja nicht mit einem verheirateten Mann ein, Kleines. Solche Kerle …«

»Er ist nicht verheiratet, Papa. Ich glaube trotzdem nicht, dass es funktionieren wird.«

Erneut herrscht Stille am anderen Ende, und ich kann förmlich vor mir sehen, wie meine Eltern sich mit Blicken unterhalten.

»Lass mich raten: Du hast keine Zeit für so was?«, fragt meine Mutter schließlich, und weil ich bloß unartikuliert schnaube, fügt sie hinzu: »Ich habe es dir gestern schon gesagt, Schatz, du musst dringend damit aufhören, dich so unter Druck zu setzen. Es ist überhaupt kein Weltuntergang, wenn du dieses Buch nicht innerhalb eines Jahres fertig schreibst.«

»Natürlich ist das kein Weltuntergang«, empört sich mein Vater. »Wer behauptet denn so einen Unsinn?«

»Na, deine Tochter!«

»Aber doch nur, weil ich nicht mehr dazu kommen werde, sobald ich an irgendeinem Institut anfange«, erkläre ich müde, und mein Vater grunzt unwirsch.

»Also bitte, Lara. Bücher haben keine Beine, die laufen nicht weg. Weder beim Lesen noch beim Schreiben.«

Ein leises Lachen perlt über meine Lippen. Abgesehen davon, dass er damit ganz offensichtlich recht hat, fühlt sich im Moment bereits der Gedanke, mich mit dem Buch beschäftigen zu müssen, wie ein unerklimmbarer Berg an.

»Keine Sorge, das Buch ist gerade nicht das Problem«, murmele ich schwach.

»Sondern?«

»Es ist einfach alles … ein bisschen viel.«

»Hör mal, Schatz«, sagt meine Mutter und lehnt sich offenbar näher ans Telefon heran, denn im nächsten Augenblick kann ich sie wieder etwas lauter hören. »Warum nutzt du deine restlichen Wochen nicht endlich dafür, dich um dich zu kümmern?«

»Das solltest du wirklich tun«, stimmt mein Vater zu. »Du bist vierundzwanzig! Geh aus, tanzen oder was auch immer ihr so macht. Und wenn dieser sehr nette Kerl doch nicht passen sollte: Der Sohn unseres neuen Nachbarn – hab ich dir den eigentlich schon vorgestellt? – ist gerade hier zu Besuch. Der ist Musiker und …«

Eine Weile höre ich den beiden noch zu, wie sie über den Sohn des neuen Nachbarn reden und darüber, was sie heute alles im Garten erledigen wollen. Ich genieße es, nach so langer Zeit wieder ihre Stimmen in meinem Ohr zu haben und ihre Wärme sogar durchs Telefon spüren zu können. Dann fällt meinem Vater auf einmal ein, dass sie vor der Gartenarbeit dringend in den Baumarkt müssen, weil sie keinen Dünger mehr haben, und ich entlasse sie aus dem Gespräch.

Und nun?

Ich ziehe die Knie an meinen Körper und lege die Stirn darauf ab. Fünf Minuten später erhalte ich eine Nachricht von meiner Mutter.

> 9:05 Uhr:
> Hör auf, immer alles zu zerdenken, Schatz. Das Leben ist nicht annähernd so kompliziert, wie es dir manchmal vorkommt.

*

Als ich gegen halb zehn meine Sachen zusammenpacke und mich auf den Weg zur Bibliothek mache, frage ich mich zwar, was ich dort soll, dennoch fahre ich hin. Es ist wie ein Automatismus, ein vorgegebenes Skript, das ich spiele. Ein Zwang. Ich muss versuchen, dieses bescheuerte Praxishandbuch zu bekommen. Ich muss meinen Rucksack von Homer 2.0 kontrollieren und mich von der Rüge anfauchen lassen. Und vor allem muss ich herausfinden, ob wirklich alles wieder von vorne beginnt. Ob sich Leo nicht vielleicht doch an mich erinnert nach vorletzter Nacht. Ob der Abdruck, den die Zeitschleife offenbar bei ihm hinterlässt, dadurch nicht tiefer geworden ist, definierter.

Wenn ich ehrlich bin, glaube ich kaum daran. Immerhin hat er gestern Abend nicht mehr angerufen …

Hör auf, alles zu zerdenken, Schatz.

Ich drücke meinen Rücken durch und lasse mit stoischer Miene alle anstehenden Tagesordnungspunkte über mich ergehen, auch das Telefonat mit Kurt im Treppenhaus. Dann betrete ich endlich den Lesesaal und gehe langsam den Hauptgang entlang nach hinten. Mir ist bisher nie aufgefallen, dass noch drei weitere Leute vor anderen Regalen stehen und wie viele Staubkörnchen in den Strahlen der hereinfallenden Morgensonne tanzen. Heute bemerke ich all diese Dinge. Heute scheint die Zeit irgendwie langsamer abzulaufen.

Als ich in den Gang einbiege, in dem Leopold Haensler stehen und seine Hand nach meinem Buch ausstrecken sollte, herrscht dort gähnende Leere. Kein Leo, keine Meeresminze. Niemand, der Bücher aus anderen Regalen auf mich schubst.

Im ersten Moment weiß ich nicht, was ich tun soll, doch schließlich laufe ich zurück in den Hauptgang, drehe mich einmal um die eigene Achse, zweimal, gehe ein Stück weiter nach hinten – und da sitzt er, an einem der Arbeitsplätze, die am Ende des Raumes auf fleißige Studierende warten. Er hat den Kopf tief über ein Buch gebeugt und liest. Im Praxishandbuch, na klar. Seine lederne Umhängetasche steht auf dem Boden neben dem Schreibtisch.

Es fühlt sich seltsam an, ihn zu sehen und nicht zu wissen, ob er sich an mich erinnert. Seltsam, die wilden Locken zu betrachten, die in sein Gesicht fallen, und zu wissen, dass ich vorletzte Nacht meine Finger darin vergraben habe. Und vor allem fühlt es sich seltsam an, zu wissen, dass ich ihn vor fünf Wochen noch für die Dreistigkeit verflucht hätte, mir ein Buch vor der Nase wegzuschnappen. Dabei ist dieses Buch inzwischen so unwichtig, so belanglos …

Als hätte er bemerkt, dass ich ihn beobachte, hebt Leo ruckartig den Kopf und blickt mir genau ins Gesicht. Und weil ich nicht wegschaue, runzelt er kurz die Stirn, dann richtet er sich noch weiter auf, lächelt.

»Hi«, sagt er.

»Hi.«

Bitte, erinnere dich an mich. Bitte, erinnere dich an mich.

»Kann ich dir irgendwie helfen?«

»Ich weiß nicht, kannst du?«

Sein Lächeln wird zu einem Etwas-zu-alles-Grinsen, und ich muss all meine Kraft aufbringen, um nicht einfach zu ihm rüberzugehen und ihn zu küssen.

»Ich hoffe es. Wen oder was suchst du denn?«

»Dich«, sage ich, bevor ich darüber nachdenken kann, und jetzt verblasst das Grinsen schlagartig wieder.

»Wieso?«, fragt er. »Kennen wir uns?«

Da ist sie, seine Angst, von irgendwelchen Groupies auf seine Rolle in *SEX KILLZ* angesprochen zu werden. Und genau dafür hält er mich, für ein Groupie. Mehr bin ich nicht für ihn. Mein Herz, mein Magen, all meine inneren Organe ziehen sich schmerzhaft zusammen. Die Zeitschleife hat ganze Arbeit geleistet. Wie schon jede verdammte vorangegangene Woche.

»Ja«, sage ich leise. »Ja, wir kennen uns. Oder vielmehr kenne *ich dich*, denn du erinnerst dich nicht an mich.« Es auszusprechen tut sogar noch mehr weh, als es nur zu denken. Jedes Wort sticht.

»Nicht direkt, nein«, gibt er zu. »Ich hab zwar das Gefühl, dich schon mal irgendwo gesehen zu haben, aber …«

»… du weißt nicht, wo«, vollende ich seinen Satz. »Nicht in Bredenborn, so viel kann ich dir verraten. Da war ich nämlich noch nie.«

Leos Augen weiten sich. Doch ehe er etwas sagen kann, fließen noch mehr Worte aus mir heraus. Ich schaffe es nicht, sie aufzuhalten.

»Ich weiß von deinem Podcast-Problem. Ich weiß, dass du bei SEX KILLZ festhängst, obwohl du lieber etwas anderes machen möchtest. Die gute Nachricht ist: Das kannst du. Dein Vertrag ist nämlich gesetzeswidrig – zumindest in einem Punkt. Das solltest du dringend prüfen lassen.«

Ganz langsam schiebt Leo seinen Stuhl zurück und steht auf. Sein Blick ist starr auf mich gerichtet.

»Woher …?«, flüstert er, und ich lache humorlos auf.

»Du würdest mir sowieso nicht glauben, wenn ich es dir erzähle, also lasse ich es besser bleiben.«

»Versuch es.«

Mit einem traurigen Lächeln schüttele ich den Kopf. »Hör zu, Leo, ich möchte, dass du diesen anderen Podcast machst, den über gute Menschen und ihre guten Geschichten, damit das Tattoo auf deinem Oberarm nicht umsonst war.« Ich schlucke, während seine Hand wie automatisch zu seinem Arm zuckt, dorthin, wo das stilisierte Vintage-Mikrofon unter seinem Shirtärmel versteckt ist. »Und das Tattoo auf deinem Rücken, falls es dieselbe Bedeutung hat.«

Der Schock in seinem Gesicht … seine Augen, die aussehen wie riesige, lichtschluckende Krater … seine verkrampften Finger an der Stuhllehne … all das schneidet mir bis auf die Knochen. Ich möchte ihn so dringend berühren, um das Entsetzen irgendwie zu mindern, um …

Nein. Ich habe schon viel zu viel getan.

Ohne mich zu verabschieden, drehe ich mich um und gehe. Ich kann das nicht noch mal, eine Woche voller Leo ertragen, um am Ende doch wieder bei null anzukommen. Ich kann mich nicht noch tiefer in etwas vergraben, das alles – diese ganze Situation hier – bloß verschlimmert.

Ich kann nicht.

Leo bittet mich nicht, stehen zu bleiben, und auch wenn es wehtut, bin ich froh darüber. Das Leben ist nämlich sogar noch viel komplizierter, als ich bisher angenommen habe.

Freitag

Ich habe es die ganze Woche geschafft, ihm aus dem Weg zu gehen, obwohl sich das Universum wirklich alle Mühe gegeben hat, mich in eine andere Richtung zu drängen. Obwohl es mich ständig auf die Probe gestellt, gelockt und genötigt hat – und ich mehrmals kurz davor war, nachzugeben.

Am Dienstag hat Kurt mich zum allerersten Mal gebeten, die Kamera schon morgens abzuholen, und ich konnte ihn nur mit Mühe und Not davon überzeugen, bis abends zu warten. Als Ausrede musste mein Buch herhalten und die Tatsache, dass mein Sabbatical in dreieinhalb Wochen vorbei sein würde. Kurts gehetzter Gesichtsausdruck daraufhin und der Anblick seiner zitternden Hände haben mein ohnehin schon schlechtes Gewissen gefüttert, bis es mich beinahe zermalmte, aber ich blieb hart. Für mich.

Am Mittwoch haben Nalini und Pedro schon morgens so heftig wegen dieser bescheuerten Wohnungssache gestritten, dass ich kurz davor war, das Haus zu verlassen. Doch dann ist mir wieder eingefallen, was passieren wird, wenn ich das tue – dass mir garantiert Leo über den Weg laufen und sich an die durchgeknallte Fremde erinnern wird, die intimste Dinge aus seinem Leben weiß und ihm ungefragt Ratschläge erteilt hat. Also habe ich lieber ihr Wohnungsproblem gelöst. Na ja, zumindest teilweise.

Der Donnerstag war besonders schwer, denn im Gegensatz

zu den Wochen davor war es diesmal Sabina, die wollte, dass ich die Schicht tausche. Angeblich war ihr etwas dazwischengekommen. Ich frage mich immer noch, wie das überhaupt sein kann nach fünf Wochen Zeitschleife, und finde einfach keine andere Antwort als: Das Universum sucht angestrengt nach einem Weg, um mich noch einmal mit Leo zusammenzubringen. Aber ich will es nicht, ich will ihm nicht begegnen. Und obwohl es mich viel Überwindung gekostet hat, Sabina zu enttäuschen, habe ich es getan – und ich werde es wieder tun, bis ich diese blöde Schleife aufgelöst habe.

Wenn ich nur endlich wüsste, wie …

Seit Montag denke ich darüber nach, und bloß eine einzige Sache ist mir eingefallen, die ich in den vorangegangenen Wochen noch nicht versucht habe. Eine winzige Kleinigkeit, die ich bisher übersehen habe – übersehen *wollte*, fürchte ich. Und nun ist es an der Zeit, das zu ändern.

Mit einem Seufzen setze ich mich auf die Bettkante und hoffe, dass die Mailbox angeht, aber …

»Entweder hast du dich verwählt oder du steckst irgendwo fest und das Display deines Handys ist so kaputt, dass du nur noch mich anrufen kannst, um Hilfe zu holen«, sagt Felicia, sobald sie den Hörer abgenommen hat.

»Auch hallo, Felicia«, erwidere ich pikiert. »Wie schön, dass du dich dermaßen über meinen Anruf freust!«

»Ich freue mich tatsächlich. Trotzdem will ich wissen, ob du irgendwo gefangen gehalten wirst. Wenn ja, dann vereinbaren wir jetzt ein Codewort: Ruf zweimal hintereinander nein. Wie in dieser Sitcom, bei der sie immer NEIN NEIN rufen.«

»Die rufen NINE NINE und das steht für NEUNUNDNEUNZIG«, sage ich. »Das ist der Name des Polizeireviers.«

»Ach, hast du etwa Zeit für Sitcoms? Ich dachte, du schreibst?« Sie zieht scharf die Luft ein. »Oh, warte! Das war das Codewort, oder nicht?«

»Felicia.« Ich lasse mich nach hinten auf die Matratze fallen und starre an die Decke.

»Lara.«

»Freiburg.«

»Eine Stadt in Baden-Württemberg. Jangtsekiang.«

»Was?«

»Ich dachte, wir werfen uns sinnlos Geografie-Begriffe um die Ohren.«

»Tun wir nicht«, sage ich schmunzelnd. »Ich möchte, dass du in Freiburg anrufst und einen Gesprächstermin für mich vereinbarst.«

»Lara, die warten schon seit … Warte mal.« Eine kurze Pause am anderen Ende der Leitung. »Kannst du das noch mal wiederholen?«

»Du hast mich schon verstanden.«

Ich schließe die Augen und warte auf die Jubelschreie, die Dankeshymnen, die Ausrufe der Erleichterung. Überraschenderweise schlägt mir bloß Stille entgegen.

»Was ist passiert?«, fragt Felicia schließlich mit einem Ernst, den ich nur selten bei ihr erlebe. Sonst schwingt immer ein Hauch von Ironie in ihren Worten mit. Und Ungeduld, vor allem Ungeduld.

»Nichts, ich habe mich nur entschieden …«

»Du lügst. Was ist passiert, Lara? Ich will es wissen.«

Ich seufze schwer und drehe mich auf den Bauch. »Ihr hattet recht, es funktioniert nicht. Das mit dem Sabbatical und dem Schreiben zum Stressabbau war eine bescheuerte Idee, also …«

»Ich habe nie gesagt, dass die Idee bescheuert ist.«

»Natürlich hast du das!«, erwidere ich aufgebracht. »Du rufst mich seit einem Jahr zweimal die Woche an, um genau das zu tun.«

»Ich rufe zweimal die Woche an, um dir einen Job zu verpassen. Das mit dem Sabbatical habe ich nicht ein einziges Mal verurteilt.« Sie seufzt schwer, ehe sie weiterspricht. »Um ehrlich zu sein, habe ich den Leuten in Freiburg damals schon gesagt, dass sie wahrscheinlich ein Jahr Geduld mitbringen müssen, wenn sie dich wollen.«

»Das hast du getan?«

»Allerdings. Sie meinten, je früher du kommst, desto besser. Aber sie würden zur Not auch warten, wenn sich niemand Besseres findet. Und bisher war das nicht der Fall.«

Ich kann hören, wie Felicia eine Tür oder ein Fenster öffnet, im Hintergrund ertönt plötzlich Straßenlärm – und gleich darauf das reibende Geräusch eines Feuerzeugrädchens.

»Rauchst du etwa?«, fahre ich sie an.

»Immer, wenn ich gestresst bin. Doofe Angewohnheit, ich weiß.«

»Soll das heißen, ich stresse dich?«

»Nicht du als Lara Winterstein, dein Anruf. Weil irgendetwas dahintersteckt, das du mir nicht verraten willst. Und ich mir nicht sicher bin, ob du diese Entscheidung aus den falschen Gründen triffst.«

Ich fahre mit den Fingern über mein Kissen, hoffe für eine Sekunde, ein Haar von Leo zu finden oder einen Überrest seines Geruchs erschnuppern zu können. Aber wie jedes Mal, wenn ich das tue, trifft mich die Realität irgendwann hart wie eine Abrissbirne: Er lag nie hier. Die Nacht, an die ich zurückdenke, ist einfach ausradiert worden.

»Ich bin mir auch nicht sicher«, gebe ich zu, dann stemme ich mich nach oben und stehe auf, um nicht länger an Leo denken zu müssen. »Trotzdem will ich, dass du diesen Termin für mich festmachst. Nächste Woche.«

»Willst du wirklich?«

»Ja.«

Felicia zieht tief die Luft – und den Dreck der Zigarette – in ihre Lungen, pustet beides wieder aus und schließt kurz darauf das Fenster oder die Tür oder was auch immer, um den Straßenlärm erneut auszuschließen.

»Also schön«, sagt sie grummelig. »Das gefällt mir zwar überhaupt nicht, aber ich schätze, damit muss ich leben.«

»Danke, Felicia.«

»Hm«, macht sie, dann raschelt sie mit irgendwelchen Papieren herum, spricht ein paar Terminvorschläge mit mir ab, die sie an die Freiburger Uni weiterreichen wird, und legt schließlich auf.

Zurück bleibt ein Gefühl der Endgültigkeit, des Verlusts – und die Ahnung, dass mein Sabbatical ein Reinfall war. Zeitverschwendung. Nutzlos. Wenn ich gleich zugesagt hätte, als Felicia mich damals an meiner Abschlussfeier ansprach – okay, gleich *nachdem* ich mich von meinem Nervenzusammenbruch erholt hatte –, wäre mir all das hier vermutlich erspart geblieben. Dann hätte ich mit ziemlicher Sicherheit auch nicht Leo kennengelernt, aber es hätte mich nicht gestört, weil mir seine Existenz gar nicht bewusst gewesen wäre. Stattdessen wissen wir zwar nun beide voneinander, doch falls die Zeitschleife diesmal aufgelöst wird – und die Chancen dafür stehen recht gut –, kennt er mich als eine durchgeknallte Stalkerin.

Jackpot.

Samstag

Nach drei italienischen Nächten mit Leo fühlt sich diese hier an wie eine leere Hülle. Wie etwas, das schön werden könnte, wenn es nicht so schlimm wäre. Einfach falsch.

Am liebsten möchte ich nur schnell etwas essen und danach den Rest des Abends allein in meinem Zimmer verbringen, um mich auf das Vorstellungsgespräch am Dienstag vorzubereiten, aber dummerweise hat Nalini schon längst bemerkt, dass es mir nicht besonders gut geht. Also hat sie Felix eingeladen und ihn angestiftet, mir die ganze Zeit nicht von der Seite zu weichen.

Obwohl ich anfangs tierisch genervt davon bin, dass er mir wirklich überall hinterherläuft, schafft er es irgendwann doch, mich ein wenig abzulenken mit seinem welpensüßen Auftreten und dem Grübchen an seinem Kinn. Und diesmal nennt er mich zu seinem Glück auch nicht la bella Lara. Er bringt mich sogar dazu, etwas über *liv*MatS zu erzählen und darüber, warum ich dort unbedingt hinwill. Als er dann allerdings am Buffet anfängt, über *SEX KILLZ* zu sprechen und sich kaum mehr einkriegt darüber, mit wie viel Begeisterung die beiden Hosts bei der Sache sind, möchte ich ihm am liebsten ins Gesicht spucken.

»Ich hol mir noch was zu trinken«, knurre ich.

»Klar, ich komme mit«, sagt Felix.

»Tust du nicht. Weil ich vorher nämlich dringend zur Toilette muss.« Ich drücke ihm meinen halbvollen Teller in die Hand und drehe ihm den Rücken zu, bevor er etwas erwidern kann.

Auf dem Weg ins Haus komme ich an Nalini vorbei, die sich gerade mit Willi, Kurt und Isabel unterhält. Die vier wirken für einen Samstagabend erstaunlich ernst und schauen mit sorgenvoll zusammengezogenen Augenbrauen zu mir auf. Doch ich übergehe ihre Bittermienen, verabschiede mich mit der Ausrede, wegen der Vorfreude auf das Gespräch in Freiburg letzte Nacht kaum geschlafen zu haben – und dann bin ich erlöst. Den Rest des Abends verbringe ich in meinem Zimmer und lösche jede einzelne Datei, die etwas mit meinem Thriller zu tun hatte, von der Festplatte meines Laptops. Danach sind die Sicherheitskopien auf den USB-Sticks dran und schlussendlich die auf der externen Festplatte. Nichts davon werde ich mehr brauchen, wenn ich tatsächlich bald bei *liv*MatS anfange – oder bei irgendeinem der anderen Unternehmen, die Felicia für mich in petto hat.

Nur noch einen Tag muss ich überstehen, bis diese fürchterliche Woche und damit hoffentlich auch die Zeitschleife endlich Geschichte sind. Nur noch morgen.

Sonntag

Zum ersten Mal in meiner Zeitschleife sage ich Ja zu »Emily in Paris«, Ja zu einem Abend vor dem Fernseher mit Nalini und Pedro. Die beiden geben sich wenig Mühe, ihre Verwunderung zu verbergen, doch ich übergehe es und quetsche mich auf der Couch entschieden zwischen sie, um beide so nah wie möglich bei mir zu haben. Beim Gedanken daran, dass solche Abende vielleicht schon bald nicht mehr ohne Weiteres machbar sein könnten, weil ich dann bedeutend mehr Zeit unterwegs und in Labors in Freiburg verbringe, kriege ich einen riesigen Kloß im Hals. Aber wenigstens ist die Stadt nicht so weit weg, dass Pendeln utopisch ist, sonst hätte ich gar nicht erst zugestimmt, mich vorzustellen. Die Wohnung hier und meine Leute komplett zu verlassen, das steht aktuell nämlich absolut nicht zur Debatte.

Und trotzdem wird einiges anders werden, wenn ich nach Freiburg gehe. Also schaue ich eine der letzten Folgen von »Emily in Paris« und sage brav »Ah!« und »Oh!« und »Oh nein!« an den richtigen Stellen, obwohl ich nach der zweiten Staffel aufgehört habe und deshalb so gut wie gar nicht weiß, um was es geht. Und wirklich gut konzentrieren kann ich mich auch nicht, weil ständig Nalinis Handy unter meinem Hintern vibriert. Irgendwann ziehe ich es hervor und reiche es ihr hinüber.

»Hier, da versucht wohl jemand, dir was mitzuteilen.«

Sie verdreht die Augen, wirft aber trotzdem einen Blick aufs Display und öffnet die eingegangenen Nachrichten.

»Von Felix«, sagt sie. »Er hofft, es geht dir besser.« Nalini hat einen Migräneanfall erfunden, um meinen plötzlichen Abgang gestern Abend zu erklären. »Und er hat mir einen Artikel geschickt über diesen Podcast, von dem er mir die ganze Zeit vorschwärmt.«

Ich hole tief Luft und bemühe mich um einen interessierten Gesichtsausdruck, der mir sogar ganz gut gelingt. »Schön. Der soll ja sehr erfolgreich sein.«

»Tja, wohl nicht mehr lange«, murmelt Nalini, überfliegt den Artikel kurz und legt ihr Handy dann wieder beiseite. »Einer der Hosts will anscheinend aussteigen, weil die Produzenten ihm einen Knebelvertrag untergejubelt haben. Aus dem klagt er sich jetzt raus.«

»Krass«, sagt Pedro.

»Ja, echt krass«, stimme ich zu und ziehe die Knie zu mir heran, um mein Lächeln dahinter zu verbergen.

Leo hat tatsächlich auf mich gehört. Auch wenn ich mich hüten werde, ihm nach der Sache am Montag noch mal unter die Augen zu treten, hinterlässt das Wissen, dass er meinen Rat befolgt hat und sich nun seinen Traum verwirklichen wird, ein warmes Gefühl in mir. Und das reicht, um diese Woche zu einer richtig guten zu machen.

7.

Montag

Das mit dem richtig gut gestern war gelogen. Die Woche war scheiße, und ich bin stinkwütend. So stinkwütend, dass ich den bescheuerten Handtuchhalter, den Nalini morgen sowieso wieder aus der Wand reißen wird, heute schon rausreiße und mit voller Wucht in die Badewanne feuere. Zwei große Stücke Emaille platzen ab, aber es juckt mich nicht, denn nächste Woche wird die scheißblöde Badewanne wie vorher aussehen und ich werde genau das Gleiche noch mal machen können, bis ans Ende meines gerade mehr als beschissenen Lebens!

Das Vorstellungsgespräch bei *liv*MatS war nämlich laut der Datumsanzeige auf jedem verdammten elektronischen Gerät in diesem Haushalt auch nicht die Lösung meines Problems, und ich weiß wirklich nicht, was ich noch machen soll. Mir einen Hamster kaufen? Wegziehen? Bäckereifachverkäuferin werden oder Bürokauffrau? WAS?!

Zurück in meinem Zimmer nehme ich den größten Edding, den ich finden kann, und schreibe *VERFLUCHTER SCHEISSDRECK, CRAPPIEST CRAP EVER, FUCK* und noch ein paar andere Schimpfwörter an meine Zimmerwand, bis der Stift leer ist und ich ihn schreiend quer durch den Raum pfeffere. Die Mühe, ihn aufzuheben, mache ich mir nicht. Nächste Woche wird das Ding wieder in meinem Stiftehalter stecken, als wäre nie was gewesen.

Und weil ich auch zehn Minuten später immer noch vor Wut koche, ja, regelrecht zittere, und diese Energie irgendwie loswerden muss, ziehe ich Laufschuhe und Sportklamotten an und verlasse das Haus. Rechts geht es in Richtung Straßenbahn und Innenstadt – in Richtung Unibibliothek –, links zum Park. Ohne auch nur eine Sekunde zu zögern, laufe ich nach links. Vielleicht ist die Lösung ja, dass ich Leo überhaupt nicht begegnen darf. Vielleicht war unser Treffen die Anomalie, die das ganze Wiederholungsspiel erst in Gang gesetzt hat, um zu verhindern, dass wir gemeinsam die Welt in Schutt und Asche legen. Weil wir die neuen Bonnie und Clyde wären. Bonnie und Clyde 2.0.

Meine Zeitschleife rettet womöglich die Welt. Haha, ja genau. Fuck off!

Ich renne viel zu schnell und atme viel zu unregelmäßig, weshalb ich das letzte Stück bis zum Park gehen muss, damit das Seitenstechen wieder aufhört und ich nicht wie ein abgeknickter Baum beim Laufen aussehe. Vermutlich hätte ich lieber Rad fahren sollen, aber bei meinem Glück im Moment hätte mich wahrscheinlich ein Bus erwischt.

Als ich wenig später endlich im Park ankomme, ist es gerade mal kurz nach acht, trotzdem sind schon einige Bänke besetzt, und auf der Lichtung nahe dem Eingang finden Yoga- und Qigong-Kurse statt. Kein Wunder, wenn man bedenkt, dass das Thermometer in drei Stunden bereits die 30-Grad-Marke knacken wird. Mit einem Seufzen setze ich meine Ohrhörer auf, wähle irgendeine Running-Playlist aus und nehme wieder an Tempo auf. Drei Runden sollte ich schaffen. Wenn ich den Nixenbrunnen auslasse, vielleicht sogar fünf.

Das Laufen tut gut. Ich denke über gar nichts nach, höre nur der Musik zu, schaue mir die Leute an, denen ich begegne, und spüre, wie meine Wut bei jedem Schritt mehr aus mir heraussickert. Wie ich ruhiger werde. Gelassener.

In Runde vier bin ich schon beinahe entspannt. Möglicherweise sogar zu entspannt, denn als ich eine Mutter mit Kinderwagen überhole und gleich darauf ihr Kleinkind, das vor ihr auf dem Laufrad herumeiert, bin ich für einen winzigen Moment unachtsam. Und genau diesen Augenblick nutzt der Knirps, um urplötzlich einen Schlenker nach rechts zu machen – direkt auf mich zu. Mit einem Aufschrei weiche ich aus und schaffe es gerade noch, dass mich der Kleine nicht erwischt. Doch beim Auftreten knicke ich um – und ein scharfer Schmerz zuckt durch meinen rechten Fuß.

»Um Himmels willen, Laureus-Paul! Fahr doch geradeaus!«, ruft die junge Mutter und eilt mit schreckgeweiteten Augen auf mich zu. »Geht es Ihnen gut?«

»Ja, nichts passiert«, sage ich und versuche, mir das Ziehen in meinem Knöchel nicht anmerken zu lassen. »Ich muss mich nur kurz ausruhen, meinen Herzschlag wieder runterbringen.« Mit einem aufgesetzten Lächeln deute ich auf die freie Bank ein Stück weiter vorne.

»Laureus-Paul! Warte!«, brüllt die Frau ihrem sorglos davonzuckelnden Sohn hinterher, ehe sie sich wieder an mich wendet. »Sind Sie sicher, dass alles in Ordnung ist? Ich könnte … LAUREUS-PAUL! STOPP!«

»Mir geht es gut, danke. Gehen Sie ruhig, und fangen Sie Laureus-Paul ein.«

Sie zögert noch einen Moment, dann hetzt sie ihrem kleinen Raser hinterher, so schnell es ihr Kinderwagen erlaubt.

Sobald sie außer Sichtweite ist, humpele ich mit schmerzverzerrtem Gesicht zu der Bank hinüber, lasse mich auf die Sitzfläche fallen und strecke mein Bein nach vorne aus. Das fühlt sich ganz nach einer heftigen Zerrung an – der passende Beginn für die nächste bescheuerte Zeitschleifenwoche.

Ich warte ein paar Minuten, aber das Ziehen und Brennen in meinem Knöchel wird nicht besser, eher schlimmer, und wenn mich nicht alles täuscht, schwillt das Gelenk nun auch langsam an. Ich muss zusehen, dass ich nach Hause komme, bevor ich es gar nicht mehr bewegen kann. Also beiße ich die Zähne zusammen, kämpfe mich irgendwie bis zur nächsten Bank vor, die ein paar Meter weiter wartet – und muss erneut anhalten. Na, toll. So wird das …

»Entschuldigung?«

Nein. Bitte, nein.

Ich stoße die Luft aus und schließe die Augen. Müde, ich bin einfach nur noch müde.

Morgen im Park zum Beispiel – ich arbeite da ganz gerne im Moment, vor allem früh, wenn es noch nicht zu warm ist, hat er damals in seiner Mail geschrieben. Warum habe ich nicht daran gedacht? Wie bin ich auf die Idee gekommen, im Park könnte es sicherer sein, obwohl wir uns doch nie vor zehn Uhr in der Stadt getroffen haben? Und die wichtigste Frage: Warum?! Warum lässt uns das Universum wieder aufeinander los? Warum bekomme ich nicht die Chance, ihm aus dem Weg zu gehen? Ich bin ratlos, vollkommen ratlos. Und mir fehlt die Energie, noch weiter darüber nachzudenken.

Ich öffne die Augen, hebe den Blick – und da steht er, in seinen Chinos und dem blauen Poloshirt, das er auch an den vorangegangenen sechs Montagen getragen hat. Über seiner Schulter hängt die lederne Umhängetasche. Eigentlich heißt es doch immer, die Zeit heilt alle Wunden, doch ihn hier zu sehen, nur eineinhalb Meter entfernt, fühlt sich an, als würde mir jemand die Eingeweide rausreißen und wild darauf herumtrampeln. Mit Steigeisen an den Füßen.

»Hi«, sagt Leo.

»Hallo«, murmele ich.

»Tut mir leid, dass ich dich einfach so anspreche, aber ich dachte, du brauchst vielleicht Hilfe.« Er deutet auf meinen Knöchel. »Soll ich einen Arzt rufen? Das Umknicken sah echt übel aus.«

»Nein.« Ich ziehe den Fuß zu mir heran und stöhne kurz auf,

als ein weiterer Blitz aus bohrendem Schmerz vom Knöchel meine Wade hinaufschießt.

»Sicher? Nicht, dass das Außenband …«

»Ja, ich bin sicher, okay?«, motze ich ihn an. »Es geht mir fantastisch, du kannst wieder abhauen.«

»Okay, sorry. Ich bin schon weg.« Er hebt beide Hände, tritt einen Schritt zurück, und der Ausdruck auf seinem Gesicht, diese Verunsicherung darüber, ob er was falsch gemacht hat, bringt mich beinahe um den Verstand.

»Warte. Ich wollte dich nicht so anfahren.« Ich seufze. »Ich bin nur …« Der Rest des Satzes bleibt in meiner Kehle stecken, weil ich gar nicht weiß, wie er weitergeht. Was genau bin ich denn? Wütend, immer noch – oder schon wieder. Traurig. Enttäuscht. Erschöpft. Hoffnungslos. Verzweifelt. Und ich ertrage es kaum, Leo anzusehen.

»Ich hab mein Handy dabei, ich kann selbst jemanden anrufen«, sage ich nun leise und ziehe mein Smartphone hervor. »Aber danke, dass du gefragt hast.«

»Klar.« Er runzelt die Stirn – und ich lasse den Kopf sinken. »Soll ich dir noch helfen, aus dem Park rauszukommen, oder …?«

»Nein. Bitte geh einfach.«

Das Letzte, das ich zu Leopold Haensler sage, ist: »Bitte geh einfach«, und er tut mir den Gefallen. Er geht. Ich habe keine Ahnung, wohin er verschwindet, denn ich beuge mich nach vorne, stütze meine Ellbogen auf die Oberschenkel und vergrabe mein Gesicht in den Händen, um zu verhindern, dass ich ihm hinterherschaue.

Erst, als ich mir wirklich sicher bin, dass er nicht mehr in der Nähe ist, rufe ich Pedro an.

*

»Und du bist sicher, dass du zurechtkommst?«

»Ja, Pedro. Bring mich einfach zur Couch rüber, das reicht dann schon.« Ich lächle ihn dankbar an. »Ich hab dich genug beansprucht für heute.«

Inzwischen ist es nach 13.00 Uhr, und Pedro ist die ganze Zeit beim Arzt nicht von meiner Seite gewichen. Selbst, als klar wurde, dass es mindestens zwei Stunden dauern würde, bis ich zum Röntgen kann, hat er nicht mal mit der Wimper gezuckt, sondern uns kommentarlos einen Stapel Zeitschriften aus dem Regal im Wartezimmer geholt und einen Kühlakku für meinen Knöchel organisiert. Jedes Mal, wenn ich ihn nach Hause oder zurück in die Uni schicken wollte, hat er bloß abwehrend die Hand gehoben.

»Oh, mir fällt doch noch was ein«, sage ich, sobald ich es mir halbwegs bequem auf der Couch gemacht habe. »Würdest du mir mein Ladekabel aus der Küche holen? Ich muss im Café Bescheid sagen, dass ich diese Woche nicht komme.«

Der Knöchel ist zwar nur stark verstaucht, aber die Ärztin meinte, ich soll den überdehnten Bändern ein paar Tage Ruhe gönnen, bevor ich sie wieder ganz belaste, um eventuelle Folgeschäden zu vermeiden.

Ruhe. Das klingt wunderbar und fürchterlich zugleich.

»Sicher doch. Bin gleich zurück.« Pedro verschwindet in der Küche, kommt kurz darauf mit meinem Ladekabel, etwas zu trinken, einer Tüte Chips und einem Kühlakku wieder und verabschiedet sich dann mit einem Kuss auf meine Wange. »Wenn was ist, ruf an.«

»Mach ich, danke. Aber so schlimm ist es ja nicht, und Nalini kommt auch bald von der Arbeit, also …«

»Ruf einfach an, Lara, okay?«

»Okay.« Ich schenke ihm ein Lächeln, das sofort erlischt, als er die Wohnungstür hinter sich zugezogen hat, dann lasse ich mich tiefer in die Polster sinken und verschränke die Arme über dem Gesicht. Die Schmerzen sind unerträglich. Nicht die in meinem Fuß – dagegen habe ich Tabletten bekommen und eine Schiene, die zu viel Bewegung unmöglich macht. Die Schmerzen in meinem Kopf sind unerträglich, wenn ich daran denke, dass die Zeitschleife immer noch weiterläuft. Und die in meiner Brust, wenn ich an Leo denke. Wenn ich daran denke, wie er mich die letzten beiden Male angesehen hat, als wir uns begegnet sind. Es tut so weh.

Ich bleibe liegen, bis Nalini nach Hause kommt und mich tröstet, obwohl sie keine Ahnung hat, warum ich dermaßen am Boden zerstört bin. Gott, was würde ich dafür geben, ihr alles erzählen zu können! Aber ihre Reaktion aus der ersten Wiederholungswoche war mir eine Lehre, und ich fürchte, dass sie nicht lange fackeln wird, wenn ich ihr heulend von einer Zeitschleife erzähle, in der ich feststecke. Lieber genieße ich es, dass sie einfach da ist, neben mir sitzt oder mich hält, wenn ich es brauche. Dass sie dafür sorgt, dass es mir zumindest an nichts fehlt. Und dass sie Invader Zim mit mir schaut, wie die echte Heldin, die sie nun mal ist.

Dienstag

Ich kann keine Kamera abholen, auch wenn es hart ist, Kurt seinen Wunsch abzuschlagen und den Auftrag an Nalini abzutreten. Ich kann nicht. Die Angst ist zu groß, Leo noch mal zu begegnen – und die Schmerzen in meinem Fuß sind es sowieso. Ich kann auch nicht im Café arbeiten, kann nicht schreiben, keine neuen Listen oder Pläne erstellen – gar nichts. Ich liege nur auf meinem Bett oder auf der Couch herum, rolle mich von rechts nach links und zurück und starre vor mich hin. Warte. Worauf, weiß ich nicht.

Heute wäre der Termin bei *liv*MatS in Freiburg gewesen, aber der ist wie alles andere aus der letzten Woche einfach ausradiert worden. Bloß meine Gedanken sind noch da, meine Erinnerungen, Gefühle – ich. Als wäre ich ein Relikt aus einer Zeit, die es gar nicht gab.

Nalini ruft fast stündlich von der Arbeit aus an und fragt, ob es mir gut geht. Ich sage jedes Mal Ja und schüttele jedes Mal den Kopf dabei, weil ich weiß, dass sie es nicht sehen kann. Aber sie spürt es. Trotzdem lasse ich nicht zu, dass sie Spontandiarrhoe vortäuscht und nach Hause kommt, um mit mir zu einer Pfütze aus Weltschmerz zu zergehen.

Ich weiß nicht, was ich tun soll.

Mittwoch

Ich weiß es immer noch nicht. Und die Tatsache, dass sich nicht mal ein kleiner Streifen Hoffnung auf Besserung am Horizont abzeichnet, macht alles nur noch schlimmer.

Heute Morgen wollte Nalini deshalb Isabel dazu verdonnern, mir den ganzen Nachmittag Gesellschaft zu leisten und mich auf andere Gedanken zu bringen, bis sie selbst von der Arbeit zurück ist, aber ich habe ihr mit einem sehr schmerzhaften Ableben gedroht, sollte sie das wirklich tun. Sie weiß genau wie ich, dass Isabel und Willi jeden Mittwoch einen Film im Arthaus-Kino anschauen, und das will ich ihnen auf keinen Fall nehmen. Die beiden lieben den Mittwochsfilm! Manchmal erzählen sie tagelang danach noch davon, und manchmal schon Tage im Voraus. Früher war sogar Kurt regelmäßig dabei, mittlerweile zieht er sich allerdings raus und unternimmt irgendetwas anderes, wenn ihm der Film »zu hoch« ist. So wie heute. Und wie jeden verdammten Mittwoch in den letzten Wochen.

Seit einer Stunde bin ich nun also ganz allein im Haus und lasse das Selbstmitleid schwer und schwarz wie Pech über mich hinwegfließen. Bade förmlich darin. Was soll ich auch sonst tun? Mir sind die Ideen ausgegangen.

Mit einem Seufzen vergrabe ich das Gesicht im Sofakissen und schließe die Augen. Vielleicht hilft schlafen – wenn ich nach Isabels Riesenkanne Kaffee denn schlafen kann und *darf*. In den vergangenen zwei Nächten bin ich so gut wie gar nicht dazu gekommen, weil mein Gedankenkarussell ständig eine Abstrusität nach der anderen präsentiert hat. Und dann ist da ja auch noch die Verletzung an meinem Fuß, die bei jeder falschen Bewegung dafür sorgt, dass alle Alarmglocken in meinem Körper schrill zu läuten beginnen …

… zu läuten …

… läuten …

Ich schrecke hoch, überrascht, dass ich tatsächlich geschlafen habe, und ahnungslos, was mich geweckt hat – bis die Erkenntnis schließlich zu mir durchsickert: Da klingelt jemand an unserer Tür! Und zwar ziemlich vehement. Mit einem Ächzen setze ich mich auf, warte. Ich kann nicht mal genau sagen, wann ich zuletzt unsere Klingel gehört habe. Als ich Pizza bestellt habe? Wahrscheinlich.

Wieder das schrille Klingeln, diesmal so lange, dass es schon fast in den Ohren wehtut.

»Ich komm ja schon«, murre ich und kämpfe mich nach oben. Der Weg vom Wohnzimmer zur Haustür ist länger, als ich ihn in Erinnerung hatte, und dass die Gegensprechanlage knarzt, war mir bisher auch nicht bewusst.

»Was?«, raunze ich in das kleine Kästchen, und für einen Moment dringt nur das Rauschen eines vorbeifahrenden Autos zu mir nach oben. Doch dann eine Stimme … und offenbar träume ich noch halb, denn ich habe das Gefühl …

»Oh, hi! Hallo! Sorry fürs Sturmklingeln, aber ich habe Kurt gefunden. Kurt von Cappeln. Und ich fürchte, es geht ihm nicht besonders gut.«

*

Wenn mich jemand fragen würde, wie ich die Treppe heruntergekommen bin, könnte ich nur mit den Schultern zucken. Ich weiß es nicht, vermutlich bin ich gehumpelt. Sehr sicher sogar. Oder gerutscht, keine Ahnung. Wichtig ist nur, dass ich es irgendwie geschafft habe und nun hier stehe, hektisch die Tür aufreiße – und eine Sekunde später wie vom Blitz getroffen wieder zurückweiche.

Ich habe nicht geträumt. Es war auch keine Einbildung. Ich kenne die Stimme tatsächlich, die durch die Sprechanlage zu mir in die Wohnung geleitet wurde.

Und ich kenne den Mann, dem sie gehört.

Leos Augen weiten sich ungläubig, als er mich erkennt. Einen Moment lang rührt er sich nicht, dann lässt er seinen Blick allmählich zu der Schiene an meinem verletzten Knöchel nach unten schweifen und verharrt dort kurz, ehe er genauso langsam in mein Gesicht zurückkehrt.

Der Schmerz ist sofort wieder da, stärker als je zuvor. Verschlingt jeden Funken Abwehr. Aber es ist egal, ich kriege das hin. Ich muss es hinkriegen. Hier geht es um Kurt.

»Was ist passiert?«, frage ich, und mit einem Blinzeln landet Leo zurück im Jetzt.

»Ich … ich bin mir nicht sicher, vielleicht hat ihm die Hitze zugesetzt«, antwortet er stockend und reibt sich den Nacken. »Er ist vor dem Supermarkt einfach in sich zusammengesunken.«

Einfach in sich zusammengesunken? Nach sechs Wochen immer gleicher Abläufe?

»Hast du den Notarzt gerufen? Wo ist er überhaupt?« Ich lehne mich zur Seite, schaue an Leo vorbei – und da sitzt Kurt, kreidebleich, auf dem Beifahrersitz eines knallroten Kleinwagens, der direkt vor unserem Eingangstor parkt. Mein Herz setzt für einen Schlag aus. Oder zwei.

»Er wollte keinen Arzt.«

Natürlich nicht …

»Und das hast du einfach so durchgehen lassen?«

»Ja«, erwidert Leo gedehnt. »Dummerweise sogar schon das zweite Mal diese Woche.« Dabei landet sein Blick erneut auf meinem Knöchel. Vielsagend. Kritisch.

Ich dreh ihm gleich den Hals um.

»Wie du unschwer erkennen kannst, war ich inzwischen dort«, zische ich. »Außerdem hatte ich meine Gründe.«

»Vielleicht hat er die ja auch?«

»Er ist fünfundachtzig und herzkrank! Wenn das mal keine Entschuldigung ist, *seine* Gründe zu übergehen.«

Leo runzelt die Stirn, aber gerade, als er den Mund öffnet, um etwas darauf zu erwidern, schaltet Kurt sich ein. »Lara, bitte, es ist doch alles gut«, ruft er aus der geöffneten Autotür. Dann dreht er sich umständlich zur Seite, um seine Füße auf den Asphalt zu hieven. »Für die meisten Menschen ist das Ziel der Punkt der Erschöpfung, sagte schon Walter Fürst. Ich habe also nur ein weiteres Ziel in meinem Leben erreicht. Und jetzt …«

»Wag es nicht, allein aus diesem Auto zu steigen!«

»Aber …«

»Kurt!«, belle ich und mache drohend einen Schritt nach vorne – was mein Knöchel sofort mit einem Tornado aus rasendem Schmerz bestraft. Wimmernd kralle ich mich am Türrahmen fest. So ein gottverdammter Megamist, kann nicht *endlich* mal irgendetwas glattlaufen?!

Eine Welle aus Furcht und Wut brandet in mir auf – dieselbe Wut, die mich am Montag dazu gebracht hat, meine Zimmerwände zu beschmieren und die Wanne zu schrotten. Wut darüber, dass ich alldem hier so vollkommen ausgeliefert bin. Dass alles, was ich unternehme, so viel auszurichten scheint wie eine Seifenblase, die am nächsten Dorn zerplatzt, während diese bescheuerte Zeitschleife sich ständig Neues einfallen lässt, um mich zu quälen. Spontane Änderungen, spontane Bisse, spontane Stolperfallen. Unfälle.

Und zwischen allem immer wieder Leo.

»Ist das gerade der richtige Zeitpunkt, um noch mal meine Hilfe anzubieten?«, fragt er, wie um meinen Gedanken zu bestätigen. »Oder gibt es dagegen auch wieder irgendwelche Gründe, von denen ich wissen sollte?«

Ja, die gibt es! Und nein, das ist verflucht noch mal *nicht* der richtige Zeitpunkt! Es wäre der richtige Zeitpunkt, um dem Universum beide Mittelfinger entgegenzustrecken und Leo die Tür vor der Nase zuzuklatschen. Aber weil er offenbar immer noch für das Auflösen der Zeitschleife wichtig und das Universum ein riesengroßes Arschloch – oder unglaublich hartnäckig und schlau – ist, hat es dafür gesorgt, dass mir gar nichts anderes übrig bleibt, als Leos Angebot anzunehmen. Zumindest, wenn ich verhindern will, dass Kurt gleich wieder zusammenklappt. Oder ich.

Gott, ich bin es leid, so leid …

»Es wäre nett, wenn du ihm helfen könntest«, sage ich und balle die Hände zu Fäusten. Ich muss ruhig bleiben, für Kurt. Beherrscht. Und die Tatsache übergehen, dass mir vor Angst gleich der Schädel platzt.

Mit einer fließenden Bewegung, für die ich ihn gerade nur beneiden kann, dreht Leo sich um und läuft zum Auto, um Kurt beim Aussteigen zu helfen. Dann führt er ihn langsam ins Haus – während ich bloß nutzlos danebenstehen kann. Dabei sollte ich doch wenigstens die Wohnungstür aufschließen, einen Arzt rufen oder sonst was Sinnvolles tun. Aber ich kann nicht. Ich fühle mich wie festgetackert, lahmgelegt, und das nicht nur, weil die Treppe nun ihren Tribut fordert. Inzwischen kann ich kaum mehr auftreten, ohne dass mir die Tränen in die Augen schießen.

»Ich bin gleich wieder da und helfe dir«, sagt Leo mit einem Blick in meine Richtung, als hätte er bemerkt, dass mich gerade jede Bewegung Überwindung kostet.

»Schon gut, ich …«

»Lara, richtig?«, fragt er seufzend und hält kurz inne. Wartet, bis ich zitternd nicke, während er Kurt weiter stützt. »Okay, Lara. Könntest du mir *bitte* den Gefallen tun und einfach kurz dort stehen bleiben, damit ich nicht gleich zwei Krankenwagen rufen muss?«

»Das macht sie. Nicht wahr? Das machst du.« Kurt. Seine Stimme ist so dünn, so wackelig wie seine Beine.

Als ich abermals nicke, wendet Leo sich zurück nach vorne, lässt sich von Kurt den Schlüssel geben – und schon sind die beiden in der Wohnung verschwunden. Lassen mich allein mit meiner Furcht. Nur ein paar Atemzüge später taucht Leo allerdings wieder im Treppenhaus auf und kommt auf mich zu. »Hast du Krücken, die ich dir holen kann?«

Ich schüttele den Kopf. »Normalerweise brauche ich keine.«

»Normalerweise rennst du in dem Zustand wahrscheinlich aber auch keine Treppen runter«, sagt er, stellt sich neben mich und streckt seine Hand nach meinem Ellbogen aus. »Darf ich?« Er wartet erneut, diesmal auf meine Erlaubnis.

Ich will nicht, dass er mich berührt. Ich will nicht, dass er das Feuer ein weiteres Mal entfacht und meine Anspannung damit ins Unermessliche treibt. Ich will nichts davon. Die Alternative wäre jedoch, auf allen vieren zu Kurt zu kriechen, bockig wie ein Kleinkind, und kostbare Minuten zu vergeuden. Also straffe ich meine Schultern und nicke ein drittes Mal.

»Gut. Stütz dich einfach auf mich, in Ordnung?« Behutsam legt Leo seinen Arm um meine Taille, hält mit der anderen meinen Ellbogen, stabilisiert mich mit seiner Schulter – und sofort schießt mein Puls in die Höhe. Elender Verräter! Ich könnte aufschreien vor Frust, aber ich muss mich zusammenreißen. Für Kurt …

»Alles gut?« Leo stoppt, als ich den nächsten Schritt etwas zu unbedacht setze und scharf die Luft einziehe.

»Ja«, ächze ich. »Weiter.« Den Rest des Weges presse ich meine Kiefer aufeinander und atme so flach wie möglich, damit mir nicht auch noch sein Geruch das Hirn vernebelt – doch es nützt nichts. Die Meeresminze ist schon überall. Selbst im Wohnzimmer, wo Kurt wie ein kalkweißes Häufchen Elend auf dem Sofa sitzt.

»Wie fühlen Sie sich?«, fragt Leo, sobald wir bei ihm sind, und lässt mich los, um vor Kurt in die Hocke zu gehen. »Sie sehen blass aus. Vielleicht sollten wir doch einen Arzt rufen.« Er zieht sein Smartphone hervor, aber Kurt schüttelt energisch den Kopf.

»Ich will wirklich keinen Arzt, junger Mann«, sagt er, und auf einmal klingt seine Stimme wieder fest, entschlossen, bestimmt. Gar nicht mehr wackelig. »Gebt mir einfach eine von diesen Pillen, die Willi mir immer aufschwatzen will, und gut ist.«

Oh verflixt, Willi!

»Habt ihr Willi angerufen?«, krächze ich.

»Wer ist Willi?«, fragt Leo.

»Kurts Mann. Wenn er nach Hause kommt und ihn so vorfindet, brechen alle Kreise der Hölle auf einmal los – und das möchte niemand hier miterleben.«

Leo schüttelt den Kopf. »Wir haben niemanden angerufen. Er wollte nur nach Hause gebracht werden.«

»Und hier bin ich und es geht mir schon besser«, sagt Kurt.

»Ja, geradezu ausgezeichnet geht es dir.« Hektisch taste ich meine Hosentaschen nach meinem Handy ab, doch in der Eile habe ich es oben in meinem Zimmer liegen lassen, und nun …

»Hier«, sagt Leo und reicht mir seins.

Automatisch strecke ich die Hand danach aus, meine Finger streifen seine – und nur mit allergrößter Anstrengung gelingt es mir, nicht sofort wieder zurückzuweichen. Leo zieht die Augenbrauen zusammen, als er das kurze Zucken in meinem Arm bemerkt, also reiße ich meinen Blick von ihm los und schaue aufs Display. Klasse. Sein Hintergrundbild ist das gleiche Symbol wie das auf seiner Wirbelsäule, die senkrechte Tonspur mit Tropfenwellen oben und unten. Das Bild, von dem ich nicht weiß, ob es wie das Mikrofon auf seinem Arm für gute Geschichten von guten Menschen steht oder für etwas ganz anderes …

»Brauchst du die Nummer?«, fragt Kurt.

»Die weiß ich natürlich«, erwidere ich entrüstet.

»Die weißt du natürlich«, wiederholt er mit einem Schmunzeln und lehnt sich auf dem Sofa zurück.

Ich schiebe alle Gedanken an Tonspuren und ungeplante Berührungen beiseite, wähle Willis Nummer – und obwohl er mitten in einem Kinofilm sitzt, geht er nach dem zweiten Klingeln dran. Während ich mich bemühe, ihm den Vorfall möglichst schonend und mit möglichst wenig Zittern in der Stimme beizubringen, holt Leo eine Flasche Wasser aus der Küche und dazu die Medikamentenbox neben dem Kühlschrank, damit Kurt die richtigen Tabletten heraussuchen und einnehmen kann. Dann hilft er ihm, sich hinzulegen. Er tut all die Dinge, die *ich* eigentlich tun sollte.

»Kannst du bei ihm bleiben, bis ich zu Hause bin?«, fragt Willi nun am anderen Ende der Leitung, und die Sorge in seiner Stimme zieht das stachelbewehrte, eiserne Band um mein Herz noch ein Stück fester.

»Klar«, sage ich. »Ich gehe nirgendwohin.«

»Das steht außer Frage seit deiner Kraftprobe mit einem Laufrad«, entgegnet er, und obwohl mir überhaupt nicht nach

Lachen zumute ist, schleicht sich ein müdes Schmunzeln auf meine Lippen. »Ich nehme an, er wollte keinen Arzt?«

»Nein.«

»Alter Sturkopf.«

»Am liebsten würde ich trotzdem einen rufen«, flüstere ich und blicke auf Kurt hinunter, der inzwischen mit geschlossenen Augen vor sich hindöst. »Aber ich fürchte, das würde ihm nicht gefallen.«

»Mach dir keine Gedanken deshalb, ja? Ich spreche nachher mit ihm.« Willi holt einmal tief Luft, dann raschelt es im Hintergrund und Schritte sind zu hören. »Ich sage nur noch schnell Isabel Bescheid. Ach, und richte dem jungen Mann, der sich um euch gekümmert hat, aus, ich bin ihm etwas schuldig.« Ohne sich zu verabschieden, legt er auf, und ich lasse das Handy sinken.

Ein letztes Mal betrachte ich das Tonspursymbol auf dem Display, fahre mit dem Finger darüber, wie ich über das Tattoo auf Leos Rücken gefahren bin, behutsam, sanft … Hastig gebe ich das Smartphone zurück. Was zum Teufel ist nur los mit mir? Einer meiner besten Freunde hatte einen Schwächeanfall, und ich denke an nackte Haut unter meinen Fingern …

»Willi ist auf dem Heimweg und dankt dir für deine Hilfe«, sage ich leise, um Kurt nicht zu wecken, dessen Brust sich jetzt regelmäßig hebt und senkt, hebt und senkt.

»Kein Problem«, gibt Leo ebenso leise zurück.

»Und jemand hat zweimal versucht, dich zu erreichen, als ich telefoniert habe. Scheint wichtig zu sein.« Bestimmt Juliana, füge ich in Gedanken hinzu.

Leo checkt schweigend seine Anrufliste, während ich mit zusammengebissenen Zähnen zum Sessel hinüberhinke und mich schwer wie ein Sack hineinfallen lasse. Ich bin mir sicher, dass er sich gleich entschuldigen und im Flur verschwinden wird, um zurückzurufen. Doch stattdessen schreibt er eine

Nachricht, noch eine und noch eine – und steckt das Handy weg. Dann setzt er sich auf die Lehne des Sofas.

Irritiert ziehe ich die Stirn kraus. Die kleine Pendeluhr auf der Kommode hinter dem Sofa zeigt kurz nach zwei an, um diese Zeit führt er doch mittwochs normalerweise immer dieses Interview für seinen Artikel oder trifft sich bereits mit Juliana, um irgendwas für den Podcast zu erledigen. Ich weiß, dass seine Woche vollgepackt ist bis obenhin …

»Hör mal«, setze ich an, und er dreht den Kopf in meine Richtung, mustert mich abwartend mit seinen grauen Augen. »Ich bin dir wirklich dankbar dafür, was du für Kurt getan hast. Dass du ihn hergebracht hast und alles. Keine Ahnung, wie ich das ohne deine Hilfe geschafft hätte.«

»Aber?«, hakt er nach, als ich stocke.

»Aber du musst nicht hier warten. Willi ist unterwegs, und ich will dich nicht von irgendwas Dringendem abhalten.«

»Tust du nicht.«

»Ach, nein?«

»Nein.«

Er hebt die Augenbrauen, als ich ihn ungläubig anblicke, dann stößt er die Luft aus und fährt sich mit beiden Händen durch die Haare. »Also gut, ich weiß zwar nicht, was für ein Problem du mit mir hast, und …«

»Ich habe kein Problem mit dir!«, falle ich ihm etwas zu heftig ins Wort und ziehe erschrocken den Kopf ein, als Kurt sich daraufhin brummelnd zur Seite dreht. »Wie kommst du darauf?«, füge ich leiser hinzu.

»Keine Ahnung. Vielleicht, weil du dir solche Mühe gibst, mich nicht anzuschauen, und wenn du mich anschaust, dann so, als wäre ich dein persönlicher Albtraum. Und du sprichst mit mir, als wäre jedes Wort zu viel. Am Montag schon und jetzt wieder.«

»Das am Montag war … Ich habe … Das …«

»Nein, bitte. Du musst dich nicht verteidigen, ist ja dein gutes Recht, nicht mit mir reden zu wollen. Aber ich bin garantiert kein Arsch und lasse dich und ihn« – er deutet erst auf mich, danach auf Kurt – »hier allein, wenn ihr es beide ohne Hilfe nicht mal bis zur Wohnungstür schaffen würdet. Deshalb nein, ich habe gerade nichts Dringenderes zu tun. Okay?«

»Gut gebrüllt, Löwe«, murmelt Kurt, und Leo blickt erstaunt auf ihn hinunter.

»Ich dachte, Sie schlafen.«

»Noch nicht, junger Mann, noch nicht.« Er öffnet die Augen einen Spaltbreit und sieht mich an. »Ich muss erst sichergehen, dass unsere tapfere Kriegerin hier nicht noch weiter neben die Spur gerät«, sagt er stockend. »Manchmal übertreibt sie es nämlich und vergisst, was gut für sie ist.«

»Neben die Spur?«, wiederhole ich fassungslos.

»Meilenweit daneben«, behauptet Kurt.

»Du bist derjenige, der heute zusammengebrochen ist! Ich habe nur … Das war bloß … Ich bin okay!«

Kurt verdreht die Augen und stützt sich schwer atmend auf den Unterarm, um sich aufzurichten.

»Lara, ich weiß, du liebst Pläne, weil du etwas brauchst, an dem du dich entlanghangeln kannst. Frank Wisniewski rät allerdings nicht ohne Grund, den Plan erst zu erstellen, wenn etwas fertig ist.«

Ich öffne den Mund ein weiteres Mal – und schließe ihn sofort wieder, als Kurt drohend einen Zeigefinger hebt. Die Geste hat er sich von Nalini abgeschaut, hundertprozentig. Und sie wirkt, obwohl er immer noch so weiß ist wie eine Wand und sich so langsam bewegt wie in Zeitlupe.

»Ich habe nichts gegen Pläne, wenn sie funktionieren. Wenn sie allerdings fehlschlagen – so wie dein Sabbaticalplan – und dich das dermaßen von den Beinen fegt, ist niemandem geholfen.« Vielsagend deutet er auf meinen Fuß. »Das da ist der beste

Beweis. Also erzähl mir nicht, du bist okay – was immer das bedeuten soll.«

Leos Blick wandert von Kurt zu meinem Knöchel, danach weiter in mein Gesicht, bleibt dort hängen. Nachdenklich, wachsam. Suchend. Und ich ertrage die Sehnsucht, die er in mir auslöst. Versinke darin, bis ich kaum mehr etwas anderes wahrnehme als grau, grau, gewitterhimmelgrau. Erst als Kurt sich erneut hinlegen will, wendet Leo sich ab und steht auf, um zu helfen.

»Danke, junger Löwe«, ächzt Kurt und schließt sofort wieder die Augen, während er Leo den Oberarm tätschelt. »Sei nett zu ihr, sie hat es gerade nicht leicht«, flüstert er noch, doch wie Nalini schafft er es nicht, seine Lautstärke so zu drosseln, dass ich es nicht höre.

Eine Welle aus Rot flutet meine Wangen. Wow, nach fünf Wochen Berechenbarkeit schafft es diese Woche wirklich, mich zu überraschen …

»Machen Sie sich keine Sorgen, ruhen Sie sich lieber aus.« Leo rückt die Kissen zurecht, bis Kurt bequem liegt, dann setzt er sich auf die andere Sofalehne. Die, die näher bei mir ist. So nah, dass ich ihn fast berühren könnte …

Eine Weile schweigen wir. Schließlich gucke ich ihn von der Seite an und räuspere mich leise. »Warum nennt er dich Löwe?«

»Leo. Das ist mein Name. Und es war wohl eins der ersten Wörter, die er damals im Lateinunterricht gelernt und nicht sofort wieder vergessen hat.«

»Ah.« Ich hatte nie Latein, aber diese Übersetzung hätte ich auch noch hinbekommen. Ich hab nur bisher nie darüber nachgedacht. Leo der Löwe …

Nach ein paar weiteren Minuten Stille atmet Kurt ruhig und gleichmäßig, und Leo dreht sich auf der Lehne so, dass er mich ebenfalls anschauen kann. »Sorry, dass ich …«

»Nein, warte«, unterbreche ich ihn eilig, und er tut mir den Gefallen. »Du musst dich nicht entschuldigen, sondern ich. Also: Es tut mir leid, dass ich dich am Montag so angefahren habe. Und vorhin auch. Das war … bescheuert. Bescheuert und seltsam.«

»Bescheuert würde ich nicht sagen, ein klein wenig seltsam schon«, gibt er zu. »Ich habe den ganzen Tag darüber nachgedacht, ob ich zu übergriffig war.«

»Warst du nicht. Ich hatte sowieso schon miese Laune und dann kam das noch obendrauf …« Ich seufze tief. »Der Punkt ist, ich hätte meinen Frust nicht an dir auslassen dürfen. Weder am Montag noch heute. Nichts davon hatte irgendwas mit dir zu tun.« Na ja, *fast* nichts.

Er nickt bedächtig und schweigt einige Atemzüge lang, ehe er einen Blick auf meinen Knöchel wirft. »Wie schlimm ist es?«

»Du hattest recht mit deiner Vermutung, es ist das Außenband. Aber nur überdehnt, nicht gerissen.«

»In dem Fall hätte ich lieber unrecht gehabt«, sagt er. »Ich weiß, wie schmerzhaft das sein kann.«

»Ach, schon okay. Wenn ich nicht daran denke, ist es ganz erträglich.«

»Und wie viele Stunden am Tag denkst du nicht daran?«

»Zwischen null und einer.«

Ein Lächeln zupft an seinen Mundwinkeln, und ich zwinge mich dazu, nicht sofort wieder wegzusehen. Stark zu sein. Es auszuhalten. Und tatsächlich wird es ein bisschen leichter.

»Danke, dass du mir helfen wolltest«, füge ich hinzu, und er schüttelt den Kopf.

»Hör auf, dich ständig zu bedanken. Das hast du schon ungefähr hundertmal getan.«

»Hundertmal? Zählen ist nicht so deine Stärke, oder?«

Das Lächeln wird zu einem Grinsen – das erste, schwache Etwas-zu-alles-Grinsen seit zwei Wochen –, und nun muss ich doch kurz wegschauen, weil mein Puls sofort wieder in die Höhe schnellt.

»Ich sagte *ungefähr* hundertmal«, entgegnet er. »Außerdem bin ich Journalist. Da ist es wichtiger, mit Worten gut umgehen zu können.«

»Und mit unverschämten Leuten, die dir vor die Füße fallen.«

»Na ja, manche von ihnen sind ganz nett.« Er zuckt grinsend mit den Schultern, als ich ihn aus schmalen Augen heraus zornig anfunkele. Dann deutet er zwischen mir und Kurt hin und her. »Seid ihr eigentlich verwandt?«

»Nein. Er ist einer meiner besten Freunde.« Ich blicke auf Kurt hinunter, auf seine kalkweiße Haut, die eingefallenen Wangen, die flatternden Lider, und erneut schwappt eine Woge aus Furcht über mich hinweg. Furcht und zugleich unendlicher Stolz auf diesen großartigen Menschen. »Ich glaube, meine Eltern würden sich nicht trauen, mir so direkt ins Gesicht zu sagen, dass ich neben der Spur laufe und meine Pläne sinnlos waren. Er und sein Mann Willi schon.«

»Unbezahlbar, solche Freunde«, murmelt Leo. »Und sicherlich nicht leicht zu finden.«

»Nein. Aber ich glaube, du könntest Glück haben.« Oder du hättest Glück haben *können*, wenn da nicht diese Kleinigkeit namens Zeitschleife wäre, die jegliche Ereignisse der letzten Woche einfach auslöschen wird.

Mit schief gelegtem Kopf schaut Leo mich an. »Wie meinst du das?«

»Na ja, ich hab Kurt vor sechs Jahren beinahe genauso kennengelernt wie du heute. Er hatte beim Einkaufen Probleme mit der Kartenzahlung, ich hab ihn nach Hause gebracht, und mittlerweile …«

»… hilft er dir, in deine Spur zurückzufinden.«

»Sieht ganz danach aus.«

Wieder kehrt Stille zwischen uns ein, doch wie bei unserem Spaziergang damals ist es keine unangenehme Stille. Wir lauschen einfach ein paar Minuten Kurts ruhigem Atem und hängen dabei jeweils unseren eigenen Grübeleien nach, bis Leo seine schließlich ausspricht.

»Du wolltest ein Sabbatical machen?«, fragt er.

»Ich mache gerade eins.«

»Zu Hause?«

»Zu Hause.« Ich kann mir ein Lächeln nicht verkneifen bei dem überraschten Ausdruck auf seinem Gesicht. »Keine Berge, kein Strand und kein Dschungel für mich. Auch kein Segeln oder Schafescheren in Neuseeland. Ich hab mir nach der Uni ein Jahr freigenommen, um … um …«

Leo wartet geduldig, bis ich die richtigen Worte aus dem Wust an falschen herausgefischt habe.

»Eigentlich wollte ich ein Jahr lang nur schreiben«, murmele ich und lache freudlos. »Ein Buch. Einen Thriller, um genau zu sein.«

»Warum tust du es nicht?«, hakt er nach, weil ihm offenbar niemals die Fragen ausgehen. Weil er immer so lange graben wird, bis er eine gute Geschichte gefunden hat. Nur dass es in meinem Fall nichts mehr zu entdecken gibt. Meine Geschichte endet abrupt.

»Ich hab es versucht. Es funktioniert nicht.« Ich hebe die Schultern. »Und jetzt ist mein Sabbatical fast vorbei, also höre ich wohl damit auf.«

Ich rechne fest damit, dass er widersprechen und versuchen wird, mich zum Weitermachen zu überreden, so wie es Nalini, Pedro und alle anderen tun, wann immer ich zweifle. Doch er sagt nichts dergleichen. Gedankenverloren kaut er eine Weile auf seiner Unterlippe herum.

»Aus welchem Grund wolltest du dieses Buch denn schreiben?«, will er schließlich wissen, und von allen Fragen, die er hätte stellen können, ist das diejenige, vor der ich mich am meisten gefürchtet habe. Weil Kurt recht hat damit, dass mein Plan gescheitert ist. Weil ich mit dem Schreiben etwas erreichen wollte, das mit jedem Tag meines Sabbaticals und vor allem jedem Tag dieser Zeitschleife nur in immer weitere Ferne rutscht …

»Früher konnte ich beim Schreiben entspannen«, sage ich. »Es hat mir geholfen, ruhig zu werden, meine Gedanken zu ordnen. Und diese Ordnung hätte ich dringend gebraucht. Aber …«

»… es hat nicht funktioniert«, murmelt Leo.

»Nein.« Es fühlt sich merkwürdig an, mit ihm darüber zu reden, und das nicht nur wegen der Situation mit Kurt. Ich bin eine Fremde für ihn. Irgendeine Frau, die er heute erst zum zweiten Mal sieht, während er für mich so viel mehr ist. Und in wenigen Tagen wird er alles wieder vergessen haben. Alles wird weg sein. Als hätte ich es nie gesagt …

… nie gesagt …

»Außerdem wollte ich herausfinden, ob ich das kann«, fahre ich stockend fort. »Ob ich das überhaupt will. Oder doch lieber etwas anderes. Nach dem Studium. Für den Rest meines Lebens. Ich wollte wissen, was ich tun soll …«

Leo zieht die Stirn kraus. »Ich glaube nicht, dass du dich jetzt schon entscheiden musst, was du für den Rest deines Lebens machen willst.«

»Ich weiß es nicht. Ich habe das Gefühl, ich muss. Dabei würde ich …« Ich breche ab, sortiere meine Gedanken und fange neu an. »Meine Freundin Nalini – sie lässt sich ganz oft einfach treiben. Dahin, wo sie sich gerade am wohlsten fühlt. Manchmal wäre ich gern mehr wie sie.« Ich schnaube belustigt durch die Nase. »Sie hat mich für total wahnsinnig erklärt, als ich ihr erzählt habe, warum ich einen Thriller schreiben will. Dabei hab ich tagelang recherchiert, welches Genre am besten läuft und wo ich zugleich meine Stärken gut einbringen kann …«

»Das klingt deprimierend pragmatisch«, sagt Leo und katapultiert mich damit zwei Wochen zurück. Zurück zu diesem Samstag, von dem ich mir mittlerweile wünsche, er hätte nie stattgefunden, weil ich nicht aufhören kann, daran zu denken. Immer und immer wieder.

»Hab ich was Falsches gesagt?«, fragt Leo, als ich auch nach ein paar Minuten noch nicht reagiert habe.

»Nein, ich dachte nur gerade daran, dass …« … ich schon wieder viel zu viel Zeit mit dir verbringe und es danach nur umso mehr wehtun wird, wenn du mich ein weiteres Mal vergisst. Dass ich deine Stimme mag. Dass ich es mag, mit dir zu reden. Dass du gehen solltest, weil ich nicht weiß, wie lange ich noch gegen den Wunsch ankämpfen kann, dich zu berühren, obwohl mich schon die Vorstellung innerlich zerfrisst.

»Dass …?«

Ich spüre Leos Blick auf mir brennen, als ich seufzend den Kopf sinken lasse, weil ich nicht weiß, was ich sagen soll. Wie ich ihm erklären soll, dass mich diese Situation hier überfordert, mich zugrunde richtet, weil die Angst um Kurt und der Wunsch nach immer mehr Leo auf mir lasten wie eine tonnenschwere Decke …

Das Geräusch eines Schlüssels, der im Schloss gedreht wird, lässt mich wieder aufblicken, und als Willi und Isabel kurz darauf ins Wohnzimmer platzen, steht Leo auf. Isabel mustert ihn verwundert, aber Willi eilt sofort an ihm vorbei zu Kurt hinüber und setzt sich neben seinem kreidebleichen Mann auf die Couch. Greift nach seiner Hand, berührt seine Wange.

»Er hat eine von diesen Tabletten genommen«, sage ich und deute auf die Packung, die nun auf dem Wohnzimmertisch liegt. »Angeblich hilft die.«

Willi nickt. »Tut sie normalerweise auch.« Dann holt er sein Handy hervor und tippt ein paarmal aufs Display. »Ich rufe trotzdem beim Bereitschaftsdienst an. Holst du mir das …?« Er schaut mich an, erinnert sich, verzieht das Gesicht.

Und Leo springt wie selbstverständlich ein. Er lässt sich von Willi in den Abstellraum schicken, um dort das Blutdruckmessgerät zu holen, danach noch mal für das Stirnthermometer und ein drittes Mal für zwei weitere Flaschen Wasser. In den kurzen Momenten dazwischen beantwortet er Willis Fragen darüber, was eigentlich genau passiert ist.

Isabel brüht währenddessen Kaffee auf.

Und ich sitze nutzlos herum.

*

Eine halbe Stunde später wacht Kurt wieder auf, weil der Bereitschaftsdienst Sturm klingelt. Isabel bringt die Ärztin ins Wohnzimmer, und die stellt so ziemlich dieselben Fragen wie Willi vorher, während sie sich neben das Sofa kniet, Kurt abhört und Blutdruck, Puls und was weiß ich noch alles bei ihm misst. Die Stirn runzelt. Auf die Uhr schaut.

»Wann, sagen Sie, war dieser Anfall?«

»Vor nicht ganz zwei Stunden«, sagt Leo.

»Und diese Tabletten hat er eingenommen?«

»Eine«, sage ich. »Vor etwa einer Stunde.«

Meine Angst um Kurt kehrt mit aller Macht zurück, als sie aufsteht und alle außer Willi nach draußen schickt, um sich mit ihm und Kurt allein zu unterhalten.

»Und Sie sollten dringend Ihren Fuß schonen, wie es aussieht«, sagt sie, während ich an ihr vorbeihinke, und wirft mir einen strengen Blick zu.

»Okay«, wispere ich. Aber Leos stummes Angebot, mir unter die Arme zu greifen, lehne ich ebenso stumm ab. Ich ertrage es nicht, dass mir jemand hilft, während ich nicht helfen konnte. Nicht helfen kann. Genauso wenig ertrage ich allerdings die Vorstellung, ihn jetzt gehen zu lassen.

»Hast du noch ein paar Minuten, falls die Ärztin dich gleich noch mal braucht?«, frage ich daher sicherheitshalber, und er nickt sofort.

Gemeinsam mit Isabel warten wir in der Küche, schweigend, alle mit einem Becher Kaffee zwischen den Händen, und gucken gefühlt jede Minute auf die Uhr, bis die Tür zum Wohnzimmer schließlich wieder geöffnet wird und zwei Stimmen durch den Flur zu uns nach hinten dringen.

»Also, Herr Freimark, Sie wissen Bescheid. Und ich verlasse mich auf Sie«, sagt die Ärztin.

»Beim ersten Anzeichen einer Verschlechterung in die Klinik, ich habe verstanden.«

»Ja. Auch wenn Sie sich nicht sicher sind, ob es wirklich eine Verschlechterung ist.«

»In Ordnung.«

»Ich habe Ihnen gesagt, ich mache das wirklich ungern …«

»Das weiß ich. Danke, dass Sie seinen Wunsch dennoch respektieren.«

Ich schaue zu Isabel, die ihre Lippen so sehr aufeinanderpresst, dass sie zu einer kleinen blassen Linie geworden sind, und dann zu Leo, der meinen Blick ruhig erwidert. Und der immer noch hier ist, wird mir in diesem Moment erst richtig bewusst. Immer noch hier.

Die Wohnungstür fällt ins Schloss, und gleich darauf erscheint Willi in der Küche. Er ist inzwischen fast so blass wie Kurt, und ich weiß, dass er schwer zu kämpfen hat. Trotzdem zwingt er ein Lächeln auf seine Lippen und setzt sich zu uns.

»Tja, was soll ich sagen«, murmelt er und nimmt den Kaffee entgegen, den Isabel ihm reicht. »Herr von Cappeln hat nach wie vor seinen eigenen Kopf, und dieser Kopf sagt: Er bleibt hier, obwohl die Ärztin ihn lieber zur Überwachung im Krankenhaus sehen würde.«

»Ist das eine gute Idee?«, fragt Isabel besorgt. »Ich meine, sein Wunsch in allen Ehren, aber geht das nicht langsam zu weit?«

»Ich weiß es nicht«, gibt Willi seufzend zu. »Ich werde mich allerdings hüten, heute einen weiteren Streit mit ihm anzufangen und dadurch alles nur noch schlimmer zu machen.«

»Außerdem gewinnt er sowieso jedes Mal«, sage ich, und Willi schnaubt belustigt.

»Und wenn er es nicht tut, hört er einfach auf zu streiten, legt sich hin und macht die Augen zu. Wahrscheinlich ist er jetzt auch schon wieder eingeschlafen.« Er fährt sich mit beiden Händen mehrmals übers Gesicht, müde, kraftlos. »Um ehrlich zu sein, könnte ich jetzt auch ein bisschen Ruhe gebrauchen.«

»Natürlich, mein Lieber. Die sollst du haben.« Isabel erhebt sich, um das Geschirr wegzuräumen, und schießt mir einen bösen Blick entgegen, als ich ebenfalls aufstehe. »Und du, junge Dame, hast gehört, was die Ärztin gesagt hat. Ab mit dir auf die Couch!«

»Isabel hat recht, du warst diese Woche schon Patientin«, stimmt Willi zu. »Vielen Dank für deine« – er legt seine Hand auf meine, dann schaut er zu Leo hinüber, der sich bisher ganz still verhalten hat – »nein, für *eure* Hilfe. Ohne euch beide wäre das alles nicht so glimpflich ausgegangen. Also wenn ich etwas tun kann …«

»Kannst du. Sorg dafür, dass dein sturer Ehemann auf dich hört«, erwidere ich und drehe meine Hand so, dass ich seine drücken kann. »Und melde dich, wenn was ist.«

»Mache ich«, verspricht Willi.

Ich hinke zur Küchentür, während Leo sich von zwei der drei Institutionen verabschiedet, doch gerade, als ich in den Flur einbiegen will, ruft Willi mir noch etwas hinterher: »Ach, Lara, sei mir bitte nicht böse. Aber die italienische Nacht am Samstag würde ich gern verschieben.«

»Ich auch«, sage ich matt. »Ich auch.« Mit einem Winken humpele ich weiter, an der geschlossenen Wohnzimmertür und damit auch an Kurt vorbei … Im Treppenhaus holt Leo mich ein und zieht die Wohnungstür behutsam hinter sich zu.

»Alles okay?«, will er wissen.

»Nein«, sage ich kopfschüttelnd. »Aber ich arbeite daran.« Ich beobachte, wie er mit einem Nicken zu Boden schaut. Wie diese eine widerspenstige Locke in seine Stirn fällt. Wie er tief durchatmet. »Darf ich noch einmal danke sagen?«

Mit einem Lächeln stößt er die Luft aus. »Ein einziges Mal.«

»Danke. Für alles heute.«

»Gern geschehen.« Er mustert mich einen Moment unschlüssig, dann lässt er seinen Blick die Treppe hinaufwandern, die ich gleich bezwingen muss. »Darf ich noch einmal meine Hilfe anbieten?«

Nein, bitte nicht, denke ich.

»Ein einziges Mal«, sage ich.

Wie vorhin schon schlingt er seinen Arm um meine Taille, hält meinen Ellbogen mit der anderen Hand und stabilisiert mich so, dass ich meinen verletzten Knöchel kaum belasten muss, während wir Stufe um Stufe erklimmen. Uns gemeinsam nach oben kämpfen. Die Treppe ist schmal, wir müssen diesmal noch näher zusammenrücken, und alle paar Stufen bleibt jemand von uns an der Wand oder am Geländer hängen. Doch irgendwann haben wir es geschafft und stehen vor meiner Wohnungstür.

»Den Rest sollte ich allein schaffen«, murmele ich. »Danke.« Leo lässt mich los, hebt die Augenbrauen und mustert mich abwartend, bis sich ein ertapptes Lächeln auf meine Lippen stiehlt.

»Oh, dieses Danke wird teuer«, sagt er.

Ich nicke ergeben. Nächste Woche, denke ich. Lass uns nächste Woche über den Preis reden. Nächste Woche …

»Mach's gut, Lara. Pass auf dich auf.« Er erwidert mein Lächeln, dann geht er zurück zum Treppenabsatz, wo er erneut innehält. »Übrigens, ich kenne Nalini zwar nicht, aber ich glaube, sie hat recht.«

»Womit?«, frage ich stirnrunzelnd.

»Damit, dass man nicht immer alles bis zum Ende durchplanen muss. Und dass Pläne auch mal schiefgehen. Vielleicht bist du einfach keine Thrillerautorin.« Ich blinzele hektisch, um seine Worte irgendwie einzuordnen, doch er achtet gar nicht darauf, sondern spricht gleich weiter. »Vielleicht könntest du mal versuchen, über die guten Dinge zu schreiben, nicht über die schlimmen. Von den schlimmen gibt es schon genug.« Damit verschwindet er und lässt mich ratlos in einer Wolke aus Meeresminze zurück.

*

Vielleicht könntest du mal versuchen, über die guten Dinge zu schreiben, nicht über die schlimmen. Von den schlimmen gibt es schon genug.

Es ist neun Uhr abends, und seit Stunden gehen mir diese beiden letzten Sätze von Leo nicht aus dem Kopf. Ziehen dort Kreise, stoßen Gedanken an, die nichts mit Planung zu tun haben oder Pragmatismus oder Vernunft. Stattdessen handeln sie von Mut und Chancen und … ich glaube, vor allem von Liebe.

Du könntest versuchen, über die guten Dinge zu schreiben.

Ich lasse mich vorsichtig mit meinem verletzten Knöchel auf mein Bett fallen, ziehe meinen Laptop vom Nachttisch, wo er seit vier Tagen unbenutzt herumliegt, und klappe ihn auf. Warte, bis er hochgefahren ist. Öffne ein leeres Dokument.

Über die guten Dinge.

Sommer, 1972

Sehen Sie den Mann, der dort über die Straße läuft? Akkurater Haarschnitt, perfekt sitzender Anzug, blank polierte Schuhe, glatt rasiert? Er sieht gut aus, nicht wahr?

Interessant. Sie fragen sich vielleicht, warum er sich so beeilt und warum er sich so zurechtgemacht hat an einem ganz normalen Montagmorgen im Juli 1972. Ein Anzug und ein gestärktes Hemd bei diesen Temperaturen? Schicke Schuhe? Warum?
Ich verrate es Ihnen: Er ist auf dem Weg zu einem Vorstellungsgespräch für eine Stelle, auf die er seit Jahren hingearbeitet hat. Er wird diesen Job bekommen, das ist jetzt schon klar, und machen Sie mir bitte keine Vorwürfe, dass ich damit irgendetwas vorweggenommen hätte – habe ich nicht. Das Gespräch ist nämlich nicht der Grund, weshalb wir diesem Mann ab sofort folgen werden. Wir folgen ihm, weil er jeden Augenblick der Liebe seines Lebens begegnen wird. Einer Liebe, die alles verzehrt, vor allem die Widerstände, die ihm entgegenschlagen werden.
Der Name des Mannes? Oh, entschuldigen Sie, ich habe ganz vergessen, ihn zu erwähnen. Sein Name lautet Wilhelm Rudolf Freimark …

Über die guten Dinge.

Donnerstag

Eine Kurzgeschichte, wann habe ich zuletzt eine Kurzgeschichte geschrieben? Ich erinnere mich nicht daran. Oder doch, tue ich. In den letzten zwanzig Stunden. Kurz vor neun habe ich gestern Abend angefangen, und das nächste Mal auf die Uhr geschaut habe ich gegen Mitternacht. Dazwischen lagen drei Stunden konzentrierter Arbeit, nur unterbrochen von einer kurzen Pinkelpause und einem Anruf bei Isabel, ob sie mir vielleicht eine

Kanne Kaffee nach unten bringen könne, weil unsere Maschine seit Montag kaputt ist.

Um zwei Uhr nachts habe ich mir etwas zu essen geholt – die Reste vom Nudelauflauf, den Nalini am Abend zuvor für das ganze Haus gezaubert hat – und kalt heruntergeschlungen, dann habe ich wie im Rausch weitergeschrieben, bis mir die Augen zugefallen sind. Wann das war, weiß ich nicht. Ich habe nicht mal mehr Zähne geputzt, sondern mich einfach hingelegt und bin sofort eingeschlafen.

Um acht wurde ich von Nalini geweckt, weil sie gestern vorgeschlagen hat, mich noch mal zum Arzt zu bringen, falls mein Knöchel nach der Treppenaktion weiter solche Zicken macht. Ich bin aufgestanden, habe gesagt, dass die Schmerzen schon viel besser sind – was nur halb gelogen war –, und dann habe ich weitergeschrieben. Immer weiter, weil ich wusste, ich muss bis zum Wörtchen Ende kommen. Weil ich wusste, ich kann nächste Woche nicht einfach irgendwo weitermachen, sondern muss von vorne beginnen.

Und nun ist sie fertig. Eine Geschichte über Willi, und über Kurt. Darüber, wie sie sich kennengelernt und trotz aller Vorsicht ineinander verliebt haben. Wie sie sich erst lange gegen ihre Gefühle gewehrt haben und schließlich heimlich eine Beziehung eingegangen sind – Wilhelm Freimark, der frisch ernannte Hauptmann, und Kurt von Cappeln, damals noch Abteilungsleiter des größten Kaufhauses der Stadt. Wie sie Jahre später einen Schritt in die Öffentlichkeit gewagt und sich ihre jeweiligen Familien aufgrund dieser »abnormen Gefühle« entzweit haben. Ich habe darüber geschrieben, dass Kurt gefeuert wurde und Willi kurz davor stand, dasselbe Schicksal zu erleiden, in letzter Sekunde aber Unterstützung von seinem General erhielt, der ihn sogar weiterbeförderte …

Ich habe alles aufgeschrieben, die ganze Geschichte – oder zumindest das, was ich davon weiß. Was ich in unzähligen Gesprächen von Kurt und Willi und über die beiden erfahren habe, was seitdem tief in mir geschlummert und darauf gewartet hat, weitererzählt zu werden. Als eine der besten Geschichten von allen.

Und es fühlt sich gut an. Zum ersten Mal seit Monaten fühlt sich das Schreiben nicht wie eine weitere Pflicht an, die ich erfüllen muss, sondern wie etwas, das ich tun *darf*. Wie eine Abkühlung für mein überhitztes Gehirn. Wie die Erleichterung, auf die ich die ganze Zeit gehofft habe.

*

16:49 Uhr:
Hey, ich hoffe, es ist okay, dass ich dich einfach so anschreibe. Ich hab die Nummer aus Willis Anrufliste. Er meinte, du hättest heute Morgen schon nach Kurt gefragt. Es geht ihm allmählich besser!

16:50 Uhr:
Das ist allerdings nicht der Grund für meine Nachricht. Ich muss dir schon wieder danken – ja, ich weiß, der Preis steigt immer weiter. Ist okay.

16:52 Uhr:
Aber ich habe geschrieben. Über die guten Dinge. Genau, wie du gesagt hast. Und es hat funktioniert. Ich habe geschrieben.

16:53 Uhr:
Hier ist übrigens Lara.

Ich weiß nicht, warum ich das tue. Warum ich dem Universum die Chance gebe, das Messer, das schon viel zu tief in meinem schwer verwundeten Geist steckt, sogar noch zu drehen. Es scheint fast, als hätte ich keine andere Wahl. Als wäre ich es Leo schuldig, nachdem er mir geholfen hat. Und ein bisschen auch, als wäre ich es mir selbst schuldig. Achtundvierzig Wochen plus, und endlich hat es funktioniert. Weil ich zum ersten Mal nicht irgendeinem Plan gefolgt bin. Weil ich zum ersten Mal nicht die Gedanken an die Zukunft im Kopf hatte, sondern die Gedanken an die Vergangenheit. An etwas, das gut war.

16:58 Uhr:
Hi, übrigens Lara.

16:59 Uhr:
Das ist fantastisch, herzlichen Glückwunsch! Aber ich hab eigentlich nur wiederholt, was deine Leute dir schon verraten haben. Also kein Grund, mir zu danken!

17:02 Uhr:
Offenbar musste ich es von dir hören.

17:03 Uhr:
Na gut, wessen betörende Stimme auch immer den Knoten gelöst hat, ich hoffe, es geht dir jetzt besser.

17:04 Uhr:
So schlecht ging es mir gar nicht.

17:04 Uhr:
Kurt hat maßlos übertrieben.

17:05 Uhr:
Hm, ich glaube, er wusste ganz genau, was er da sagte …

Ich lese seine letzte Nachricht zweimal, dreimal, öfter, dann lege ich das Handy zur Seite, greife nach der Krücke, die Isabel mir heute Morgen irgendwo besorgt hat, und mache mich auf den Weg ins Erdgeschoss. In meiner Tasche steckt ein USB-Stick, auf dem nur eine einzige Datei gespeichert ist: ein Dokument, das knapp fünfzehntausend Worte umfasst und den Arbeitstitel *Über die guten Dinge* trägt.

Freitag

Wie gestern schon erkundigt sich Leo gleich morgens bei Willi, wie es Kurt geht, danach schreibt er mir.

Ich zögere, ob ich antworten soll, schiebe die Entscheidung vor mir her und das Handy immer wieder von mir weg, aber nach einer halben Stunde gebe ich auf. Es ist sowieso schon zu spät, viel zu spät. Ich will mich nicht mehr wehren.

Den ganzen restlichen Tag schicken wir uns Nachrichten, und jede einzelne reibt mich ein kleines bisschen mehr auf, lässt mich mit klopfendem Herzen und erschöpft zurück. Und doch halte ich es aus. Ich beantworte all seine Fragen, bringe ihn sogar dazu, immer mehr zu stellen, bis ich ein weiteres Mal wie ein offenes Buch vor ihm liege. Er muss nur weiterblättern. Und das tut er auch.

Samstag

Die Party findet wie geplant nicht statt, aber irgendwie doch, denn weder Kurt noch Willi noch Isabel wollen darauf verzichten, den Samstagabend zusammen zu verbringen, und weil ich ohnehin ans Haus gefesselt bin, schließe ich mich den dreien an. Nalini und Pedro haben es nach zwei Tagen Streiterei endlich geschafft, ihr Wohnungsproblem ad acta zu legen, und wollen eigentlich in der Stadt etwas trinken gehen und währenddessen Wohnungsannoncen wälzen. Doch als sie uns auf der Veranda finden, entscheiden sie sich spontan dagegen und bleiben ebenfalls hier. Wir zünden Citronellakerzen an, stecken die Lichterketten ein, die bereits hängen, lassen leise Musik laufen, holen Getränke und Polster und Stühle dazu …

»Jetzt fehlt nur noch was zu essen«, seufzt Pedro, und Willi geht sofort nach drinnen, um beim besten Italiener der Stadt Salat, Bruschetta, Pizza, Pasta und Dessert zu bestellen.

»Damit wir zumindest einen Hauch von italienischer Nacht erhalten«, sagt er kurz darauf mit einem eigenartig verschmitzten Grinsen, und: »Ich habe alles zum Liefern bestellt.«

Ich erwidere sein Grinsen. Dieser Abend ist wunderbar – die beste italienische Nacht von allen.

Als ich eine halbe Stunde später von der Toilette komme, klingelt es an der Tür, und weil ich ohnehin gerade im Treppenhaus bin …

»Ich geh schon!«, rufe ich zur Veranda nach hinten, öffne die Tür – und erstarre.

Leo blickt von mir auf die zwei riesigen Tüten mit dem Aufdruck der Pizzeria hinunter, die er in der Hand hält, und wieder zurück. »Sie sind vermutlich nicht Wilhelm Freimark, oder?«, fragt er.

»Nein, und Sie sind ganz sicher nicht unser Pizzabote. Ich habe nämlich extra nach Alberto verlangt.«

»Alberto ist verheiratet, hat eine Frau namens Gabriella und drei Kinder. Vergiss ihn lieber.«

»Und stattdessen muss ich jetzt den Abend mit dir verbringen? Einem Typen, mit dem ich gerade mal fünfzig Nachrichten hin und her geschrieben habe?«

»Es waren dreihundertvierzehn. Ich hab nachgezählt.« Mit einem Lächeln hebt er die beiden Tüten an. »Darf ich reinkommen, bevor mir das alles hier auf die Füße fällt und wir doch noch Alberto anrufen müssen?«

»Aber nur, weil ich Hunger habe.«

Mit einem Kopfnicken lasse ich ihn durch und schicke ihn nach hinten zur Veranda, während ich bedeutend langsamer folge. Immer wieder kurz anhalte. Mir die Zeit nehme, um zu verarbeiten, dass er tatsächlich hier ist. Dass er gleich mit meinen besten Freunden und mir zu Abend essen wird …

Als ich auf die Veranda humpele, hat Willi ihn bereits Nalini und Pedro vorgestellt, Isabel hat das Essen auf dem Tisch verteilt, allen Teller, Besteck und eine Serviette gegeben und sich anschließend so umgesetzt, dass ich neben Leo auf der Couch landen werde. Und das ist okay. Mehr als okay sogar, es ist schmerzhaft schön. Es sticht und beißt und brennt.

Es macht einen wunderbaren Abend perfekt.

*

Stunden später sitzen wir noch immer auf der Veranda im warmen Schein der Lichterkette und unterhalten uns darüber, welche Bedeutung die Farben der italienischen Flagge haben: Grün steht für die Natur, Weiß für die schneebedeckten Gipfel der Alpen und Rot für das vergossene Blut während der italienischen Unabhängigkeitskriege. Ich wusste nichts davon, und ehrlich gesagt interessiert es mich auch gerade nicht die Bohne. Ich höre die meiste Zeit bloß zu, während die anderen reden – höre vor allem Leo zu, wie er mit den anderen spricht, sie mit all seinen Fragen dazu bringt, so viel über sich zu erzählen, so viel …

Doch anders als die letzten Male reagiert er nicht panisch, als Isabel den Spieß schließlich umdreht und ihn über sein Leben ausfragt. Anfangs zögerlich, dann immer bereitwilliger spricht er über seine Artikel, und zu meiner Überraschung verrät er irgendwann sogar, dass er diesen Podcast macht, den er eigentlich zum Kotzen findet, an den er allerdings für den Rest seines Lebens gefesselt sein wird – und fünf Minuten später bietet Isabel an, den Vertrag zu prüfen. Wenn er möchte, gleich morgen.

Ich weiß nicht, wie das passiert ist, was in den Wochen zuvor anders war, aber ich lasse es geschehen, lasse alles einfach geschehen. Dabei lächle ich still in mich hinein, dankbar, weil die beiden sich auch ohne meine Einmischung gefunden haben, bedrückt, weil nichts von alldem hier in zwei Tagen noch von Bedeutung sein wird. Und ich kann es nicht ändern, ich hab's versucht. Ich kann nur dasitzen und die Dinge annehmen, die mir das Leben gerade entgegenwirft. Weil Pläne auch mal schiefgehen können.

Vielleicht braucht es gar nicht immer einen Plan …

»Lara, hast du einen Augenblick?«, fragt Kurt auf einmal und winkt mich zu sich hinüber.

Ich stehe auf, wackle kurz, als eine falsche Bewegung den Knöchel aufmucken lässt – und sofort greift Leo nach meinem Arm, um mich zu stützen. Mir Halt zu geben. Mit einem tiefen

Seufzen schließe ich die Augen, versinke in dem vertrauten und doch jedes Mal neuen Gefühl von seiner Haut auf meiner … Als ich die Augen wieder öffne und ihm zunicke, lässt er mich los.

»Wo ist Willi?«, frage ich, als ich bei Kurt ankomme.

»Er holt nur noch ein paar Flaschen Wasser. Setz dich.« Er klopft auf die Armlehne seines Sessels und wartet, bis ich es mir halbwegs bequem gemacht habe. »Ich habe deine Geschichte gelesen«, flüstert er dann und greift mit leicht zitternden Fingern nach meiner Hand. »Ich weiß gar nicht, wie ich dir danken soll. Du hast es tatsächlich geschafft, dass ich alles noch einmal durchlebt habe. Vor allem die guten Momente.«

»Das hoffe ich«, sage ich lächelnd. »Es sollte auch eine Geschichte über die guten Dinge werden.«

»Ach, daher der Titel?«, fragt er.

»Daher der Titel.«

»Wunderbar. Wirklich wunderbar.« Er nickt zufrieden. »Aber ich habe trotzdem noch zwei Bitten an dich.«

»Oh, okay. Welche denn?«

Er zögert kurz, ehe er antwortet. »Ich möchte, dass die Geschichte länger wird. Viel länger. Am besten so lang wie dieses Buch, in dem der große weise Mann im Himmel seinen Sohn auf die Erde schickt …«

»Meinst du die Bibel?«, frage ich lachend.

»Ja. Mach es so lang wie die Bibel. Und schreib euch alle mit hinein. Auch ihn.« Er nickt in Richtung der Couch, auf der Leo sitzt und sich mit Isabel im Sessel daneben unterhält.

»Wow«, sage ich leise. Allein der Gedanke, über Leo zu schreiben … »Ich versuche es, versprochen. Und deine zweite Bitte?«

»Ich möchte, dass du sie Willi zum Lesen gibst.« Kurt drückt meine Hand, und ich traue mich nicht, darüber nachzudenken, ob er tatsächlich nur noch so wenig Kraft besitzt oder ob er sich absichtlich zurücknimmt, weil ich die Antwort schon erahne.

Zwar ist er bei Weitem nicht mehr so blass wie am Mittwoch, dafür scheint er noch schmaler geworden zu sein, weil er recht wenig gegessen hat die letzten Tage.

»Ich weiß nicht, Kurt«, sage ich und betrachte sein schmales Handgelenk. Den weißgoldenen Ring an seinem Ringfinger. »Er liest doch nur Sachbücher, und die Geschichte ist …«

»Es ist seine Geschichte«, fällt er mir ins Wort. »Unsere.«

»Natürlich. Und falls du dir Sorgen machst, dass ich sie noch irgendjemand anderem zeige, das werde ich nicht. Sie war allein für dich und mich bestimmt.«

Mit einem traurigen Ausdruck im Gesicht schüttelt Kurt den Kopf. »Genau das ist es ja, worüber ich mir Sorgen mache: Dass du sie niemandem zeigen wirst. Dass das, wofür du ein Jahr so hart gearbeitet hast, einfach in einer Schublade verschwindet.«

»Weil sie nicht …«

»Gib sie Willi«, unterbricht er mich erneut. »Bitte. Er wird sie vergöttern, Lara, genau, wie er dich vergöttert. Und genau, wie ich es tue. Vertrau mir.« Noch einmal das leichte Drücken meiner Hand. Dazu sein eindringlicher, beinahe flehender Blick.

»In Ordnung«, wispere ich, und Kurt stößt erleichtert die Luft aus. Als hätte ihn das Gespräch viel Kraft gekostet.

Ein paar Sekunden sitzen wir noch still nebeneinander und halten uns an den Händen, bis Kurt sich schließlich umständlich erhebt, um uns allen eine gute Nacht zu wünschen. Willi, der gerade im Durchgang zum Treppenhaus aufgetaucht ist, runzelt zwar verwundert die Stirn, stellt die Wasserflaschen aber wortlos auf dem Loungetisch ab und verabschiedet sich ebenfalls. Nachdenklich blicke ich den beiden hinterher. Ich hoffe wirklich, dass …

»Nein danke, ich sollte mich jetzt auch auf den Heimweg machen.«

Mein Kopf zuckt herum, als hätte ich eine Ohrfeige kassiert. Oder als hätte jemand an einem unsichtbaren Haken gezogen. Leo, das war Leo. Er steht auf, und obwohl alle protestieren, reicht er Isabel die Hand, bedankt sich bei ihr für den schönen Abend und das Angebot, seinen Vertrag zu prüfen. Fistbump Pedro. Fistbump Nalini. Ich schaue stumm zu. Dann landet sein Blick auf mir. Brennt sich tief unter meine Haut.

Schon wieder Samstag … Schon wieder kurz vor der Tür des Vergessens … Schon wieder.

Ich betrete vor Leo das Haus, laufe vor ihm den Gang entlang, erreiche vor ihm die Tür. Drehe mich um.

»Deinem Fuß geht es tatsächlich besser«, stellt er fest.

»Ja«, gebe ich zurück. »Du hast doch gesagt, ich soll auf mich aufpassen.«

»Ich hab auch gesagt, du sollst Alberto, den Pizzaboten, vergessen, dabei kenne ich den Kerl nicht mal. Vielleicht ist er ja ganz nett und wartet nur darauf, bei dir zu landen.«

»Kommt der Gedanke nicht etwas zu spät?«

»Nein, ich hab ihn nur bisher erfolgreich ignoriert.«

»Tja«, sage ich und zucke mit den Schultern. »Jetzt muss sich Alberto deinetwegen wohl weiter mit Gabriella zufriedengeben.«

Er lächelt, ein ganz leises Lächeln, und es reißt die Wunde endgültig auf. Ich blute ins Nichts. Die Vorstellung, dass er mich in ein paar Stunden wieder vergessen haben wird, all das hier vergessen haben wird …

»Danke, dass ich hier sein durfte.«

»Danke, dass du hergekommen bist.«

Ein letztes Aufblitzen seines Lächelns, ehe er nach der Türklinke greift. »Bis dann …«

Worte bilden sich in meinem Kopf, Worte, die nicht richtig sind, weil sie zwar zu mir passen, aber nicht zu ihm. Nicht zu diesem Leo, der gerade vor mir steht. Oder doch? Ich weiß es nicht, weiß es nicht. Ich muss die Worte aufhalten, muss sie hinunterschlucken, damit sie nicht ins falsche Ziel treffen … Aber auf dem Weg nach unten bekommen sie einen Schubs von der Gewissheit, dass er jetzt gleich verschwinden wird, der Gewissheit, dass uns nur noch ein Tag bleibt.

»Leo?«

Er dreht sich noch einmal zu mir um, hebt fragend die Augenbrauen. Seine Augen sind hell, hell, hell.

»Ich will nicht, dass du gehst.«

*

Obwohl ich mich sehr gut daran erinnere, wie sich seine Haut auf meiner anfühlt, kommt es mir wie das erste Mal vor, als ich nach seiner Hand greife und ihn mit mir nach oben in unsere Wohnung ziehe. Wie das erste Mal, als wir in meinem Zimmer stehen, nur Zentimeter voneinander entfernt, und er flach atmend auf mich hinunterschaut. Das erste Mal, als seine Fingerspitzen über meinen Kiefer streichen, ganz langsam, bis vor zum Kinn, es sanft nach oben drücken …

Leichter, diesmal ist alles viel leichter. Und zugleich auf eine seltsame Art bedeutender. Als wäre das letzte Mal nur ein Versuch gewesen – ein Testlauf für das hier.

»Über was denkst du nach?«, frage ich, weil er mich wachsam mustert, tief in meinen Augen nach etwas zu suchen scheint.

»Dass sich das hier …«, murmelt er. »Dass sich alles so vertraut anfühlt.«

»Ja?«

»Ja. Wenn ich es nicht besser wüsste, würde ich sagen, ich war schon mal hier …«

»Vielleicht warst du's«, flüstere ich.

»Und hab das hier getan?« Seine Lippen streifen meine, ganz kurz nur, und ein Schauer jagt über meinen Rücken, lässt mich erzittern. Er grinst, als er es bemerkt.

»Also das hast du ganz sicher nicht getan«, hauche ich gegen seinen Mund. »Daran würde ich mich erinnern.«

Sein Grinsen wird breiter, selbstgefälliger, doch als ich mich auf die Zehenspitzen meines gesunden Fußes stelle und ihm mein Gesicht entgegenrecke, weicht er ein winziges Stück zurück. Gerade genug, damit ich seine Lippen nicht erreiche.

»Ich hab eine Frage.«

»Jetzt?!«, ächze ich. »Ist das dein Ernst?«

Vielsagend hebt er die Augenbrauen.

»Ich fasse es nicht.« Mit einem Seufzen lasse ich meine Stirn gegen seine Brust sinken, spüre das Beben seines Lachens, als es in ihm nach oben blubbert. »Nun frag schon!«

»Warum steht da *Fuckedy Fuck* auf deiner Wand? Und sehr oft *Scheiße* und … andere Dinge.«

Ich hebe den Kopf wieder und betrachte all die unzähligen Schimpfwörter, die man im Dämmerlicht der Verandabeleuchtung ausgezeichnet erkennen kann. »Ups.«

»Ups?«, echot er ungläubig. »Wie in ›Ups, das war schon so, als ich eingezogen bin, und ich hatte keine Lust zu streichen‹ oder in ›Ups, mir ist neunzigmal der Stift ausgerutscht‹?«

»Und ich dachte, das mit dem Zählen hättest du inzwischen gelernt«, sage ich augenrollend. »Ich hatte doch erwähnt, dass mein Montagmorgen nicht der beste war, oder? Das hier ist der Beweis dafür.«

»Wow.« Er lässt seinen Blick über die Wände schweifen und verzieht anerkennend den Mund. »Da kann ich ja froh sein, dass du zu mir nur gesagt hast, ich soll dich in Ruhe lassen. War das eine Art Schreibtherapie oder …?«

»Hey.«

»Hm?«

Sobald er mich erneut anschaut, vergrabe ich meine Hände in seinen Locken, ziehe ihn zu mir herunter und presse meine

Lippen auf seine, bis er einen rauen Ton ausstößt. Kurz zurückweicht, um Luft zu holen.

Beim letzten Mal hatte ich das Gefühl, dass das Verlangen nach ihm mich in Flammen setzt, mich lichterloh brennen lässt und rasend schnell verzehrt. Ich hatte das Gefühl, nicht schnell genug alles von ihm bekommen zu können. Doch diesmal gleicht es eher einem hellen Glühen. Einer Hitze, die sich ganz allmählich ausbreitet, während Leo meinen Kiefer küsst, meinen Hals, meinen Nacken. Mit einer kaum spürbaren Berührung schiebt er den weiten Ausschnitt meines Shirts zur Seite, fährt mit geöffneten Lippen über die Haut an meiner Schulter, an meinem Schlüsselbein …

Ein Keuchen entrinnt meiner Kehle, und er schlingt seinen freien Arm um meine Taille, zieht mich näher zu sich heran, sodass jeder Millimeter meines Körpers mit seinem zu kollidieren scheint. Die Gluthitze weitergibt.

Langsam, ganz langsam und vorsichtig drängt er mich rückwärts, bis ich mit der Hüfte gegen den Schreibtisch stoße, mich auf die Tischplatte hieve, damit ich meinen Knöchel entlasten kann, die Knie öffne.

»Geht's?«, fragt Leo heiser, und als ich nicke, küsst er mich tief und langsam, hält meinen Kopf mit beiden Händen, während ich mit meinen auf Wanderschaft gehe. Seinen Rücken hinauf, über seine Schulterblätter, zum Nacken …

Ich weiß nicht, wie viel Zeit verstreicht, wie oft wir uns kurz voneinander lösen, um gleich darauf wieder zueinanderzufinden, uns mit Lippen, Zungen und Fingern ohne Eile erkunden, entdecken, spüren. Wir lassen uns treiben, sind hier, ganz im Jetzt. Mit allen Sinnen.

»Ich komm mir vor wie im Feriencamp«, flüstert Leo bei einer unserer flüchtigen Atempausen ganz nah an meinem Ohr. »Wir knutschen hier heimlich rum, und unten sitzt die strenge Campleitung.«

»So was hast du im Feriencamp gemacht?«, frage ich und schiebe meine Hände unter sein Shirt, streiche gemächlich über seine zuckenden Bauchmuskeln, seine Brust, seine straff gespannten Schultern.

»Gott, nein«, murmelt er kaum hörbar. »Nichts davon. Wir mussten Hütten aus krummen Brettern bauen.«

Ich lache leise, dann ziehe ich ihn wieder zu mir heran, und wir versinken ein weiteres Mal in Küssen, Gesten, endlosen Berührungen. Erfühlen einander immer mehr. Immer mehr …

Irgendwann höre ich Nalini und Pedro draußen im Flur miteinander reden, und gleich darauf zerreißt ein Klopfen die Stille im Raum. Mit einem unwilligen Knurren löst Leo seinen Mund von meinem und dreht den Kopf, doch ich halte ihn fest, lege meine Hand an sein Kinn und hole ihn zurück, zurück zu mir.

»Einfach weitergehen!«, rufe ich, und ein Grinsen breitet sich auf seinem Gesicht aus.

»Wir wollten nur …«

»Verschwinde, Pedro!«

Mit einem überraschten Ausdruck stößt Leo die Luft aus. »Du bist verdammt heiß, wenn du Befehle erteilst«, raunt er, während er sich langsam wieder herunterbeugt. Dann landen seine Lippen auf meinen, härter jetzt, unnachgiebiger, fordernder. Seine Bartstoppeln reiben über meine Haut, hinterlassen Spuren, kratzen, ziehen Linien. Mehr, er will mehr. Ich dränge mich gegen ihn, und er erwidert den Druck, streicht mit seinen Händen meine Oberschenkel hinauf bis zu meinem Po, zieht mich noch näher – und im nächsten Moment hebt er mich hoch. Mit meinem gesunden Bein klammere ich mich an seine Hüfte, während er mich zum Bett trägt, mich ganz behutsam ablegt, seine Augen fest auf meine gerichtet.

»Was dagegen, wenn ich hier schlafe?«, fragt er leise und fährt mit dem Daumen vorsichtig über die vom Küssen gereizte Haut um meinen Mund.

»Nein«, flüstere ich. »Aber ich bin noch gar nicht müde.«

»Hoffentlich.« Damit beugt er sich herab, streift mit der Nasenspitze meinen Kieferknochen entlang, meine Kehle hinab, tiefer, über meinen Bauch, bis er beim Saum meines Shirts angekommen ist. Dort innehält.

Ich wage kaum zu atmen. Atme zu schnell, als er den Streifen nackter Haut zwischen dem Bund meiner Shorts und meinem Top küsst. Wieder und wieder und wieder. Das Shirt mit den Zähnen etwas höher zieht. Seine Zunge wandern lässt …

Mit einem gedämpften Stöhnen wölbe ich mich ihm entgegen, kralle die Hände in mein Bettlaken. Mein ganzer Körper glüht nun grellweiß.

Leo hebt den Kopf, mustert mich mit geöffnetem Mund, während er mit seiner Hand unter mein Shirt fährt, mit federleichten Fingern den Weg verfolgt, den seine Nasenspitze kurz zuvor gezeichnet hat, an meinem BH stoppt, seine Finger weit aufspreizt und mit leichtem Druck über meine Brüste streicht. Hoch zu meinem Hals und von dort wieder abwärts. Viel weiter abwärts … viel … *Oh.*

»Das hast du beim letzten Mal auch nicht gemacht«, keuche ich, und er grinst ein Etwas-zu-alles-Grinsen, das mich die Welt und das Morgen und das Gestern und überhaupt alles vergessen lässt.

»Zeit für neue Erinnerungen.«

Sonntag

Ein Klingeln. Mein Wecker? Nein, das Klingeln hört nicht auf, als ich immer wieder auf irgendwelche Tasten haue. Es ist Sonntag, der Wecker ist aus. Außerdem bin ich ein Jahr lang um sieben aufgestanden, nicht um … zehn nach sechs?! Ist es wirklich erst zehn nach sechs?! Erschreckend, wie hell es um die Uhrzeit schon sein kann …

Wieder das Klingeln. Woher? Von der Tür? Vom Telefon? Handy! Das klingt wie ein …

»Shit!« Leo schreckt hoch, blickt sich orientierungslos um und zerrt hektisch an dem Laken, das über uns liegt. »Das ist mein … ah, *Shit*. Wo ist mein …?«

»Auf dem Schreibtisch«, murmele ich, und er springt aus dem Bett – oder versucht es zumindest. Aber er verheddert sich mit dem Fuß, verliert den Halt und landet fluchend auf dem Boden. Zieht scharf die Luft ein, als er sich irgendwas anschlägt. Doch schließlich hat er sich aus dem Laken herausgewühlt, sein Handy gefunden und hämmert aufs Display.

»Ja?«

»Leo?!«, dröhnt eine männliche Stimme durchs Zimmer. Laut, sehr laut. »Verfluchte Scheiße, wo bist du?!«

Der Lautsprecher, Leo hat den Lautsprecher angeschaltet.

»Shit, warte …«, zischt er, während ich das Laken zurück aufs Bett ziehe und über meinen Kopf. »Hier … ich bin hier. Ja.« Er hört kurz zu. »Reg dich ab, Tobi, okay? Ich komm doch schon. Gib mir eine halbe Stunde.« Wieder ein Moment Schweigen, dann ein genervtes Grummeln. »Ich hab gesagt, wir kriegen das hin, also mach dich nicht verrückt. Wir haben noch ein paar Stunden Zeit … Ja … Bis gleich.«

Stille. Das leise Klappern von Leos Handy auf meinem Schreibtisch. Das Rascheln von Kleidung, als er sich eilig anzieht. Das Schleifen seiner Schuhe über Parkett. Danach eine Bewegung auf meiner Matratze und seine Hand, die das Laken ein Stück zur Seite zieht.

»Hey«, flüstert er und haucht einen Kuss auf meine Wange. »Tut mir leid, ich muss zur Arbeit.«

»Ich weiß«, murmele ich. »Und es wird so lange dauern, dass wir uns heute nicht mehr sehen können.«

»Wie kommst du darauf?«

»Eingebung«, sage ich, öffne meine Lider und drücke mich auf die Unterarme nach oben. Einige Sekunden lang betrachte ich ihn stumm, überwältigt davon, wie schön er morgens aussieht, und zugleich wehmütig. Suhle mich in dem Schmerz, der sich unaufhaltsam in mir auftürmt – und auf einmal aus mir herausbricht. »Ich werde dich vermissen.«

Leos Augen weiten sich bei diesen Worten. Er weicht ein Stück zurück und starrt mich an, als könne er nicht glauben, was er gerade gehört hat. Entsetzt vielleicht? Möglich. Kein Wunder, wir kennen uns gerade einmal ein paar Tage, und ich serviere ihm so etwas …

Eine Sirene ertönt irgendwo draußen auf der Straße, und ich muss mich zusammenreißen, um nicht laut aufzulachen. Chapeau, Universum. Das mit dem Sarkasmus hast du inzwischen wirklich drauf.

»Ich … ähm«, setzt Leo an, aber ich schüttele den Kopf.

»Schon okay, du musst nichts dazu sagen«, flüstere ich matt und zwinge mich, ein Lächeln aufzusetzen. Der ganzen Sache hier den Todesstoß zu verpassen. »Wir können ja einfach schreiben, sobald du …«

»Ich weiß nicht, wie du das immer wieder machst«, unterbricht er mich blinzelnd.

Die Sirene kommt näher. Eine Feuerwehr vielleicht oder die Polizei. Oder doch ein Krankenwagen? Ich hatte schon immer Schwierigkeiten, die Töne der drei auseinanderzuhalten.

»Was denn?«

»Wie du all diese Dinge in mir auslöst.« Er holt stockend Luft. »Ich hab ständig das Gefühl, dass wir uns schon mal irgendwo begegnet sind, und dass das hier … dass es … Keine Ahnung. Nein, lass mich ausreden«, bittet er, als ich etwas erwidern will, und ich halte mich zurück. Warte, bis er weiterspricht. »Das klingt total bescheuert, ich weiß. Aber manchmal glaube ich, dass das hier nur ein zweiter Teil von irgendwas anderem ist. Oder so. Ich meine, du sagst Sachen, die mir eigentlich merkwürdig vorkommen müssten, doch aus irgendeinem Grund tun sie das nicht. Sie passen, obwohl sie gar nicht passen dürften. Obwohl sie … ich weiß nicht …«

»… sich anfühlen, als würden sie zu einem anderen Leo gehören?«, schlage ich vor, und er nickt.

»Ja. Ja, ganz genau.«

»Ich glaube, sie gehören zu allen Leos.« Ich neige mich nach vorne, um ihm einen letzten Kuss zu geben.

»Das hoffe ich«, murmelt er gegen meinen Mund und schließt die Augen. Mit einem tiefen Seufzen drängt er sich gegen mich, öffnet meine Lippen mit seinen. Immer noch hungrig. Oder schon wieder.

Die Sirene ist jetzt ganz nah. Gleich wird sie an uns vorbeirauschen und ein perfektes Beispiel für den Dopplereffekt liefern, während Leo und ich uns erneut aneinander entzünden. Wie Wunderkerzen, die Funken schlagen.

Das Heulen kommt näher. Näher. Stoppt.

Zu nah. Direkt vor unserem Haus.

Leo hält inne. Ich ziehe meinen Kopf zurück. Wir sehen uns mit großen Augen an, ohne zu atmen. Und als wir die Türen hören, die aufgerissen werden – Türen von Autos und unsere Haustür –, macht es ganz leise KLICK.

*

Kurt sieht aus wie ein Geist, ein schmaler, kraftloser Geist, als sie ihn aus der Wohnung tragen und in den Krankenwagen bringen. Seine Augen sind geschlossen, sein Mund steht offen, Kabel kleben auf seiner Brust, übertragen das Signal seines schwachen Herzens auf einen Monitor, der neben ihm auf der Trage liegt und viel zu unregelmäßig piept. Ein rotes Licht brennt am oberen Rahmen. Jede Sekunde ertönt ein hoher Warnton.

PING. PING. PING.

Ich kann nicht glauben, was hier passiert. Das ist alles überhaupt nicht möglich. Es darf nicht sein, dass Kurt in diesen Blaulichtkasten auf Rädern geschoben wird, dass Willi im Morgenmantel einsteigt, sobald die Sanitäter ihm ein Zeichen geben, dass Nalini, Isabel, Pedro und ich hier stehen und zusehen. Hilflos. Geschockt.

»In welches Krankenhaus bringen Sie ihn?«, fragt Isabel in gewohnt geschäftsmäßiger Manier, aber ich kann das Zittern in ihrer Stimme trotzdem hören.

»Uniklinik«, sagt einer der Sanitäter noch schnell, dann schließt er die Türen, und im nächsten Moment fährt der Wagen los. Nur wenige Sekunden später ist er um die nächste Ecke verschwunden.

Wir starren ihm nach, reglos. Ohne Plan, was wir nun machen sollen. Gefangen in unseren Gedanken. In den Nachbarhäusern gucken ein paar Leute aus den Fenstern heraus, beobachten uns still. Wie leicht verschwommene Zuschauer auf einem Gemälde, Statisten, die sich nicht rühren dürfen.

»Was machen wir jetzt?«, fragt Nalini irgendwann.

»Ich fahre euch«, erwidert Leo sofort. »Mein Auto steht gleich da vorne.« Er ist noch da, wie am Mittwoch noch da, obwohl er eigentlich längst woanders sein müsste. Und niemand wundert sich darüber oder stellt Fragen oder guckt auch nur schräg. Er ist da, und das ist gut so.

»Du musst doch zur Arbeit«, sage ich schwach, doch er schüttelt den Kopf.

»Das kann warten. Hat vielleicht jemand noch eine verpackte Zahnbürste übrig und ein Ladekabel für mein Handy?«

»Du kannst mein Kabel haben«, murmelt Pedro.

»Und mit einer Zahnbürste sollte ich dienen können«, fügt

Isabel hinzu und tätschelt ihm den Unterarm. »Ich such sie schnell raus.«

»Okay, danke. Ich bin sofort oben.« Er wendet sich an mich, schlingt einen Arm um meine Taille und stützt mich, wie er es am Mittwoch schon zweimal getan hat, damit ich es schneller die Treppe hinaufschaffe. In meinem Zimmer lässt er mich los, blickt mich wachsam an. »Kommst du klar?«

Ich nicke schweigend, und im nächsten Moment ist er weg, unterhält sich im Flur mit Pedro und verschwindet dann zu Isabel nach oben, während ich mich wasche, Zähne putze, anziehe. Alles läuft automatisch ab, da ist viel zu viel Platz in meinem Kopf für Gedanken, Gedanken und noch mehr Gedanken. Darüber, was ich falsch gemacht habe, weil diese Woche alles so vollkommen anders abläuft. Darüber, wann die Woche endlich vorbei ist und alles wieder in seinen normalen Trott zurückkehrt. Darüber, wie es Kurt jetzt geht und Willi und den anderen, die mit mir hiergeblieben sind. Über so viel, auf das ich keine Antwort habe.

Als wir schließlich in Leos Aygo gequetscht auf dem Weg ins Krankenhaus sind, hängt ein tiefes Schweigen über unseren Köpfen. Leo hat sogar das Radio ausgeschaltet, nur ein gelegentliches Räuspern und das Klacken des Blinkers hin und wieder sind zu hören. Stille. Ohrenbetäubende Stille.

Und dann sind wir da.

Direkt vor dem Haupteingang lässt Leo uns raus. »Ich suche einen Parkplatz und komme nach«, sagt er leise, nachdem ich ausgestiegen bin, und streift kurz meine Hand mit seinen Fingern. »Schreib mir, wo ihr seid. Okay?«

Ich nicke wortlos und schlinge meinen Zeigefinger kurz um seinen, ehe ich mit Nalini und den anderen auf die Pforte zuhumpele. Surreal, das ist alles so surreal. Was mache ich hier?!

»Wir möchten zu Kurt von Cappeln, er wurde vor Kurzem eingeliefert«, sagt Isabel zu der jungen Dame am Empfang, die ein paarmal auf die Tastatur vor sich klopft und uns anschließend nach unten schickt, in den Warteraum der Notaufnahme.

Wir suchen einen Aufzug, damit ich keine Stufen laufen muss, fahren hinunter, brauchen einen Moment, bis wir uns im Untergeschoss orientiert haben, finden den Warteraum. Finden Willi, der in Schlafanzug und Morgenmantel auf einem der Plastikstühle kauert …

Er hebt den Blick, als er uns bemerkt, wischt sich die Tränen weg, die über seine Wangen laufen, lächelt traurig. Schüttelt den Kopf.

Schüttelt.

Seinen.

Kopf.

*

Der Rest des Tages geht in einem trüben Nebel aus Fassungslosigkeit und Schmerz unter.

*

Morgen.

Morgen wird das Datum wieder zurückgesprungen sein, Kurt wird mich wieder anrufen und mich darum bitten, die Hasselblad für ihn abzuholen. Leo wird mich wieder vergessen haben, es wird wieder nicht Kurts und Willis Hochzeitstag sein, aber beide werden wieder ein schlagendes Herz haben. Ich muss es annehmen und warten. Einfach warten. Kein Plan der Welt kann jetzt mehr helfen.

Morgen.

*

»Darf ich nachher wiederkommen?«, fragt Leo, als er sich nach dem Abendessen verabschiedet. »Ich muss nur kurz im Tonstudio vorbeifahren und danach zu Hause schnell duschen und mir was Frisches zum Anziehen holen. Dauert nicht lange, versprochen.«

Lügner, denke ich und drücke seine Hand. »Klar, ich bin hier.«

Er beugt sich herab, um mir einen Kuss zu geben, und ich weiß, dass es der letzte ist, aber ich ertrage nicht noch einen Abschied heute. Also erwidere ich den Kuss bloß halbherzig, verschließe mich davor, dass er wehtut, lasse ihn gehen.

Lasse ihn gehen.

8.

Montag

Mein Wecker klingelt. Sieben Uhr.

Das Pochen in meinem Fuß erinnert mich daran, dass nicht alles in dieser bescheuerten Zeitschleife wieder auf null zurückgesetzt wird, wenn sie von vorne beginnt, dass es auch Dinge gibt, die bleiben. Mein Schmerz zum Beispiel, egal, welcher.

Ich hieve mich aus dem Bett, obwohl es noch immer nach Leos Meeresminze riecht und ich mich auf ewig darin vergraben könnte. Aber ich muss einen Blick auf mein Handy werfen, um der unvermeidlichen Gewissheit ins Gesicht zu blicken, dass alles von vorne anfängt. Dass ein Teil wieder gut ist, der andere nicht.

Donner kracht in der Ferne. Es gewittert. Eine Gänsehaut breitet sich auf meinem gesamten Körper aus, also ziehe ich eine dünne Strickjacke über und erinnere mich im selben Moment daran, dass mein Handy in der Küche liegt, wie jeden Montagmorgen in den vergangenen Wochen.

In öffne die Tür, überquere den Flur – und da steht Pedro. Er hat sich über die Kaffeemaschine gebeugt und ist gerade dabei, sie umständlich auseinanderzunehmen.

»Was machst du hier?«, frage ich.

»Dir auch einen schönen guten Morgen, Lara«, brummt er. »Wonach sieht's denn aus? Ich repariere die Kaffeemaschine.«

»Kannst du nicht. Das Ventil in der Brühgruppe ist kaputt, das müssen wir neu bestellen«, sage ich, und Pedro hebt den Kopf, mustert mich verwundert. »Entschuldigung, ich wollte nur helfen.«

»Hervorragend. Ich weiß nämlich nicht mal, welches von diesen vielen Teilen hier die Brühgruppe ist.« Er legt den Schraubenzieher beiseite und schiebt alles mit erleichterter Miene von sich. »Kümmerst du dich darum?«

»Natürlich.« Ich beobachte ihn dabei, wie er sich einen Tee macht, sich an den Küchentisch setzt, tief durchatmet. »Wann bist du hergekommen?«, frage ich schließlich, weil ich nicht ganz verstehe, was sich die Zeitschleife diesmal hat einfallen lassen.

»Ich war gar nicht zu Hause. Nalini hat mich gefragt, ob ich bleiben kann.«

Ich versuche mich an den Sonntag vor sieben Wochen zurückzuerinnern. Aus welchem Grund könnte Nalini Pedro gebeten haben, hierzubleiben? Sie haben »Emily in Paris« geschaut, aber das …

»Oh, schon wach?«

Ich wirbele herum.

Leo. Im Durchgang zum Flur steht Leo in Sweatpants, die ich noch nie an ihm gesehen habe, und einem schlichten grauen Shirt, das perfekt zu seinen Augen passt. Seine Haare stehen in alle Richtungen ab, als hätte er bis vor Kurzem noch im Bett gelegen.

Als er meine Überraschung bemerkt, hebt er beide Hände. »Ich wollte dich nicht erschrecken, sorry.«

»Was … Wie … Wann …?«, stottere ich, und er hebt mit einem leichten Grinsen die Augenbrauen.

»Ich hab doch gesagt, ich komme wieder. Hat leider etwas länger gedauert, und du hast schon geschlafen, als ich …« Er bricht ab, schaut mich irritiert an. »Ist was nicht in Ordnung?«

Mein Herz prallt mit voller Wucht gegen meinen Brustkorb, schnell, viel zu schnell. Mein Handy, wo ist mein …

»Welcher Tag ist heute?«, frage ich heiser, weil ich das blöde Handy nicht finden kann. Sonst liegt es immer auf dem Küchentisch. Diesmal nicht.

Leo und Pedro werfen sich einen Blick zu.

»Montag«, sagt Leo dann.

»Nein, welches Datum? Welches Datum haben wir?«

»22. Juli.« Das war Pedro.

22. Juli? Nein. Unmöglich. Das kann nicht – darf nicht sein. Ich drehe mich um, humpele in mein Zimmer zurück, öffne den Laptop, der auf meinem Schreibtisch steht. Auf dem Desktop befindet sich eine Datei genau in der Mitte, eine Textdatei mit dem Titel: *Über die guten Dinge*. Nach so vielen Wochen krampfhafter Arbeit an einem Thriller, der mir einfach nicht gelingen wollte, nach so vielen Neuanfängen und Änderungen und so viel Verzweiflung darüber, fühlt sich der Anblick dieser vier Worte an einem Montagmorgen wie die Erlösung an. Und zugleich wie ein Schlag ins Gesicht.

Ein Wimmern arbeitet sich meine Kehle nach oben.

22. Juli … *Über die guten Dinge* … An meinen Wänden stehen Schimpfwörter … Mein Kissen riecht nach Meeresminze …

»Hey«, murmelt Leo und schließt leise die Tür hinter sich. Dann kommt er zu mir herüber, die Hände in den Hosentaschen. Etwa einen Meter entfernt bleibt er stehen. Er wirkt unsicher, hilflos.

Ich traue mich kaum, die Frage zu stellen, doch sie zurückzuhalten, ist auch keine Option. Ich muss es wissen, muss wissen, was passiert ist. Also hebe ich den Blick, schaue Leo an. »Kurt?«

Er presst die Lippen aufeinander, schweigt. Und mehr braucht es nicht.

Meine Knie geben nach, aber Leo ist da. Innerhalb eines Atemzugs ist er da, fängt mich auf.

Hält mich.

Sonntag

… die perfekte Übung, Dinge einfach mal zuzulassen …

… kein Weltuntergang …

… das Leben ist nicht annähernd so kompliziert …

… den Plan erst erstellen, wenn etwas fertig ist …

Wenn ich behaupten würde, dass ich nach den vergangenen Wochen endlich verstehe, was all diese Sätze zu bedeuten haben, wäre das gelogen. Das Wort *verstehen* ist ein viel zu großes Gefäß für dieses Gefühl, das sich in mir breitgemacht hat, viel zu konkret und endgültig. Stattdessen habe ich eine Ahnung. Eine Ahnung davon, was all die Leute um mich herum – auch Kurt – mir die ganze Zeit über sagen wollten.

Pläne sind nicht die Lösung für alles. Ein Plan kann dir helfen – zumindest bis zu einem gewissen Punkt. Aber sobald du unterwegs verloren gehst und dein Plan dich nur immer wieder im Kreis führt, immer rundherum, ist er wertlos. Mit ihm wirst du nie irgendwo ankommen, immerhin hat ein Kreis keinen Ausgang, kein Ende. Aber genau dieses Ende braucht es bisweilen, um einzusehen, dass ein anderer Weg der bessere, dass eine andere Geschichte die richtige ist.

Und im Idealfall handelt sie von guten Dingen, und von den besten Menschen.

Epilog

22. Oktober 2024

Das Laufen tut gut, kühlt mein Hirn nach den anstrengenden letzten Stunden voller Zahlen und Buchstaben. Ich war mir nicht ganz sicher, ob mein Knöchel die Belastung schon aushält, aber die Sorgen waren unbegründet. Es ist alles in Ordnung. Jedenfalls solange ich Kindern mit Laufrädern rechtzeitig ausweiche.

Als ich das nächste Mal am Parkeingang ankomme, bleibe ich kurz stehen, überlege, den Weg nach Hause einzuschlagen – und entscheide mich dagegen. Die Bewegung hilft, damit mein Denken weiter herunterfahren kann. Lieber noch eine Runde. Alles setzen lassen.

Über eine Stunde habe ich vorhin mit meiner Literaturagentur telefoniert, habe Angebote besprochen und Verlagsportfolios gewälzt, bis wir uns endlich entschieden haben. Mein Buch hat jetzt tatsächlich einen Verlag. Nächstes Jahr im Herbst soll es erscheinen, und damit wir den Termin auch einhalten können, habe ich anschließend das letzte Kapitel geschrieben. Und nun ist die erste Version von *Über die guten Dinge* fertig. Dreihundertfünfzehn Seiten Kurt und Willi sind es geworden. Das trifft zwar nicht ganz den Umfang der Bibel, aber Kurt wäre trotzdem stolz auf mich. Willi ist es. Er war es, der mich dazu gedrängt hat, Kurts Wunsch nach einem ganzen Roman umzusetzen und mich damit bei Agenturen zu bewerben. Ohne ihn – nein, ohne die beiden! – wäre all das hier nicht passiert.

Willi …

Ich werfe einen Blick auf meine Uhr. Drei nach zwölf. Seit drei Minuten ist die neue Folge online, und ich hab sie noch nicht gehört. Ich weiß nicht mal genau, um was es geht, weil sie ein riesiges Geheimnis daraus gemacht und sich dabei gefreut haben wie Kleinkinder im Süßwarenladen. Zeit, das Rätsel endlich zu lösen. Also steuere ich die nächstgelegene freie Bank an – Ende Oktober ist die Auswahl größer als mitten im Juli –, setze mich und hole mein Handy hervor. Die Laufplaylist muss weichen – ich klicke in der Streaming-App auf meine Favoriten. An erster Stelle steht ein Podcast, der seit heute fünf Folgen umfasst. *Vom Ankommen* lautet der Titel der neuesten. Ich drücke auf den Play-Button und schließe die Augen.

Musik ertönt in meinen Ohren, dann seine Stimme.

»Hallo, liebe Hörerinnen und Hörer, willkommen zur fünften Folge von *Nur Leo und zwei Institutionen*. Mein Name ist Leo, und bei mir sind – wie immer – Isabel Lacroix und Wilhelm Freimark.«

Eine Gänsehaut überfällt mich, als Isabel und Willi die Zuhörenden ebenfalls begrüßen und dann mit Leo darüber sprechen, dass sie schon bei der fünften Folge angekommen sind. Eigentlich wollten die beiden nur als Gäste in der ersten Folge auftreten, danach hieß es, sie hören nach der dritten auf, und jetzt …

»Du hast den Namen des Podcasts geändert«, stellt Willi fest, und ich muss grinsen bei seinem Tonfall. Überraschung schwingt darin mit und zugleich … Stolz?

»Ja, ich denke schon eine ganze Weile darüber nach, und nachdem ihr auch die vierte Folge mit mir aufgenommen habt, dachte ich: Lasst es uns offiziell machen!«

»Aufregend! Und das in unserem Alter«, sagt Isabel lachend. »Aber es ist ein schöner Name, gute Wahl.«

»Freut mich! Ihr zwei seid also jetzt endlich angekommen – und damit sind wir auch schon beim heutigen Thema. Es geht nämlich tatsächlich ums Ankommen, und ich hoffe, ihr habt ein paar Geschichten für mich mitgebracht.«

Angekommen, denke ich. Das gilt nicht nur für Willi und Isabel, sondern vor allem für Leo. Nachdem der Vertrag mit der Produktionsfirma von *SEX KILLZ* aufgelöst war, hat er sich sofort auf die Suche nach Sponsoren für den neuen Podcast gemacht und auch tatsächlich noch in derselben Woche einen an Land gezogen. Der zweite war Willi, und inzwischen gibt es noch weitere Interessierte. Leo ist schlussendlich dort angekommen, wo er hingehört …

Der Ton einer eingehenden Nachricht unterbricht den Stream kurz, und ich schaue aufs Display, um zu sehen, wer geschrieben hat.

12:08 Uhr:
Gewagte Behauptung, aber kann es sein, dass du nicht zu Hause bist? Oder ist die Klingel wieder kaputt?

12:09 Uhr:
Nein, ich sitze im Park und höre in EUREN Podcast rein. Nur Leo und zwei Institutionen – cool!

12:10 Uhr:
Ja, oder? Ich war echt gespannt, wie Willi reagiert, aber hey – ich hab meinen Kopf noch!

12:10 Uhr:
Wäre schade gewesen um den schönen Kopf.

12:11 Uhr:
Noch mal: Ja, oder? 😜

12:12 Uhr:
Wie weit hast du schon gehört?

12:12 Uhr:
Die Folge ist seit zwölf Minuten online. Was glaubst du?

12:13 Uhr:
Halbe Stunde?

12:13 Uhr:
Mathe, null Punkte!

12:14 Uhr:
Na, dann hör mal weiter … 😏

12:15 Uhr:
Wann bist du wieder zu Hause?
Wir haben uns ewig nicht gesehen!

Ich kann mir ein Grinsen nicht verkneifen. Höchstens eine Handvoll Nächte haben wir in den letzten drei Monaten *nicht* zusammen verbracht, weil Leo irgendwelche Termine auswärts hatte, und trotzdem …

12:16 Uhr:
Ich mach mich dann auf den Heimweg. Muss nur noch ein Telefonat führen.

12:16 Uhr:
DAS Telefonat?

12:17 Uhr:
Ja.

12:19 Uhr:
Viel Erfolg! Und denk dran: Du bist der Preis, okay? Du schaffst das.

12:21 Uhr:
Ich warte auf dich, Nalini hat gerade aufgemacht und mich angemotzt, weil ich sie geweckt habe. Hab vergessen, dass sie Nachtschicht hat. Vielleicht klingele ich das nächste Mal lieber bei Willi …

12:22 Uhr:
Oder du benutzt in Zukunft den Schlüssel, den ich gestern für dich nachmachen lassen habe …

12:24 Uhr:
…

12:25 Uhr:
… ich würd dir jetzt wirklich gern was Wichtiges sagen, aber das mach ich lieber nachher.

Ein warmes Gefühl strömt durch mich hindurch, während ich seine letzten Worte noch einmal lese und danach noch einmal.

Dann schließe ich die App, stoppe auch den Podcast und öffne meine Kontaktliste, scrolle dort nach unten bis zum Eintrag *Felicia Berger*. Drücke auf den Anruf-Button.

»Du weißt schon noch, was es bedeutet, wenn du mich außer der Reihe anrufst?«, sagt Felicia, sobald sie das Gespräch angenommen hat.

»Ja«, sage ich. »Ich weiß es noch.« Ich atme tief durch und stelle mir die Worte vor, die ich sagen werde. Stelle mir vor, was danach geschehen wird. Stelle mir vor, wie es sich anfühlen wird, hoffentlich endlich angekommen zu sein. »Machst du mir einen Termin in Freiburg?«

Danksagung

Dieses Buch ist ein großer Schritt für mich. Ein Schritt in eine andere Richtung. Ein Schritt, vor dem ich Angst hatte. Ein Schritt, der mich hat wachsen lassen. Und es gibt so viele Menschen, denen ich danken möchte dafür, dass sie ihn mit mir gegangen sind.

Zunächst einmal ein überdimensionales DANKE meinen beiden Agentinnen Petra Hermanns und Christiane Düring fürs Mutmachen und Schubsen. Ihr tragt mich über so viele Brücken!

DANKE meinen Kolleginnen Lilly Lucas, Kristina Moninger, Kyra Groh und all den anderen großartigen Frauen, dass ihr mich dermaßen euphorisch willkommen heißt in eurer Welt!

DANKE meinen Verlagskolleginnen Dagmar Bach und Anna Benning fürs Anfeuern. Ich bin so froh, euch zu kennen.

DANKE an meine Testleserinnen Marie Grimm, Anke Horling, Lisa Krüger und Petra Pohland-Brück für eure unschätzbar wichtigen Rückmeldungen zum Text! Ohne euch wäre dieses Buch ein anderes – und es wäre lange nicht so gut.

DANKE meinen Freund:innen von der Akademie der Kindermedien – einfach fürs Existieren!

DANKE meiner Schreibgruppe – ich mag euch!

DANKE meinem Mann und meinen Kindern, dass ihr zumindest versucht, leise zu sein, wenn ich schreibe. Dass ihr mir die Zeit und den Raum dafür lasst. Und dass ihr mich immer wieder aufbaut, wenn mal wieder etwas nicht klappt.

Und jetzt zu den zwei Frauen, die der Geschichte rund um Lara, Leo, Kurt und Co. ihren Glow verpasst haben: Stefanie Zeller und Anna Hahn. Stefanie, DANKE für dein Vertrauen in die Story und dein Vertrauen in mich. DANKE, dass du meinen Figuren ein Zuhause gegeben und ihnen die Zeit gelassen hast, zu wachsen. DANKE, dass du nicht gezögert hast, Magie zuzulassen. Ich kann dir gar nicht sagen, wie wohl ich mich in deiner Obhut fühle!

Anna, DANKE für deine einfühlsamen Kommentare, deine Fragen, deine Hilfe. Als Stefanie meinte, du wärst die Richtige für diese Geschichte, hatte sie absolut recht. Du warst die Richtige – auch für mich! Ich hoffe sehr, dass wir noch einmal miteinander arbeiten können.

Der letzte Dank gebührt wie immer den Leser:innen: DANKE, dass ihr Lara und Leo in euren Kopf gelassen habt und hoffentlich auch in euer Herz. DANKE fürs Lesen!